剑来

㉓

人生梦复梦

◎烽火戏诸侯 著

浙江文艺出版社
Zhejiang Literature & Art Publishing House

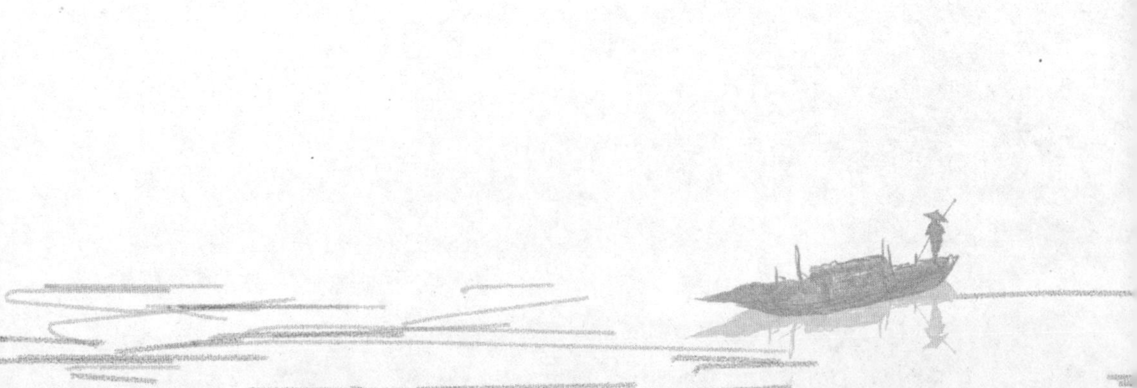

第一章 居中武夫

刘羡阳就真的只是回乡看一下，看完之后，就要乘坐落魄山那条名为翻墨的龙舟渡船——无法直达老龙城，需要在宝瓶洲中部一处梳水国附近的仙家渡口中转——沿着那条走龙道南下。

珠钗岛所有祖师堂嫡传修士，早已从书简湖搬迁到了鳌鱼背，算是与落魄山最早缔结盟约的一座仙家势力。

昔年垂帘听政的长公主殿下，如今的岛主刘重润，亲自暂任渡船管事，一条渡船没有地仙修士坐镇其中终究难以让人放心。

阮秀在牛角山渡口为刘羡阳送行。

龙舟巨大，本身就是一座金山银山，看得刘羡阳感慨万分，早年三人，最想挣钱的，其实不是顾璨，是陈平安才对。不过与顾璨那种想挣钱也早早想好如何花钱不太一样，陈平安就是穷怕了，只有每天可以挣着钱，无论多少，家底哪怕只是比昨天多出一枚铜钱，才能让不安稳的日子变得安稳，让安稳的日子变得更安稳。

这次回乡，刘羡阳多是在走门串户，与那些留在小镇上了岁数的街坊邻居拉家常，老人一年比一年少去，穿开裆裤的孩子们，一年一年长大成人，各有婚嫁，见着了刘羡阳也未必认识，那些个昔年的同龄人，忙着在州城那边做生意，所以刘羡阳真正能够与人说上话的机会不多了，而且以后注定会越来越少。

如今与老人闲聊，杏花巷成了山上神仙的马苦玄，在家乡买下许多山头的大地主陈平安，莫名其妙成了龙子龙孙的宋集薪，还有在州城那边与官老爷们一起做大买卖的董水井，都是小镇百姓聊得最多的话题人物。

而且这些把苦日子熬出头的老人，好像都特别喜欢称赞杏花巷和泥瓶巷的风水，说半点不比那福禄街和桃叶巷差了。

刘羡阳喜欢听老人们念叨这些家长里短，尤其是一些个早先与泥瓶巷不熟的老人，说起那个陈平安，好像就是每天看着长大的自家晚辈似的，让刘羡阳听得很乐和。确实，在待人接物这方面，尤其是与长辈打交道，陈平安从小就比较擅长，平时话不多，可在路上见着了人，都会主动招呼，从不会乱了辈分，哪怕对方不理睬，斜眼都不给，下次见了面，陈平安还是会规规矩矩称呼一声。

有些发迹，骤然富贵，是靠命好，羡慕不来。可有些成事，是靠日积月累的点点滴滴，好像可以随便学，又好像学不来。

刘羡阳等待龙舟渡船停岸，还需要卸货装货，如今龙舟的买卖，与北俱芦洲的披麻宗和春露圃都有关系，这是许多小镇百姓都无法想象的天边事了。

刘羡阳突然笑问道："山上那个叫谢灵的孩子，相貌挺清奇。"

话里有话，从来是小镇风俗。

阮秀嗯了一声，说道："就是个孩子。"

刘羡阳有些幸灾乐祸。

阮秀说道："你管不住顾璨的。"

刘羡阳点头道："撑死了就是我打他一顿，顾璨不还手，改不了小鼻涕虫的根本心性，这一点，我很早就知道了，所以我也没想着怎么管他。这小王八蛋总算剩下点良心，知道谁是真正对他好。"

阮秀与刘羡阳是旧识，刘羡阳其实比陈平安更早进入那座龙须河畔的铸剑铺子，而且担任的是学徒，还不是陈平安后来那种帮忙的短工。烧造瓷器也好，铸剑打铁也罢，好像刘羡阳都要比陈平安更快入乡随俗。刘羡阳如同铺路，有了条路可走，他都喜欢拉上身后的陈平安。

人生路上，许多人都愿意自己朋友过得好，只是却未必愿意朋友过得比自己更好，尤其是好太多。刘羡阳不是这样，陈平安也不是，这大概就是两个性情大不相同的人，为何能够成为真正的朋友，并且在双方人生都有了翻天覆地的变化之后，反而更是朋友。

阮秀一手捧绣帕，拈起一块桃花糕，问道："没去泥瓶巷与她打声招呼，聊几句？"

刘羡阳感慨道："少年时的爱慕欣欣焉，回头再看，就是美好的怀念。"

等到刘羡阳感慨完毕，阮秀已经吃完一块糕点，又拈起一块杏仁酥，说道："你与我爹聊了什么，我爹好像挺高兴的。"

刘羡阳笑呵呵道："阮师傅喝酒，我骂陈平安。"

阮秀哦了一声。

刘羡阳倒也不算骗人，只不过还有件正事，不好与阮秀说。陈淳安当年出海一趟，返回之后，就找到刘羡阳，要他回了家乡，帮着捎话给宝瓶洲大骊宋氏。刘羡阳觉得让阮邛这位大骊首席供奉兼自己的未来师父去与年轻皇帝掰扯，更合时宜。那件事不算小，是关于醇儒陈氏会支持大隋山崖书院重返七十二书院之列，但是大骊建造在披云山的那座林鹿书院，醇儒陈氏不熟悉，不会在文庙那边多说一字。

刘羡阳当时有些疑惑，便坦然询问，不知亚圣一脉的醇儒陈氏，为何要做这件事情，就不担心亚圣一脉内部有非议吗？

刘羡阳的这份隐忧，不是没有道理的，中土文庙的一位副教主，无论是境界，还是辈分，都与陈淳安不相上下，简而言之，陈淳安是名动天下的醇儒，是亚圣一脉的顶梁柱，但陈淳安在亚圣一脉的文脉道统当中，言行还是会有很多的束缚。

陈淳安当时好像心情不错，与刘羡阳说这是自己与陈平安做的一桩读书人买卖，若是陈平安只靠文圣一脉关门弟子的身份，敢这么与他陈淳安说大话空话，那就有些不善了。最后在那脚下便是大河滔滔的石崖之上，陈淳安拍了拍刘羡阳的肩膀，老先生与年轻人说了一句新鲜言语，说："我们这些读书人，不必耻于谈利益，心中务虚要高远，手头务实要厚重，读书人要走出书斋，走在老百姓身边，讲些没读过书的人也都听得懂的道理。"

刘羡阳当时脱口而出一句话："我们读书人的同道中人，不该只是读书人。"

陈淳安大为欣慰，抚须而笑，说："我们醇儒陈氏的家风学风，还是相当不错啊。"

阮秀突然说道："说了已经不挂念太多，那还走那条地下河道？直接去往老龙城的渡船又不是没有。"

刘羡阳双手搓脸颊，说道："当年小镇就那么点大，福禄街、桃叶巷的好看姑娘，看了也不敢多想什么，她不一样，是陈平安的邻居，就住在泥瓶巷，连我家祖宅都不如，她还是宋搬柴的婢女，每天做着挑水做饭的活计，便觉得自己怎么都配得上她，要真说有多少喜欢，好吧，也有，还是很喜欢的，但是没到寤寐思服、抓心挠肝那份儿上，一切随缘，在不在一起，又能如何呢。"

阮秀问道："剑气长城，是一个怎样的地方？"

刘羡阳想了想："是一个什么都少、唯独剑修很多的地方，修行，生死，在剑气长城那边，好像都不是什么太大的事情。所以在那边，酒鬼也多，剑修和剑仙毕竟都喜欢喝酒。甚至可以说，印象中，剑气长城是我家乡之外，高人最不像高人的一个地儿。"

阮秀点了点头。

刘羡阳脸色别扭，犹豫了半天，终于忍不住说道："阮秀，我与你认识很早，对吧？我们关系也很好，对不对？只是有些话，我真不好多说什么，陈平安，你，都是我的朋友，所以我就只能在某件事上，尽量不说那些你可能比较想听的言语。”

阮秀抬起头，望向刘羡阳，摇摇头：“我不想听那些你觉得我想听的言语，比如什么阮秀比宁姚好，你与我是比宁姚更好的朋友。”

刘羡阳如释重负，笑了起来：“阮姑娘毕竟是阮姑娘。”

阮秀说道：“我方才这么问，除了好奇如今剑气长城是怎么个样子之外，也想知道他在那边，过得好不好，要是因为有宁姚在的缘故，他过得很好，我与他是朋友，当然也会很高兴。”

刘羡阳刚要顺着阮秀的言语多聊几句，说陈平安那小子在剑气长城是如何的如鱼得水，却突然打住，在心中默默告诫自己千万别多嘴。

刘羡阳再过几年，下一次重返家乡，就会名正言顺地成为龙泉剑宗的祖师堂嫡传，关于此事，在刘羡阳登山后，阮邛与嫡传和记名弟子都讲明白了，只是刘羡阳在祖师堂谱牒上的名次，是在开山大弟子董谷之后，还是直接丢到谢灵之后，阮邛没说，刘羡阳没问，就成了如今龙泉剑宗许多记名弟子茶余饭后的一桩趣谈。宗门上下，如今也都熟悉宗主的脾气，只要练剑心诚，言语忌讳不多。关于刘羡阳的修行境界，更是猜测颇多。毕竟正儿八经的儒家弟子，剑修不多。

阮秀好奇问道：“为什么还是愿意回到这里，不在醇儒陈氏练剑修道？我爹其实教不了你什么。”

刘羡阳无奈道：“陈平安太会照顾别人，不太擅长照顾自己，我离得远了，不放心。”

“我不放心陈平安。”阮秀轻声念叨了一句刘羡阳的肺腑之言，笑了起来，收起了绣帕放入袖中，沾着些糕点碎屑的手指，轻轻拈了拈袖口衣角，“刘羡阳，不是谁都有资格说这种话的，可能以前还好，以后就很难很难了。”

刘羡阳笑呵呵道：“我不放心陈平安。”

阮秀笑眯起眼，装傻。

老龙城藩王府邸，书房。

书案上摆了一些不同朝代的正统史书、文豪诗集、书画册子，没有搁放任何一件仙家用物作为装饰。

书案后边摆放着四条屏，一幅旧大骊地图，一幅宝瓶洲版图，其余两幅，是分别绘有桐叶洲、北俱芦洲仙家门派的分布图。

从北方家乡刚刚返回南边藩地的宋集薪，独自坐在书房，挪动椅子方向，面朝四条屏而坐。

宋集薪双手环住一把小巧玲珑的养心壶，轻轻旋转，小壶地款为“山魈”二字。

宋集薪轻轻拧转着手中小壶，此物失而复得，算是物归原主，只是手段不太光彩，不过宋集薪根本无所谓苻南华会怎么想。

当年苻南华进入骊珠洞天，以一袋子金精铜钱和一枚老龙布雨佩，从宋集薪手中买下了这把小壶，这笔买卖，其实还算公道，当然苻南华还是凭本事捡到了个不小的漏。不同于许多山上法宝空有品秩，对于地仙修士却是鸡肋之物，这把养心壶是品秩极高的珍稀法宝，最适宜地仙修养道心、润泽气府，不但如此，壶中别有小洞天，还是件方寸物，所以苻南华得手之后，请高人勘验一番，喜出望外，十分珍爱。

昨天苻南华与年轻藩王"叙旧"，宋集薪便提及了这把小壶，今天苻南华就托人送来了。

宋集薪并不是真正贪图一把养心壶，而是此次回乡游历，让一直看似勤勉为政、实则得过且过的年轻藩王，不知不觉提起了一份心气，终于不再是一个不求有功但求无过的泥瓶巷宋集薪，而是开始以大骊藩王宋睦自居，那么这把重新落入手中的小壶……宋集薪松开一手，轻轻掂量，这就是山下权势的分量。

自古仙家轻王侯，但是如今的大骊王朝不一样，早已是将一洲所有山上势力打压、掣肘、威慑得喘不过气来，你是神诰宗、真境宗这样既是宗字头，更有别洲大靠山的庞然大物又如何，到了大骊皇帝宋和的御书房小朝会之上，依旧要以半个臣子自居，需要看人脸色行事，乖乖落座，乖乖起身。

宋集薪随意抛着那把价值连城的小壶，双手轮换接住。

身后桌上有两份秘档，都是宋集薪要求铜人捧露台收集的情报。宋集薪完全信不过绿波亭谍子，因为绿波亭最早的主人，毕竟是那位大骊娘娘，如今的太后娘娘，更是宋集薪的亲生母亲。虽说如今绿波亭与牛马栏一并属于国师大人，但是宋集薪很清楚，绿波亭许多没被剔除出去的老人，都知道如何做，在皇帝宋和、太后，与势单力薄的藩王宋睦之间，如何取舍，傻子都清楚。

捧露台却是大骊军方独有的谍报机构，只会听令于皇叔宋长镜一人，一直以来连国师崔瀺都不会插手。

宋集薪转过头，瞥了眼那两份档案，一份是北俱芦洲上五境修士的名单，十分详细，一份是关于"少年崔东山"的档案，十分简略。

趴地峰火龙真人太霞一脉的李妤已经兵解离世，指玄峰袁灵殿，此外还有白云、桃山两脉，所幸其中一人只是元婴境，不然火龙真人这一脉，实在是太可怕了。

天君谢实。

骸骨滩披麻宗，宗主竺泉，两位老祖师。

鬼蜮谷京观城，高承。

桃林之中有道观、寺庙，藏藏掖掖，具体底蕴如何，暂时未知。

浮萍剑湖，女子剑仙郦采，已经远游剑气长城。

太徽剑宗，宗主韩槐子，老祖师黄童，新玉璞境剑仙刘景龙。韩槐子也身在剑气长城多年。

北地第一剑仙白裳，徐铉的恩师。

猿啼山嵇岳，已战死，与十境武夫顾祐互换性命，这对于整个北俱芦洲而言，是莫大的损失。

水龙宗，北宗孙结，南宗邵敬芝。

琼林宗宗主。

大源王朝崇玄署云霄宫，杨氏家主。

清凉宗贺小凉。

暂时不知生死的仙人境野修，黄居然。

此外还有许多与桃林道观、寺庙差不多的存在，以及那些现世不多、悄然隐居闭关的高人，大骊王朝的谍报很难真正渗透到北俱芦洲腹地，去探究那些尘封已久的真相。还有一些秘史，是所有在世、已死剑仙的剑气长城之行。

至于那个崔东山，捧露台只给了一张白纸。不过有两张从刑部辗转到此地书房的纸张，一张简略阐述了此人曾经在何处现身、滞留、言行举止，以书院求学生涯最多。首次现身于尚未破碎坠地的骊珠洞天，之后将卢氏亡国太子少年于禄、改名谢谢的少女，一起带往大隋书院。在大隋书院，与大隋高氏供奉蔡京神起了冲突，在京城下了一场无比绚烂的法宝大雨。后来与阮秀一起追杀朱荧王朝一位元婴境瓶颈剑修，成功将其斩杀于朱荧王朝的边境之上。

刑部档案第一页纸张的结尾语，是此人破境极快，法宝极多，性情极怪。第二页纸张，密密麻麻，全是那些法宝的介绍。

宋集薪收回视线，转头继续凝视着那四条屏，如今出入藩王府邸的山上修道之人，鱼龙混杂，许多隐蔽身份，对方不主动说破，宋集薪打破脑袋都猜不到，有那桐叶宗潜伏在宝瓶洲多年的祖师堂秘密供奉，还有那北俱芦洲琼林宗在宝瓶洲的生意管事人。

宋集薪起先就像个傻子，只能尽量说些得体的言语，但是事后复盘，蓦然发现，自认得体的言语竟是最不得体的，估计会让不少不惜泄露身份的世外高人，觉得与自己这个年轻藩王聊天，根本就是在对牛弹琴。

因为宋集薪一直以来，根本就没有想明白自己想要什么。换回宋和那个本名？与弟弟争一争龙椅？宋集薪没兴趣，或者说宋集薪很怕重蹈覆辙。但凡是个看过几本史书的人，都知道帝王之家的兄弟阋墙，是会死很多人的。当今天子也好，太后娘娘也罢，终究都是他的至亲。宋集薪发现自己的人生好像一直这么拖泥带水，爱谁都很难纯粹，恨谁都不彻底，到最后自己就都一一还债，督造官宋煜章，邻居陈平安，婢女稚圭……

不能再这样下去了。宋集薪攥紧手中那把养心壶，猛然起身。

书房门口的稚圭，其实悄然站立许久，这会儿才开口说道："公子，有人求见，等候已久。是云林姜氏嫡女，苻南华名义上的妻子，嗯，那女子瞧着有些富态。不过是高人施展了障眼法，真实容貌，还行吧。"

宋集薪笑着走向门口。

与她并肩行走的时候，宋集薪轻声问道："蛇胆石，金精铜钱，需要多少？"

稚圭眼睛一亮，笑道："公子，当然是与早年银两一般，多多益善，只是如今这些物资，朝廷管得可严，京城皇库那边不会随便拿出来的。"

宋集薪笑道："放心吧，随便找个由头的小事。我可以与南岳山君做笔买卖，拿那范峻茂当幌子，争取截取半数送给你。"

稚圭好似意外，偷偷看了眼宋集薪，公子如今是有些不太一样了。

她继续视线游移，只是没有泄露天机。如今宝瓶洲能够让她心生忌惮的人物，屈指可数，那边刚好就有一个，而且是最不愿意去招惹的。

在宋集薪远离书房之后，从四条屏后边绕出一个白衣少年郎，墙脚还蹲着个从头到尾不用呼吸的木讷孩子。

崔东山一手持折扇，轻轻敲打后背，一手翻转手腕，变出一支毛笔，在一道屏风上圈圈画画，北俱芦洲的底蕴，在上边帮着多写了些上五境修士的名字，然后趴在桌上，翻看关于自己的那三页纸张，先在刑部档案的两页纸上，在许多名称不详的法宝条目上，一一增补，最后在捧露台那张空白页上，写下一句：崔瀺是个老王八蛋，不信去问他。

写完之后，比较满意。

招了招手，让高老弟走到自己身边，崔东山弯腰，在孩子脸上提笔作画。然后头也不抬，微笑道："马苦玄，享受惯了不讲规矩的好，总有一天，你会吃大苦头的。"

马苦玄现出身形，斜靠在书房门口："多大的苦头？身死道消？因果纠缠？国师大人，别人不知道就算了，井底之蛙，攒簇浅水中。但是你岂会不清楚，我最不怕这个？"

崔东山依旧在高老弟脸上画乌龟："来的路上，我瞧见了一个大义凛然的读书人，看待人心和大势，还是有些本事的，面对一队大骊铁骑的刀枪所指，假装慷慨赴死，愿意就此殉国，还真就差点被他骗了一份清誉名望去。我便让人收刀入鞘，只以刀柄打烂了那个读书人的一根手指头，与那官老爷只说了几句话，人生在世，又不只有生死两件事，在生死之间，劫难重重。只要熬过了十指稀烂之痛，只管放心，我保管他此生可以在那藩属小国，生前当文坛领袖，死后还能谥号文贞。结果你猜怎么着？"

马苦玄皱了皱眉头。

崔东山作画完毕，点了点头，处处神来之笔，不愧是毕生功力的显化，这才转头笑道："你说自己不怕身死道消，我是信的，只是你连因果纠缠的厉害都不明白，井底之蛙，哪来的资格与我说自己怕不怕？只说马兰花一事，是谁的安排？不是我吓唬你，光靠境界高便是本事大，多少人能杀我？即便你将来有了通天的境界，我依旧让你揪心千百年，随手为之罢了。所以啊，聪明点，让我省点心。不然到时候你有了真怕了的那一天，于我而言，有何益处？事功学说，根本宗旨之一，就是尽量不让人犯蠢，务必让求利益者，可得利益。”

马苦玄点点头：“有道理。”

崔东山坐在椅子上，旋转手中折扇，笑嘻嘻道：“几天不挨打，就打穷乞丐，你说好玩不好玩？”

马苦玄笑道：“今天能打穷乞丐，明儿说不定就可以打富家翁了，人活着总得有点念想，不然干脆一辈子当乞儿。”

崔东山恍然，使劲点头道：“有道理。”

马苦玄抱拳道：“希望以后还能聆听国师教诲。”

崔东山在马苦玄离去后，摇晃折扇，悠然自得，扇面上写着四个大大的行书：以德服人。

崔东山伸出一根手指，随便比画起来，应该是在写字，沾沾自喜道：“竖画三寸，千仞之高。一线飞白，长虹挑空……”

崔东山转过头，看着那个默默站在书案旁边的孩子：“哪家孩子，这么俊俏。”

整个脸庞都被画上鬼画符的孩子突然说道：“先生，我想学棋。”

崔东山白眼道：“教拳教步，饿死师傅，教你下棋，我有什么好处？”

孩子说道：“可以陪先生下棋。”

崔东山摇头，没有给出答案，只是说了句摸不着头脑的怪话：“遗簪故剑，终有返期。”

刻舟求剑非痴儿，杞人忧天不可笑。

崔东山开始闭目养神，孩子就开始发呆。

半个时辰后，宋集薪独自返回书房，稚圭说要出城逛逛。

宋集薪看到了那个鸠占鹊巢的白衣少年郎后，停下脚步，然后继续前行，挑了张椅子坐下，笑道：“崔先生真是不见外。”

老龙城不是一个可以让修道之人如入无人之境的地方。

崔东山睁开眼睛，问道：“你知道我是谁？”

宋集薪点头道：“有些猜测。”

崔东山以折扇敲打肩膀：“高老弟，与他说说看我是谁，我怕他猜错。”

孩子一板一眼开口说道：“我家先生是东山啊。”

崔东山收了折扇，蓦然捧腹大笑，带着整把椅子都东倒西歪起来。

崔东山蓦然收敛神色，站起身。被气势震慑以及无形牵扯，宋集薪身不由己，立即站起身。

崔东山沉声道：“事到如今，我便不与你捣糨糊了，我叫崔东山，那崔瀺，是我最不成材的一个记名徒孙。”

宋集薪弯腰作揖，轻声道：“国师大人何苦刻薄自己。”

崔东山以手做扇，清风拂面：“何以解忧，唯有自嘲。”

桌上那三张纸，都化作灰烬，随风消散。

崔东山绕过桌子，走到宋集薪附近的窗台旁边，轻声说道：“齐静春对你期望不低的，为何这些年不上心？”

宋集薪沉默不语。

崔东山哀叹一声：“宋集薪啊宋集薪，你知不知道，你这种命，搁在好多的演义小说里边，就是开篇第一个出现的，还是结局最后出现的那个。你咋个就自己不争气嘞？小脑壳儿不灵光嘞？你瞧瞧那杏花巷马苦玄，身边带了只猫，你更了不起，出门之前，就带了个王朱，比如再加上那桃叶巷的谢灵，自家老祖宗都能从谱牒前几页走出来，你们这种人啊，都是天命所归的小老天爷啊！”

宋集薪脸色难看，这都什么跟什么？

白衣少年抬起头，摆出默默流泪状，似乎觉得氛围不够，便打了个响指。

那个高老弟心领神会，开始唱那支小曲儿，那是一个关于臭豆腐好吃的欢快故事。

在崔东山看来，一个人有两种好活法：一种是老天爷赏饭吃，小有近忧，无大远虑，一睁眼一闭眼，舒舒服服每一天。一种是祖师爷赏饭吃，有了一技之长傍身，不用担心风吹日晒雨淋，有钱，所以就可以吃糖葫芦，可以吃臭豆腐，还可以一手一串，一口一个糖葫芦，一口一块臭豆腐。

可怜年轻藩王，站在原地，不知做何感想。

霁色峰祖师堂大门外的广场上，召开了一场声势浩大的武林大会，为表重视，摆放了一张桌子四条长凳，桌上摆满了瓜果糕点。当然祖师堂的大门不是随便开的，更不能随便搬东西出门，所以桌凳都是专门从落魄山祖山那边搬来的。

在座各位，如今都是龙泉郡总舵辖下东华山分舵大佬。

分舵主裴钱，坐在主位上，背对祖师堂大门口，双臂环胸，她身前桌上搁放着一块木牌，是龙泉郡总舵的盟主令牌，宝瓶姐姐交由她保管多年。

刚刚升任分舵副舵主没多久的落魄山右护法周米粒、分舵供奉陈暖树列席这场会盟，供奉陈灵均缺席，已经被舵主裴钱在账本上记过一次。

管着落魄山所有房门钥匙的粉裙女童，和怀抱金色小扁担、绿竹行山杖的黑衣小姑娘，并肩坐在长凳上。

分舵下辖书院某学舍小舵主李槐，成员有山崖书院学生刘观和马濂，三人挤在一条长凳上。刘观、马濂与李槐不但是大隋山崖书院的同窗，还是一个学舍的好友，刘观是寒族子弟，马濂是大隋豪阀出身，马家与大隋弋阳高氏还是姻亲，刘观、马濂都是被书院夫子寄予厚望的大隋读书种子。

还有荣升骑龙巷右护法，原馒头山、后龙州城隍阁香火小人，因为个头最小，被分舵主准许破格坐在桌上，有幸能够与分舵主面对面。骑龙巷左护法趴在长凳下边。

身为武林盟主的总舵主李宝瓶，分舵名誉舵主大白鹅崔东山，两人缺席此次会盟。

裴钱咳嗽一声，视线扫过众人，说道："今天召集你们，是有三件事要商议，不是儿戏……周米粒，先把瓜子放回去。刘观，坐有坐姿。"

小姑娘默默放下手中攥着的那把瓜子。刘观悻悻然坐好。

舵主大人，果然铁面无私，没有感情。

裴钱说了三件事。第一件事，颁布分舵的几条规矩，是些行走江湖的根本宗旨，都是裴钱从江湖演义小说上边摘抄下来的，主要还是围绕着师父的教诲展开。比如：拥有一技之长，是江湖人的立身之本；行侠仗义，则是江湖人的武德所在；拳脚刀剑之外，如何分辨是非、破局精准、收官无漏，是一位真正的大侠需要思量再思量的；路见不平一声吼，必须得有，但是还不太够。

再就是关于分舵一系列职务变更、升迁的缘由。着重表彰了周米粒和香火小人的点卯准时，以及严厉批评了那个骑龙巷左护法的惫懒怠工。

最后一件事，她马上要和李槐去趟北俱芦洲，这是分舵第一次正儿八经的下山游历，所以需要群策群力，多聊些行走江湖的自家经验，陈暖树负责在旁提笔撰写，编订成册后抄录几份，将来人手一本。

聊完了正事，裴钱大手一挥："嗑瓜子！"

霁色峰上，其乐融融。

一路与天上大风、飞鸟为伴，披麻宗那艘被英灵拖曳于云海中的跨洲渡船，顺顺利利停靠在骸骨滩渡口。披麻宗有两位落魄山记名供奉，分别是与宗主竺泉一起驻守鬼蜮谷青庐镇的元婴境修士杜文思，以及木衣山祖师堂嫡传剑修庞兰溪。陈灵均手持行山杖、背着竹箱走下渡船，好些南下游历宝瓶洲、终于返回家乡的修士，纷纷飞掠下渡船，咋咋呼呼，下饺子似的，与不少渡口修士起了争执，看得陈灵均大开眼界，北俱芦洲的修道之人，果然名不虚传，浑身英雄胆，十分豪爽。这要搁在自家的那座牛角山渡船，得被龙泉剑宗和大骊修士打趴下多少人？

陈灵均先去了趟日渐冷清的壁画城，买了一套廊填本神女图，算是给披麻宗的登门礼，这些开销，落魄山祖师堂早早预支了一笔神仙钱给陈灵均，不过陈灵均没动用那个小金库一枚雪花钱。开玩笑，陈大爷会缺这点钱？如果是早年在御江辖境，行走江湖兜里哐当响，神仙钱相互磕碰，跟打雷差不多，只不过到了龙泉郡之后，陈大爷才稍微与人为善了点，不然就他这火暴脾气……早被人一拳打死了。

有些时候，很喜欢一个人胡思乱想的陈灵均，总觉得天底下所有的练气士，都应该在小镇住一段时间，与自己虚心讨教些江湖经验。

在气象森严的披麻宗，宗主竺泉没露面，两位老祖也都不在山上，一位远游在外多年，至于另外那位掌律老祖晏肃，这些年一直忙着与莅临披麻宗的中土上宗老人一起加固护山大阵，庞兰溪在闭关，杜文思还在青庐镇跟那帮骷髅架子较劲。陈灵均没见着熟人，一边腹诽自家老爷的面子不够大，竟然都没有宗主亲自接驾，为自己办一场接风洗尘宴，一边辛苦维持自己见过大世面的架势，还要小心翼翼四处打量。早年在小镇铁匠铺子那边，与阮邛过招，差点着了道，一个风雪庙圣人打扮得跟庄稼把式差不多，这不明摆着故意坑人嘛。所以这趟出门，陈灵均觉得自己还是悠着点比较稳妥。

陈灵均送了礼，接待陈灵均和收礼之人，是个名叫韦雨松的，和和气气，自称是个每天受窝囊气、说话最不管用的账房先生，陈灵均就觉得自己遇上了难兄难弟，只是不断提醒自己这次出门，就别轻易与人称兄道弟了。陈灵均这一路，没少翻书，只是多是那些山水险峻之地的注意事项，披麻宗、春露圃这些个自家老爷踩过点、结下香火情的山头，陈灵均没怎么仔细瞧，这会儿觉得韦雨松挺投缘，是个斩鸡头烧黄纸的好人选，陈灵均便赶紧临时抱佛脚，找了个机会，偷偷拿出自家老爷的一本册子，翻到了披麻宗，果然找到了这个韦雨松。老爷专门在册子上提过几笔，说韦雨松是个极会做买卖的前辈，算是披麻宗的财神爷，提醒陈灵均以后见到了，一定要敬重几分，少说几句浑话。

既然得知对方是一座宗门管钱的大人物，陈灵均便立即心里有数了。一座仙家山头，三种人不能招惹，管着师门规矩的，肯定拳头硬，管着钱财的，更不是省油灯，肯定心脏手黑，最后一种，则是年纪极小的祖师堂嫡传。

与那韦雨松道别，婉拒了对方的挽留，更不敢劳驾对方送到山门，陈灵均独自下山的时候，半路遇上了一位姿色平平的妇道人家，好像看他的眼神不太对劲，陈灵均有些犯别扭，老子又不是那魏檗，瞅啥瞅。那妇人好没眼力见儿，竟然鬼鬼祟祟跟了陈灵均一路，到了山门口那边，陈灵均有些犯怵，就打算改变主意，重新登山，在披麻宗住上几天，好歹将那妇人甩掉再动身不迟。

山门口，当那腰间佩刀的妇人自称竺泉之后，陈灵均膝盖一软，身形一晃，好不容易稳住。

竺泉笑道："魏檗已经飞剑传信木衣山，以后走江一事，若是有些麻烦，你可以报上披麻宗竺泉的名号，未必能够一定救命，但是肯定可以帮你报仇。当然，没有麻烦最好。

不过会很难，在咱们北俱芦洲游历江湖，没缠上一堆麻烦，算什么历练。”

陈灵均战战兢兢道了一声谢。竺泉挥挥手，陈灵均道了一声别，竺泉突然问道：“陈平安什么时候从剑气长城返回？”

陈灵均摇头道：“不太清楚，我家老爷每次出门游历，什么时候回家，都没个准数的。”

竺泉看了眼陈灵均的竹箱、行山杖，大笑道：“你们落魄山，都是这副行头走江湖？”

陈灵均使劲点头。

竺泉突然感慨道：“有些羡慕那个家伙的……自由。”

陈灵均听不懂这些山巅人物藏在云雾中的古怪言语，不过好歹听得出来，这位名动一洲的女子宗主，对自家老爷的印象还是很不错的。不然她根本没必要专程从鬼蜮谷回木衣山一趟。寻常山上仙家，最讲究个平起平坐，待人接物，规矩繁复，其实有个韦雨松见他陈灵均，已经很让陈灵均心满意足了。

一宗之主上五境，还敢死磕鬼蜮谷高承这么多年，这般女子真豪杰，竟然亲自露面，所以陈灵均离开木衣山后，走路有点飘。

按照既定路线，陈灵均乘坐一条春露圃渡船去往济渎的东边入海口，渡船管事正是金丹境修士宋兰樵，如今在春露圃祖师堂有了一把交椅。陈灵均拜访过后，宋兰樵客气得有些过分了，直接将陈灵均安排在了天字号客房不说，还亲自陪着陈灵均闲聊了半天，言语之中，对于陈平安和落魄山，除了那股发自肺腑的热络劲儿，恭谨谦卑得让陈灵均更加不适应。

如今落魄山、披云山、披麻宗、春露圃，四方结盟，其中披麻宗韦雨松和春露圃唐玺，都是负责大小具体事务的管事人，宋兰樵与唐玺又是盟友，本身能够成为春露圃的祖师堂成员，都要归功于那位年纪轻轻的陈剑仙，何况后者与宋兰樵的传道恩师，更是投缘。宋兰樵几乎就没见过自己师父如此对一个外人念念不忘，那已经不是什么剑仙不剑仙的关系了。

陈灵均离家越远，便越思乡。谁都想念，连那黄湖山结茅修行的老瞎子道长，也会经常想起。

魏檗在渡船离别之际，说过一番言语，说修道之人，出门在外，以术杀人，以势压人，不算太难，难在赢得他人的人心。

陈灵均头一次仔细翻阅了以前遗漏掉的册子内容，然后去往观景台，趴在栏杆那边发着呆，天边高挂明月，半圆掩映云海中，又远又近，好像渡船只要稍稍改变路线，就可以一头撞上去，就像游人穿过一道拱门那么简单。

老爷在不在落魄山，是两样的，这一点，陈灵均早有感触。只是不离开落魄山，不走这一遭，就很难理解为何会不一样，不一样在什么地方。

与老爷朝夕相处的时候，老爷什么境界什么身份，好像很容易被忽略，等到陈灵均走在老爷走过的山水路上，才发现原来当年那个自己不情不愿跟着的泥瓶巷少年，好像真的变得很厉害了。

陈灵均收敛思绪，收拾好行李包裹，去与宋兰樵打了声招呼，然后中途离开渡船，去了趟随驾城，直奔火神庙。

在苍筠湖龙宫湖君的暗中谋划下，曾经沦为废墟的火神庙得以重建，当地官府花重金重塑了一尊彩绘神像，香火鼎盛。陈灵均挑了个深夜时分，毕恭毕敬敲门拜访，见着了那位瞧着境界不太高的汉子。陈灵均拿出了许多仙家酒酿，那现出真身的汉子十分开心，只是关于陈平安如今事，汉子半句不问。

陈灵均便觉得这位老哥很对自己的胃口，与自己一般，最有江湖气！于是双方饮酒，都无须劝。

老爷不但在书上、册子上写了，还特意口头叮嘱过陈灵均，这位地方神祇，是他陈平安的朋友，欠了一顿酒。

苍筠湖龙宫那边，得了火神庙庙祝的禀报，湖君殷侯立即深夜赶来，没有任何心腹跟随，八百里距离对于一位整座随驾城都在辖境之内的湖君而言，不过是逛荡自家院子多走几步路。

见着了那个满脸酒红、正在手脚乱晃侃大山的青衣小童，湖君殷侯愣了愣，那位陈剑仙怎的有这么位朋友？

只是一顿酒，喝得都算尽兴。

不过火神庙那汉子，在殷侯来了之后，只是以礼相待，并不热络，倒是与陈灵均喝酒痛快。

清晨时分，陈灵均离开火神庙，去了一趟金乌宫，拜访那位金丹境瓶颈剑修柳质清。

一样是被隆重对待，被毕恭毕敬送到了柳质清闭关修行的那座山峰。

陈灵均见着了柳质清。俊美少年的神仙姿容，头别金簪，一袭雪白长袍，直教人觉得仿佛天底下的名山大川，都在等待这类修道之人的临幸。

柳质清笑着询问要不要饮茶，陈灵均说不用不用，柳质清也不强求，其实双方没什么好聊的，柳质清更不是那种擅长应酬的山上修士，主客双方多是些客气话。陈灵均没话可说的时候，柳质清就不挽留了，陈灵均便起身告辞，柳质清要送到山脚，陈灵均知道此人是在闭关，连忙拒绝，飞奔下山，离开金乌宫，至于山脚恭候的金乌宫宫主，陈灵均更是一并拒绝了对方的宴席，告罪、道谢和相约下次，一气呵成，陈灵均越来越熟稔。

之后此去春露圃，不再乘坐仙家渡船。

到底是天性亲水，陈灵均挑了一条寻常船只，船行画卷中，在两岸猿声里，轻舟做客万重山。

到了春露圃地界，陈灵均没有着急去找已是老熟人的宋兰樵唠嗑，而是按照图册，先逛了一遍大渎入海口的两岸山水，再去春露圃，游览了一遍玉莹崖，再去那座自家老爷创办的蚍蜉铺子待着，有代掌柜操持，生意很好，陈灵均就当了两天的店铺伙计。

这天夜幕里，蓦然一洲祭剑。整座春露圃瞬间灯火辉煌起来，陈灵均连忙打开铺子大门，抬头望去，大街上熙熙攘攘，都说是有剑仙陨落于剑气长城了。

远离家乡千万里的陈灵均，想着那个比自己更远离家乡的老爷，便坐在门槛那边，双手托腮，神色黯然。

剑气长城的南边战场上，第三次出现了金色长河。

陈平安背了一只剑匣，剑匣里装满了借来的剑坊长剑。

陈平安站在城头之上，眺望战场片刻，一步跨出，身形急坠大地，下坠过程当中，双手已经卷起袖管，即将落地之时，双膝微曲，踩在虚空，整个人却蓦然前冲，身后大地之上，轰然凹陷出一个大坑，地底深处，闷雷震动。

不御剑，却御风。如同一支箭矢瞬间远离城墙百余丈，双手按住两颗妖族修士的头颅，轻轻一推，将两具头颅稀烂的尸体摔出去。

陈平安飘然落地，战场周边所有剑修都下意识远离此处，自动为第三次出城厮杀的年轻隐官让出一条道路。

如今的剑气长城再无半点怨怼之心，因为年轻隐官原来是剑修，更能杀人。

一个妖族兵家修士身披重甲，手持大戟，直刺而来，年轻隐官直线向前，随便以头颅撞碎那杆长戟，一拳震散对方身躯，一脚稍重踏地之时，拳架未起，拳意先开。

以陈平安为圆心的周边战场十数丈内，拳意洪水肆意倾泻，不但如此，第二个更大的拳罡圆圈在远处再起，激荡不已，一层拳架一层神意，圆圆相生如层层月晕。

居中武夫，如日中天。

陈平安一路独自往南凿阵，所到之处，术法、灵器倾泻而下，下起了一阵阵的滂沱大雨。

然后陈平安终于碰到了一个硬茬，是一个披挂鲜红锁子甲的矮小汉子，偏戴了一顶凤翅紫金冠，插有两根长尾雉的极长翎子，好似浩然天下那些市井戏台上的花哨装束。

敢在剑气长城战场上这么招摇过市的，除了不怕死，肯定还有不怕死的资格。这个妖族修士身形极快，近乎缩地符，转瞬之间就从数里地之外，来到了陈平安身侧，一拳直接破开陈平安庇护周身的浑厚拳意，砸在陈平安太阳穴上，打得陈平安横飞出去数十丈。

陈平安一掌拍地，飘然旋转，起身站定，后者如影随形，与陈平安互换一拳。

双方几乎同时倒滑出去，在大地之上犁出一条没过膝盖的沟壑，后者抖了抖出拳的右手手腕，左手双指扯下一根翎子，开口言语，竟是剑气长城的方言："你就是新任隐官？武夫远游境了？拳头不轻，难怪能先输曹慈三场，再赢郁狷夫三场。"

他抬起右手，示意围杀而至的妖族大军都退后，将战场让给自己与剑气长城的年轻隐官。

陈平安伸出大拇指，抹去嘴角血丝，再以手心揉了揉一侧的太阳穴，力道真不小，对手应该是个山巅境，妖族的武夫境界，靠着先天体魄坚韧的优势，所以都不是纸糊的。只是九境武夫，身负武运，不该这么送死才对，穿着也好，出拳也罢，对手都过于"无所谓"了。

陈平安很快了然，便难得在战场上与敌人言语："你是蛮荒天下的最强八境武夫？要找机会破境，获得武运？"

那身材矮小的汉子松开手中那根翎子，翎子砰然弹起，点头笑道："如何？你我问拳一场？我要说不会有谁掺和，你肯定不信，我估计也管不住一些个鬼鬼祟祟的剑修死士。没关系，只要你点头，接下来这场武夫问拳，妨碍我出拳的，连你在内皆是我的敌人，一并杀了。"

陈平安伸出一手，指了指剑气长城那边，笑道："城池里边，有位教我拳法的九境前辈，你可以去那边问拳。"

矮小汉子眼神阴沉，自己极有诚意，这位如今声名显赫的年轻隐官，却很不上道啊。

陈平安说道："最后陪你聊几句，一位武夫，不管输给谁，哪怕他是曹慈，都谈不上虽败犹荣，输了就是输了。以此可见，蛮荒天下的最强远游境武夫，不谈拳头硬不硬，只说武夫气魄心胸，确实很不咋的。你要是得了'最强'二字，跻身九境，那就是天大的笑话了。"

双方对话，其实都无甚意思。

只是各自算计都不小，那矮小汉子故作豪迈，要单独问拳陈平安，不过是要以年轻隐官作为武道踏脚石，一旦就此破境，除了蛮荒天下的武运馈赠，还可以攫取剑气长城的一份武运底蕴。

至于陈平安，当然是在暗中寻找那位蛮荒天下的百剑仙第一人。先前三教圣人两次造就金色长河，陈平安两场出城厮杀，与对方都打过交道，交手看似点到即止，都未出全力，但是细微处环环相扣，谁率先在某个环节出现纰漏，谁也就死了，而且死法注定不会如何慷慨壮烈，只会让境界不高的观战剑修觉得莫名其妙。

那矮小汉子好像也没了钩心斗角的兴致，以靴子轻轻拨弄地面沙砾："站着聊完了，等下我给你躺下说话的机会。对了，我叫侯夔门。”

陈平安一手负后，微微转头，伸出手指，指了指自己的太阳穴，示意有本事朝这边再来一拳。

突然有了个想法，可以试试看。试试看的前提，就是先让对方试试看。

侯夔门自然不会客气。

侯夔门一拳递出之后，稍作犹豫，没有乘胜追击，只是站在原地，看着那个被自己一拳打飞出去的陈平安。根本没有躲避更没有还手的陈平安一脚重重踏地，止住身形，笑望向侯夔门，神色之中，略有讥讽。

侯夔门方才担心有诈，便收力几分。

一个以算计著称于六十军帐的年轻隐官，总不至于傻到站着被自己打死才对。所以一拳功成之后，便有一丝后悔，如果这一拳不是试探，而是倾力递出，这会儿那个年轻人还能站着？只是为何对方要硬挨自己一拳？

陈平安指了指自己心口位置：“再来一拳。”

侯夔门抬起双臂，双指分别拈住翎子。他这身鲜红锁子甲装束，与那紫金冠和两根熠熠生辉的翎子，可不是什么寻常的山上器物，而是一整套的上古兵家重宝，只不过炼化之后改变了相貌而已。半仙兵品秩，攻守兼备，名为剑笼，能够拘押剑仙飞剑片刻，没了本命飞剑的剑仙，一旦被他近身，就要乖乖与他侯夔门比拼体魄了。

侯夔门松开两根翎子，身形一闪，来到一心求死的同辈武夫陈平安身前，一拳递出，随后年轻隐官整个人摔在了远处。

陈平安站起身，吐了一口血水，瞥了眼侯夔门，用家乡小镇方言骂了一句娘。

原本是打算让这个八境巅峰武夫帮助自己打破七境瓶颈，不承想这个侯夔门两次出拳都磨磨蹭蹭，这让在北俱芦洲狮子峰习惯了李二拳头分量的陈平安，简直就像是白挨了两记妇人挠脸。

如今的剑气长城，流传着一句公道话，看年轻隐官打人，或是看他被打，都是赏心悦目的事情。

侯夔门神色复杂。

陈平安以蛮荒天下的大雅言问道：“你到底是要杀隐官立功，还是要与武夫问拳破境?!”

侯夔门深吸一口气，双拳轻轻敲击一次，沉声道：“最后一拳，你要不死，就算我输。陈平安，我知道你一样有所求，没关系，就看谁拳法更高！这一拳，你只管还手。”

陈平安皱了皱眉头。隐约之间，侯夔门的磅礴拳意，在他四周凝聚出一份模糊气象，类似圣人坐镇小天地。

早年在书简湖，与青峡岛章靥同行远游，陈平安就发现自己能够依稀瞧出些迹象了。

陈平安抖了抖袖子，轻轻舒展铺开。

一瞬间，年轻隐官和侯夔门所处战场上，尘土飞扬，遮天蔽日。漫天风沙里夹杂着向四面八方迸射的细密拳意，乱如万千极小飞剑溅射。

刹那之后，大地震颤，风沙四散，只见侯夔门一手死死捂住脖子，鲜血从指缝间渗出，一手握拳，环顾四周。

最后侯夔门看到在一个妖族修士身后，那个年轻隐官左手短刀刺入剑修死士后背心，再以右手短刀在脖子上轻轻一抹。

侯夔门已经无法顺畅言语，含糊不清道："陈平安，你作为隐官，我亲身领教了你的本事，只是身为纯粹武夫，真是让人失望，太让我失望了。"

原来先前问拳，年轻隐官硬扛侯夔门一拳，却袖中出刀，直接由下往上，刺入后者脖颈，不但如此，左手一拍刀柄，侯夔门如果不是重重踏地，拔高身形，然后撤退数步，差点就要被锋刃搅烂唇舌，再被刀尖当场捅穿头颅。

若是浩然天下的纯粹武夫，没有天生坚韧体魄支撑，受此重伤，断然是无法言语半个字了。

陈平安将自己身前妖族剑修死士的那具尸体轻轻推开，聚音成线，与侯夔门微笑道："你先后三次出拳，哪一次符合纯粹武夫的身份。你要是第一拳就足够纯粹，我根本不介意与你互换三拳，说不定还能各自破境，那才是真正的谁生谁死，只看拳法高低。"

当陈平安现身之后，战场又自行腾出一大片空地来。

年轻隐官，双手反持短刀，轻轻松开，又轻轻握住。这是与于禄学来的一个小习惯。至于持刀姿势，则是脱胎于梳水国剑水山庄瞧见的一种佩刀姿势。其实在山下江湖上，刺客刀客也有此举，但是在陈平安眼中，意思不够，是个死架子。

侯夔门到底是只知道年轻隐官，而太不清楚陈平安的厮杀习惯。

当陈平安开始拖泥带水的时候，一定是在追求什么后手。不然所有的言语，至多只会在分出生死之后。

侯夔门没有就此撤退，拳意不减反增，很好。

陈平安将那对得自北俱芦洲割鹿山刺客之手的短刀收入袖中，站立不动。

侯夔门不知施展了什么秘法，脖颈附近鲜血停止流淌，双臂下垂，亦是纹丝不动。这才是名副其实的武夫问拳该有的心境。

在那之后，只要是两道身影所到之处，必然殃及池鱼一大片。

两位各在武学瓶颈的纯粹武夫，就像两把剑仙飞剑，肆意切割战场，满地残肢断骸。

侯夔门出拳越来越"轻快"，拳意却越来越重。拳拳皆有九境武夫的气象雏形，这就是破境大契机。

不知为何，那个年轻隐官已是公认的剑修，却始终没有祭出飞剑，甚至连背后剑匣里边的长剑都没有动用任何一把。

战场极远处，一位与年轻隐官身为同道中人的中年男子，看似被妖族大军裹挟，浩浩荡荡往剑气长城那边涌去，但他一直在留心陈平安和侯夔门的厮杀，大致看出了些端倪，在犹豫要不要打乱陈平安的算盘。

只是当他视线扫过几个方位，距离不近，掂量一番后，便放弃了出手，就不与那座天才辈出的甲申帐抢战功了。

侯夔门一身血肉模糊，堂堂八境巅峰武夫，身披重宝，与明明相差一境的晚辈武夫陈平安一场问拳，竟会沦落到这般田地，匪夷所思。

满脸血污的侯夔门蓦然站定，低头轻笑，大快人心，抬起头，死死盯住那个同样突然收拳的年轻人。

侯夔门似乎是在说，等我九境，武运傍身，再来打你这个确实不太讲理的金身境瓶颈，就该轮到我侯夔门不讲理了，任你有那乱七八糟的算计，还能得逞？还能活着离开这处战场？有本事你陈平安也破境一个?!

此番问拳，明明境界更高一筹，却落了下风，症结不在侯夔门体魄不够，不在拳轻，关键是陈平安对于拳路好似未卜先知。

此刻侯夔门见陈平安如临大敌的模样，不似作伪，只觉得痛快，此生练拳，次次破境，仿佛都未曾如此酣畅快意。陈平安今天助自己破境，稍后留他全尸便是，前提是自己跻身九境之后递出的数拳，年轻人体魄扛得住不被分尸！

蛮荒天下的一道道武运，破空而至，降临战场，疯狂涌向侯夔门。

陈平安会心一笑，终于来了。

侯夔门的拳头太轻，打不破自己的瓶颈，至多是帮助自己打熬几处关键的筋骨肌肉，锦上添花而已。

因为担心会影响后续战事，许多九境力道拳头，直奔关键气府，一旦砸在身上，陈平安不怕受伤，只是怕那拳意在人身小天地之内翻江倒海罢了，所以他还不能全部扛住，得卸去大半。侯夔门出拳是痛快了，陈平安与之对拳，却半点不痛快。

没关系，打退武运，陈平安有经验，在那老龙城，还不止一次。何况陈平安连扛那天劫都有过两次，在北俱芦洲随驾城，在这剑气长城与离真对敌，都做过。

陈平安脚尖一点，拔地而起，笔直去往高空，并未出拳，只是一味攀高，仿佛是要去往天幕最高处才罢休，虽未出拳，却是以云蒸大泽式的拳意，迎向那些来自蛮荒天下的一条条白虹武运。

那个中年男子停下脚步，仰头望去，自言自语道："武运也能抢？生意能这么做？"

因为那个年轻隐官不知用了什么古怪手段，竟是直接扯着所有武运白虹，一起升空，使得年轻人宛如白虹飞升。

世间武运，本就是极为虚无缥缈的存在，不然不会连浩然天下的中土文庙都无法阻拦、截取此物，以至于只能听之任之，在九洲版图的天才武夫之间流转。在蛮荒天下，同样是连托月山都无法约束此事。

处境最为尴尬的，自然是那武运来临却不曾近身的侯夔门。

侯夔门双膝微曲，同样去往高空，追逐那个已经小如芥子的陈平安身影，更是希冀着尽量靠近那些武运。

以剑客自居的中年男子依旧没有出剑偷袭陈平安，不是讲究什么规矩道义，战场厮杀，他与陈平安的路数如出一辙，每次出手，以至于每次与对手的换伤，都像是做一笔笔锱铢必较的买卖。

这位在百剑仙谱牒之上力压离真、背篋所有天才的年轻剑客，在冥冥之中，察觉到了一丝大道真意。

此刻出剑，即便能够得手，于自己大道而言，只会得不偿失，因为此生此世，会处处招惹来天地武运的无形压胜。

若是纯粹武夫，以此砥砺自身武道，反而是好事，可惜他终究是剑修。

不对！那陈平安的一身拳意与动机，皆是假的。

他突然一伸右手，从一个不远处妖族剑修手中直接驭来一把长剑，轻轻一震，崩碎出十数块剑身碎片，同时左手手腕翻转，强行以自身剑气炸碎手心几条脉络，鲜血渗出之后，在那些剑身碎片之上一起抹过，使出了诸多压箱底手段之一的中年男子，一挥袖子，将那些碎片激射向高空处，直直去往侯夔门那边。

几乎同时，侯夔门眼前一花，相距百余丈的那一道身形，先用了一张缩地符，再以松针、咳雷两把炼化飞剑作为牵引。

双手持刀，一刀刺中侯夔门腮帮子，横穿整个脸颊，一刀插入侯夔门心口，一击得手，再用缩地符，身形瞬间消失。

下一刻，侯夔门四周悬停了那些长剑碎片，如同一座袖珍剑阵，护住了这个暂时不好说是八境还是九境的妖族武夫。

如果不是长剑碎片赶到，陈平安能够直接割下侯夔门半颗头颅。

侯夔门一咬牙，挨了两刀后，“飞升”身形虽微微停滞，但仍继续飞掠向高空，那些武运，又被那个年轻隐官拖曳向了更高处。

那些长剑碎片在确定侯夔门性命无忧之后便一闪而逝，返回中年男子那边。

两位纯粹武夫，先后撞开了两层广袤云海。一层只比剑气长城城头稍高，更高处的那片云海，则远远高出城头。

蓦然高出云海而悬停，陈平安再一次紧皱眉头，只是这一次，却不是与那侯夔门真真假假、虚虚实实演戏了，而是真的察觉到了一丝不对劲的阴谋气息。

更高处那些武运，千真万确。

侯夔门虽然不知那年轻隐官为何停步，破开云海之后，依旧凭借御风，接近那些如蛟龙游走的条条武运。

陈平安略作思量，竟是直接舍了先前所有谋划，坠入云海，返回大地。

侯夔门便要大大方方笑纳那些本该属于自己的武运，云海之上，大日照耀，侯夔门好似一尊神灵。只是刹那之间，侯夔门一双眼眸变作漆黑，挣扎片刻，竟是开始追随陈平安而去，同时牵引着那些武运一并落向大地。

武运撞入侯夔门身躯当中，跻身九境的侯夔门朝陈平安一掠而去。陈平安三次转变撤退轨迹，依旧躲避不及。

大地之上，砸出一个仿佛剑仙本命飞剑炸裂的惊人大坑。九境武夫侯夔门连同一身武运全部粉碎。

甲申帐，五个蛮荒天下的剑仙坯子，不再遮掩行踪，齐齐出现在大坑边缘，各据一方。背箧、离真、雨四、流白、涒滩。

那个中年男子叹息一声，隐匿身形，就此离去。

竟是有那王座大妖，运转本命神通，附身于破境在即的侯夔门，直接舍了一个板上钉钉的九境武夫，来换取年轻隐官陈平安的重伤？

背箧说道："小心是陷阱。"

一个微笑嗓音在众人心湖之中同时响起："怎么可能。"

只闻其声，不见其人。

流白一直在关注四周战场形势，以心声迅速言语道："事出突然，暂时并无剑仙救援，我们还是要速战速决。"

这名与剑仙绶臣一起出自周密文脉的女子剑修，在甲申帐便一直担任主官木屐的副手，至今不曾出剑。

少年涒滩第一个祭出本命飞剑，贴地而飞，围绕着大坑边缘画出一道经久不散的剑光流萤。

"必须逼迫对方现身！"

涒滩腰间悬佩双剑，双手分别按住剑柄，凝神俯瞰尘土弥漫的大坑底部，些许尘沙遮掩不住一名剑修的视野，只是不知对方施展了什么高明障眼法，竟是找寻不见那位年轻隐官的身影，但是陈平安绝对不曾离开此地。涒滩以心声与好友们交流："不管了，既然眼睛瞧不见，那我就直接去大坑内一探究竟，不给他养伤的机会。背箧，注意地底山根的动静；流白，注意出剑截杀陈平安。"

涒滩一跃而下，以本命飞剑甲骑开道，剑光散去，整个大坑边缘地带出现了数以千计的具装铁骑，密密麻麻攒簇结阵，虽然每一骑不过巴掌大小，看似滑稽，实则每一骑都如飞剑，一时间无数袖珍铁骑从大坑顶部沿着斜坡往下冲锋，好似潮水倾泻一处洼地。

飞剑甲骑率先以大军突进姿态开阵，最适宜勘探那位年轻隐官的陷阱细微处。

涒滩若是剑气长城的剑修，光凭这把飞剑最适宜沙场破阵的本命神通，就可以至少被隐官一脉评为乙等，与岳青的百丈泉、云雀在天，齐狩的跳珠并列。若这把本命飞剑拥有更多玄妙，兴许都足可与吴承霈的那把甘霖同列。

背篋是刘叉的开山大弟子，如果不是刘叉在此次战役当中收取了一拨记名弟子，他便是唯一的嫡传。

只是大战以来，背篋始终没有出手，比那同一军帐的女子剑修流白要更加云遮雾绕。背篋除了一个天下皆知的师承，其余飞剑有几把、本命神通、练剑路数都是未知。他身后背负巨大剑架，此刻其中六把长剑纷纷离开，围绕大坑，最终掉转剑尖，一把把长剑瞬间没入大地，在地底极深处结阵，不给已经负伤的年轻隐官逃脱包围圈的机会，年轻隐官即便犹有余力破开剑阵，也会露出蛛丝马迹，到时候等待年轻隐官的，必然是凌厉飞剑的拦截，并且绝对不止一把。

雨四身穿一袭黑袍，只以一截雪白绸缎系挽头发，风流倜傥贵公子。他心意微动，附近地面上几件破碎兵器，立即从不同方向向远处掠去，最终坠落在地，所过之处，并无半点涟漪震动，这就意味着并无阵法陷阱。照理而言，从陈平安与担任鱼饵的侯夔门交手，到最后侯夔门被“手持鱼竿”的王座大妖附身，挟武运大势，不惜与陈平安玉石俱焚，陈平安都处于一个个意外当中，哪怕身穿仙兵品秩的法袍金醴，这会儿都不死也要掉好几层皮了。只是雨四依旧觉得不妥。

离真已经蹲下身，拈起一撮土壤，轻轻捻动，尘土四散而飞，都粘连着丝毫剑意。离真环顾四周，微笑道：“果然有古怪，是一座类似小天地的禁忌之地。上次与我厮杀，都没有拿出这份本事来。好，很好，我总算可以输得服气了。”

原来那些尘土飘荡到了十丈之外的时候，如灯芯瞬间点燃，随即化作灰烬。

雨四再次驾驭一些坠毁在地的破碎器械，以及妖族的残肢断骸，一并飞向远处。果不其然，如撞墙头，纷纷落地。

那个年轻隐官既是剑修，又是纯粹武夫，斩杀起来尤为麻烦，哪怕耗竭一口纯粹真气，仍能够转去御剑杀人，一旦灵气需要补给，就转为武夫出拳，武夫真气，与剑修灵气，相互轮换，生生不息，故而先前剑修第二场出城厮杀，事后甲申帐统计双方战功，靠着从头到尾参加了一整场战事，积少成多，年轻隐官的军功，高居剑气长城出城剑修榜首。当然这与剑仙需要镇守金色长河有关，而城头驻守的剑仙，要么据守一方，要么为年轻剑修压阵，剑仙真正出剑的机会不会太多。

那一场厮杀，年轻隐官一直在隐藏身份、更换气息，手段层出不穷，与第一次出城厮杀，有宁姚护阵，以纯粹武夫光明正大地开阵截然不同。第二次赶赴战场，更像是一位四处捡漏的刺客，只有迫不得已，才以拳剑杀敌。所以在蛮荒天下各大军帐，这位剑气长城的外乡人，为自己赢得了一个新鲜说法：南绶臣北隐官。

将陈平安从战场上找出来，已经很难，找到了，将其打伤更难，哪怕愿意与陈平安以伤换伤，甚至不惜以死换伤，但是陈平安撤离逃遁太果断异常，关键是陈平安持续作战的实力，太过惊人，所以比起剑气长城那些堂堂正正出剑、杀力极大可通天的剑仙，战场上年轻隐官这种对手最恶心人。

“好家伙，差点着了道。各位，对不住，先前是我的失误。”

雨四心中恼火不已，伸手按住佩剑，剑意凝聚为实质，丝丝缕缕雪白剑气萦绕于手臂和剑柄四周，剑气森森，整个剑鞘都被一层薄薄冰霜蔓延覆盖。“不过由此可见，受伤不轻，不然离真此举，咱们这位隐官大人肯定会继续藏藏掖掖，不至于这么快就露出马脚。作为赔罪，我最后一个出剑便是！”

不是甲申帐的成员，肯定会觉得雨四“最后”这个说法，太过莫名其妙。

背篋皱眉问道：“离真，这座小天地，到底如何而来？是与圣人借？小天地也能借吗？”

众人当中，只说对于小天地的熟悉，离真是当之无愧的第一人。

离真早已开始散步，一如首次与陈平安捉对厮杀的闲庭信步，每走几步，就丢出一件山上重宝，没办法，身为托月山的关门弟子，不缺法宝。

而离真的布阵之法，造诣极高。背篋的地底剑阵，离真信不过，还得亲自再布一座阵法才能放心，既能防止陈平安破阵而出，还可以稍稍拦截剑仙营救。

离真笑道：“天晓得怎么来的，当务之急，是确定这座小天地的玄妙，到底是能够帮助陈平安拔高一境，还是一处刻意针对练气士的无法之地，或者就只是个拖延战况的障眼法，好让剑仙及时赶来与陈平安会合。”

雨四早已在勘验此事，身边四周残肢断骸悬空飞掠，在那堵无形墙壁附近磕磕碰碰。雨四看了眼大坑之中，尘土早已被自己驱散，只是坑底景象依旧白雾茫茫。“除了隔绝天地的禁制，坑底那边依旧不好确定，我们四周好像什么古怪都没有。要不然我们干脆出剑，破开这座小天地？”

离真摇了摇头，蹲下身，将最后一件法宝压胜于大地之中，同时以心声答道：“意义不大，陈平安并不介意我们就此离开，别忘了我们的目的是什么，是围杀陈平安。先前我以飞沙试探，已经有答案了。如你所料，陈平安确实受伤不轻，以小天地故弄玄虚，归根结底，他还是为了赢得喘息时间。我们先看看涒滩的出剑结果吧。”

雨四颇为无奈。有了围困之局，竟然找不到人，有些憋屈。

大坑之中的甲骑大军，枪矟皆附有小幡，五彩缤纷。枪矟所附彩帜、彩穗，便是涒滩飞剑本命神通之二。

炼剑所需天材地宝繁多，其中最重要的根本之物，就是来自蛮荒天下各大山岳的山根土壤，可不是为飞剑显化而出的"铁骑大军"装装样子那么简单。

涒滩一个心神不稳，再定睛一看，发现自己悬停于一处云海之上，隐约有数座山峰高出云海，如岛屿一般。天地极大。

涒滩立即停下御风，悬停空中，低头望去，大地之上，好似一处战场，一支支铁骑冲阵，竟都如无头苍蝇一般，地理形势，根本不按常理，许多原本间距极远的铁骑，最终刹那之间就相互冲撞在了一起。

视野所及，恰好有一支碧绿纷纷的铁骑大军，与彩帜绯红的大军相互碾压而过。

涒滩并没有收取本命飞剑甲骑，只要铁骑踩踏在大地之上，哪怕是在虚幻的小天地当中，所有枪矟附幡的甲骑大军便不损丝毫。事实上战场上也是这般，铁骑不断粉碎，又不断生成如初，不知疲倦，一次次行进以展开冲锋。涒滩很快就发现了那处战场的玄妙之处，仿佛是一张张薄如白纸的书页，被幕后人一次次进行他人肉眼不可见的精巧折叠，故而一支支铁骑的行军路线，尽在对手掌控之中。

涒滩发现自己的言语心声，已经无法与背篓他们交流，身陷困境，少年依旧剑心澄澈，拔出双剑，一闪而逝。一剑消逝之后，一处天幕电光交织成网，疯狂涌动，不断绽放出惊心动魄的画卷。

一剑化虹远游，往最远处急急而去，想要摸索出这座小天地的版图大小。

涒滩伸手一抓，本该远去千丈外的第二把佩剑，竟然往自己后背心直刺而来，被少年握在手心。

涒滩冷笑道："鬼鬼祟祟，就靠着些花哨伎俩，这么与我耗下去？"

一座山峰之巅，一粒芥子身影，蓦然大如山岳，那庞然巍峨的青衫客背负剑匣。

法相屹立于山峰，就好似一人站在路边石子之上。

陈平安笑着低头俯瞰持剑的涒滩，抬起一手，手中多出了一把学生赠送的玉竹折扇，迅猛拍下，四周云海被那股磅礴气象扯动，滚动如沸，隐约有雷鸣声。

涒滩竟是纹丝不动，任由大扇当头一拍而下，最终一穿而过。

涒滩冷笑道："你的真身，果然受伤极重，就只能靠些假象一味拖延了。"

陈平安又抬起一手，掌心托有一枚法印，翻转手掌，大印如山，再次迎向涒滩。

涒滩挥出一剑，将那枚山字印一斩为二，没有半点气机涟漪，唯有剑光。又是那心意显化而成的虚假之物。

涒滩抖了抖长剑，朝那装神弄鬼的年轻隐官勾了勾手指。

陈平安微微一笑，又拈出一张金色符箓。因为法相所持符箓，在少年涒滩眼中过于庞大的缘故，一张符胆如金色雷池的金色符箓，气势汹汹，飘荡向少年剑修涒滩。

与此同时，陈平安法相左手轻轻一抬，大地之上，一条山脉直接被拔断山根，从下往上，配合当头笼罩涒滩的金色符箓，掠空砸向后者。

涒滩手指一抹长剑剑身，手指抵住剑尖处，剑尖处绽放出一粒璀璨光亮，最终以其为圆心，生出一个剑光大圆，与那符箓和山脉撞在一起。

此次年轻隐官出手，果然皆是真物！

涒滩一个福至心灵的猛然后仰，双指掐诀，身上那件法袍，焕发出光彩夺目的七彩之色，浮现出一位位彩带飘摇的诸天乐伎，身姿极其小巧可爱，立即护住他所有本命窍穴。

涒滩御剑远离原地，下一刻悬停之时，他身后亦是出现了一尊金身法相，是一位姿容绝美的天女，微微弯腰倾身，双手刚好捧住他身形。

涒滩脖颈之间，缓缓渗出一长串鲜血珠子。

涒滩脚下长剑缓缓颤抖，好似为天地大道所压制。护住少年的那尊女子神祇金身法相也开始出现一寸寸剥落迹象，原本无瑕的璀璨金身被腐蚀得极快。

涒滩驭剑在手，另外一手轻轻抹去脖子上的血迹。

分明是一处针对世间所有练气士的“无法之地”。还差点被那家伙一刀割走头颅。

涒滩终于切身体会到了那些与年轻隐官对敌之人的感受。虚虚实实，真真假假，全是问心，皆是算计。

剑气长城城头之上，魏晋与老大剑仙问道：“真不需要我去解围？”

陈清都笑道：“解围？解谁的围，陈平安，还是你魏晋？你以为对方没有藏着后手？只说那五个极好的剑仙坯子，谁来负责接引离开？死了其中任何一个，甲子帐都要心肝疼。”

魏晋说道：“有陆芝帮忙压阵，我可以试试看。”

陈清都摇摇头：“等着就是了。谁后出手，谁就占优。”

陈清都眺望南方众多妖族军帐，十四头王座大妖，哪怕是周密出手，都还好说，唯独那个刘叉，如果让他有了出剑的理由，比如死了个被刘叉寄予厚望的嫡传弟子，剑气长城这边就会有点麻烦。

到时候他陈清都，是不方便出剑的。那么由谁来拦阻？董三更被牵制在金色长河那边。陆芝？远远不够。便是加上那个随之也有了出剑理由的牢头老聋儿，也还是不够的。

距离涒滩极远处的一座山岳山脚，转瞬之间便一去一返的陈平安，此刻站在相对纤细的“一条山脉”之上。

陈平安脚下正是那具侯夔门死后现出妖族真身的尸体，至于锁子甲、紫金冠和两根翎子，先前对撞之后，破损却未崩碎，按照常理，早就应该被捡了破烂，被隐官大人收入囊中，只是这次陈平安却没有全部收入囊中，只是将那翎子收入了和晏溟以一换一、“暂借”给他的咫尺物中，不但如此，咫尺物中先前储藏之物，也已搬空。至于侯夔门的甲胄与紫金冠则都被陈平安以搬山术法，放置在了远离侯夔门尸体的地方。

陈平安这会儿受伤极重，脸色惨白，以至于右手整条胳膊已经不受控制，一直在轻轻颤抖，这对于陈平安来说，是极其稀罕的事情。

先前侯夔门那一手，太过歹毒，陈平安相当于挨了十境武夫的倾力一拳，如果不是稍稍避开，早就被侯夔门一拳当场洞穿了心窍。

若是搁在演武场上，挨了十境巅峰一拳而不死，那就是滋味极好。但是此刻看似玩弄少年剑修涒滩于股掌之中，事实上陈平安还是难逃围杀之局，那就滋味极其不好了。

方才对少年剑修涒滩一击不中，也让陈平安极其无奈。若是自己体魄巅峰之时，天才剑修涒滩的那颗头颅，此时就该搁放在方寸物当中了。

不过涒滩在这里束手束脚越久，无法强行破开小天地，陈平安就可以恢复越多。

陈平安望向涒滩被神灵呵护于手中的姿态，久久没有收回视线。

涒滩不去看那尊装模作样、好似闭目养神的山巅法相。

涒滩死死盯住一缕气息残余的远处，虽然看不真切那处山脚景象，但是他可以确定那个年轻隐官的真身就藏在那边。

山巅巍峨法相睁开眼睛，双指掐剑诀，从背后剑匣中掠出一把把巨大飞剑，朝涒滩破空而去。

以双手护住少年身形的天女法相，旋转身形，背对那些大如仙家渡船的飞剑。

涒滩一咬牙，呕出鲜血。那把交织电光的佩剑，突然悬停天地间，在剑尖和剑柄首尾之间，绽放出一丝剑光，分别往天幕和大地直直激射而去。

陈平安便以肆意折叠天地山河的神通，尽量改变两条剑光的轨迹，一旦稍稍更改路线，剑光不再在笔直一线之上，陈平安就能够让那少年剑修无法以此勘验天地界线。不承想涒滩竟是直接炸开了那把佩剑，剑光蓦然扩大，天地之间如同撑开了一根栋梁。

那把佩剑，其实便是涒滩的第二把本命飞剑。

与此同时，本命飞剑甲骑从铁骑大军凝为一剑，返回涒滩一处窍穴当中。

天女法相，双手并拢，护住不惜毁掉一把飞剑的主人涒滩，风驰电掣掠向那道剑光，显然是打算以开道之剑光作为退路。

山巅法相一手举起，掌心指向天幕处被涒滩剑光破开的窟窿，一手手心贴在山巅，弥补远处大地之上被涒滩破开的大坑。

陈平安法相双手手心虽未真正触及剑光，却被不断消磨。

小天地被陈平安分出三层，由里向外，分别庇护真身体魄，再就是打开大门禁制，以半吊子的法相现世，专门针对第一个陷阵的少年剑修涒滩，最后一层最为稀薄，负责以障眼法迷惑其余四位天才剑修。所求之事，便是尽可能更多休息调养的同时，将对方各个击破，能伤则伤，能杀则杀，总之能杀一个都是赚。

只是目前看来，光是斩杀涒滩，便不轻松，极有可能要收起最外围的第三层天地，巩固第二层，才有可能击杀涒滩。

陈平安依旧不愿意太早拿出两把本命飞剑的全部神通。

不过因时而异，涒滩的选择，让人意外，陈平安只能两害相权取其轻，先杀一人再说。

当涒滩以毁去一把本命飞剑作为代价，也要强行离开此地之际，一道剑光已经破开第二层小天地的天幕。

陈平安双手持短刀，就要截杀涒滩，突然心意微动，停下了身形。

就在此时，陈平安袖中那件咫尺物砰然震动，毫无征兆。不但如此，被陈平安丢掷在远处的甲胄、紫金冠，都同时轰然炸碎。

一道如弧月悬空的外来剑光，切开了两层天地的屏障，刚好劈在了那处宝甲粉碎之地。

陈平安却望向了另外一处，紫金冠自行销毁处，出现了一处极其细小的飞剑痕迹，没有任何瞩目剑光，没有一丝剑气，没有任何涟漪波动。如果不是位于自己坐镇的小天地当中，陈平安根本无从察觉。

等到陈平安想要捕捉那把飞剑轨迹之时，竟然毫无线索。

坐镇小天地，如同圣人随时随地起心念，便可掌观山河，一览无余。这让陈平安对那把不知名飞剑充满了戒备，远比那破开屏障的一剑更加重视。前者简直就是一把更加夸张的齐狩飞剑心弦。若是战场对峙，被那把飞剑盯上，注定会极为棘手。不是雨四，不是离真，不是已经递出凌厉一剑的背篋，那么就应该是那个被涒滩称呼为流白的女子剑修了。

难怪涒滩要提醒流白注意截杀自己，这个流白的本命飞剑，和曾经与自己并肩作战的北俱芦洲女子剑仙谢松花是差不多的路数。擅长温养剑意，出剑极快，杀力极大，追求一击毙命，瞬间分出生死。

陈平安放弃了斩杀涒滩的念头，既然形势变化，涒滩身负重伤，留在战场上，便又大有用处了。

涒滩是可杀可不杀，女子剑修流白是必杀之人。

离真瞬间来到流白身侧，循着小天地屏障被背篋一剑破开的剑意痕迹，离真稍稍心算，便立即一语道破天机：“先前我们心声言语，极有可能被陈平安听在耳中，这座小天地，不是他跟谁借来的，就是他的小天地。”

流白突然提醒道：“是留在上边的雨四！”

在流白出声之后，背箧护住的少年涒滩，与离真护住的流白，原本双方间隔极远，并且都悬停云海之上，此刻却莫名其妙就站在了相距数丈的大坑底部。

在这期间，四位蛮荒天下最出类拔萃的年轻剑修，如有清风拂面，是那三层小天地相互转换的蛛丝马迹。

倏忽之间，双方又恢复原先处境，两拨人四位剑修，相隔遥遥云海上。

背箧说道：“离真，别藏掖了，阵法之外，再打造出一座更大的小天地，然后不断缩减。”

离真点了点头，祭出七件刚刚炼化没多久的本命物，蓦然升空，最终如星斗悬天，相互牵连一线之后，再与先前离真布下的大地阵法交相辉映，原本白昼时分，夜幕沉沉，下一刻，天地间又恢复清明。

离真身形逐渐消散，魂魄分别掠向七个方向，与背箧他们提醒道：“至多一炷香之内，我可以让陈平安的小天地现出原形，只是在这期间，我便暂时无法出剑了。”

两座小天地发生了大道之争，天地随之摇晃，几名剑修视野中的景象，扭曲不定起来，仿佛一幅摊放在书案之上的画卷，却被人手持画轴一端剧烈抖动。

背箧背后剑架中的一把把长剑不断远掠而走，带起一道道虹光，小天地当中的所有云海、山岳，皆被长剑摧毁，剑光之外，剑气绽放。

一些飞剑路过的山岳、江河“废墟之地”，刚想要重新生成幻象，便被残留剑气再次搅烂。

背箧仿佛是想要将无穷尽的剑意布满整座小天地，即便陈平安是此处圣人，也只有那立锥之地，再难以随心所欲转移身形。

背后剑架，已无长剑。

背箧手持长剑，落在大地之上，以剑尖抵住地面，剑身缓缓没入大地，一圈圈涟漪荡漾而起，以极快速度向八方散去。大地之上的涟漪当中，悬起一粒粒精粹剑意凝聚而成的水珠，追随着那些圆圈涟漪不断生发，如一道雨幕悬停大地。显而易见，背箧已经不愿意等待离真。

少年涒滩盘腿而坐，流白已经顶替离真，站在涒滩身旁护阵。

先前承诺自己会最后一个出剑的雨四，手持长剑，以满身血迹的狼狈身形，蓦然从云海处倒滑而出，好像他被人一脚踹中腹部，然后强行破开天地屏障，最终才得以撞向流白不远处。

流白直接祭出那把被誉为“海底针”的本命飞剑，从那个“雨四”后背一穿而过。

涒滩也再次祭出那尊来历不俗的天女法相，悬在自己与流白身后，法相一手护住一人。

这尊远古天女法相不似寻常，仿若活人一般灵动，先前以后背硬扛来自山岳之巅青衫客的飞剑，竟有些许神色变化。此时她低头凝视主人，更是满脸和蔼。

那个“雨四”来也匆匆，去也匆匆。

背箧一把长剑剑光在先前开门处一闪，随之消失。

最深层的那座小天地当中，陈平安伸手捂住被飞剑洞穿的肋部，苦笑不已。好一个流白。

原本只要流白稍稍手下留情，哪怕她足够谨慎和心狠，按照陈平安的预期，轻伤“雨四”来判定真假，那么十余丈距离，就足够让硬扛一剑的陈平安近身，一旦近身，杀她也好，杀涒滩也罢，都有大好机会。不承想流白那一记本命飞剑，直接奔着“雨四”一处所有剑修的根本气府而去，陈平安只好略微转换身形，以轻伤代价果断撤退。算是偷鸡不成蚀把米了。

至于那把尾随而至的背箧长剑，陈平安躲避不难，很快就被他“礼送出境”。

而陈平安所在小天地之内，雨四的处境，就要比先前涒滩更加不堪。因为体魄在逐渐痊愈的陈平安，再没有任何花哨举动，小天地当中，处处皆飞剑。

甲申帐剑修雨四，避暑行宫那边的秘档内容，比起背箧、流白要更翔实。本命飞剑瀑布。

雨四祭出飞剑之后，如天寒地冻时分，刚好身披旋袄。所以哪怕被那些纵横交错、肆意飞掠的飞剑围困，却还能够支撑下去。

如果流白与雨四对调位置，流白应该已经死了。

陈平安两把本命飞剑的本命神通，刚好完全压胜和克制流白的那把古怪飞剑。只可惜没有这种“好的如果”，今天一战，多是不好的意外和万一。

武夫侯夔门，同样被动了手脚的三件至宝，少年剑修涒滩的果决行事，女子流白对待一位袍泽好友的狠辣……

至于在自家小天地之内，折叠山河如折纸的神通，源自早年陈平安在大隋京城目睹茅夫子身陷法阵异象的一个灵感。

只可惜陈平安尚未真正得心应手，不然离真与背箧的强势破阵，远不是一炷香能够办成，因为飞剑笼中雀，并非死物的山水阵法，与那圣人坐镇书院、道观寺庙或是战场遗址，又有差异。后者坐镇的山河版图，几乎是固定的，但是陈平安凭借笼中雀却是行走之地皆天地。同样还是陈平安身为隐官，无法真正潜心修道、炼剑的关系，不然这种笼中笼的天地层次之分，会更加圆转如意、滴水不漏。

世事历来如此，便宜好处占不尽。

不是当了剑气长城的隐官，陈平安也根本炼不出这两把与剑气长城“大道契合”的本命飞剑。

雨四能够保证暂时不死，却绝不好受。

年轻隐官除了以飞剑杀敌，更会在这处压胜对方飞剑而己方飞剑更加顺畅流转的无法之地，以纯粹武夫出拳，双手持刀，神出鬼没。

雨四脸颊处血肉被陈平安一刀剐去一大块，身上更是伤痕累累。

所幸既非剑气盘桓关键气府，也无拳罡激荡窍穴中，雨四终究是剑修体魄，并无什么致命伤。只是与现身之时的玉树临风天壤之别了。

突兀一剑，破开天幕。长剑被送出天地，背篋凭借丝丝缕缕的残余剑意，找到了此地。

陈平安身形消逝，运转天地，本就是正在等这一剑，这才故意遗留那点剑意。

流白的本命飞剑难寻轨迹，背篋这些剑意落在陈平安眼中，无异于夜幕中近在咫尺的点点萤火。

陈平安动不了有剑气飞瀑庇护的雨四，便颠倒天地，让正忙于抵挡一百多把飞剑井中月的雨四，刚好位于那道剑光的劈斩方位。

背篋以心声言语道：“雨四！”

背篋没有言语更多，便谈不上泄露天机，只看默契。

雨四没有让背篋失望，伸手抓住那道剑光。

剑光竟是弯曲如绳索，背篋驾驭心念与剑意，猛然一拽，就要将攥紧剑光的雨四拖出好似大牢笼的小天地。

为了防止陈平安借机行事，免得救人不成，反而被陈平安袭杀撤退路线有迹可循的雨四，流白无须背篋言语提醒，便祭出那把好似不存在于世间的本命飞剑。

背篋出剑之时，就站在了那尊天女法相的肩头。

陈平安微微叹息，任由背篋救走雨四，他去杀涒滩，原本各不耽误。

你救你们的人，我杀你们的人，做买卖得公道。

既然背篋早有预料，那就只能退而求其次了。

与陈平安一起走过千山万水的飞剑初一、十五，终于同时现世。

然后在那天女身后，蓦然出现一尊更加巍峨巨大的青衫法相，双手十指交缠变作一拳，当头朝她头颅砸下。

手中持剑的背篋一剑朝空中扫去，弧月剑光再度凭空出现，直接将陈平安法相的握拳双手斩断。

既然围杀剑修中的几个软肋皆不可杀。那就还给对方一个意外，杀一个最强者。

陈平安强行更换天地厚薄，将自己置身于折叠山河当中，比那松针、咳雷牵引，再加缩地符更加迅速，瞬间就来到背箧身后。

背箧整个人被一拳打在后背心处，跌落神女法相肩头，砸到远处大地当中。

陈平安则被背箧反手一剑刺中，腹部结结实实挨了一剑，背箧可以躲却没有躲，摆明了就是要与陈平安互换伤势。

初一与十五已经与流白那把本命飞剑相互撞击不下百次。

手段不仅如此，天地之间生出了两条符箓长河，金光熠熠，往雨四那边浩浩荡荡，汹涌冲去。

背箧哪怕被一拳砸飞，依旧牵引那道剑光，在空中划出一个大弧，尽量将雨四拽向自己。

流白则抓住涒滩肩头，继续驾驭本命飞剑阻拦初一、十五，她自己则带着涒滩御剑去往远处，绝不给陈平安近身搏杀的可能。

果然，那年轻隐官紧跟雨四而去。

雨四却怒吼道："流白！"

女子剑修流白头脑中一片空白，凭借本能丢开手中的少年涒滩，她就要自毁金丹，再驾驭本命飞剑，直刺自己心口，希冀着先杀自己，再杀那年轻隐官。

但是对方五指攥住她的脖颈，往后一拽，离开原地，然后陈平安重重一拧，直接将流白的整个脖子扯断。更有一拳重重砸中流白的脊柱，拳罡大震，渗入体魄，打得流白气机崩散，连心意念头都被殃及，迫使那把本命飞剑在原先轨迹之下飞掠过后，出现了一丝凝滞。

陈平安刚要再补上一拳，试图打穿流白的整个后背，不但要将其整条脊柱和那颗金丹当场震碎，还要彻底打断她的长生桥。不承想陈平安额头如同遭受一记重锤，身形被迫消逝。

流白虽然肉身销毁，终究勉强护住了一半的大道根本，只是再想要跻身上五境，尤其是仙人境，此生就要希望渺茫、难如登天了。

陈平安快速瞥了一眼流白头颅附近，是涒滩悄悄在流白身上留下了一道符箓。

涒滩本就伤上加伤，呕血不已，满脸血污，视线模糊，但为了施展那道救命的符箓，他依旧是竭力招手，以那张残破符箓裹住了流白的金丹与魂魄，收入袖中。做完这些，涒滩几乎就要晕厥过去，他维持住脑海中最后一丝清明，又伸出手，不管如何，他都要将流白姐姐的那副皮囊取回。

不承想，天幕处出现了一道道不知该说是剑光还是星光的光柱，将背箧、雨四、涒滩，还有流白那具毫无生机的身躯，一并笼罩其中。

陈平安刚好躲过流白那一道，但是在自己的小天地当中，竟然避无可避，躲不可躲，被第二道光柱砸中。至于流白的那副身躯皮囊，则已经被光柱冲刷殆尽。

陈平安被一撞坠地，在空中身形踉跄，一个翻滚，躲过一道如影随形的光柱，再折叠山河，瞬间远去数百丈。

离真身形悬停天幕处，仿佛一位穿过光阴长河的远古神灵，双手托起了本该悬在夜空的北斗七星。

星斗缓缓转移，小天地之内随之四季流转，春雷震动，夏日炎炎，秋风肃杀，大雪纷纷，大道运行，如磨盘转动，碾杀万物。

在这期间，背篋先前布下的无数剑气，越发凌厉，天地之间，剑意水珠凝聚出一条不断开疆拓土的剑气长河，晃荡不已，洪水漫天。

陈平安要么收起飞剑笼中雀的本命神通，要么就要陷入一场与离真纯粹比拼消耗神意的艰苦战场。

陈平安的身影在小天地之中一次次出现又消失。

陈平安一个横滑，出去十数丈，瞬间站定。显化为小天地的笼中雀，凝聚为一剑，掠入本命窍穴当中。小天地消散。

陈平安站在大坑斜坡之上，离真悬停大坑上空，其实不过十数丈，背篋背负剑架，刚好位于坑底中央地带，雨四搀扶着涒滩，站在大坑顶部边缘。

背篋埋在地底下的剑阵刚要有所动作，天地再度一变。

这一次的小天地，相较于先前的广袤无垠，显得逼仄太多，方圆十数里而已。

处处坟茔的诡谲景象，只是坟茔四周却又有那杨柳依依。这就是那个年轻隐官的真正心境?

一直心如止水的背篋，破天荒露出一抹怒气。

雨四以飞剑瀑布护住自己与涒滩，咬牙切齿，心中大恨。

这个陈平安，就这么难杀吗?!

离真随意抬起一手，便能触碰天幕，啧啧笑道："最惜命的隐官大人，这次真打算逃也不逃了?"

接下来陈平安能做的，撑死了就是拿走涒滩剩下的半条命，再加一个雨四。

至于离真自己，与那背篋，在这场乱七八糟、乌烟瘴气的围杀当中，不缺飞剑杀力，缺的是倾力出剑。

陈平安被围困当中，身形摇晃，显然两次祭出笼中雀，再以一人对敌五人，无论是一次次雪上加霜的武夫体魄，还是支撑两把本命飞剑近乎修士的灵气，还是一个人的精气神，都已是强弩之末。

离真摇摇头，眼神怜悯："涸泽而渔，取死之道。"

只是神色轻松，心中却憋屈至极。

如果早早知道陈平安两把飞剑的本命神通，己方五人，完全不至于沦落到这般凄惨田地，稍作应对，不说他离真，其余四位剑仙坯子，只要开口求人，谁会缺傍身法宝？他们先前准备的许多攻伐法宝和秘法，根本就没有机会使出来。结果到现在围杀不成，还导致流白和涒滩大道受阻，未来成就有限。只是修行路上，千金难买早知道。

陈平安以拳重重击掌，微笑道："送诸位一程，安心上路。"

天地之间的四面八方，从那天圆地方的小天地所有屏障界线之处，出现了无数把飞剑井中月，向四名剑修缓缓推进。又是一把不讲道理的本命飞剑！

离真心中惊悚。这个疯子，真要换命？

背箧眉头紧皱，这个年轻隐官是临死都不愿被人以飞剑斩杀？所以选择拼了性命和大道不要，都想着多杀一人？

片刻之后，陈平安一个后仰倒去。笼中雀与井中月两把飞剑，都瞬间返回窍穴。

于是得知真相后的离真，忍不住骂了一句娘。原来陈平安后仰倒去的地方，是那剑气长城的墙脚了。这就意味着离真他们所有人，被这个狗日的年轻隐官骗到了，以两把本命飞剑与他们搏命是假，折叠山河、更换战场是真。

但是接下来一连串的事情，对蛮荒天下和剑气长城而言，都是天大的意外。

先是一位隐匿于战场上的王座大妖现出身形，大袖一卷，将那已经出剑的背箧、想要撤退的离真等人，一并收入自己的袖中乾坤当中，同时手指一弹。风雪庙剑仙魏晋，一剑劈去那头大妖针对陈平安的术法。

陆芝刚要离开城头，一个大髯背剑佩刀的汉子，直接以双拳击退两位剑气长河之上的剑仙，来到了靠近剑气长城的战场之上，伸手按住刀柄，仰头望向女子大剑仙陆芝。只要陆芝不出剑，他便不拔刀。

这还不算是那个"天大"的意外。

陈清都仰头望去，笑了笑。

甲子帐灰衣老者步出军帐，似乎是想要亲眼看看某一幕场景。

蛮荒天下和剑气长城的共同天幕处。一道大如山岳的虹光砸开整座天下的恢宏禁制，笔直落在战场之上，并不靠近剑气长城，反而直接选择了金色长河以南的妖族大军腹地。方圆数百里的巨大战场之上，瞬间大地翻裂，震起妖族大军无数，死伤大片。

一个从天外而来的汉子，微微屈膝，站在战场之上，抬起双手，贴住额头，往后缓缓捋过头发。那汉子挺直腰杆，环顾四周皆妖族，大笑道："你们已经被我包围了。"

第二章 去而复还

男人摊开双手，掌心朝上，轻轻晃了两下。

久别重逢，示意剑气长城的自家人，尤其是对自己心心念念的好姑娘们给点表示。

原本陷入沉寂的整座剑气长城城头之上，顿时口哨、嘘声四起。

女子大剑仙陆芝低下眉眼，懒得看那男人，她真是没眼看。

背对城墙的男人点了点头，很满意，自己还是这么受欢迎。

战场之外，剑气长城中就是个路边孩子，遇见了酒鬼赌客外加大光棍的汉子，都会喊一声狗日的阿良。战场之上，那个男人，就是阿良，只是阿良。

阿良视线游移，瞥了几眼那些散落各处的军帐，朗声道："不要犹豫，来几个能打的！"

一个大髯汉子转过身，盯住那个家伙，沉声道："我来。"

阿良没转身只转过头，望向单独站在金色长河那一侧的刘叉，昔年十分投缘，双方亦敌亦友。阿良慢悠悠转身，搓手笑道："好兄弟打个商量？先来几个不那么能打的，帮我热热手？你这样的高手，我打不了几个啊。"

背剑佩刀的刘叉面无表情："等你已久。为何还是没能找到一把趁手的剑？"

阿良双手手心贴紧，轻轻拧转手腕，既然一上场就是硬仗，那就只能自己先热热手了。

刘叉拇指轻轻抵住刀柄，轻轻一推，刹那之间，就已经掠过金色长河，来到阿良身前，一刀劈下。

战场之上，此后根本不见两人身影，只是激荡起一圈圈好似山岳砸入大湖的惊人涟漪，每一层涟漪瞬间向四周扩散，皆如墨家剑舟展开一轮齐射，飞剑细密，不计其数。

阿良从天而降之后，方圆百里之内的妖族大军，没死的，都在紧急撤出，各大军帐的督战官都没有任何阻拦。

大地之上，伴随着一声声炸雷声响，出现一处处间距极远的巨大坑洼。所有坑洼出现蓦然凹陷之后，四周全无生机，妖族修士的身躯、魂魄，坠地后化作齑粉，兵器、山上重宝，与那黄沙尘土一起，皆被凝聚不散的剑气笼罩，如同凭空出现一座座凝聚的天然剑阵，剑意森森，绞杀万物。皆是两位剑修交手瞬间带来的剑气余韵使然。

各自屹立于一座天下剑道之巅的剑修，硬生生打出了一番天地异象。

某座相对接近两人战场的军帐，被一条长线瞬间割裂开来，避之不及的数名修士，怎么死的都不知道。

刘叉站在被一分为二的军帐顶部，脚下军帐并未倒塌，帐内修士已经作鸟兽散。

数里地之外，阿良停下身形，伸手一抓，将一把上五境剑修的飞剑握在手心，先是攥紧，然后以双指抵住飞剑的剑尖和剑柄，加重力道，将其挤压出一个夸张弧度。

这把飞剑细如牛毛，极其幽微，关键是能够循着光阴长河隐蔽长掠，看样子是位极其擅长刺杀的剑仙。

电光石火之间，飞剑竟是被阿良双指压得几乎如满月，飞剑到底不是大弓，在就要绷断之际，远处响起不易察觉的一声闷哼，付出巨大代价，以某种秘术强行收走了那把被阿良双指禁锢的本命飞剑，然后气息瞬间远遁，一击不成就要远离战场，不承想在退路之上，一个男人出现在他身后，伸手按住他的脑袋，剑意如水浇灌头颅，阿良一个后拽，让其身体后仰，阿良低头看了眼那具剑仙尸体的面容："我就说不会是绶臣那小王八蛋，只要战场上有我，那他这辈子就都没出剑的胆子。"

那具尸体被阿良轻轻推开，摔在数十丈外，重重坠地。

另外一个方向，大地之上蓦然飞升出一道雪白光柱，弃了皮囊不要的妖族剑仙魂魄，连同被魂魄严密包裹的金丹、元婴，被那道蕴含无穷剑道真意的光柱一冲而过，没能留下任何痕迹。

在这短暂的停歇期间，阿良环顾四周，白雾茫茫，显然已经身陷某个大妖的小天地当中。

"小把戏，吓唬我啊？你怎么知道我胆子小的？也对，我是见着个姑娘就会脸红的人。"阿良仿佛呵手取暖，以他为圆心，白雾自行退散。

天地间唯有黑白两色的战场之上，出现了一头庞然大物的大妖真身，雄踞一方，坐镇天地，正在俯瞰那个小如一粒黑点的渺小剑客。

阿良抬头望去，愣了一下，好大一只啊。

他就问了一个很真诚的问题:“我都不认识你,你怎么敢来?”

道理很简单,除了那些在英灵殿拥有古井王座的存在,其余与他阿良没打过照面、交过手的妖族,在蛮荒天下就没资格被称呼为大妖。既然都不是大妖了,在他阿良眼中,“够看”吗?

那头被阿良认定为“不知名”妖族的庞然大物,刚要驾驭天地神通,试图碾杀那个在蛮荒天下久负盛名的阿良,不承想妖族真身从头顶处,由上往下,出现了一条笔直白线,就像被人以长剑一剑劈为两半。

但终究是在这个仙人境妖族修士的小天地当中,虽然妖族修士瞬间被伤及根本,但转移战场不难,真身只是刚刚止住声势,堪堪抵御那道光亮长线带来的汹涌剑意,便出现在了小天地边缘地带,尽量与阿良拉开距离。只是他如何都没有想到整座天地之间,不但是小天地界线之上,连那小天地之外,都出现了数以千计的光线,贯穿天地,仿佛整座小天地,都变成了阿良的小天地。一座万剑插地的剑林。

最终被数十条剑光死死钉住真身的仙人境妖族修士,别说挪动身躯,便是稍稍心念微动,就有绞心之痛,他惊骇地发现在自己小天地当中,亦是逃无可逃的凄惨处境。

阿良根本没有理睬这个仙人境妖物。仙人境妖物这座小天地脆如瓷器,好像被剑修以剑尖轻轻一磕,就是支离破碎的下场。

天地恢复清明之后,以阿良所占之地为起始,无数条剑光纷纷涌现,就像一个不断扩展的巨大圆圈,方圆数十里之内一举荡空。

先前站在军帐顶部的刘叉,抵挡那些剑光并不难,他此刻变成了悬停空中,再次成为战场上唯一与阿良对峙的存在。

他淡然说道:“奉劝一句,谁都别掺和。”

就算愿意送死,好歹也要给阿良带来一点伤势。

刘叉收刀入鞘,伸手绕后,拔剑出鞘,握剑在手。

在蛮荒天下,行走四方,出剑机会近乎没有,所以刘叉才会期待与阿良的重逢,本以为会是在浩然天下,没想到这个男人竟然连破两座大天下的禁制,直接返回剑气长城。

阿良伸手,从金色长河以北的战场上,远远驾驭回一把剑坊制式长剑,他握在手中,掂量了一下,轻巧了些许。他叹了口气,竟然连剑坊都要被迫偷工减料,这场仗确实打得有些惨烈了。

先前刘叉见面就朝他脸上一刀,太不讲江湖道义。阿良便还了刘叉一剑。

相互一剑过后,阿良倒退撞入云霄中,剑气长城上空的整座云海被搅烂,如破絮纷飞。

阿良一脚后撤,重重凌空踩踏,止住身形。刘叉后背撞烂整座大地,身陷地底极深，不见踪迹，地下响起一连串沉闷雷声。

两人分别以更快速度递出第二剑，阿良从云海那边倾斜落地而去，刘叉现身大地之上，皆是一线直去与一剑递出。

这一次双方倒退身形更远，阿良竟是直接被一剑击退到了剑气长城最高处的那片云海。阿良抖出一个剑花，随意震散刘叉滞留在剑身上的残余剑意，与坐镇天幕的老道人笑道："老伙计，二十年不见，咱们剑气长城那些早年挂鼻涕的丫头片子，都一个个长成如花似玉的大姑娘了吧？晓不晓得她们还有个出远门的阿良叔叔啊？"

手挽着那把麈尾的老道士，换了一条胳膊，搭住那把折损严重的拂子，面带微笑，以青冥天下的方言骂了一句。

双方一番"礼数周到"的寒暄客套之后，阿良便一闪而逝。

整座云海被剑意牵扯，随之剧烈晃动起来，盘腿而坐的道门圣人有些无奈，伸出一手，轻轻按住云海，这才止住云海的震动翻涌。

阿良高高举起手臂，好似不曾学剑的稚童，一记抡剑劈砍而已，打得刘叉连人带剑再次身形消逝，退往地底深处。

阿良这一次却半步没退，只是手中长剑已粉碎消散。

这种战场，哪怕只有两人对峙，依旧谁都不愿近身，除非那个站在甲子帐外观战的灰衣老者一声令下，让数位王座大妖对阿良展开围杀。

但灰衣老者只是冷眼旁观。一些原本蠢蠢欲动的王座大妖，便各自打消了率先出手的念头。毕竟刘叉还未出全力。

手中无剑的阿良双手各自掐诀，战场之上，两股剑气洪流就像两条走江的蛟龙，分别蕴含着剑气长河和蛮荒天下的剑道真意，浑厚无匹，疯狂涌入刘叉的撤退方位，撞入底下。

方圆百里的大地，轰然塌陷。原本离地不过数丈高的阿良，变成了悬在高空。

上五境妖族皆俯瞰而去。刘叉站在低于战场百丈的"大地"之上，一手负后，一手双指掐诀。刘叉当下手中并没有持剑，身前却有佩剑显化而出的一个雪白玉盘，纤薄莹澈，光线璀璨迸射，如一轮人间冉冉升起的明月，挡住了那两股剑气洪流形成的天上星河。

两道剑气瀑布倾泻而下，撞击在那轮莹白圆月之上。已是在大地之下的刘叉身后，山根土壤依旧在不断崩裂直至稀碎。

剑气四散，远处许多境界不高的妖族地仙修士，竟是以掌观山河的神通看了片刻，便觉得双眼生疼，如凡夫俗子直视日光，只得撤掉神通，再不敢继续凝视那处被双方硬生生打出来的"小天地"。

刘叉一袭粗布麻衣，衣袖飘荡，猎猎作响，仰头说道："去了天外天，打杀了些化外天魔,结果就只是这样?还是说那道老二,道法不高,名不副实?”

阿良笑道:“是朋友才与你说句真心话,你要是真这么觉得,那么你会死的。”

刘叉摇摇头,竟是收起了那把剑,握剑在手之后,任由两股剑气洪流撞向自己。

刘叉不再蓄力,开始刻意收敛剑气。稳如磐石,亦如中流砥柱,任你剑气如洪水,刘叉自身剑道却是巍峨山岳,浩浩荡荡的两条剑气长河,与刘叉体魄激荡撞击之后,自行绕开,激起数十丈高的剑气浪花。

或听闻、或亲眼见识过左右剑气极多,冠绝数座天下,在剑气长城历练之后,左右甚至已经能够将自身纯粹剑意凝为实质,但是刘叉此刻,却是以剑道凝为真身。

阿良笑了笑。然后在他和刘叉之间,出现了一条世间最虚无缥缈的光阴长河,光阴长河现世之后,焕发出光彩琉璃之色。

整条长河如一把巨大飞剑,拧转起来,将刘叉裹挟其中,刘叉仿佛凭空置身于他人剑鞘中,他人又再将长剑归鞘。

原本与天地大道最为契合的光阴长河,不知如何被阿良扯出之后,开始被蛮荒天下的大道排斥,使得光阴长河四周出现了无数大道真意的压胜气象,两者接壤处,焕发七彩琉璃之色的光阴长河不断如碎冰崩碎,但是整条光阴长河虽然被挤压,却越来越坚固紧密,好似天地间蓦然出现了一把以飞升境琉璃金身打造而成的长剑。

灰衣老者赞叹一声:“好手段。”

在某处军帐,一心只教弟子圣贤书、两耳不闻窗外事的读书人,也抬起头,仔细端详远处战场。

阿良仰起头。

真身被暂时拘押、剑道被逐渐消磨的刘叉,当然不会这么简简单单就束手待毙。

一尊屹立于天地之中的法相,只有半截身躯显露出大地,以双手握剑之姿,一落而下,剑尖直指阿良,瞬间临头。

在先前那座军帐遗址,也出现了一个刘叉,双指并拢,以剑意凝聚出一把长剑。

最早阿良曾经笑言,刘叉这样的高手,自己打不了几个。但是剑道真身、阳神身外身外加一个阴神远游的刘叉,一分为三,到底不等同于三个巅峰刘叉。

阿良从来不打只能挨打的架。哪怕打架的对手当中,有剑气长城的董三更,也有目前这位蛮荒天下的刘叉,还有青冥天下那个臭不要脸的真无敌。

下一个瞬间,一尊堪称顶天立地的夸张法相,出现在了刘叉法相身后,一手按住后者头颅,将其头颅砸入大地。

阿良在离开剑气长城之前,就一直想要告诉刘叉,自己有没有趁手的剑,有些关系,可只要对手同样没有仙剑之一,那就关系不大。

早年不在战场相逢,与刘叉是朋友,所以阿良没好意思说这个。言语太耿直,容易没朋友。

同时，一手按住刘叉法相头颅的那个阿良，另外一手持剑，一斩而下，一线之上，刚好存在着八座军帐。

三位王座大妖，白莹、肩扛长棍的老者、金甲神人，分别出手，阻拦那一剑。

阿良嬉皮笑脸道："溜了溜了。"

那条被阿良凝聚为一把长剑的光阴长河，崩裂开来。

刘叉身外身那处，一道剑光莫名其妙撞向剑气长城的城墙，连那条金色长河都被一剑洞穿。剑光消散之后，有个人趴在城墙之上，缓缓滑落下去。

灰衣老者来到刘叉真身那边，瞥了眼嘴角渗出血丝的大髯汉子，笑道："所以说下一次出剑，就别扭捏了。"

刘叉点点头。

出窍远游的阴神法相，与还给阿良那一剑的阳神身外身，皆归为一人。

而那个被一剑"送到"城墙上边的阿良，起先刚好是在那个"猛"字的上边，他一路滑向大地，其间不忘偷偷吐了口唾沫在掌心，脑袋左右转动，小心翼翼摩挲着头发和鬓角，与人打架，得有追求，追求什么？自然是风采啊。

记得倒悬山那边，好像有个在黄粱福地卖酒的小姑娘，她当年是怎么说来着，好似是说看见他的容颜之后，就像心头蓦然蹿出一头小鹿，在她心路上，撒腿乱跑。这些肺腑之言，可以收下，至于姑娘们的爱慕之情，就算了。

男人在那个大字的某一横处，突然悬停身形，向前一脚跨出，他对一个神色古怪的老剑修笑着招呼道："这不是咱们殷老哥嘛，瞅啥呢？多瞅几眼，能涨几个境界啊？"

一巴掌打在元婴境老剑修殷沉的肩膀上，阿良埋怨道："殷老哥，真不是老弟说你啊，这些年趁我不在，光顾着看小姑娘啦？不然怎么还没有上五境？"

肩头一个歪斜，一阵吃痛，阿良出手半点不客气，在剑气长城以难打交道著称的殷沉，依旧绷着脸，死活不说话。

阿良双手重重一拍老剑修脸颊，瞪大眼睛，使劲摇晃起来，急匆匆问道："殷老哥，殷老哥，我是谁都认不得了？你是不是傻了……"

殷沉无奈道："认得，我就是一时半会儿，心情太激动，说不出话来。"

阿良松开手，收敛了笑意，说道："总算还剩下几张熟面孔，怪我，怪我来得晚了。总是这样，走过路过错过。"

殷沉心知不妙，果然下一刻就被阿良勒住脖子，被他卡在腋下，挣脱不开，还要挨那些唾沫星子："殷老哥，一看到你还是老光棍的样子，我心痛啊。"

阿良突然放开殷沉，一步跨出墙头之外，飘向城头那边，最后来到老大剑仙身边。

城头上，魏晋抱拳笑道："阿良前辈。"

阿良拍了拍魏晋肩膀，伤心道："见什么见，不还是光棍一条。"

阿良盘腿而坐，面朝南方，难得神色肃穆起来。

哪怕被他这么一搅和，不过是片刻的安宁，接下来仗还是继续打，人还是继续死。战场之上，厮杀依旧。

陈清都站在阿良身边，笑问道："难道青冥天下那座白玉京，没有几个长得好看的黄冠道姑，这么留不住人？"

阿良指了指头顶云海，然后单手托腮，眺望战场，一手抵住心口，默默调养气息，嘴上言语却没老实："有啊，怎么没有，不过是在白玉京下边露了一面，光是那个老伙计在白玉京的两个师妹，看我眼神就要吃人，更别提其他的仙子了，行走天下，此事最恼人。"

陈清都呵呵一笑。

阿良问道："那小子伤势如何？我当时只是远远瞥了眼，比较古怪，看不真切。"

陈清都随口说道："反正给宁丫头背回去了，死不了，半死不活这种事情，习惯就好。"

阿良说道："到底只是个年轻人，还是外乡人，老大剑仙身为长辈，多少护着点人家，这小子除了喜欢宁丫头，其实根本不欠剑气长城什么。倚老卖老，不是好习惯。"

陈清都笑道："你这是教我做人，还是教我剑术？"

阿良站起身，小声道："我这人最不好为人师，可如果老大剑仙一定要学，我就勉为其难教一教。"

魏晋大为佩服。无论是先前出剑，还是此时言语，不愧是阿良前辈。

陈清都斜了一眼阿良。城头一震，阿良已经不在原地，溜之大吉。只是阿良前辈的逃跑方向，是不是错了？

饶是魏晋都目瞪口呆，忍不住问道："老大剑仙，这是？"

陈清都看了眼魏晋："看不出来？打架啊。"

魏晋无言以对。

陈清都再瞥了眼那道起始于城头的挂空长虹，阿良的去势太过迅猛，笑问道："当年他游历宝瓶洲，就没跟你讲过，他最喜欢被一群飞升境围殴？"

魏晋沉默片刻，神色古怪："当年阿良与晚辈说，他在那座剑仙如云的剑气长城，都算能打的，反正肯定能排进前五十，还让我千万别觉得他是在吹牛，很……言之凿凿的那种。"

所以魏晋一开始还以为遇到了个骗子，不过亏得阿良前辈当时关于剑道的见解和感悟，看似胡说八道，却恰好让魏晋大受裨益，他这才忍住没出剑试探，在那之后，便有了那个阿良前辈所谓的小赌局，魏晋输掉了那枚养剑葫，然后开始闭关，果然顺利跻身上五境。出关之后，魏晋自然而然，对剑气长城充满了神往之心，想要亲眼看一看，等于拥有五十个阿良前辈的剑气长城，到底是怎么个地方。

陈清都突然说道："除了一直以剑客自居，阿良还是个读书人。"

阿良身形远去，直接越过了那条金色长河，当他重重坠地之后，四周妖族大军在些许错愕之后，立即如潮水般退散，拼命逃窜，撒腿狂奔的，御风御剑的，皆有。

狗日的又来了！

阿良高高扬起脑袋，双手捋过头发，自问自答道："还能够更帅气吗？不吹牛，真心不能够！"

言语之时，以他为圆心，出现了一条陆地龙卷，越来越大，最终遮天蔽日，是那无数剑意凝聚而成的飞剑在结阵。

剑阵全然不受蛮荒天下的大道压胜。远离剑气长城之后，飞升至天外天，拳杀化外天魔不计其数，还要与道老二搏命，原本就已登顶之剑道，更高一层楼，可通天。

那个施展袖里乾坤，硬生生从剑气长城墙根那边卷走背箧一行人的王座大妖，正是将无数座仙家遗址炼化成自家庭院的黄鸾。

陆芝仗剑离开城头，亲自截杀这个被誉为蛮荒天下最有仙气的巅峰大妖，加上金色长河那边也有剑仙米祜出剑拦截，黄鸾以毁去右边半截袍袖、一座袖中天地为代价，加上大妖仰止亲自接应，才得以成功逃回甲申帐。

陆芝站在那条剑仙越来越稀少的金色长河之上，没有返回剑气长城，而是留在原地，据守一方。

先前她出剑，太过束手束脚，因为战场位于长河与城头之间，己方剑修太多。

老剑修殷沉盘腿坐在大字笔画当中，摇摇头，神色间颇不以为然，嗤笑一声，腹诽道："若是我有此境界，那黄鸾逃不掉。这场仗都打到这份儿上了，还不知道如何算账才赚，你陆芝怎么当的大剑仙，娘们就是娘们，妇人心肠。"

殷沉在剑气长城，那份人敬人爱的口碑，大概就是这么来的。

甲申帐外，黄鸾抖了抖右手袖子，如撒豆在地，芥子大小的几位年轻剑修纷纷现身。

背箧收剑道谢，离真脸色阴沉，雨四狼狈不堪，搀扶着昏迷不醒的少年涒滩。至于流白，折损最为严重，所幸魂魄已经被涒滩收拢起来。

不是剑修，却是甲申帐领袖的少年木屐，在得知流白的处境之后，虽然心急如焚，依旧与这个前辈弯腰致谢。

黄鸾微笑道："木屐，你们都是我们天下的气运所在，大道长远，救命之恩，总有报答的机会。"

木屐神色坚毅，说道："晚辈绝不敢忘记今日大恩。"

一旦甲申帐真正战死一位剑仙坯子，那他木屐作为甲申帐领袖，就不光是账本上的功过得失了，所以黄鸾此举，之于少年木屐，同样无异于救命之恩。

仰止一挥手，将雨四直接拘押再打退，她站在了雨四原先所在的位置，将涒滩轻轻抱在怀中，伸出一根手指，抵住涒滩眉心处，一道天地间最为纯粹的水运从她指尖流淌而出，浇灌少年各大气府，与此同时，她一搓双指，凝聚出一把莹白短剑，是她珍藏多年的一件上古遗物，被她按向涒滩眉心处，少年毁去一把本命飞剑，那她就再给一把。

片刻之后，涒滩悠悠然醒来，见着了帝王冠冕、一袭黑色龙袍的女子熟悉的面容，蓦然红了眼睛，颤声道："师父。"

仰止柔声道："些许挫折，莫挂心头。"

涒滩到底是少年心性，遭此劫难，身受重创，虽然道心无损，可谓极为不易，但伤心是真伤透了心。他哽咽道："那家伙太阴险了，我们五人，好像就一直在与他捉对厮杀。流白姐姐以后怎么办？"

说到底，少年还是心疼那个流白姐姐。

仰止笑道："那流白，师父本来就嫌弃她模样不够俊俏，配不上你，如今好了，让周先生干脆给她更换一副好皮囊，你俩再结成道侣。"

涒滩赶紧摇头，他并非这般心意。

仰止揉了揉涒滩脑袋："都随你。"

黄鸾大为意外，仰止这婆娘什么时候收取的嫡传弟子？

剑仙绶臣匆忙赶来甲申帐，从涒滩那边收走了自己师妹的魂魄，确定流白的金丹与元婴皆无大碍之后，松了口气，仍是与诸人道谢一声，然后小心翼翼以术法拢着流白魂魄，赶紧绕路去往师父那边。至于为何绕路，当然是那个阿良的缘故。

黄鸾御风离去，返回那些琼楼玉宇当中，选择了僻静处开始呼吸吐纳，将充沛灵气一口鲸吞殆尽。

此次出手，其实数他损失最大。他将自己精心栽培出来的侯夔门打造成战场上的牵线傀儡，作为针对年轻隐官的先手，结果没了一颗重要棋子不说，还挨了陆芝和米裕各自一剑，碎了半截法袍袖子，外加一座小天地，关键是白白折损了三百年道行。

黄鸾心意一动，只见不远处凭空多出了一座众多蛟龙尸骸作为栋梁、廊道的阁楼，黄鸾立即打开禁制，收入自家天地。

黄鸾微笑道："谢过老祖赏赐。"

木屐已经返回军帐。

背篋和离真并肩而立，在遥遥观战。

先前围杀隐官一役，他们两人因为始终没机会倾尽全力，所以都没有受伤。只是比起流白、涒滩和雨四这三人，估计他们两人才是最憋屈的。

离真与背篋心声言语道:“想不到输在了一把飞剑的本命神通之上,如果不是这样,就算给陈平安再多出两把本命飞剑,一样得死!”

背篋说道:“抱怨可以,但是希望你不要迁怒涒滩和雨四。”

离真讥笑道:“你不提醒,我都要忘了原来还有他们参战。三个废物,除了拖后腿,还做了什么?”

背篋皱眉说道:“离真,我敢断言,再过百年,就算是受伤最重的流白,她的剑道成就,都会比你更高。”

离真沉默片刻,自嘲道:“你确定我能活过百年?”

背篋反问道:“是不是离真,有那么重要吗?你确定自己是一位剑修?你到底能不能为自己递出一剑?”

背篋心中大为疑惑,先前的托月山离真,虽然桀骜不驯、目中无人,但是那种锋芒毕露的意气风发,背篋不觉得有什么错。只是不知为何,离真在“死”了一次之后,性情好像越来越极端,甚至可以说是灰心丧气。

离真双手揉着脸颊,喃喃道:“你亲身走过光阴长河吗?可能没有,可能走过,但是你肯定不曾见过光阴长河的河床,我走过,那就是命运。”

背篋听着离真的小声呢喃,紧皱眉头。

雨四孤苦伶仃一人站在那边,比神色黯然的离真,更加失魂落魄。

独处容易让人生出孤单之感,孤独却往往生起于熙熙攘攘的人群中。

一道身形凭空出现在他身边,是个年轻女子,双眼猩红,身上那件法袍,交织着一根根细密的幽绿“丝线”,是一条条被她在漫长岁月里一一炼化的江河溪涧。

她轻声安慰道:“公子,没事,有我在。”

然后她死死盯住身材婀娜的仰止,对峙双方,是新旧两位曳落河之主。

雨四伸手撇开年轻女子的手,率先挪步,淡然道:“走吧。”

那女子尾随其后。

涒滩看到这一幕后,顿时愕然。

坐在军帐内的木屐抬起头,又低下头。

木屐一直清楚离真、背篋和流白三人的师门,却是今天才知道涒滩和雨四的真正靠山。

木屐挠挠头,不知道自己以后什么时候才能收取弟子,然后成为他们的靠山。

陈平安猛然惊醒过来,从床榻上坐起身,还好,是许久未归的宁府小宅,不是剑气长城的墙脚。

陈平安伸手抵住额头,头疼欲裂,他重重吐出一口浊气,只是即使这么个小动作,就让整座人身小天地翻江倒海起来，应该不是梦境才对。山上神仙术法万千，世间古怪事太多，他不得不防。

陈平安怔怔望向门口那边，门槛那边坐着个男人，正拎着酒壶仰头喝酒。一屋子的浓郁药味，都没能遮掩住那股酒香。

男人站起身，斜靠房门，笑道："放心吧，我这种人，应该只会在姑娘的梦中出现。"

说到这里，男人抹了把嘴，自顾自乐和起来。

世事短如春梦，春梦了无痕，譬如春梦，黄粱未熟蕉鹿走……读书人想起了一些美好的书上诗句罢了，正经得很。

陈平安如释重负，应该是真人了。

陈平安与阿良对视许久，开口第一句话，便是一个大煞风景的问题："阿良，你什么时候走？"

希望阿良返回剑气长城，但是不希望阿良留在剑气长城，因为会死的。

这场战争，唯一一个敢说自己绝对不会死的，就只有蛮荒天下甲子帐的那个灰衣老者。

即便是仰止、黄鸾那些蛮荒天下的王座大妖，都不敢如此确定。

剑气长城这边，更是无人例外。

"我想走，一大帮子飞升境留不住；我不想走，老大剑仙都赶不跑，你小子劝得动？"

阿良叹了口气，晃荡着手中酒壶，说道："果然还是老样子。想那么多做什么，你又顾不过来。当初的少年不像少年，如今的年轻人，还是不像年轻人，你以为过了这道门槛，以后就能过上舒坦日子了？做梦吧你。"

今日事之果，看似已经了解昨日之因，却往往又是明日事之因。

山上修道，为何上山？不全是占据一方风水宝地那么简单。

阿良伸手以酒壶点了点陈平安："就不该让你这么早又练拳又修行，左右这个师兄当得不行，下次见面，我说说他。"

修道之人，劳心不劳力；纯粹武夫，劳力不劳心。这小子倒好，两样全占，可不就是自讨苦吃。

不过阿良也没多说什么重话，自个儿有些言语，属于站着说话不腰疼。不过总比站着说话腰都疼要好些，不然男人这辈子算是没盼头了。

阿良示意陈平安躺着修养便是，自己重新坐在门槛上，继续饮酒，这壶仙家酒酿，是他在来的路上，去剑仙孙巨源府上借来的，家里没人就别怪他不打招呼。

陈平安好奇问道："打过架了？"

阿良面朝院落，背对着陈平安，神色惫懒："不多，就两场。再打下去，估摸着甲子帐那边要彻底炸窝了，我打小就怕马蜂窝，所以赶紧躲来这里，喝几口小酒，压压惊。"

不是被围殴的架，他阿良反而提不起精神。

只是好不容易故地重游，酒水滋味依旧，许多朋友成了故友，还是伤心多些。

他这辈子，好像从来都是这个样子，所以喝酒再多，从来难开怀。

阿良随口问道：“你小子是不是答应了老大剑仙什么？”

陈平安说道：“剑气长城能够额外多守三年。”

不知不觉，在剑气长城已经有些年。如果是在浩然天下，足够陈平安再逛一遍书简湖，若是独自远游，都可以走完一座北俱芦洲或是桐叶洲了。

担任隐官之后，在避暑行宫的每一天，都度日如年，唯一的散心举动，就是去躲寒行宫那边给那帮孩子教拳。

“那你是真傻。”阿良摇摇头，说道，“你有没有想过，如果愁苗来当这个隐官大人，你打个副手，就会轻松很多，剑气长城的结局，也不会相差太多。如今第五座天下已经开辟出来，城池北边的那座海市蜃楼，老大剑仙与你说过内幕没有？”

陈平安刻意忽略了第一个问题，轻声道：“说过，整个海市蜃楼，是一座断断续续打造了数千年的仿造飞升台，加上隐官一脉的避暑行宫和躲寒行宫，就是一座远古三山阵法，到时候会携带一批剑气长城的剑道种子，破开天幕，去往最新的天下。只是这里边有个大问题，海市蜃楼宛如一座小庙，容不下上五境剑仙这些大菩萨，所以离开之人，必须是中五境、下五境的剑修，而且老大剑仙也不放心某些剑仙坐镇其中。”

阿良啧啧称奇道：“老大剑仙藏得深，此事连我都不知晓，早些年四处逛荡，也只是猜出了个大概。老大剑仙是不介意将所有本土剑仙往死路上逼的，但是老大剑仙有一点好，对待年轻人一向很宽容，肯定会为他们留一条退路。你这么一讲，便说得通了，最新那座天下，五百年内，不会准许任何一位上五境练气士进入其中，免得给打得稀烂。”

果然哪个大户人家的院子里边，不埋藏着一两坛银子。

这等惊世骇俗的飞升大手笔，到时候谁来护阵？自然是那位老大剑仙亲自出剑。

阿良忍不住狠狠灌了一口酒，感慨道：“我们这位老大剑仙，才是最不痛快的那个剑修，半死不活，窝囊一万年，结果就为了递出两剑。所以有些事情，老大剑仙做得不地道，你小子骂可以骂，恨就别恨了。”

陈平安摇头道：“不会恨，不敢骂。”

阿良笑道：“隔三岔五骂几句，倒是没啥关系。”

陈平安无奈道：“老大剑仙记仇，我骂了又跑不掉。”

阿良点点头，语重心长道：“喝酒唠嗑，溜须拍马，揉肩敲背，有事没事就与老大剑仙道一声辛苦了，一样都不能少啊。再就是你都受了这么重的伤，就一瘸一拐去城头茅屋那边，看看风景，那时无声胜有声。装可怜？需要装吗，本来就可怜透顶了，换成是我，恨不得跟朋友借一张草席，就睡老大剑仙茅屋外边！”

陈平安笑了起来，然后昏昏然，安心睡去。

阿良独自坐在门槛那边，没有离去的意思，只是缓缓喝酒，自言自语道："归根结底，道理就一个，会哭的孩子有糖吃。陈平安，你打小就不懂这个，很吃亏的。"

能者多劳，长久以往，难免会让旁人习以为常。

文圣一脉。老秀才在第五座天下，有一份造化功德。首徒崔瀺坐镇宝瓶洲。左右拄剑于桐叶洲。关门弟子陈平安，身在剑气长城，担任隐官已经两年半。

整座剑气长城的剑修，无论是强者还是弱者，每个人的每个道理，都会带给这个摇摇晃晃的世道，真真切切的好与坏。

片刻之后，陈平安便再度从梦中惊醒，他瞬间坐起身，满头汗水。

阿良没有转头，说道："这可不行。以后会有心魔的。"

陈平安抬起手臂擦了擦额头汗水，面容惨然，重新躺回床上，闭上眼睛。

阿良默不作声，依旧独自一人，坐着喝酒。

大概是觉得门槛有些硌屁股，便换了个姿势，蹲着喝酒。

当年在宝瓶洲，戴斗笠的汉子，是骗那泥腿子少年去喝酒的。

其实世间从无大醉酩酊还逍遥的酒仙，分明只有醉死与尚未醉死的酒鬼。

剑气长城的城头之上，再没有那架秋千了。

某位剑仙再不用对着一碗阳春面不敢下筷子。

外乡剑仙元青蜀战死之际，意气风发。

北俱芦洲太徽剑宗宗主韩槐子战死前后，无言语。

一位白发老妪站在宁府大门口那边，在低声喃喃："老狗，老狗。回来看门。"

阿良站起身，听到战场上遥遥响起一声号角，蛮荒天下收兵了。

双方会各自清理战场，下一场大战的落幕，可能就不需要号角声了。

阿良来到斩龙崖凉亭处，松开手中那只空酒壶，身体旋转一圈，号了一嗓子，将酒壶一脚踢出凉亭，摔在演武场上。

大战告一段落，一时间城头上的剑修，如那候鸟北归，纷纷返家，一条条剑光，风景如画。

闭关，养伤，炼剑，饮酒。逝者已逝，生还者的那些伤心，都会在酒碗里，或豪饮或小酌，在酒桌上一一消解。

阿良忘记是哪位高人在酒桌上说过，人的肚子，便是世间最好的酒缸，故人故事，就是最好的原浆，加上那颗苦胆，再勾兑了悲欢离合，就能酿造出最好的酒水，滋味无穷。

一番思索，一拍大腿，这个高人正是自己啊。做人太过妄自菲薄真不好，得改。

很快就有一行人御剑从城头返回宁府，宁姚突然一个急急下坠，落在了大门口，与老妪言语。

其余陈三秋、叠嶂、董画符、晏琢、范大澈，依旧直奔凉亭，飘然而落，收剑在鞘。

阿良一手撑在亭柱上，一脚脚尖抵地，看着那个亭亭玉立的女子，感慨道："叠嶂是个大姑娘了。"

叠嶂笑着喊了声"阿良"。

小时候，叠嶂经常陪着阿良一起蹲在街头巷尾犯愁，男人是犯愁怎么捣鼓出酒水钱，小姑娘是犯愁怎么还不让自己去买酒，每次买酒，都能挣些跑路费的铜钱、碎银子。铜钱与铜钱在破布钱袋子里边的"打架"，若是再加上一两粒碎银子，那就是天底下最悦耳动听的声响了，可惜阿良赊账次数太多，好些酒楼酒肆的掌柜，见着了她也怕。

董画符问道："哪里大了？"

阿良笑眯眯道："问你娘去。"

董画符呵呵一笑："重峦叠嶂，我娘亲说你帮叠嶂取这个名字，不安好心。"

阿良无奈道："这都什么跟什么啊。让你娘亲少看些浩然天下的脂粉本，就你家那么多藏书，不知道养活了南婆娑洲多少家黑心书商，版刻又不好，内容写得也粗鄙，十本里边，就没一本能让人看第二遍的。你姐更是个昧良心的丫头，那么多关键书页，撕了作甚，当厕纸啊？"

董画符不说话，这件事情，他也有份，他姐哗啦啦翻书，杀气腾腾，他只负责帮着撕书，然后他姐偷偷装订成册。

陈三秋踢了靴子，盘腿而坐，意态闲适，背靠栏杆。

他喜欢董不得，董不得喜欢阿良，可这不是陈三秋不喜欢阿良的理由。恰恰相反，陈三秋很仰慕阿良的那份洒脱，也很感激阿良当年的一些作为。

比如为了自己，阿良曾经私底下与老大剑仙大吵一架，大骂了陈氏家主陈熙一通，却从头到尾没有告诉他，他是事后才知晓这些内幕的。只是知道的时候，阿良已经离开剑气长城，头戴斗笠、悬佩竹刀，就那么悄悄返回了家乡。

有些剑仙，剑术很高，却不自由，人生天地间，始终不自在。好像最自由的阿良，却总说真正的自由，从来不是了无牵挂。

晏胖子在给阿良揉肩敲背，低声问道："阿良阿良，我如今剑法如何，去了浩然天下，能不能让仙子心如撞鹿？你可说过，只要是剑仙，哪怕模样没那么俊俏，出了剑，就是女子最好的胭脂，瞧见了高明的剑术，她们就像抹了腮红一般，到底作不作数？"

阿良点头道："作数，怎么可能不作数，浩然天下我很熟，以后你要是有机会去那边游历，我就给你一张地图，将那些有仙子的山头全部标注出来，你也别傻乎乎去问剑，只需去了山脚，御剑而起，绕着山头走上一圈，要上一套剑术，打完收工，在这期间什么话都别说，摘下酒壶，留给仙子们一个仰头喝酒的背影就成，直到这一刻，你再高声吟诗一首，潇洒远去……”

晏琢头大如簸箕：“阿良，我不会吟诗啊。”

阿良说道：“我有啊，一本册子三百多句，全部是为我们这些剑仙量身打造的诗词，友情价卖你？”

董画符问道：“册子上的诗句，早就都被你用烂了吧？”

阿良有些悻悻然。

范大澈最为拘谨。他与阿良前辈不熟。哪怕阿良前辈平易近人，可对于范大澈而言，依旧高高在上，近在眼前，却远在天边。这就像许多年轻剑修遇见董三更、陆芝这些老剑仙、大剑仙，前辈们兴许不会看不起晚辈什么，但是晚辈们却往往会不由自主地看不起自己。

阿良笑道：“你叫范大澈吧？”

范大澈赶紧点头，受宠若惊。

阿良说道：“你跻身金丹境，比我和老大剑仙原先预期的要早些。”

范大澈不敢置信。自己都能入阿良前辈和老大剑仙的法眼？

阿良笑道：“其实每个孩子的成长，都被老大剑仙看在眼里。只是老大剑仙性情腼腆，不喜欢与人客套。”

这话不好接，毕竟不是待人以诚二掌柜。

宁姚与白嬷嬷分开后，走上斩龙崖石道，她到了凉亭之后，阿良已经跟众人各自落座。

宁姚有些倦容，问道：“阿良，他有无大碍？”

“那小子一直睡不踏实，被我打晕了，这会儿鼾声如雷，好多了。”

阿良有一说一：“陈平安在短期内应该很难再出城厮杀了，你该拦着他打先前那场架的，太险，不能养成赌命这种习惯。”

宁姚摇头道：“大事由他，我劝不动。”

阿良啧啧称奇：“宁丫头还是那个我认识的宁丫头吗？”

宁姚默不作声坐下，肩靠亭柱。她背负剑匣，身穿一袭雪白法袍。

凉亭之内，随便闲聊。

多是董画符在询问阿良关于青冥天下的事迹，阿良就在那边吹嘘自己在那边如何了得，拳打道老二算不得本事，毕竟没能分出胜负，可他不出一剑，就能以风采倾倒白玉京，可就不是谁都能做成的壮举了。故作轻松语，定有难以释怀事。

阿良最后为这些年轻人指点了一番剑术，点破他们各自修行的瓶颈、关隘，便起身告辞：“我去找熟人要酒喝，你们也赶紧各回各家。”

宁姚起身目送阿良和所有朋友先后御剑远去。

宁姚独自走下斩龙崖，去了那栋小宅子，轻手轻脚推开屋门，跨过门槛，坐在床边，轻轻握住陈平安那只不知何时探出被窝的左手，左手依旧在微微颤抖，这是魂魄战栗、气机犹然未稳的外显。宁姚动作轻柔，将陈平安那只手放回被褥，她低头弯腰，伸手抹去陈平安额头的汗水，以一根手指轻轻抚平他微微皱起的眉头。

陈平安喜欢自己，宁姚很开心。可陈平安喜欢她，便要这么累，宁姚对自己有些生气。所以熟睡中的陈平安眉头才刚刚舒展，她自己便皱起了眉头。

怎么办呢，也不能不喜欢他，也舍不得他不喜欢自己啊。

这些情愁，未下眉头，又上心头。

阿良直接回了城头，却不是去往茅屋那边，而是坐在了依旧在勤勉炼剑的吴承霈身边。

吴承霈眺望战场，那条金色长河已经被三教圣人收起，大地之上，还有一些零零星星的厮杀。

面无半点悲苦色，人有不堪言之苦。

对于很多初来乍到的外乡游历的剑修，剑气长城的本土剑仙，几乎个个脾气古怪，难以亲近。

阿良也没说话。

吴承霈终于开口道："听米祜说，周澄死前，说了句'活着也无甚意思，那就死死看'，陶文则说痛快一死，难得轻松。我很羡慕他们。"

阿良说道："确实不是谁都可以选择怎么个活法，就只能选择怎么个死法了。不过我还是要说一句好死不如赖活着。"

吴承霈说道："你不在的这些年里，所有的外乡剑修，无论如今是死是活，不谈境界是高是低，都让人刮目相看，我对浩然天下，已经没有任何怨气了。"

阿良取出一壶仙家酒酿，揭了泥封，轻轻晃荡，酒香扑鼻，低头嗅了嗅，笑道："酒中又过一年秋，酒味年年赢过桂子香。浩然天下和青冥天下的酒水，确实都不如剑气长城。"

吴承霈突然问道："阿良，你有过真正喜欢的女子吗？"

阿良想了想，刚要说话，吴承霈已经摇头道："不用回答了，问这个问题，就已经很后悔，估计听了答案，我更后悔。"

阿良笑了笑："行走江湖，没点儿女情长，喝什么酒。你看那些痴情种，哪个不是酒坛子里浸泡出来的醉汉。情场上，谁都是胆小鬼。"

吴承霈有些意外，这个狗日的阿良，难得说几句不沾荤腥的正经话。

陆芝难得现身，坐在吴承霈另外一侧。

阿良抛过去手中酒壶，结果被陆芝一巴掌拍回去，阿良接住酒壶，埋怨道："跟你阿良哥哥客气什么，一壶酒而已。"

陆芝扬起手臂。

阿良哀叹一声，取出一壶新酒丢了过去："女子豪杰，要不拘小节啊。"

陆芝饮酒之后，问道："听闻青冥天下有道门剑仙一脉，历史悠久，剑法具体如何？比那龙虎山大天师如何？"

阿良揉了揉下巴："你是说那个大玄都观的孙掌教吧，没打过交道，有些遗憾。大玄都观的女冠姐姐们……哦，不对，是道观的那座桃林，不管有人没人，都风景绝好。至于龙虎山大天师，我倒是很熟，那些天师府的黄紫贵人，每次待客，都特别热情，堪称兴师动众。"

见面不用说话，先来一记五雷轰顶，当然很热情。

阿良一把挪开吴承霈的脑袋，与陆芝笑道："你要是有兴趣，回头拜访天师府，可以先报上我的名号。"

陆芝冷笑道："报上你的名号？是不是就等于向龙虎山问剑了？"

阿良大笑道："剑气长城最知我者，莫若陆芝。"

吴承霈说道："两位，我在炼剑，喝酒聊天，去往别处。"

陆芝说道："心死于人之前，炼不出什么好剑。"

吴承霈说道："不劳你费心。我只知道飞剑甘霖，就算再也不炼，还是在甲等前三之列，陆大剑仙的本命飞剑，只在乙等。避暑行宫的甲本，记载得清清楚楚。"

陆芝说道："等我喝完酒。"

吴承霈说道："求你喝快点。"

剑仙吴承霈，不擅长捉对厮杀，可在剑气长城是出了名的谁都不怕，阿良当年就在吴承霈这边吃过不小的苦头。

吴承霈随随便便一句话，就让阿良喝了小半年的愁酒。

"你阿良，境界高，来头大，反正又不会死，与我逞什么威风？"

让人为难的，从来不是那种全无道理的言语，而是听上去有些道理，又不那么有道理的言语。

这会儿阿良大手一挥，朝不远处两个分坐南北城头的老剑修喊道："坐庄了！程荃、赵个簃，押注押注！"

陆芝却已经站起身，将酒壶丢往城墙之外，御剑离去。

陆芝远去之后，阿良说道："陆芝以前看谁都像是外人，现在变了很多，与你难得说一句自家话，怎么不领情？"

吴承霈神色恍惚，说道："自家话听了才难受。"

阿良点了点头："也对。"

吴承霈说道："萧愻一事，知道了吧？"

阿良后仰躺去，枕在手背上，跷起二郎腿："人各有志。"

吴承霈突然说道："当年事，没有道谢，也不曾道歉，今天一并补上。对不住，谢了。"

阿良却说道："在别处天下，像我们哥俩这样剑术好、模样更好的剑修，很吃香的。"

吴承霈确实是一位美男子，在许多外乡女子言谈中，经常与米裕并称"双璧"。只是一个痴心，一个多情。

亲眼见过了两位玉璞境剑修的容貌风姿，那些个个备感不虚此行的外乡女子才恍然，原来男人也可以长得这么好看，美人美人，不唯有女子独享美字。

吴承霈将剑坊佩剑横放在膝，眺望远方，轻声说道："行到水穷处，坐看云起。"

吴承霈随即问道："坐看山云起，加个山字，与水呼应，会不会更好些？"

阿良随口说道："不好，字多，意思就少了。"

吴承霈思量片刻，点头道："有道理。"

阿良笑道："怎么也附庸风雅起来了？"

吴承霈答道："闲来无事，翻了一下《皕剑仙印谱》，挺有意思的。"

阿良疑惑道："啥玩意儿？"

吴承霈笑道："不认识'皕'这个字？怎么当的读书人。你爹没被你气死？"

阿良笑嘻嘻道："你爹已经快要被你气死了。"

吴承霈伸了个懒腰，面带笑意，缓缓道："君子之心，天青日白，秋水澄镜。君子之交，合则同道，散无恶语。君子之行，野草朝露，来也可人，去也可爱。"

阿良愣了一下："我说过这话？"

吴承霈笑道："读书人说的。"

陈平安再次清醒后，已经行走无碍，得知蛮荒天下已经停止攻城，也没有怎么轻松几分。

没能找到宁姚，白嬷嬷在躲寒行宫那边教拳，陈平安就御剑去了趟避暑行宫，结果发现阿良正坐在门槛那边跟愁苗聊天。

愁苗、董不得他们这些本土剑修，都与阿良再熟悉不过，反而林君璧这些外乡剑修，对同乡人阿良，其实就只知道个名字，谁都听过，谁都没见过。

阿良在剑气长城待了百余年光阴，对浩然天下年纪不大的修道之人而言，有关阿良的就只有口口相传的事迹了。

在北俱芦洲的姜尚真，故事多；已经走过三座天下的阿良，故事更多。

由于摊开在避暑行宫的两幅山水画卷，都无法触及金色长河以南的战场，所以阿良早先两次出剑，隐官一脉的所有剑修，都不曾亲眼看到，只能通过汇总的情报去感受那份风采，以至于林君璧、曹衮这些年轻剑修，见着了阿良真人，反而比那范大澈更加拘束。

来自扶摇洲的宋高元更是神色激动，满脸涨红，可就是不敢开口说话。

宋高元从小就知道，自己这一脉的那位女子祖师，对阿良十分爱慕。那时候宋高元仗着年纪小，问了许多其实比较犯忌讳的问题，那位女子祖师便与他说了许多陈年旧事。宋高元印象很深刻，女子祖师每每谈及阿良的时候，既怨又恼也羞，让当年的宋高元摸不着头脑，是很后来才知道那种神态，是女子真心喜欢一个人才会有的。

郭竹酒蹲在门槛旁边，双手托腮，使劲盯着阿良。

她年纪太小，不曾见过阿良。今儿多看几眼补回来。

郭竹酒偶尔转头看几眼那个老姑娘董不得，再瞥一眼喜欢老姑娘的邓凉。

阿良被这个不忘背只竹箱的郭竹酒盯得有些发毛。现在剑气长城的小姑娘，不含糊啊。

偶尔对上视线，郭竹酒就立即咧嘴一笑，阿良破天荒有些尴尬，只得跟着郭竹酒一起笑。

这让阿良没来由想起了李槐那个小王八蛋，小镇淳朴民风集大成者。

郭竹酒瞧见了陈平安，立即蹦跳起身，跑到他身边，又一下子变得忧心忡忡，欲言又止。

陈平安笑道："没事，慢慢养伤就是。"

郭竹酒使劲点头，然后用手指指了指门槛那边，压低嗓音说道："师父！活的，活的阿良唉！"

陈平安揉了揉郭竹酒的脑袋："忘了？我跟阿良前辈早就认识。"

阿良竖起大拇指，笑道："收了个好徒弟。"

郭竹酒也投桃报李，竖起大拇指，大概是觉得礼数不够，又伸出一根大拇指："我师父认识了个好前辈。"

阿良也跟着再伸出大拇指："小姑娘好眼力。"

郭竹酒保持姿势："董姐姐好眼光！"

阿良说道："郭剑仙好福气。"

郭竹酒刚要继续言语，就挨了师父一记栗暴，只得收起双手："前辈你赢了。"

最后郭竹酒大摇大摆走入屋内。

陈平安和阿良一左一右坐在门槛上。

两个剑客，两个读书人，开始一起喝酒。

两个异乡人，喝着他乡酒。

阿良率先开口，打趣道："恢复得这么快，纯粹武夫的体魄，确实了不得。"

筋骨血肉的痊愈，紊乱魂魄的趋于安稳，本命飞剑的修缮温养，三者速度之快，确实都有些出乎阿良的想象。

陈平安无奈道："命悬一线，还是有些后怕。"

不仅仅是剑气长城的剑修，会因为各种理由，选择秘密传信给蛮荒天下的军帐，妖族大军当中也会有修士，将情报泄露给剑气长城。

经此一役，甲申帐那五位天才剑修，避暑行宫这边已经给出一份翔实的战力评估。

当然年轻隐官拥有两把本命飞剑的压箱底手段，如今肯定也都已经为蛮荒天下的诸多军帐所熟知。

阿良玩笑道："不能光看贼吃肉，不看贼挨打，道理我懂。"

任何一位外乡人，想要在剑气长城有立足之地，都很不容易。阿良是过来人，对此深有体会。

阿良起身伸了个懒腰，道："走，带你去城池那边四处逛逛。一个人的心弦，不能总是紧绷着。"

一旁的陈平安，自己都没有意识到，他的呼吸，自采药起，从小到大，都在"讲规矩"。

人有呼吸是为活，这是头等大事，几乎所有修道之人既然一辈子都在致力于长生久视，入门自然都会从"吐纳"二字起手，下苦功夫。

骊珠洞天杨家铺子，那个辈分奇高的老头子，早年传授给陈平安的吐纳法门，并不高明，品秩一般，但是中正平和，井然有序，故而是一种食补，不是药补。虽然习惯成自然，不会给陈平安造成什么体魄上的负担，反而只有长久的裨益，如那一条潺潺流淌的源头活水，滋润心田，可修行是修行，做人是做人，心田之间，田垄分明，行走有路，仿佛每一步都不逾越规矩，每天都能够守着庄稼收成，如此约束人心，好事自然是好事，却会让一个人显得无趣，所以当年的泥瓶巷草鞋少年，潜移默化，总会给人一种少年老成的印象。

陈平安学拳之后，每次独自游历江湖，总喜欢刻意控制呼吸和脚步，以高境界伪装低境界，总能信手拈来，比老江湖还老江湖，并非纯粹是天赋使然。

陈平安跟着起身，笑问道："能带个小跟班吗？"

阿良点头道："那就一人带一个。"

陈平安喊上了郭竹酒，她至今仍算是陈平安的小弟子，不过就陈平安这个岁数，才三十而立，对于修道之人而言，年龄宛若市井稚童罢了，郭竹酒成为落魄山关门弟子的可能性，极小。

郭竹酒重新背起竹箱，手持行山杖。

阿良则喊了那个扶摇洲鹿角宫的年轻剑修宋高元。鹿角宫是扶摇洲第一流的仙家门派，几位在世的祖师爷都是女子，所以女子修士众多，因此鹿角宫的男子修士，最是羡煞旁人。鹿角宫以水法神通著称一洲，占据着一条入海大渎的小半水域，其中鹿角宫辖下的妒妇渡和胭脂津，更是名动四方的游览胜地。一处需要过渡的妇人女子卸去妆容，换上布裙木钗，不然水神娘娘就要兴风作浪；另外一处则恰恰相反，需要女子涂抹胭脂，装扮得娇艳欲滴，行人才可安然涉水而过。鹿角宫对此从不过问，只要两处津渡不伤人性命，都由着两位任性的水神娘娘单凭个人喜好，订立古怪规矩。

在扶摇洲游历了好几年的阿良，当然去过妒妇渡和胭脂津，还与两位水神娘娘聊得很投缘，一个活泼，一个羞赧，都是好姑娘。

至于鹿角宫的一场偶遇，那是在一个月光皎皎的大晚上。阿良当时答应为妒妇渡的水神娘娘补上一份见面礼，帮那个可怜女子恢复破碎的容颜，便去了鹿角宫禁地的祖传荷花池，那里的每一张荷叶皆大有妙用，不知有多少对自己容貌不满意的女子修士，心心念念，苦求鹿角宫一张荷叶而不得，因为有价无市，买不着。鹿角宫的山水禁制很有意思，当时阿良只能一路匍匐前行，扭来扭去，才偷溜到了荷花池畔，撅着屁股，卧剥莲蓬摘莲叶。不承想远处大如碧绿床褥的一张莲叶上，突然坐起一个姑娘，她瞪大一双眼眸，看着那个怀里乱揣着几张小莲叶的邋遢汉子，正趴在地上剥莲蓬啃莲子。见着了她，阿良便递出手去，问她要不要尝尝看。女子待客周到，一道漂亮至极的水法当头砸下。

往事可追可忆。

四人徒步离开避暑行宫，陈平安一贯心细，发现先前屋内众人当中，董不得和庞元济好像有些微妙的心境变化，就是不知道在自己到来之前，阿良与他们分别聊了什么。

出了大门，宋高元壮起胆子，满脸涨红，轻声问道："阿良前辈，以后还会去我们鹿角宫吗？"

阿良笑问道："说吧，是你的哪位师门前辈，这么多年了，还对我念念不忘。去不去鹿角宫，我现在不敢保证。"

为尊者讳，宋高元便以心声与阿良前辈悄悄言语："是蓉官祖师经常提及前辈。"

事实上，那位远离红尘百多年的祖师爷，每次出关，都会去荷花池，经常念叨着一句：莲子味道清苦，可以养心。

果然果然。阿良叹了口气："是她啊。"

宋高元犹豫了一下，轻声道："蓉官祖师在我远游之前，叮嘱晚辈，如果在剑气长城见到了阿良前辈，就与阿良前辈说一句话。"

阿良默不作声。

宋高元说道："蓉官祖师想要与前辈说一句：'当时只道是寻常。'"

阿良挠挠头，没有多说什么。

宋高元也不敢为难阿良前辈。何况有些事情，不可讲道理，为难了只会更为难。

一路随便逛荡向城池，其间路过了两座剑仙私宅，阿良介绍说一座宅子的地基，是一块被剑仙炼化了的芝亭作白玉雕明月飞仙诗文牌，另一座宅子的主人，喜好收集浩然天下的古砚台。只是两座宅子的老主人，都不在了，一座彻底空了，无人居住，还有一座，如今在其中修行练剑的三人，是某位剑仙收取的弟子，年纪都不大，得了剑仙师父临终前的一道严令：嫡传弟子三人，只要一天不跻身元婴境剑修，就一天不许出门半步。阿良遥望那处私宅墙头，感慨了一句“用心良苦啊”。

陈平安神色古怪。

那栋宅子里边的三位金丹境剑修，皆是男子，不但无法离开私宅，据说还会身穿妇人装束，是剑气长城的一桩怪事。他们曾以飞剑传信避暑行宫，希望能够出门厮杀，但是隐官一脉翻阅档案，发现逝世剑仙早早就与避暑行宫有过一份白纸黑字的约定，有老剑仙的名字，和一个小小的巴掌印，应该是上任隐官萧𢙏的“手笔”。陈平安只好作罢，婉拒了三位金丹境剑修的请求。

在剑气长城，战死剑仙的托付之事，规矩最大，只要落在了纸面上，就要遵守，没得商量。

墙头那边，只探出一颗脑袋，是个年轻容貌的剑修，不过留着络腮胡子，开始对阿良破口大骂。

阿良开始回骂，说：“我不过是与你们师父说了个典故，你们师父要依葫芦画瓢，关我阿良屁事。”

年轻剑修怒道：“狗日的，敢不敢进来干一架。”

阿良跳起来朝那边吐唾沫。

陈平安伸手揉着额头，没眼看。

陈平安怀疑城头程荃和赵个簃两位老剑修骂架的压轴手段，就是跟阿良学的。

然后阿良发现了一旁瞪大眼睛的郭竹酒，与如被施展定身术的宋高元，赶紧捋了捋头发，念叨着“失态了失态了，不应该不应该”。

陈平安一问，才终于解开了那桩剑气长城悬案的谜底。原来那位老剑仙有一门古怪神通，最擅长找寻剑道种子，事实上，如今剑气长城这个大年份里边的年轻一辈天才，约莫有半数都是被老剑仙一眼相中的。太象街、玉笏街这样的高门豪阀还好，可是类似灵犀巷、蓑笠巷这样的市井巷弄，一旦出现了有希望温养出本命飞剑的剑修坯子，难免有所遗漏，而天底下不光是剑修，事实上所有的练气士，自然是越早步入修行之路，未来成就越高，像叠嶂，其实就是阿良凭借那位剑仙传授的术法，找寻出来的好苗子。许多未来成为剑仙的剑修，在年幼时，资质并不明显，反而极为隐蔽，不显山不露水。

阿良一次与身受重创、命不久矣的老剑仙喝酒，和后者随口聊了聊浩然天下一个书香门第的故事：先祖屡次科举不第，被金榜题名的同窗羞辱，愤懑返乡，亲自教书授业，让家族所有男丁皆穿妇人衣裳，寒窗苦读，只要没有考取功名，四十岁之前就只能一直穿着女装，一开始沦为朝野笑谈，可最后竟然还真有了一门六进士、三人得美谥的盛况。

阿良笑道："是不是觉得很儿戏？害得三个年轻天才被笑话了几十年，以至于那三人觉得只要能够出门出剑，都愿意死在战场上，才得解脱。"

阿良又说道："老人那一脉的剑术，一直是杀敌伤己的路数，所以容易命不长久，成为剑仙很快，成为剑仙再死，也最快。老人在世的时候，还能护着些门下弟子，老人一走，别说是三名弟子，就是收了三十个，就这么个打仗法子，跟前边宅子一样的光景，早就没人了。收了弟子，视若儿女，就是牵挂，每个当师父、做传道人的，总要对弟子的人生负些责任。"

阿良摘下酒壶，喝了口酒，笑道："顺便再与你们说件陈年旧事。早年有位老剑仙找到老人，询问那道术法能否公开，以便剑气长城挖掘出更多少年天才，老人没答应，说此法不外传，就是陈清都亲自离开城头求他开口，都没用。最后用一句话将那位出于公心的老剑仙给顶了回去：'谁他娘的说一定要成为剑修，才算好事，你齐廷济规定的？'"

说到这里，阿良笑了起来，开心多于伤感了："我私底下问他，是不是真的老大剑仙开口相求，一样不行。老人说怎么可能，若是老大剑仙开口，多大面儿，没啥好藏私的，聊完事情，再邀请老大剑仙喝个小酒儿，这辈子便算圆满了。我再问，若是董三更登门呢，老人说那我就装死啊。"

阿良最后感慨道："在浩然天下，这样的剑仙有是有，不过太少。"

宋高元点点头，深以为然。

阿良此后言语不多。

其实以前的阿良不太喜欢与晚辈们聊正经事，年纪小，忧愁也该不大，剑气长城的大事，让剑术高者去扛就是了。

只是今时不同往日，以后会是一个万年未有的崭新局面，几乎每一个剑气长城的年轻人，哪怕是孩子，都已经与之戚戚相关，一个个都要快速成长起来，大势汹涌，忧虑来时，不问岁数。

一行人到了玉笏街郭府大门口，陈平安让郭竹酒回家，再让主动告辞返回避暑行宫的宋高元，与隐官一脉所有剑修都打声招呼，这两天都可以随便走走，散散心。

宋高元回望一眼两人的背影。那个阿良前辈，在鹿角宫名气很大，当年被蓉官祖师带着师妹一起追杀的时候，他始终没有还手，只是嚷嚷着自己与扶摇洲大剑仙徐颠是至交好友，请求鹿角宫仙师们给那位徐剑仙一个面子。徐颠是出身扶摇洲第二大宗门的谱牒仙师，也算是扶摇洲一位声名显著的后起之秀，年纪轻轻就是元婴境剑修了，只是鹿角宫修士，向来我行我素，徐颠哪怕大道可期，终究还不是真正的剑仙，何况辈分又不高，再者鹿角宫的宫主，自身便是扶摇洲十人之列，德高望重，水法通天，对师妹蓉官更是疼爱有加，所以阿良逃命路上的临时抱佛脚，搬出这么座小靠山，根本没用。到最后，阿良成功溜之大吉，也没留下姓名，倒是没少吟诗。

鹿角宫事后飞剑传信徐颠所在宗门，连同一幅男子画像，向徐颠兴师问罪，追问此人根脚与下落。徐颠一头雾水，遭了一场无妄之灾的剑道天才，赶紧回信鹿角宫，说自己根本不认识画上男子。结果徐颠所在宗门一位经常嬉戏人间的老祖师，虽说貌若稚童，一身修为早已返璞归真，事实上比鹿角宫宫主的修为还要高些，得知此事后，风驰电掣，亲自御剑跑了一趟鹿角宫，说徐颠不认识，我认识啊，我与阿良老弟那是换命的好哥们。外人只知这位远道而来的老前辈下山之时，一手覆红肿脸颊，骂骂咧咧，在离开鹿角宫山门后，高声喊了一句：阿良你欠我一顿酒。

少年时候的宋高元，有一次实在忍不住，与蓉官祖师问了个胆大包天的问题：那个阿良，是故意做了什么让祖师喜欢的事情吗？

蓉官祖师当时想了想，摇头说他没有，可她就是喜欢了。

郭竹酒和宋高元离开后，陈平安跟阿良说了一些自己的山水故事，零零散散的，想到了什么就聊什么。

第一次游历剑气长城，乘坐老龙城渡船桂花岛，途经蛟龙沟，差点死了，是大师兄左右出剑破了死局。

与同龄人曹慈的三场问拳，连输三场，输得毫无还手之力。

在桐叶洲误入藕花福地，走了一场结结实实的江湖，收了曹晴朗和裴钱当学生弟子，可其实不知道如何传授学问给曹晴朗，也担心裴钱太着急长大。

前些年与叠嶂一起经营了一家酒铺，卖那竹海洞天酒，生意不错，比坐庄来钱慢，但是细水长流。谁都不信那些酒水与青神山当真有关，所以阿良你得帮着铺子说几句良心话。你与青神山夫人是熟人，我们又是朋友，我这酒水怎么就与竹海洞天没有关系了？

倒悬山那座捉放亭，被道老二捉了又放的那头大妖，依附在一个名叫边境的年轻剑修身上，被隐官一脉揪了出来，斩杀于海上。

如今的落魄山，不但有了竹楼，按照约定取的名字，还在霁色峰有了一座开山立派的祖师堂，阿良你以后一定要去看看。

两人走过一条条大街小巷。阿良每一处都熟门熟路，听着陈平安的故事，偶尔问些感兴趣的问题，比如那个太平山女冠黄庭，与那个大泉王朝的姚近之，哪个更好看些。

陈平安笑着说，都好看，可在我眼中，她们加在一起，都不如宁姚好看。

阿良说宁丫头又不在这里，你小子与我说句男人言语，陈平安环顾四周，不过思量一番，嘿嘿一笑，还是没说什么。

战事停歇，城内酒铺生意就好。

这一路上，遇到了阿良和年轻隐官，与他们双方各自相熟的某些剑修，都没怎么打招呼，最多就是点个头意思意思。

认识阿良的，未必愿意与年轻隐官打交道，是陈平安酒铺老主顾的，却未必敢与阿良言语。

虽然两个外乡人，共同点很多，但是在剑气长城的本土剑修眼中，狗日的阿良与狗日的二掌柜，像也不像。

阿良没有去叠嶂酒铺那边喝酒，却带着陈平安在一处街角酒肆落座。

人满为患。因为沽酒妇人美姿容，是位本命飞剑早早毁坏了的妇人。

见着了阿良，妇人十分热络，亲自端酒上桌，狠狠剐了眼阿良，埋怨了一句死没良心的。

然后妇人与年轻隐官笑脸嫣然，言语很不见外："哟，这不是咱们二掌柜嘛，自家酒水喝腻歪了，换换口味？遇见了好看的女子，一拳就倒，真不成。"

陈平安一阵头大，只能微笑不语。

阿良端起酒碗，与陈平安磕碰了一下，然后没来由感慨道："年少时看杂书，在书上曾经见过一句警世名言，穗大者低头多，只是不走江湖，到底感悟不深，只有真正走过江湖，才知道饱满谷穗自低头，的确是金玉良言。"

陈平安神色古怪。

阿良一脚踩在长凳上，坏笑道："想啥呢，好好的道理想歪了不是？"

陈平安问道："你与青神山夫人的传闻，魏檗说得言之凿凿，到底有几分真几分假？"

阿良笑道："那个棋墩山小山神知道个屁。"

陈平安说道："在竹楼外，有一次提起你，魏大山君难得真情流露，说了你许多好话。"

阿良立即改口："作为古蜀国版图的神水国旧山君，魏兄弟还是有点东西的，言谈很有见地。难怪当年头次相逢，我就与他一见如故。"

大概阿良所谓的一见如故，就是给了魏檗一记竹刀。

说到这里，阿良突然放下酒碗："骊珠洞天的出现，与古蜀国蛟龙众多的内里牵连，再加上你那个泥瓶巷的邻居，你有想过吗？"

陈平安点头道："有想过。"

“那就是想了，却没有扯起那条隐藏脉络的线头。”

阿良瞥了眼陈平安，也是没法子的事情，有些内幕，如今的陈平安，就算打破脑袋也是想不到的。阿良忍不住摇摇头，问了个问题：“你那落魄山，有没有瞧着很不起眼的外乡修道之人，精怪鬼魅除外，肯定境界不高，尤其是你可以确定对方境界低的那种人，而这个人，与陆沉相中的那个陈灵均，关系应该会不错。”

陈平安在脑海中捋了一遍，点头道：“有。”

阿良笑道：“这么说来，你离开落魄山，来到这剑气长城，不全是坏事。”

陈平安疑惑道：“能说缘由吗？”

阿良犹豫了一下，说道：“也不是不能说，何况只是我的一点猜测，作不得准。我猜那个斩杀蛟龙最多的家伙，有可能已经将自己置身于落魄山周边了。”

阿良喝了口酒：“此人很好说话，只要不涉及蛟龙之属，随便一个下五境练气士，就算杀他他都不还手，大不了换个身份、皮囊继续行走天下，可只要涉及最后一条真龙，他就会变成顶不好说话的一个怪人，哪怕稍稍沾着点因果，他都会斩尽杀绝。三千年前，蛟龙之属，依旧是浩然天下的水运之主，是有功德庇护的，可惜在他剑下，一切皆是虚妄，文庙出面劝过，没得谈，没得商量，陆沉可救，也一样没救。到最后还能如何，好不容易想出个折中的法子，三教一家的圣人，都只能帮着那家伙擦屁股。你境界很低的时候，反而安稳，境界越高，就越凶险。”

阿良笑道：“当然，世间从没什么真正的无敌之人。更多的内幕，你现在知道不如不知道。只需要知道有这么一号人物就行了。我还是那句话，你顾不过来的。”

陈平安点点头。一来是穷尽心力都无法揣测之事，二来最坏的结果并未发生，再者他眼下注定无法返回宝瓶洲，多想无益。

然后阿良又好像开始吹牛，伸出大拇指，朝向自己：“再说了，以后真要起了冲突，只管报上我阿良的名号。对方境界越高，越管用。”

一般来说，被阿良主动称呼为兄弟的，像那扶摇洲的剑修徐颠，都是被阿良坑惨了的，其实是他看不顺眼的人。

徐颠在那场风波过后，几次下山游历，只要遇到鹿角宫女修，就没人待见过他，而鹿角宫的女子练气士交友广泛，所以以至于半座扶摇洲的宗门女修都看徐颠不太顺眼。用徐颠那个幸灾乐祸的祖师的话说，就是被阿良当头浇过一桶屎尿的人，哪怕洗干净了，可还是被浇过一桶屎尿的人嘛，认命吧。

但是报上名号，敢说自己与阿良是朋友的，那么在浩然天下的几乎所有宗门，兴许同样还是不受待见，但是绝对能抵挡许多灾殃和意外。

阿良没来由啧啧道：“与宁丫头越来越有夫妻相了。”

陈平安抬起酒碗，突然转头问道：“老板娘，有没有不要钱的佐酒小菜？”

这就很不像宁丫头了。

关于陈平安和宁姚，阿良倒是早早觉得两人很般配，那会儿，一个还是剑气长城的宁姚，一个还是刚走江湖的草鞋少年。

一个什么都不愿意多想的姑娘，遇上个愿意什么都想的少年，还有比这更两相宜的事情吗？

不是所有男人，都会意识到自己的身边人心爱人，是万万年只此一人有此姻缘的。

那妇人笑道："咱这小本买卖，可比不得二掌柜酒铺的生意兴隆，再说了，二掌柜又坐庄又卖酒，还会遍地捡法宝，会缺钱？"

陈平安只能一笑置之。

阿良望向对面的陈平安，缓缓道："当一个人，只能做三两重的事情，就说不出半斤重的道理。就算读过书，讲得出，别人不听，不还是等于没讲？是不是这个理儿？"

陈平安点头道："需要我们讲道理的时候，往往就是道理已经没有用的时候，后者偷偷在前，前者公然在后，所以才会世事无奈。"

阿良笑道："很没劲？"

陈平安摇头道："有劲。有意思。越是这样，我们就越应该把日子过得好，尽量让世道安稳些。"

然后陈平安喝了一大口酒，神色从容，眼神明亮："就像一个人，只要酒量够好，自己就喝得掉酒碗里的糟心事，都不用与旁人说醉话。"

阿良哈哈大笑，十分开怀。因为在眼前的陈平安身上，他看到了另外一个人的影子。那人没走过的江湖，已经被寄予希望的眼前的年轻人帮着走了很远。

陈平安突然说道："我虽然没去过蛮荒天下，但是我知道，战场上，死在我拳下剑下的妖族，在战场之外，相当一部分也是弱者，甚至是真正意义上身不由己的弱者。"

阿良笑了起来，知道这小子想说什么了。陈平安看似是在说自己，其实更是在劝慰阿良。

陈平安又说道："一旦剑气长城被攻破，那些蛮荒天下的真正弱者，一样会成为身不由己的强者。"

阿良反而不太领情，笑问道："那就该死吗？"

他其实才是世间最了解蛮荒天下风土习俗的剑修，至少也会是之一。

阿良甚至在那边，在战场之外，还有刘叉这样的朋友。除了刘叉，阿良认识许多蛮荒天下的修道之士，早已与人无异。

陈平安已经喝完两碗酒，又倒满了第三碗，这座酒肆的酒碗，是要比自家铺子大一些，早知道就该按碗买酒。

陈平安一口喝完第三碗酒，晃了晃脑子，说道："我就是本事不够，不然谁敢靠近剑气长城,所有战场大妖,全部一拳打死,一剑砍翻,去他娘的王座大妖……以后我如果还有机会返回浩然天下,所有侥幸置身事外,就敢为蛮荒天下心生怜悯的人,我见一个……"

打了个酒嗝,陈平安又开始倒酒,喝酒一事,最早就是阿良撺掇的。至于见到了一个就会如何,倒是没说下去了。

阿良没拦着。

阿良只是嬉皮笑脸道:"你陈平安见着了那些人,还能咋样,人家也有自己的道理啊,反正又没谁逼着剑气长城死这么多人。"

陈平安停下喝酒,双手笼袖,靠着酒桌:"阿良,说说看,你会怎么做?我想学。"

学习他人之好,一直是陈平安擅长的事。

算账一事,当账房先生,就在大泉王朝边境狐儿镇的小客栈与钟魁学过。

当包袱斋,偷偷摸摸捡破烂,真正的绝活,该是怎么个境界,在北俱芦洲结伴游历的孙道长身上,陈平安大开眼界。

甚至很早之前,林守一的一句无心之语,大致意思就是出门在外,事情可以管,但是不用管太多,也让陈平安越到后来,越感同身受,越觉得有嚼头。

在更早之前,陈平安那一手被很多行家里手视为"匠气有余,灵气不足"的字,无形之中,其实都是学之于陆沉的那份药方的三张纸。当年陆沉说了三件事,却只明说了去捡蛇胆石碰运气在内的两件事,陈平安当时还问了一句,陆沉却没说破,原来学字,就是最后一件事。

阿良笑着给出答案:"我根本不在乎啊。"

陈平安怔怔无言,想起了蛟龙沟当时冥冥之中,听到的那些旁人"心声",想起了天劫过后的随驾城。

陈平安伸手出袖,抿了一口酒,一手持碗,一手挠头:"有点难学。"

阿良笑道:"不用学。"

上山修行后,举头天不远。

修道之人,离山巅越近,对人间越没耐心。有例外的,可惜不多。

阿良也担心陈平安会成为那样的山上神仙。就像陈平安学字一事,阿良不是不清楚陆沉赠予药方的深远用心,只说陈平安的画符,为何如此顺遂?简直就像是毫无门槛,一步跨过?要知道符箓一途,无论是不是道家一脉的练气士,都被视为天堑,与剑修如出一辙,不成就是不成。但是这种事,他阿良偏偏不能开口道破,得陈平安自己去琢磨。

剑术高,便觉得天下事皆容易?没这样的好事,他阿良也不例外。

这一顿酒,两人越喝越慢,阿良不着急,自己酒量好,陈平安也想要多喝一些。

那位沽酒妇人到底与阿良是老交情了，托人从酒楼带了一屉佐酒菜过来，与二掌柜笑言不收钱。

就这样，两人竟是喝到了天昏地暗夜幕沉沉，四周酒客越来越稀疏，其间来了些主动客套寒暄的剑修，二人来者不拒，只管落座喝酒，记得结账。所以喝到了现在，两人只需要结账桌上的一壶酒即可。

在剑气长城，不会有人以剑修本事喝酒，单凭先天酒量。

阿良早已满脸通红，指了指天上其中一轮明月，与那妇人笑道："谢妹子，我去过，信不信？"

出门在外，遇见比自己年轻的，喊妹子、喊姑娘都可；遇见比自己大的女子，别管是大了几岁还是几百岁，一律喊姐，是个好习惯。

妇人趴在柜台那边，瞥了眼那轮明月，直截了当来了一句："有母的？"

阿良晃了一下手掌："小姑娘家家的，尽说些俏皮话。"

妇人没好气道："要打烊了，喝完这壶酒，赶紧滚蛋。"

阿良与陈平安喝完最后一壶酒，就要起身离去，陈平安掏钱结账，同行本是仇家的妇人，却笑着摆摆手："陈平安，算我请你的。"

陈平安也没问缘由，收起那几枚雪花钱，道了声谢。

两人走在深夜寂寥的大街上，步伐都有些晃荡，也没散掉那满身酒气。

临近宁府，阿良说道："陈平安，我们不是在白纸福地，身边人不是书中人。现在记得不算本事，以后更要牢记。"

陈平安嗯了一声。

阿良突然信誓旦旦说道："喝酒没花钱这件事，我不会跟宁丫头说的。你说那黄庭和姚近之长得很好看，我更不会说。"

陈平安双手抱住后脑勺："你说了我就会怕？开什么玩笑，阿良，真不是我吹牛……"

宁府大门那边，出现一个身影，年轻隐官立即深吸一口气，打消酒意，瞬间震散一身酒气，屁颠屁颠飞奔过去，一只手绕到身后，示意身后男人自个儿一边凉快去，一路跑上台阶，见着了她，站定，说道："对不起，回来晚了，酒其实没多喝太多，阿良一直劝，我说有伤在身都不管用，下次不会了啊。"

阿良站在原地，竖耳聆听那边的言语，然后目瞪口呆，二掌柜绝非浪得虚名啊，青出于蓝而胜于蓝了。

宁姚转头看了眼阿良。

被嫌弃了。

阿良悻悻然转身离去，嘀咕了一句："能在剑气长城谢姑娘的酒肆，喝酒不花钱，破天荒头一遭，我都做不到。"

门口那边，宁姚没说话。陈平安有些心虚。

宁姚根本没理会阿良的告刁状，只是看着陈平安。他怎么好像又高了些啊。她踮起脚尖，与他眉眼齐平。

陈平安歪着脑袋，眯眼而笑，说道："快说你是谁，再这么可爱，我可就要不喜欢宁姚喜欢你了啊。"

宁姚还是不说话。等到陈平安开窍的时候，宁姚已经转身走了。

剑气长城的城头上，魏晋被迫施展掌观山河的神通，画卷正是宁府大门那边，阿良捶胸顿足："傻小子愣头青啊。"

老大剑仙双手负后，弯腰俯瞰画卷，点头道："是傻了吧唧的。"

原本还有些不情不愿的魏晋，这会儿笑着附和道："二掌柜不解风情，确实大煞风景。"

阿良咳嗽一声，轻轻推开魏晋的手掌："魏晋啊，堂堂剑仙，你竟然做这种事情，太不讲江湖道义了，你良心会不会痛？"

老大剑仙转身离去："是不应该。"

原地只留下一个原本好好练剑的风雪庙剑仙。

在老大剑仙茅屋那边的城头上，阿良盘腿而坐："能不能换一个人，比如我？"

陈清都摇头道："不行。"

阿良恼火道："我境界不更高？"

陈清都说道："到了我们这个高度，境界有什么用。你以前不懂就算了，现在还不懂？"

阿良默然。老大剑仙话糙理不糙。

两人沉默许久，陈清都坐在阿良身旁。

阿良有些讶异。老大剑仙很少有此举动。

陈清都轻声道："有些累了。"

只是老人又笑道："剑修陈清都，有幸遇见你们这些剑修。"

阿良大笑道："这种话，扯开嗓门，大声点说！"

陈清都斜眼看去。

阿良立即耍无赖："喝了酒说醉话，这都不行啊。"

陈清都轻声说道："不知道万年以后，又是怎么个光景。"

阿良说道："总是让人失望又希望的吧。"

陈清都点点头："大慰人心。"

第三章 肩头和心头

月明无贵贫，月色登门做客不敲门，玉笏街也去，妍媸巷也去。

大日驱邪祟，尤其冬日温暖如棉袄，妍媸巷也穿，玉笏街也穿。

陈平安独自一人，在斩龙崖凉亭坐了一宿，晚上到底是没胆子去敲宁姚的院门，去他的酒壮屃人胆，屁用没有。

日上三竿时分，陈平安又御剑出城，去往避暑行宫。愁苗和董不得这些本土剑修，除了庞元济都已经不在，邓凉这些外乡剑修，除了林君璧，也都去拜会各自家乡的剑仙前辈，或是与相熟朋友叙旧，所以到最后只剩下林君璧和庞元济在手谈，陈平安观棋不语，林君璧棋术要比庞元济高出一筹，胜负没有悬念，陈平安看了一会儿，就去档案库翻翻检检，结果林君璧跑来说大剑仙米祜指名道姓要见隐官大人，不过这位大剑仙还算讲规矩，没有进门的意思。

陈平安让林君璧继续下棋便是，自己去了大门口那边，见到了米祜，是自家隐官一脉扛把子米裕的兄长，剑气长城最新也是最年轻的一位仙人境。

陈平安抱拳笑道："稀客。"

米祜没怎么客套寒暄，说道："边走边聊。"

两人并肩而行，米祜开门见山说道："陈平安，我今天找你，是有事相求。既是公事，也算私事。"

陈平安笑道："但说无妨。"

米祜说道："我希望靠着我的那点战功，等到战事结束之后，如今身在倒悬山的弟弟，能够去往任何他想要去的地方，比如你们浩然天下。”

陈平安说道：“战功应该够了。不过米裕毕竟是玉璞境剑仙，每一位剑仙的去留，按照不成文的规矩，都需要老大剑仙点个头，过个场，我们隐官一脉才好画押作准，这件事才算板上钉钉，到时候外人谁都说不了闲话。”

米祜说道：“老大剑仙点头了。”

陈平安笑道：“既然老大剑仙都答应了，米大剑仙其实无须与我商量，米裕退路无忧。在浩然天下，一位异常金贵的剑仙，处处都去得，只要自己愿意，山上仙家祖师堂，山下王朝金銮殿，到了哪里，都是座上宾。”

米祜说道：“我那弟弟，在那外乡若是没人照应，我不还是不放心嘛。浩然天下的山上修道，到底不比我们剑气长城的练剑，具体怎么个德行，我虽未亲身去过，却一清二楚，钩心斗角，乌烟瘴气，整一个骗子窝。米裕与女子打交道，本事还行，一旦与修道之人起了狗屁的大道之争，他心思单纯，会吃大亏。”

陈平安知道这位仙人境大剑仙的意思，是要自己这个浩然天下的外乡人多上点心。

只是有些事情，比如与老大剑仙的约定，未来自己的处境，陈平安不好提前泄露天机，所以只能先酝酿一番措辞。

至于米祜言语之中，有无含沙射影自己这位隐官大人，陈平安大人有大量，就当耳边风了。

米祜说道：“只要你肯点个头，我必有重谢。说到做买卖，我相信二掌柜。”

被人误会了。

陈平安却没有解释什么：“重谢就算了，米裕在隐官一脉这两年，也积攒了不少战功，你不用额外付出什么。只是这种事情，成与不成，除了你我私底下的约定，其实米裕自己怎么想，才是关键。”

米祜皱眉道：“就凭隐官大人在剑气长城的香火情，就算我那弟弟不肯走，你随便找几个剑仙将他打晕了，带去浩然天下。”

陈平安问道：“到了浩然天下，米裕如果解不开心结，修行路上，会很麻烦。在那边修行，担着个剑气长城的剑仙身份，意外不会多，但只要有，就会很大。”

米祜斩钉截铁道：“活着比天大。能够多活一天是一天。何况你别小觑了我弟弟的道心，没你想的那么脆弱。”

陈平安点头道：“倒也是。”

陈平安说道：“那就让米裕去北俱芦洲，太徽剑宗或是郦采剑仙的那座浮萍剑湖，两地都需要一位剑仙供奉，又不用米裕如何厮杀。将来具体去哪里，让米裕自己挑选。”

米祜疑惑道：“为何不是去你的山头？”

陈平安摇头道："我有一大堆旧账在身，米裕就算离开了倒悬山，到了落魄山，还是没几天安稳日子的，没必要。"

米祜却说道："那就让米裕去你那落魄山担任供奉，敬香拜挂像上谱牒的那种。"

陈平安无奈道："米大剑仙你是敞亮人，那我就与你说些敞亮话了。若只是买卖，傻子才会拒绝一位剑仙供奉，我正是将你弟弟当作了朋友，才不让他去宝瓶洲蹚浑水。在那与剑气长城香火情最多的北俱芦洲，米裕的身份，就是一张最好的护身符，其余八洲，都无此好处。"

米祜说道："叽叽歪歪像个娘们，米裕就去宝瓶洲落魄山，少废话，你我说定了！"

好好跟你米祜大剑仙讲理，还骂人是吧？

陈平安刚要说几句"中正平和"的言语，不承想米祜这位大剑仙神色郁郁，已经低声开口道："我那弟弟，总觉得是他丢了我这兄长的脸面，那他有没有想过，如果不是他这兄长，侥幸练剑资质不错，此生唯一擅长事，就是练剑，那么他都已经成为一位玉璞境剑仙，又岂会丢脸？岂会被整座剑气长城看笑话？所以到底是谁亏欠谁，还想不明白吗？我米祜，此生唯恨剑道境界不高，跻身仙人境都要磕磕碰碰，一直无法让人不笑话米裕。"

陈平安摘下腰间养剑葫，喝了口酒，轻声劝道："这些心里话，与米裕当面说更好啊。"

米祜摇头道："算了。心里话就搁心里，真要见了面，反而说不出口。"

话已至此，陈平安就不再劝什么。

米祜突然开始大骂："一帮连娘们到底是啥个滋味都不晓得的酒鬼老光棍，也好意思笑话我弟弟，笑他个大爷，一个个长得跟被车轱辘碾过似的，能跟我弟弟比？这帮光棍，瞧见了娘们的大胸脯大腚儿，就挪不开眼睛的可怜玩意儿……"

陈平安转头望向米祜。你米祜好意思说别人？

米祜到底是大剑仙，一下子明白了年轻隐官的眼神意思，改口道："有些人，不是光棍胜似光棍。我来之前，听说有人与阿良在谢姑娘的酒肆喝酒，没花钱。还听说谢姑娘今儿生意开张后，眉眼含笑，容光焕发，好像变了个人。"

陈平安报以微笑，假装听不懂，在心中默默掏出一本小账簿，把这笔账记在了这位米大剑仙的弟弟米裕头上。一定要寄信回落魄山，让米裕在落魄山折腾一整年的镜花水月，不赚够一大笔谷雨钱就一直扣押在山头。

两人走到了一座剑仙私宅附近，私宅名为种榆仙馆，正是那座地基不寻常的宅子，旧主人剑仙炼化了一块明月飞仙诗文牌。只是私宅已经荒废多年，剑气长城不在城内的剑仙宅邸大多如此，剑仙身死，若是嫡传弟子也都一并战死，彻底断了香火之后，就沦为无主之地，会被隐官一脉按例收回，租赁或是转赠给新的剑仙。

比如太徽剑宗的私宅甲仗库，就是凭借战功换来的，而女子剑仙郦采到了剑气长城，先是租下了剑仙遗留的私宅万壑居，结果她眼馋周边那座通体由一块仙家碧玉雕琢而成的停云馆，愿意以一个天价购买下来，但是避暑行宫一开始没点头，毕竟不合规矩，把郦采气得不行，直接飞剑传信年轻隐官，把陈平安骂了个狗血淋头。

后来战事吃紧，神仙钱急缺，陈平安就让董不得去通知万壑居，只要价格再翻一番，就可以买下整座停云馆。

后来桂花岛渡船到达倒悬山，其中就有玉圭宗姜氏托运而来的一箱箱雪花钱。

米祜停步，因为远处有人御剑而落，看样子是来找身边的年轻隐官的。

来人是那个面容苦相的中土剑仙苦夏。

米祜便以心声言语道："陈平安，今日托付之事，有劳了。"

陈平安答道："我会尽力而为。"

米祜得了承诺，瞥了眼那个苦夏剑仙，便丢出一枚养剑葫给陈平安，说了句"古法炼制，品秩还行"后，直接御剑升空，远去城头。

陈平安拿着那枚质地冰糯的养剑葫，暂且收下，以后转交给米裕就是了。

苦夏剑仙来到陈平安身边，面有为难神色，便显得更加苦相。

陈平安将两枚养剑葫都悬挂腰间，好事成双，与这位邵元王朝的剑仙笑问道："是要林君璧离开了？"

苦夏点头道："自知不合时宜。所以不出半个月，中土神洲一艘跨洲渡船之上，就会与避暑行宫有些表示，是我们邵元王朝的一点心意。"

陈平安有些无奈。剑仙苦夏，还真是个不折不扣的老实人。

说实话，林君璧如果不是自己选择留在隐官一脉，早就可以离开剑气长城。

林君璧要走，避暑行宫任何一位剑修，都觉得理所应当。结果被剑仙苦夏这么一说，好像林君璧离去，就会成为一个忘恩负义之人，以至于邵元王朝那位国师、林君璧的传道之人，必须破财消灾，与剑气长城换取林君璧的返回家乡。

不过来自邵元王朝的天材地宝神仙钱，陈平安赚得很心安，多多益善。

所以陈平安没怎么欺负老实人，直接说去避暑行宫那边，把林君璧喊出来与苦夏剑仙见面。

苦夏却没挪步，望向种榆仙馆的大门，问道："隐官大人，可知这栋宅子名字的由来？"

陈平安说道："不太清楚。"

其实陈平安担任隐官这些年，喜好翻阅检索避暑行宫的众多尘封秘档，这已经成为他一件忙里偷闲的散心事。

将私宅更换名字为种榆仙馆的上任主人，是位女子，还是剑气长城难得有些文人习气的本土剑仙，与郭稼一样，喜好种植仙家花卉，曾经托付倒悬山，从扶摇洲购买了一株榆树，移植小庭，忽发一花，高迈屋脊，让其心生欢喜，就改了宅邸名字。只是剑仙一死，又无弟子，宅子多年无人打理，种榆仙馆又有一层仙家禁制，外人不会擅闯，所以如今宅子里边的光景，榆树是枯死还是繁茂，是花开还是花落，已经无人知晓了。

苦夏说道："我与好友第一次游历剑气长城，好友爱慕这位剑仙的一位弟子，只是规矩不可更改，两人无法成为神仙道侣。"

陈平安说道："你那朋友若是留下了，不就可以成为一对眷侣？"

苦夏苦相更苦，感慨道："我们浩然天下的剑修，能有几个是无牵无挂的山泽野修？就算一开始是，就像皑皑洲的邓凉，最终还是会被大宗门祖师堂收纳的。何况我那好友，自幼便是被寄予厚望的谱牒仙师，师门恩重，如何是说割舍就割舍的？师门当中，又有好友极其敬畏的长辈。"

陈平安说道："难两全。"

苦夏剑仙转头说道："所以我与好友，都很佩服隐官大人。"

陈平安笑道："苦夏剑仙，既然不会撒谎就别撒谎了。"

没什么好友，也不是什么剑仙的弟子，分明就是苦夏本人，就是那位女子剑仙。

苦夏剑仙无奈道："先前那趟送行至南婆娑洲，一路上人人劝我，郁狷夫和金真梦、朱枚这些晚辈都劝我，好像我做了件多么了不起的壮举，我实在是心中愧疚，当不起他们的那份敬佩。"

陈平安说道："若是苦夏剑仙说开了，信不信郁狷夫与朱枚只会更加敬重前辈？"

苦夏剑仙先是茫然，继而恍然，最后有些释然："不说开好，还是不说开好。身为长辈，与晚辈说这些儿女情长，不合适。"

陈平安问了一个问题："种榆仙馆的主人，当年是为了积攒战功，反而战死，你就不怨恨老大剑仙，不怨恨这座剑气长城？"

苦夏剑仙摇头道："没有剑气长城的水土，我能遇到这样的她吗？"

这是苦夏剑仙的真心话。不恨剑气长城，恨什么，要恨的，也是自己的窝囊。

陈平安点点头。

先有林君璧，再有苦夏剑仙，陈平安对邵元王朝的印象，好转几分。

阿良昨天揭开一个谜底，今天苦夏剑仙又解开一个谜团。

苦夏剑仙突然问道："隐官大人，你不是说自己对这里半点不熟悉吗？"

陈平安一本正经道："我先前说'不太清楚'。对于就在避暑行宫眼皮子底下的种榆仙馆，身为隐官，职责所在，多少还是有一点了解的。"

苦夏剑仙无可奈何。若是跟亚圣一脉的读书人打交道，肯定不会如此。

带着苦夏剑仙返回避暑行宫，陈平安喊了一嗓子，白衣少年林君璧飘然走出大门，仙气十足。

见着了苦夏剑仙,林君璧立即知道了来意,便与陈平安抱拳无言。

此时离开避暑行宫和剑气长城,卸去隐官一脉剑修的担子,终究会有一丝临阵脱逃的嫌疑,比如邓凉、曹衮诸人就会有此心理负担,不过林君璧却绝对不会有此想法。

陈平安拍了拍林君璧的肩膀:"好聚好散,不是容易事。珍重。"

林君璧直腰而立,还是抱拳道:"在隐官大人身边的这些岁月里,学到了很多,受益匪浅,君璧铭记在心,君子务本,本立而道生!"

陈平安笑道:"客气话少说,实惠事多做。至于早年那桩约定,我肯定帮你做到。"

林君璧立即心领神会,满脸诚挚道:"隐官大人精通弈棋,那棋盘棋盒就留在避暑行宫了。"

陈平安一巴掌重重拍在林君璧肩头,微笑道:"看来君璧是学到几分真本事了的。"

苦夏剑仙如释重负。他先前还担心因为邵元王朝国师,以及那帮年轻剑修的关系,年轻隐官会故意刁难林君璧,看来是自己以小人之心度君子之腹了。

苦夏剑仙掏出一封密信,递给林君璧,与他说道:"君璧,不出意外,你明天就应该离开,刚好乘坐南婆娑洲一艘返程的跨洲渡船。这封信,你先生刚刚飞剑传信倒悬山春幡斋没多久,托我交给你。"

林君璧今天肯定会留在避暑行宫,何况城内剑仙孙巨源的那栋宅子里也没个熟人了。再者孙剑仙如今对邵元王朝的年轻剑修印象极差,后来又有了边境一事,林君璧就不去自讨没趣了。何况林君璧与隐官一脉的所有剑修,关系都处得不错,尤其是与性情开朗的曹衮、玄参,如今更是关系莫逆。郭竹酒一直怂恿他们三个斩鸡头烧黄纸,小姑娘说她都已经准备好一切物件了,万事俱备,只差三人磕头!

苦夏剑仙告辞离去,临行前叮嘱了林君璧一番,这趟归途,多加小心。

苦夏剑仙,没有直接返回城头,而是散步去了种榆仙馆。

一脸苦相的老人,看着宅子那边,神色恍惚之后,有了笑脸。

林君璧回了避暑行宫,和庞元济继续下那盘胜负已定的未完棋局。

庞元济笑道:"是不是我们下的最后一盘棋了?"

林君璧问道:"那就让你赢一次?"

庞元济说道:"让隐官大人帮你下棋,就不用让。"

陈平安双手笼袖在旁观棋,没好气道:"我跟人正儿八经下棋,还没输过一场。"

庞元济问道:"你下过几场棋?"

陈平安斜眼道:"你管我?"

庞元济将手中棋子轻轻放回棋盒:"余着。"

林君璧眼睛一亮:"行啊。"

陈平安也松了口气，摘下腰间那枚米祜赠送的养剑葫，端详起来，暂时自己还是它的主人嘛。

养剑葫底部，篆刻有“濠梁”二字。养剑葫材质不明，也不知一位大剑仙所谓的“品秩还行”，是怎么个还行。

庞元济转头说道：“如果我没有记错，是米祜早年从战场上一位元婴境妖族的尸体上捡来的。米祜得手之后，从来没有让人帮忙勘验，品秩如何，不好说。”

陈平安死死盯着手中的养剑葫，只差没把脸贴上去了，随口说道：“好东西到底有多好，我不敢说，可是不是好东西，我入手一掂量就清楚，你不会懂的，这是一门看天赋的大学问。”

庞元济不想接茬，转移话题：“先前五人围杀，你怎么活下来的？愁苗剑仙都说自己未必能够脱困。”

背篋、离真、雨四、涒滩、流白，五个顶尖天才的围杀之局，还有一个王座大妖的事先铺垫。所以剑气长城的好奇之人，不会只有庞元济一个。

许多关于年轻隐官的事情，如果只知道个大概，哪怕是亲眼见亲耳闻，那一样等于什么都不知道。比如如今都猜测陈平安的那把本命飞剑，应该能够隔绝出一座小天地，但是仅是小天地，就还有个三六九等，神通各异。

陈平安收起养剑葫，重新别在腰间，林君璧收起棋子之后，就被陈平安收入咫尺物。

陈平安没有说具体过程，只是与庞元济和林君璧说了对方五人的飞剑和手段。

如果需要并肩作战，出城厮杀，陈平安也不介意和两人多说内幕，既然不用，多说无益。毕竟与人坦诚相待，不是时时刻刻掏心掏肺，一方掏出去了，对方一个不小心没接好，伤人伤己。

林君璧问道：“如此说来，还是那个流白的本命飞剑，最为凶险？”

陈平安点头道：“以后如果遇到此人，一定要小心再小心，她一旦跻身上五境，那把本命飞剑最要人命，麻烦得很。”

如果那场围杀纯粹比拼杀力大小，几个陈平安都交代在那边了。

说到这里，陈平安笑道：“不过我们暂时注定是遇不到她了。所以那笔买卖，我没赚什么，却也没亏太多。”

林君璧感慨道：“这么古怪诡谲的飞剑，我还是第一次听闻，以前至多是知道有些剑仙的本命飞剑，极其细微而已，不像流白的飞剑这么夸张。”

陈平安说道：“大千世界，无奇不有。”

缩地山河，陈平安直接从避暑行宫来到躲寒行宫。结果没瞧见教拳的白嬷嬷，却看到了一个意料之外情理之中的不速之客。

原来是背着竹箱的郭竹酒，不在家待着，反而一大早就跑到了躲寒行宫，此刻正在演武场上，与围成一圈的那些武道坯子，说那场惊心动魄的围杀之局。

郭竹酒没见过那场厮杀，陈平安先前一直在宁府养伤，也没和她说过一句半句，所以完全是她在胡说八道，纯属杜撰。不过陈平安也没拦着，远远坐在廊道栏杆上，由着这位弟子当那说书先生。

先不说拳法，只说“说书”一事，郭竹酒是得了真传的。

郭竹酒一个金鸡独立，满脸肃穆：“形势险峻，五个杀红了眼的剑修，那五把品秩极高、最少得有元造化两个个头那么高的本命飞剑，齐齐而至，你们怕不怕？别说你们，我都怕！你们想啊，那离真是托月山的关门弟子，背篋还是刘叉的开山大弟子，至于那流白，也是通天老狐周密的嫡传，这仨多大的靠山，多大的来头？再说了，雨四和涒滩既然能待在那甲申帐，肯定都不简单，不然屁大年纪，就能跻身蛮荒天下的百剑仙之列？但是没事，毛毛雨的小事儿都没有，我师父当时临危不乱，就这么一下，气势就很吓人了，你们也算是学拳之人了，应该知道武学大宗师的每一个拳架，都是大有讲究的……”

陈平安是真听不下去了，何况自己弟子的姿势，真是半点高人风范、宗师气度都没有。他赶紧起身，一步掠到了演武场，咳嗽一声，提醒这个帮倒忙的弟子，可以收工了。

郭竹酒扭头看到了师父，担心师父太高风亮节，不让自己说几句公道话，便有些着急，姿势不改，竹筒倒豆子，以极快速度说了好几百字的后续战况进展。

陈平安走到郭竹酒身边，伸手按住她的脑袋，郭竹酒做了个气沉丹田的姿势：“不说了不说了，反正我也只能说出师父出拳万分之一的风采，惜哉惜哉。”

那个叫姜匀的孩子双手环胸：“陈平安，郭姐姐说你一拳就咔嚓了那个叫流白的女子剑修，是不是真的？你这人咋回事，对方五个剑修，四个男的，你不去一拳打杀了，结果专门挑女子下手，你是不是拣软柿子捏啊？”

说到这里，姜匀嘿嘿笑起来，一下又一下挑起眉毛：“捏软柿子，那一拳朝哪儿打的？我可听说了，当时战场，十分古怪，看不真切，跟盖了被子似的，外人瞧不出被子里边躺着谁……”

郭竹酒摇摇头，眼神怜悯：“姜匀，咱俩梁子算是结下了。”

天不怕地不怕的姜匀破天荒有些急眼了：“郭姐姐，别啊，咱们是义结金兰的好姐弟，别为了一个外人伤了和气，就算伤了和气，你以后也千万别去我窗外敲锣打鼓啊……”

陈平安笑道：“行了，开始练拳。郭竹酒在一边看着。”

郭竹酒谨遵师命，去一旁站着。

陈平安经常会来这边，帮着这些孩子喂拳一个时辰。

所谓的喂拳，就是让孩子们只管对他出拳，不用讲究任何拳招。

姜匀瞥了眼隐官大人："看你受伤不轻的样子，我怕自己一拳把你打趴下。你可悠着点，别逞强。你几天没见我，不知道吧，我如今拳法大成，出拳没个轻重的，一拳下去，天崩地裂。"

陈平安望向这个习武资质最好、嘴把式更是天赋异禀的孩子。

姜匀立即倒退数步，拉开拳架迎敌，一蹬脚，一退再一进，高高跃起，直接来到年轻隐官身前，就是一拳。陈平安一手负后，歪过脑袋，一手按住姜匀脑袋，轻轻一推，后者重重砸在地上，几个翻滚起身。

在姜匀率先出拳之后，那个名叫元造化的假小子紧随其后，从年轻隐官身后，一腿扫去，陈平安侧过身，一肘砸下，将小姑娘直接摔在地上，又一脚踹在她的脑袋上，小姑娘整个人瞬间倒滑出去。

陈平安的喂拳，自然需要压境，也从无失手。

按照约定，什么时候陈平安挨上一拳，就算这些孩子出师了，可以各自回家一趟。

有孩子被陈平安按住肩膀，轻轻一推，撞在后来者身上，两人一起倒飞出去。

一个已经靠近陈平安的孩子被五指抓住脸庞，陈平安手腕一拧，孩子立即双脚悬空，横飞出去。

"形随意走，气走丹田，意贯全身，我辈武夫，顶天立地，拳出快如飞剑，拳意不输剑仙。"

陈平安缓缓而行，闲庭信步，一拳打在一个孩子的脖颈上，打得对方脑袋一歪。陈平安变拳作掌，手心朝下，手背拍在那个孩子肩头，后者踉跄跌倒在地，陈平安轻轻抬脚，拳意寸劲从布鞋鞋底下透出，将那慌乱中仍要递出歪斜一拳的孩子一脚踢飞，同时挡住另一个孩子的出拳，后者两脚一线，劈拳而至。

"刚劲猛烈，无坚不摧，要思拳停。拳意化用，细密如针，当思拳进。"

陈平安挪步侧身，一拳打在那个孩子的后脑勺上，孩子直接扑倒在地，砸在演武场地面上，鼻血直流。

一个孩子几次转换轨迹，后肘前叠，手掌翻转极快，配合六步走桩，来到陈平安近前极快，拳法已经小有气势。陈平安仍是以肘对肘，以掌对掌，一连串眼花缭乱的拆招，将孩子刚好推回原地。

姜匀鬼祟一脚踢向陈平安，结果被陈平安率先一脚踹在胸口，躺在地上后，姜匀正要大骂陈平安个子高占便宜，不承想看到那个年轻隐官是身体后仰踹出的一脚，他一抹嘴角血迹，一掌拍地，翻转起身。

所有近身出拳的孩子，都被陈平安随意打退，一个被陈平安一记顶心肘打得满地打滚，一个被陈平安以肩撞飞，孩子起身的时候只觉得大半个身子都散架了，仍是咬牙起身。一般而言，出拳难免慢上一线，但是不光是他们，所有在此习武的孩子，连同姜匀在内，都牢记年轻隐官的一个说法，武夫体魄受了点伤，就要伤及自身拳意，那就是自己求死，能够受伤出拳更快，才是入了门的武夫。

元造化脚起如箭矢。有孩子大抡大臂，独自一人，愤然出拳。也有相熟的几个孩子，相互配合，只求有人一拳落在陈平安身上。一个个孩子近身又被打退，受伤都不重，但绝对不会好受。

陈平安始终缓缓而行："只要拳意不活，就算你们在拳法里可以忘生死，还是个死。"

陈平安双膝微蹲，双手骤停于一个高高跃起的孩子下颌，轻轻一托，后者直接倒飞出去十数丈："拳从低处起，再好的拳招腿法，立都立不稳，何谈离地。"

一炷香后，大多数孩子都躺在地上，只有极少数能够坐在地上，站着的，一个都没有。

陈平安站在原地，说道："继续。拳脚可慢，意要更重。不然我就不客气了。"

孩子们几乎同时摇晃起身。

廊道那边，阿良与老妪一坐一立观看陈平安教拳。

阿良轻声笑道："拳法实在，不难，实在又好看，就很难了，这以后要是到了浩然天下，一旦出拳，那就处处是百花丛中了。"

白嬷嬷微笑道："姑爷的拳法，确实出彩得很。姑爷的出拳与姑爷的相貌，相得益彰。惹来姑娘喜欢，也属正常，反正姑爷不会搭理，姑爷的为人，更让人放心。"

阿良笑道："这小子就没点缺点？"

白嬷嬷想了想，摇摇头。

阿良看着那些孩子，感慨道："肩头挑担，吃力而已。心头挑担，什么时候是个尽头啊？"

白嬷嬷深以为然，轻声道："姑爷就这一点不太好。"

又一炷香过后，孩子们这次全部躺在地上了。

有个眼尖的孩子趴在地上，刚好瞥见了廊道那边的阿良，而且猜出了对方身份，很快就一个个龇牙咧嘴地窃窃私语起来。

陈平安转头笑道："阿良，接下来你来教拳吧。"

阿良跃跃欲试，我的拳法还是很可以的。

阿良一手撑在栏杆上，飘然站定，深吸一口气，双肩一晃，呼喝一声，然后直线向前，在廊道和演武场之间，打了一通自认为行云流水的拳法，脚法也顺便显摆了。

姜匀蹦跳起身，难得满脸认真神色，说道："陈平安，我们继续，你来教拳就行了。"

其他孩子也都纷纷点头。

阿良站在原地，揉着下巴，不应该啊。我这拳法，又好看又结实，道老二都吃过大苦头的。

郭竹酒轻声安慰道："阿良前辈你反正剑法那么高了，拳法不如我师父，不用羞愧。"

阿良问道："你们是看出了我拳法不高？"

郭竹酒使劲摇头如拨浪鼓。

阿良又试探性问道："是打得不好看？"

郭竹酒哀叹一声："阿良前辈，是想听真话还是假话？"

阿良说道："假话！"

郭竹酒立即神采飞扬，阿良前辈这么聊天就得劲了，还不伤感情，不用挨师父的栗暴，所以双手都竖起大拇指，大声称赞道："前辈的拳法，可了不得，了不得啊，与前辈相貌一般好看！"

阿良根本不在意，还是好听的话，便笑问道："竹酒啊，想不想学剑法？阿良叔叔不是吹牛，拳法兴许不如你师父打得好看，可这剑术，啧啧啧。"

郭竹酒摇头道："不学。"

阿良问道："为什么？"

小姑娘在原地踏步，肩头一晃一晃，小竹箱一颠一颠："我的师父，只有一个啊。"

演武场上，孩子们再次悉数趴在地上，个个鼻青脸肿，学武之初的打熬筋骨，肯定不会舒坦。该吃苦的时候享福，该享福的时候就要吃苦了。

既然生在了剑气长城，进了这座躲寒行宫，学了拳习了武，就得适应吃苦一事，学得一技之长。天底下不是所有吃苦之事，都能苦尽甘来的。纯粹武夫的那颗武胆，就只能是从苦胆之中熬出真滋味。

一袭青衫长袍的隐官大人，依旧气定神闲，说道："休息两炷香。"

陈平安盘腿而坐，双手叠放，掌心朝上，开始闭目养神。所有孩子都挣扎着起身，围成一圈，坐姿与年轻隐官如出一辙，闭上眼睛，缓缓调整呼吸。

陈平安睁开眼睛，评点每个人的出拳，好坏优劣都说，不会因为姜匀出身太象街豪阀，武学根骨最重，就格外青睐，哪一拳递出得疲了，就骂。不会因为铜钱巷张磐的先天体魄最孱弱，学拳最慢，就对张磐冷落半点，哪一拳打得好了，就称赞。更不会因为玉笏街的孙蕖和假小子是小姑娘，出拳就故意轻了力道。总而言之，陈平安要让所有孩子牢牢记住一个道理：拳在当下，纯粹武夫，必须先与己为敌。

学拳先做人，传道授业之人，无论有无师父先生之名，一样需要先教人，教人不是空讲道理，哪怕是一个乡野学塾的教书匠，可能与富家翁低头哈腰的一句谄媚话，对贫寒孩子的某个斜眼、冷笑，然后被孩子们默默看在眼中，记在心里，结果就打杀了书上的千百句圣贤教诲。书里书外都有道理，人人皆是夫子先生。

陈平安不再言语。按照规矩，就该轮到孩子们提问。

暮蒙巷那个叫许恭的孩子率先问道："陈先生，拳走一线，肯定最快，如果说练习走桩站桩，是为了坚韧筋骨，淬炼体魄，可是为何还会有那么多的拳招？"

陈平安抬起一手，一拳递出，骤然出拳，骤然悬停："许恭，你的意思是说拳走直线，最快触敌，对不对？"

许恭有些怀疑自己了。

姜匀笑呵呵道："一拳就倒。"

剑气长城谁不知道年轻隐官最"怜香惜玉"，不然能有一拳就倒二掌柜的绰号？

至于为何对蛮荒天下的流白就那么辣手摧花，一定是那女子剑修不如郁狷夫长得好看。

不过姜匀突然想起郁狷夫被按住脑袋撞墙的那一幕，哀叹一声，觉得自己可能是冤枉二掌柜了。

许恭神色慌张，他可没有这个意思，打死都不敢对陈先生有半点不敬，不敢，更不愿意。在许恭心目中，陈先生的形象，神人一般，毫无瑕疵。孩子私底下与两个好朋友闲聊，都仰慕得一塌糊涂。所以先前郭竹酒在那边说书，就数他们三个最坚信不疑。

出身暮蒙巷的许恭，自知自己不是姜匀这样的大族子弟，既然没有姜匀那样的天赋和身世，所以他与张磐、唐趣两个好朋友，经常晚上偷偷练习走桩站桩，往往可以碰到那个假小子元造化。只是过犹不及，这些家伙一味苦练，差点伤了体魄元气。

陈平安始终保持那个出拳姿势，再抬起左手，以出拳右臂作为一条道路，指指点点，从右手拳头起始，手腕、小臂、肩头，再到背脊、腰膂，将一处处窍穴点明，详细解释了这直线一拳递出的纯粹真气流转"道路"，每一条筋、每一块骨头、每一块肌肉的细微变化，全无遗漏，与孩子们娓娓道来，在这期间，再配合拳掌变化，将后肘前叠、顶心肘、肩撞在内的所有招式，各自拆解，阐述其中玄妙，如何发力，为何发力，都有一番深入浅出的翔实解释。

陈平安收拳之后，双手撑在膝盖上，笑道："所以说，拳招为下，拳意在中，拳法在天。"

姜匀破天荒没有拆台，皱眉道："拳招最次？可我觉得拳桩拳架都要从拳招中来啊，很重要的。"

陈平安笑了笑，抬起一拳，手腕拧转，变拳作掌，掌心离地不过寸余，瞬间落地，迅猛一拍演武场的地面。大地震动，所有孩子几乎同时一弹而起，离地高度，各有不同，身形七歪八倒。然后好像被压胜一般，砰然落地，一个个呼吸不顺畅起来，只觉得近乎窒息，背脊弯曲，谁都无法挺直腰杆。

“拳招为下，只是说位置，某个顺序，不是说不重要，恰恰相反，一切拳法都从低处起，层层拳架层层高，最终才能让我们的拳法高高在天。”

陈平安收起了那股无形的拳法真意，所有孩子立即如释重负。陈平安对元造化和张磐说道：“学拳要时时用心，处处小心，这就是拳理所谓的师傅领进门，徒弟要留神。元造化、张磐，方才你们俩做得不错，说明休息之时，也在练习站桩，虽然离地不低，但是坐姿最稳。姜匀虽然离地最低，坐姿却散。”

姜匀翻了个白眼，老子早就习惯隐官大人说风凉话了。

性格腼腆的张磐神色激动。

假小子元造化眼神坚毅，紧抿起嘴唇。学拳之后，小姑娘变化极大。前些年在剑气长城，与尚未成为隐官的二掌柜初次相逢，是个孩子王的小姑娘，性格其实要开朗许多。

陈平安的视线扫过众人，他身体微微前倾，与所有人缓缓道：“学拳一事，不只是在演武场上出拳这么简单，呼吸，步伐，饮食，偶见飞鸟，你们可能一开始觉得很累，但是习惯成自然，人身一座小天地，宝藏无数，全是你们自己的，除了将来某天需要与人分生死，谁都抢不走。”

陈平安眯眼道：“那么问题来了，当你们拳高之后，一旦决定要出拳了，要与人正大光明分出胜负生死，当如何？”

姜匀大声道：“一拳干倒！”

陈平安微笑道：“你小子还没完没了了是吧？”

姜匀双臂环胸，一本正经道：“隐官大人，这次可不是说什么玩笑话，武夫出拳，就得有老子天下第一的架势，反正我追求的武道境界，就是与我为敌之人，我一拳将出未出，对方就先被吓个半死了。”

陈平安笑着起身：“行啊，那我教教你。被你这么一说，我还真记起了一场问拳。我当时是以六境对峙十境，你现在就用三境对付我的七境。都是相差四境，别说我欺负你。”

姜匀立即起身。

陈平安指了指演武场靠墙处：“你先去墙根那边站着。”

姜匀大摇大摆走过去，背对众人，孩子其实在龇牙咧嘴，恨不得给自己一个大嘴巴子，只能默默告诉自己输人不输阵，输拳不输面。

陈平安走向演武场另外一边，突然改变主意：“所有人都一起过去，并排站着，不许背靠墙壁，离墙三步。”

这些孩子以后的人生，不会按部就班，只遇到境界相当或是只高出一两境的敌人。自己也好，白嬷嬷也罢，压境教拳，能够帮着孩子们一点点打熬筋骨，一步步磨砺武道，但是修行路上，没有这样的好事。没人愿意当谁的磨刀石，多是想着踩下一块块的垫脚石，步步登天，去往山巅。

三境到七境的巅峰出拳，到底是怎么个气势、拳架和精气神，陈平安曾经为他们一一演示过。八境、九境和十境的出拳，白嬷嬷也亲身演练过。只是姜匀在内的孩子，都觉得从十境跌到九境的白嬷嬷，当下境界更高些，但是只论出拳那点模模糊糊的"意思"，总觉得还是年轻隐官更让人神往。

先前的演武，就真的只是演练，孩子们只是旁观。今天陈平安想要让孩子们站在与自己为敌的立场上，亲身感受那一拳。

当年在北俱芦洲，前辈顾祐拦住去路，曾问拳于自己。出拳毫无征兆，接拳毫无准备，顾祐那突兀一拳，倏忽而至，当时陈平安几乎只能束手待毙。

陈平安停步后，静心凝气，浑然忘我，身前无人。

与陈平安遥遥对峙的姜匀，额头渗出细密汗水，下意识就与所有人提醒道："咱们都咬牙站稳了，谁都不能后退，谁都不要背贴墙壁，就算吓得尿裤子，也要站着不动！"

那个玉笏街的小姑娘孙蕖颤声道："我现在就怕了。"

孙蕖最初与姜匀一样，是最不希望学拳的孩子，因为她有个妹妹，名叫孙藻，是剑修。

元造化低声道："那你就一心站桩，什么都不要想！"

陈平安没有着急出拳。这对于那些站在墙根下的孩子而言，更是煎熬。既然早晚挨刀，不如给个痛快，总好过对方慢悠悠磨刀吓唬人。

阿良说道："郭竹酒，你师父在给人教拳，其实他自己也在练拳，顺便修心。这是个好习惯，螺蛳壳里做道场，不全是贬义的说法。"

陈平安先前所学拳法太杂，需要借此机会，好好反省一番，熔铸一炉。或者偶尔什么都不想，就跟平常人用睡觉作为休歇差不多，来这里静静心。教拳，练拳，修心，隔三岔五的躲寒行宫之行，看似一件事，其实是在做三件事。

为剑气长城的这拨武夫坯子教拳喂拳，更重要的，还要尽量给所有孩子一条相对安稳的修行路，原本对于一位需要为战局走势负责的隐官而言，就是一件实实在在的分心事。可到最后，结果还是没亏。

郭竹酒早早摘下竹箱搁在脚边，然后一直在模仿师父出拳，从头到尾就没闲着，听见了阿良前辈的言语，一个收拳站定，说道："师父那么多学问，我一样一样学。"

白嬷嬷站在一旁，轻声说道："姑爷这一拳下去，估计不少孩子会当场崩溃。"

阿良笑道："能够真真切切知道拳高何处，是好事。"

当时顾祐前辈，作为撼山拳的老祖宗，看到了陈平安这位来自别洲的纯粹武夫，恰好武道根基就在撼山拳之上，便以十境武夫递出九境巅峰一拳。

陈平安一步跨出，悄无声息。

以六步走桩前行，转瞬之间，快若奔雷，整座演武场都开始激荡起阵阵涟漪，四面八方皆是充沛拳意。

孙蕖这样希冀着以站桩来抵御心中畏惧的孩子，在演武场震动之后，就立即被打回原形，站桩不稳，心境更乱，满脸惊骇。

姜匀感受到那股遮天蔽日的拳意之后，轻喝一声，一脚重重踩踏而出，拉开拳架，以自身拳意抵御天地拳意。眼见着身旁孙蕖就要跌倒在地，姜匀一咬牙，挪步横移，满脸痛苦之色，依然挡在了孙蕖身前。毕竟是个小姑娘，他这个大老爷们得护着点。

许恭和元造化几乎同时喊道："六步走桩！"

所有孩子竟是心有灵犀，几乎同时不退反进，要以走桩对走桩。

罡风扑面，拳意压身。哪里是他们想要不退反进就能成的，至多踏出两步，所有人便踉跄后退。

那孙蕖不知如何生出一点胆识，竟是绕开了身前姜匀，选择自己面对那一拳。

转瞬过后，连同姜匀在内，所有人都背靠墙壁，个个脸色惨白，汗流浃背，还有些体魄孱弱的孩子，早已靠墙跌坐在地。

陈平安站在演武场中央地带，一手负后，一手握拳贴在腹部，悠悠然吐出一口浊气。

陈平安赶紧转过头，抹了一下从鼻子中流淌出的鲜血，以当下的体魄递出这形似神似的一拳，哪怕最终只是出了半拳，还是很不轻松。

陈平安转头笑道："都起来吧，今天练拳到此为止。"

所有孩子都没有回过神，有些呆滞。

陈平安沉默片刻，突然笑了起来："这一拳过后，不得不说，我挑选武道种子的眼光，真是不错。以后你们哪天自己行走江湖了，遇到同辈武夫，大可以说，你们的教拳之人，是剑气长城十境武夫白炼霜，喂拳之人，是浩然天下陈平安，一旁观拳之人，曾有剑客阿良。"

与白嬷嬷告辞，陈平安和阿良带着郭竹酒，三人徒步离开躲寒行宫。

阿良说道："竹酒啊，先前你师父提到观拳之人，只说了我，忘了你，伤不伤心？"

郭竹酒一脸疑惑道："师父说了啊，阿良前辈你没听见？"

阿良愣了一下："我怎么没听见？"

郭竹酒一本正经道："我在自个儿心里，替师父说了的。"

阿良赞叹道："竹酒你这份剑心，厉害啊。"

陈平安笑道："阿良，那么剑气十八停能不能教给我这弟子？"

阿良无奈道："我先前说要教，竹酒不稀罕啊。"

阿良捋了捋头发："不过竹酒说我相貌与拳法皆好，说了这般肺腑之言，就值得阿良叔叔死皮赖脸传授这门绝学，不过不急，回头我去郭府做客。"

郭竹酒与陈平安对视一眼，相视而笑。

师父你懂的。师父我懂的。

郭竹酒不敢久留，今天还是翻墙偷溜出来的，得回家了。

与师父和阿良前辈道别后，小姑娘手持行山杖，背着小竹箱，一路飞奔。

阿良与陈平安去往叠嶂的酒铺。

阿良问道："陶文剑仙死后，凭借战功兑换的那些神仙钱，是不是多了些？"

陈平安没有藏藏掖掖，说道："我也拿了些出来。"

酒铺、坐庄，所有陈平安这些年在剑气长城从酒鬼赌棍那边挣来的神仙钱，再加上通过晏家铺子兜售贩卖那些印章、折扇的收入，一枚雪花钱都没剩下，全部都以剑仙陶文遗产的名义，还给了剑气长城。当然不是陶文要陈平安这么做，而是陈平安一开始就是这么打算的。这也是陶文愿意托付身后事给年轻隐官的原因所在。

想要入得一位剑仙的法眼，永远不可能是靠挣多少钱、说过多少漂亮话。

阿良又问道："那么多的神仙钱，可不是一笔小数目，你就那么随随便便搁在院子里的桌上，任由剑修自取，能放心？隐官一脉有没有盯着那边？"

大战暂时告一段落，剑修养剑一事，是重中之重，世间剑修的吃钱，那是出了名的不讲道理。这也是为何剑气长城会有那么多囊中羞涩的剑仙。

本命飞剑的品秩越高，以及随着剑修境界越来越高，除了太象街屈指可数的几个豪阀，没谁敢说自己嫌钱多。只有不在修行关隘的时候，剑修手头才会有几个闲钱，喝酒押注都随意。所以可能绝大多数剑修，去往陶文的宅子自行取钱，只取当下所缺钱财，但也注定会有某些剑修，偷偷多拿神仙钱。

陈平安摇头道："没有人盯着那边。陶文不在意这些，我也无所谓。又不是什么买卖事，不用计较太多。"

阿良点头道："是该这么想，轻松些。"

陈平安摘下别在发髻的那根碧玉簪子。

阿良接到手里，心神沉浸其中，然后哑然失笑："好一个老秀才，当初连我都给骗过了。"

陈平安甚至都懒得用心声言语，直接开口说道："先前与离真那场捉对厮杀，靠着这支簪子，才扭转战局，不然我当时还不是剑修，赢不了离真。"

碧玉簪子已经打开禁制，阿良自然一览无余。

陈平安说道："光阴流水的流逝，与很多洞天福地都截然相反，约莫是山中一月世上一年的光景。”

白玉簪子是一处极其古怪的洞天福地，疆域不大，至多容纳百余人居住其中，灵气也一般，根本算不得风水宝地，准确说来，根本不适合修道之人修行。

阿良叹息道：“老秀才用心良苦。”

老秀才为了弟子齐静春，可谓煞费苦心。在此避难，当作一座书斋便是了，大可以安心读书，百年数百年之后，天地变色，说不定下一次重返浩然天下，便是另外一番光景。

老秀才最早的初衷，极有可能便是要拖到蛮荒天下攻打剑气长城，儒家开辟出第五座天下的通道，多出一座幅员辽阔的崭新天下，换了一张更大的棋盘，落子的地盘多了，弟子齐静春的立足之地，希望就可以更多些。

老秀才离开功德林的时候，可能就已经做好了打算，愿意用开辟出一座天下的造化功德，换取齐静春这名弟子在人间的立锥之地。

陈平安缓缓说道：“先生是这样的先生，那么我如今对待自己的弟子学生，又怎么敢敷衍应付。茅师兄曾经说过，天底下最让人如履薄冰的事情，就是传道授业，教书育人。因为永远不知道自己的哪句话，就会让某个学生牢记在心一辈子了。”

阿良将碧玉簪子递还给陈平安。陈平安重新别在发髻间。

八个小篆文字：言念君子，温其如玉。

阿良双手抱住后脑勺，晒着和煦的日头。

一旁的年轻人，青衫长袍，头别碧玉簪，脚穿一双千层底布鞋，腰悬养剑葫。

陈平安突然问道：“阿良，是接连两场架，受了伤？”

阿良出城两次，第一次还好，哪怕是坐镇城头的剑仙，都看了个大概。但是第二次重返战场，其中有一头王座大妖倾力出手，隔绝了天地。陈平安难免有些担忧。

不料阿良摇头道：“没怎么受伤，只是施展了一些压箱底的本事，下次再去战场，就一定会被针对得死死的。就像你那两把飞剑的本命神通，外人不知道，就是关键的胜负手，知道了，下次就很难奏效。毕竟不是在浩然天下漂泊不定，总是遇到生面孔。剑气长城的战场，说大很大，说小也小，我跟那些大妖都是老熟人了，大致路数，心知肚明。我们又是在与整座蛮荒天下抗衡，问题在于对方是不缺法宝仙兵的，就算他们自己没有，借也借得来。”

陈平安惊讶道：“这都没怎么受伤？”

阿良笑道：“给你露一手？见识过后，你就知道我为何能够全身而退了。”

陈平安环顾四周：“大街上就算了吧。”

阿良埋怨道：“四下无人，咱俩大眼瞪小眼的，露一手有个啥意思？”

陈平安点头道：“你敢施展，我就敢学。”

阿良停下身形，以脚尖轻轻踯地。陈平安不明就里，跟着停步，拭目以待。

突然不远处一座酒楼的二楼，有人扯开嗓子怒骂道："狗日的，还钱！老子见过坐庄坑人的，真没见过你这么坐庄输钱就跑路赖账的！"

一时间各处酒客们大声叫好，筷子敲碗，手掌拍桌，嘘声四起。

陈平安双手笼袖，神色自若，小场面。

阿良伸长脖子回骂道："老子不还钱，就是帮你存钱，存了钱就是存了酒，你他娘的还有脸骂我？"

那老剑修一时无语。

急眼了，老剑修就要吐那狗日的一脸唾沫。不承想阿良轻轻一跺脚，脚尖处出现了一个金色文字，然后字字串联成一个小圆，出现在了阿良脚边。

皆是圣人教诲。以儒家那位至圣先师的一句言语作为起始第一个圆圈，然后是道家阐述的阴阳大道之至理，此后有那关于天地人的儒家经典，紧接着更大一圈，是四时流转的不同文章诗句。五行、十二时辰、二十四节气、中土文庙陪祀七十二圣贤的根本学问，一圈圈金色文字，由内向外，层层叠叠，不计其数。三教诸子百家，一部部经文典籍或开篇名义或压卷的言语，成百上千位诗词大家、道德贤人、名臣武将、剑仙、豪杰的慷慨之言，皆有文字显化。

陈平安低头望去，那一个个金色文字出现得太快，每一句蕴含的意思都太大，以至于连他都备感目不暇接。

刹那之间，整座城池都布满了密密麻麻的金色文字。

陈平安甚至看到了不少自己曾经篆刻在竹简上的美好句子。看到了许多佛经、法家典籍上的言语，看到了李希圣画符于竹楼墙壁上的文字。

阿良心意微动，异象消失，笑道："只需要学个大概就行了，毕竟谁都成为不了另外一个人，也无须如此。我阿良是阿良，小齐是小齐，你陈平安就是陈平安。"

陈平安点了点头。

阿良然后转头望向二楼："你刚才嚷嚷个啥？"

那老剑修一脸诚挚道："阿良，要不要喝酒？我请客。"

阿良嘴上说道："你他娘的把我阿良当成什么人了，我是那种欠钱还跟人讨酒喝的人吗?!"眼睛却死死盯住那个老剑修，完全没有要走的意思。

"不能够！"老剑修义正词严，一只手使劲晃荡，有朋友赶紧抛过一壶酒。老剑修接住后，转为双手捧酒壶，动作轻柔，轻轻丢到楼外："阿良老弟，咱哥俩这都多久没见面了，老哥怪想念你的。得空了，我在二掌柜酒铺那边摆上一大桌，喝个够！"

陈平安和白白得了一壶酒的阿良离去之后，酒楼那边，老剑修落座后，抚须而笑："整个剑气长城，谁能像我这样讨债，让阿良都摆出了这么大的阵仗来躲债？你们啊，是跟着沾光了，所以今儿我就不掏钱了，你们谁来结账？”

阿良走在路上，喝着那壶别人非要送拦都拦不住的仙家酒酿，突然说道：“那件大事，与宁丫头说过了吗？”

陈平安点头道：“缘由后果，一五一十都与她说了，我觉得越是亲近之人，越该把事情讲明白。”

阿良笑道：“难怪文圣一脉，就你不打光棍，不是没有理由的。”

陈平安笑着不接话。

到了酒铺那边，生意兴隆，远胜别处，哪怕酒桌不少，依旧没有了空座。蹲在坐在路边喝酒的人，茫茫多。阿良就跟陈平安蹲在路边喝酒，身前摆了一碗面、一小碟腌菜。

四周喧闹，到这座铺子喝酒的大小酒鬼，都是心大的，不心大，估计也当不了回头客，所以都没把阿良和年轻隐官太当回事，不见外。

阿良手托酒碗，夹了一筷子菜，打了个激灵，真咸，赶紧卷了一大筷子阳春面。

听着某些家伙吹嘘这儿酒菜得劲，好些个刚被拉来这边喝酒的人，久而久之，便觉得酒水滋味好像真是不错了。

阿良就纳了闷了，如今给人当托儿不收钱啊？

陈平安双手捧住酒碗，小口饮酒，喝完一口酒，就望向大街上的熙熙攘攘。

来来去去，走走停停，悠悠匆匆。

身边人，可能明天离去。远游人，可能明天回乡。

林君璧没有想到庞元济也是个大嘴巴，自己要走的事情，隐官一脉其他剑修都知道了。

这天拂晓时分，林君璧简简单单收拾了包裹，先逛了一遍避暑行宫，最后回到了大堂那边，向一张张桌案望去。

对于不知山下寒暑的修道之人而言，短短几年岁月，不过弹指一挥间，林君璧却感觉在这里做了好大的一场梦，竟是有些舍不得梦醒。

林君璧摇摇头，收敛思绪，只觉得就这样不告而别，也不错。不承想一位位剑修御剑而至，除了年轻隐官，都到齐了，就连郭竹酒都拎了个锣鼓过来。

林君璧正了正衣襟，向众人作揖致谢。

剑气长城为朋友送行需饮酒，是规矩，一行人去了二掌柜的酒铺饮酒，大清早，犹有座位，人人都是小酌，送别酒，往往不会豪饮，点到为止。林君璧与大掌柜叠嶂讨要了一块无事牌，已是金丹境剑修的白衣少年，写了一句“林君璧饮过此酒，三年破三境而已”，亲自挂在墙上。木牌与木牌，仿佛与剑修同伍。

顾见龙说了句公道话：“君璧这番话，深得隐官风采。‘而已’二字，妙不可言。”

林君璧最后举起酒碗，一饮而尽，微笑道：“与诸君相处，久在芝兰室。”

林君璧对郭竹酒说道：“以后我回了家乡，如果再有出门游历，一定也要有竹箱竹杖。”

最后所有人起身抱拳，并未远送林君璧，郭竹酒有些遗憾，锣鼓没派上用场。

只是斜挎了一只小包裹的白衣少年林君璧，独自离开酒铺，去向通往倒悬山的大门，大门位于城池和海市蜃楼之间，比那师刀房女冠镇守的旧门，要更加远离城池，也要更加热闹，如今春幡斋和浩然天下八洲渡船的商贸往来，越来越顺畅。南婆娑洲的陈淳安，郁狷夫所在郁家，苦夏剑仙的师伯周神芝，桐叶洲玉圭宗新任宗主姜尚真，北俱芦洲的几个大宗门，加上许多外乡剑仙在各自大洲结下的香火情，显然或明或暗都有出力。所以年轻隐官和愁苗剑仙担忧的那个最坏结果，并没有出现，中土文庙对于八洲渡船营造出来的新格局不支持，却也未曾明确反对。

林君璧的随身包裹当中，都是些寻常物，一本版刻精良的《皕剑仙印谱》，一把从晏家铺子买来的玉竹折扇，以及庞元济这些朋友赠送的小礼物，礼轻情意重，林君璧由衷开怀，关系没好到那个份儿上，才会在礼物礼节上过多客气，真是朋友了，反而随意。

一路上戒备森严，在大门那边，林君璧看到了没有覆盖面皮的年轻隐官，旁边还站着一位中人之姿的妇人，身边似有天然的草木清香萦绕。妇人应该是施展了障眼法，遮蔽了真实面容，在剑气长城需要如此作为的，屈指可数，剑仙不屑，剑修没必要，当然隐官大人是例外，狠起来，他连女子面皮都往脸上覆，按照顾见龙的说法，上了战场的年轻隐官，假扮女子出剑，身姿还挺婀娜，这话给郭竹酒听了去，也就等于给隐官大人听了去，所以顾见龙腿瘸了个把月。林君璧很容易便猜出了那妇人的身份，倒悬山四大私宅之一梅花园子的幕后主人——酡颜夫人。

师兄边境一事，酡颜夫人非但没被殃及，不知怎么转投了陆芝门下，这位在浩然天下可谓艳名远播的上五境精魅，将功补过，梅花园子的所有家底，事后都充公给了避暑行宫。要说是美人计，对谁都可以管用，唯独对年轻隐官那是没有半枚铜钱的用处。至于梅花园子变故的曲折内幕，年轻隐官没细说，也没人愿意追问。

陈平安说刚好要去趟春幡斋，顺路。林君璧当然没意见。

如今的隐官大人，往来于倒悬山和剑气长城，已经不太需要刻意遮掩。该知道的，都会假装不知道。不该知道的，最好还是不知道的好，以如今剑气长城的戒备，谁有心，知道了，就是天大的麻烦。隐官一脉的权柄极大，飞剑杀人，根本无须说个为什么、凭什么。哪怕是太象街和玉笏街的豪门大宅，只要有嫌疑，被避暑行宫盯上了，隐官一脉御剑，一样如入无人之境。

最近两年，依循许多只有隐官一人掌握的谍报，顺藤摸瓜，有过许多搜捕截杀，林君璧就亲身参与过两场围剿，都是针对海市蜃楼那边的“商贾”，滴水不漏，砍瓜切菜一般。其中一场风波，涉及一位德高望重的老元婴，后者在海市蜃楼经营多年，伪装极好，人缘更好，隐官一脉又不愿阐明道理，半座海市蜃楼差点当场哗变，结果城池内高魁在内的六位剑仙一起御剑悬空，年轻隐官从头到尾一言不发，众目睽睽之下，双手笼袖站在楼外，等到愁苗拖曳尸体出门，才转身离去，当天海市蜃楼的大小店铺就关了二十三家，剑气长城根本没有拦阻，任由他们搬迁去往倒悬山，不过第二天铺子就全部换上了新掌柜。

隐官一脉剑修出剑，从愁苗到董不得，再到明明还是个小姑娘的郭竹酒，都很干脆利落。

不过许多腌臜事，不是痛快出剑就可以解决的，林君璧记得年轻隐官在剑坊那边待了一旬之久，回到避暑行宫之后，破天荒没有与剑修坦言事情经过，只说解决了个不小的隐患。

有些时候林君璧也会胡思乱想，若是我们隐官一脉，我们这座避暑行宫，是在浩然天下扎根的一座门派，会如何？

年轻隐官是山主，愁苗剑仙是掌律，剑仙米裕负责谱牒，韦文龙管钱，其余剑修安心练剑，同时各掌一峰一脉，分别开枝散叶，各凭喜好，收取弟子。一定会很壮观。至多不出百年，整个浩然天下都要侧目相看。可惜是他林君璧的痴心妄想。

酡颜夫人一路沉默，只是多打量了几眼林君璧，那个“边境”曾经提及过这个小师弟，十分看重。

到了倒悬山，林君璧按照自家先生密信的叮嘱，去往猿蹂府见一位先生故友，然后今晚就要乘坐一艘跨洲渡船返回中土神洲。

在猿蹂府大门口，陈平安从咫尺物当中取出一只木盒，说道：“装了些去过酒铺喝过酒的故人遗物，你好好珍惜，以后可能用得着。我只希望你对得起里边的遗物，不要让我看走眼，送错了人。”

林君璧双手接过木盒，猜出里边应该都是从酒铺墙壁上摘下的一块块无事牌，这份临别赠礼，极重。只要林君璧有心，一回到中土神洲，他就可以立即折算成一笔笔香火情，朝野清誉，山上名声，甚至是实实在在的利益。

林君璧沉声道：“隐官大人只管放心，君璧以后做事，只会更有分寸。”

陈平安轻声道：“一事归一事，对事不对人。回到了邵元王朝，希望你读书修行两不误。一入人众，清者易浊，君璧你要多多思量。”

林君璧后退一步，作揖行礼：“君璧拜别隐官。”

陈平安抱拳还礼。

陈平安和酡颜夫人去往春幡斋，林君璧望向两人背影，突然喊道：“君子爱财取之有道。君璧不曾在买卖一事上，见过陈先生这般清爽人。”

陈平安没有转身，挥挥手。

林君璧目送两人离去。

临近春幡斋，酡颜夫人嫣然而笑，以心声与年轻隐官言语道："林君璧走了，隐官一脉其余的外乡剑修，何去何从？也要跑路了？"

陈平安笑呵呵反问道："跑路？"

酡颜夫人转头望向年轻隐官，满脸歉意神色，却说着死不悔改的言语："兴许措辞有误，意思是这么个意思。只要是活着离开剑气长城的人，不还是跑路？当然陆先生除外。"

称呼女子为先生，在浩然天下是一种莫大的敬称。

陈平安说道："酡颜夫人，连整座梅花园子都能长脚跑路，还好意思说我们隐官一脉的外乡人？"

酡颜夫人换了一种语气："说实话，我还是挺佩服这些年轻人的手段气魄，以后回了浩然天下，应该都会是雄踞一方的豪杰，了不起的大人物。之所以说些风凉话，还是羡慕，年轻人，是剑修，还大道可期，教人每看一眼，都要嫉妒一分。"

进了春幡斋，陈平安说道："知道为何我要让你走这趟倒悬山吗？"

酡颜夫人眼神幽怨，咬了咬嘴唇，道："这我哪里猜得到，隐官大人位高权重，说什么便是什么了。"

陈平安直截了当说道："找个人少时分，你将整座梅花园子迁徙去往剑气长城，有用处，避暑行宫会记你一功。"

酡颜夫人埋怨道："隐官大人竟是连一座空壳子的梅花园子都不放过？可劲儿欺负一个妇道人家，不合适吧？就不能让我留个念想？将来到了南婆娑洲，我总得略尽绵薄之力，让陆先生有个清清静静的修道之地吧？"

陈平安说道："有没有那座扎眼的梅花园子，以陆芝的性情，都会主动帮你斩断过往恩怨，让你安心修行，你就别多此一举了。只要你能够跻身仙人境，在浩然天下就算真正有了自保之力，哪怕陆芝不在身边，谁都不敢小觑酡颜夫人，各处书院也会对你以礼相待。"

酡颜夫人哀怨道："再无花前月下，只有柴米油盐，我这身世可怜的人间惆怅客哟。"

陈平安说道："自知者不怨人。"

酡颜夫人白了一眼，妩媚天然，风情流淌："陈先生讲道理的时候，最不解风情了。"

陈平安皱眉道："我跟你很熟吗？"

酡颜夫人故作可怜兮兮状："城内酒肆的谢夫人，就与陈先生很熟吗？"

陈平安哑然失笑，被阿良和谢掌柜坑惨了。

酡颜夫人敛容，转为好奇，道："我只听说那位谢夫人曾是位元婴境剑修，后来大道断绝，飞剑断折，剑心崩碎，为何独独对你刮目相看，这里边有说头？陈先生的容貌，总不至于让那位谢夫人一见钟情才对。陈先生若是愿意说道说道，迁徙梅花园子一事，我便心甘情愿了。"

陈平安置若罔闻，就没见过这么无聊的上五境精魅。

在屋子那边只见着了韦文龙，其余邵云岩、米裕和晏溟、纳兰彩焕四人，正在议事堂那边与一拨渡船管事谈生意。

隔壁屋子，还有春幡斋几位邵云岩的弟子帮忙算账。

酡颜夫人撤去了障眼法，姿态慵懒，斜靠屋门。素面朝天无脂粉，萧然自有林下风。

可惜韦文龙看了眼便作罢，心无涟漪，那女子姿容生得好看是好看，可到底不如账本可爱。

陈平安坐下后，从堆积成山的账本里边随便抽出一本，一边翻阅账目，一边与韦文龙问了些商贸近况。

酡颜夫人闲来无事，又不好随便落座乱翻账本，只得坐在门槛上，背对屋子，身体前倾，双手托腮。

韦文龙回答完了年轻隐官的问询，无意间瞥了眼门槛那边酡颜夫人的背影，便再没能挪开眼睛。原来账本之外，别有风景。

陈平安瞥见韦文龙的异样，就没打搅这家伙赏景。反正韦文龙是条光棍汉，多看几眼不打紧，说不定看着看着就开了窍。只是陈平安才翻了两页账簿，韦文龙就已经回过神，似乎觉得还是桌上的账本比较有趣。

米裕从议事堂那边单独返回，一路骂骂咧咧，实在是给那帮掉钱眼里的渡船管事伤到了，不承想意外之喜，见着了酡颜夫人，立即脚下生风，神采焕发。

不料酡颜夫人已经站起身，拒人千里之外，根本不给米裕套近乎的机会，与陈平安说道："如果隐官大人信得过，我就自己去搬迁梅花园子了。"

陈平安点点头，酡颜夫人一闪而逝。

米裕站在门口那边，轻轻挥手扇动清风，对韦文龙笑道："呆头鹅，先前已经将风景看饱了吧？我要是你啊，早就与酡颜夫人诚心询问，需不需要以双手当作小板凳了。"

韦文龙无言以对。

陈平安起身与米裕在春幡斋散步，今天会有两拨商贾联袂登门，陈平安打算旁听第二场议事，等到第一拨渡船管事散去，再去议事堂。

米裕说了一番意外言语："梅花园子的这位酡颜夫人，也是位苦命女子，所以见着了我这种人，最为厌烦。"

陈平安没有悬挂那枚濠梁养剑葫，米祜、米裕两位剑仙，兄弟二人的自家事，既然米祜有了定夺，他陈平安就不去画蛇添足了。

米裕突然说道："我一直不敢返回剑气长城，因为不知道说什么。"

陈平安便知道这个在剑气长城声名狼藉的玉璞境剑仙，已经清楚了兄长米祜的打算。

米裕沉默片刻："可去还是要去的，躲又躲不掉。"

陈平安这才取出那枚养剑葫，递给米裕。

米裕只是瞥了眼，便摇头道："我哥送你的，给我算怎么回事。隐官大人，你还是留着吧，我哥也放心些。反正我的本命飞剑，已经不需要养剑葫来温养。"

作为隐官一脉的剑修，米裕先前与其余剑修一同轮番上阵，几次上阵厮杀，倾力出剑不假，却一直不敢真正忘却生死，道理很简单，因为一旦他身陷绝境，到时候救他之人、先死之人，只会是兄长。

陈平安一脚踹在米裕身上："那就抓紧去。"

米裕离开了春幡斋。

春幡斋议事堂第一拨渡船管事散去后，邵云岩三人需要送客，陈平安这才步入空无一人的大堂。

等到邵云岩和晏溟、纳兰彩焕去而复还，陈平安没有坐在主位上，而是落座在了米裕的位置，与晏溟和纳兰彩焕距离更近。邵云岩则随便坐在了对面位置上。

纳兰彩焕详细禀报了八洲渡船的商贸进展，关于皑皑洲神仙钱一事，还是最棘手，皑皑洲刘氏一直没有明确表态。纳兰彩焕提及此事，忧心忡忡，继而有些愤懑神色："不如将那猿蹂府直接抢了？不是梅花园子和春幡斋这种炼化之物又如何，拆了便是，那些个亭台楼阁栋梁石板，全是神仙钱！反正刘氏也没想着搬走，人走楼空，几乎算是无主之物了。大不了让南箕渡船江高台私底下捎句话给皑皑洲刘氏，就当是我们承了他们一份情，以后让谢松花之流的剑仙，帮着偿还便是了。"

邵云岩苦笑不已，好一个异想天开。

只说一事，剑仙谢松花是谁都能说得动的吗？

不承想陈平安说道："先不急，拆肯定是要拆的，皑皑洲刘氏估计就等着我们去拆猿蹂府了。坐在家中，等着我们将这份人情送上门。不过朋友归朋友，买卖归买卖，我们也要事先想好谢松花在内的帮忙剑仙，为我们承担此事的该得回报，是需要丹坊拿出些什么，还是避暑行宫拿出些收缴来的战利品，回头你们三位帮着合计一下，到时候就不用问询避暑行宫了，直接给个结果。"

晏溟问道："浮萍剑湖郦采购买停云馆一事，是不是意味着我们可以多出一条渡船航线？与桐叶洲玉圭宗搭上线？桐叶洲物产丰富，如果能够让老龙城那几条渡船全力运往倒悬山，说不定可以多出两成物资。”

陈平安摇头道：“只能止步于此了，姜尚真是以姜氏家主的身份，送来那些神仙钱，这本身就是一种表态。”

虽说姜尚真如今已经是玉圭宗的新任宗主，可桐叶洲最新的飞升境荀渊，绝对不会答应此举，何况姜尚真不会这么失心疯。

姜尚真如果真敢以私废公，说不定马上就会失去宗主之位。荀渊绝对做得出来，说不定连姜氏家主都要换人，云窟福地就要换个老天爷了。

在其位谋其政，对于所有的谱牒仙师而言，都是一个绕不过去的天大道理。山泽野修有野修的利弊，谱牒仙师有仙师的得失。

酡颜夫人突然出现在大门外边，手托一只盆景，盆内亭台楼阁，林木葱茏，纤毫毕现。

小小盆景，就是整座梅花园子了。与陈平安印象中搬迁宅子的兴师动众，出入极大。大概这就是所谓的人间清绝处，掌上小山丛。

酡颜夫人站在门口，将盆景轻轻丢给年轻隐官，笑问道：“是不是与绶臣有关?!”

邵云岩等人只觉得一头雾水。

陈平安将盆景收入咫尺物，说道：“其实我也不清楚。你可以问陆芝。”

邵云岩等到摇曳生姿的酡颜夫人远去后，打趣道：“如此一来，倒悬山四大私宅，就只剩下雨龙宗的水精宫不归咱们了。”

晏溟神色淡漠，随口道：“既然喜欢看热闹，说风凉话，就看个饱，说个够。”

纳兰彩焕望向大门外边，想起水精宫和雨龙宗修士的嘴脸做派，冷笑道：“那么多无辜的修道之人，咱们不救上一救，以后我们剑气长城肯定要挨骂了，很不剑修，不配做剑仙。隐官大人如果不拦着，我这就去水精宫苦口婆心劝说一番，早早搬迁宗门，去往别处享福，些许钱财损失，总好过丢了性命。”

陈平安没掺和。

等到邵云岩起身去迎接第二拨渡船管事，纳兰彩焕发现年轻隐官已经没了身影。哪怕清楚对方就近在咫尺，作为元婴境剑修的纳兰彩焕，却毫无察觉，一丝气机涟漪都无法捕捉。

随后一场议事，耗时一个半时辰，多是双方扯皮。邵云岩唱红脸，纳兰彩焕当恶人，晏溟拉偏架。陈平安其实就一直站在米裕那张椅子后边，安安静静看着双方讨价还价。

笼中雀的小天地越是狭小，小天地的规矩就越重。当陈平安将这把飞剑的本命神通，收拢为咫尺之地的时候，便是纳兰彩焕这样的元婴境剑修都不知不觉。

对付四大难缠鬼之外的山上练气士，只要是上五境之下，凭借松针、咳雷或是方寸符，以及武夫体魄，御风御剑皆可，瞬间拉近双方间距，施展笼中雀，收拢笼中雀，面对面，一拳，结束。

一位没能参加首次春幡斋议事的渡船管事，吵架吵得急眼了，一拍手边花几，震得茶盏一跳，怒道："哪有你们这样做买卖的，杀价杀得丧心病狂！就算是那位隐官大人在这里，面对面坐着，老子也还是这句话，我那条渡船的物资，你们爱买不买，春幡斋再杀价就等于是杀人，惹恼了老子……老子也不敢拿你们咋样，怕了你们剑仙行不行？我大不了就先捅自己一刀，干脆在这里养伤，对春幡斋和自家宗门都有个交代……"

晏溟身体后仰几分，背贴椅背，其实这桩买卖，不是没得谈，按照春幡斋给出的价格，对方还是能赚不少，纯粹就是对方瞎折腾，买卖人的乐趣就在此。晏溟谈不上厌恶，毕竟在商言商，只是这些个老狐狸，来了一拨又来一茬，人人如此，次次如此，到底还是让人心累。

纳兰彩焕笑容玩味。

然后十数位渡船管事，齐齐望向一处，凭空出现一个修长身影。人人瞬间起身。

对面有个年轻人双手交叠，搁放在椅圈顶部，笑道："一把刀不够，我有两把。捅完之后，记得还我。"

纳兰彩焕虽然对年轻隐官一直怨念极大，但是不得不承认，某些时候，陈平安的言语，确实比较让人神清气爽。

有先前与年轻隐官打过照面的渡船管事，已经毕恭毕敬自报名号，然后抱拳道："见过隐官！"

那个嚷嚷着要捅自己一刀的管事，好似被天雷劈中，怔怔无言。

陈平安却没有真为难这个管事，反而主动让利一分，然后就离开了大堂。

这一次出了春幡斋，返回剑气长城，陈平安没有像往常那样绕远路，而是走了最早的那道大门。

还是那个坐在蒲团上看书的小道童，见着了陈平安，头也没抬。

大门另外那边的抱剑汉子没露面，陈平安也没有与这位名叫张禄的熟悉剑仙打招呼。

第四章 天寒加衣

陈平安在街角酒肆找到了阿良。

阿良正在与一位剑修男子勾肩搭背，说你伤心什么，纳兰彩焕得到你的心，又如何，她能得到你的身子吗？不可能的，她纳兰彩焕没这本事。那个男人没觉得心里好受些，只是越发想要喝酒了，晃晃悠悠伸手，拎起桌上酒壶，空了，阿良赶紧又要了一壶酒，听到嘘声四起。只见谢夫人拧着腰肢，绕出柜台，眉眼带春，笑望向酒肆外边，阿良转头一看，是陈平安来了，在剑气长城，还是咱们这些读书人金贵啊，走哪儿都受欢迎。

陈平安落座后，笑道："阿良，邀请你去宁府吃顿饭，我亲自下厨。"

谢夫人将一壶酒搁放在桌上，却没有坐下，阿良点头答应了陈平安的邀请，这会儿仰头望向妇人，阿良醉眼蒙眬，左看右看一番："谢妹子，咋个回事，我都要瞧不见你的脸了。"

妇人嗤笑道："是不是又要念叨每次醉酒，都能瞅见两座倒悬山？也没个新鲜说法。阿良，你老了。多翻翻二掌柜的《皕剑仙印谱》，那才是读书人该有的说头。"

谢妹子的喜新厌旧，阿良有些伤心。

两人离去，陈平安走出一段距离后，说道："以前在避暑行宫翻阅旧档案，只说谢鸳受了重伤，在那以后这位谢夫人就卖酒为生。"

阿良震散酒气，伸手拍打着脸颊："喊她谢夫人是不对的，又不曾婚嫁。谢鸳是杨柳巷出身，练剑资质极好，小小年纪就脱颖而出了，比岳青、米祜要年纪小些，与纳兰彩焕是一个辈分的剑修，再加上程荃、赵个簃心心念念的那个女子，她们就是当年剑气长城最出挑的年轻姑娘。”

阿良感慨道：“小雨淅沥，天地朦胧，英俊书生忽见一女子，撑伞而行，青罗之衣，撑伞如花开陌上，人如杨柳依依春雨中，绝美。”

陈平安说道：“将‘英俊书生’去掉，只余女子一人，那幅画卷就真的很美好了。”

阿良笑道：“没有那位英俊书生的亲眼所见，你能知道这番美人美景？”

阿良继续道：“谢鸳在战场上与剑仙绶臣的一个师妹，互换了一把本命飞剑，各自崩碎，然后身受重伤的她来不及撤离，就被绶臣赶到，又补了一剑。如果没有遭此一劫，谢鸳跻身上五境，很轻松。所以谢鸳与‘文海’周密一脉，有不共戴天之仇，你将那甲申帐流白打了个半死，谢鸳对你自然心怀感激。”

阿良幸灾乐祸道：“这种事情，见了面，至多道声谢就行了，何必破例不收钱。”

陈平安这才心中了然，阿良不会无缘无故喊自己去酒肆喝一顿酒。原来是为谢鸳解开一个心结，当然阿良也白喝了一顿酒。

到了宁府，陈平安果真去灶房下厨，白嬷嬷帮忙，两人闲聊些琐碎事。

阿良在陈平安所住宅子的厢房里边，翻看那本如雷贯耳的《皕剑仙印谱》，桌上还有不少空白扇面和材质平平的素章，不过看样子，应该是不会动笔下刀了。

宁姚坐在一旁，问道：“天外天的化外天魔，到底是怎么回事？难道那座白玉京，都无法完全将其镇压？”

化外天魔的由来，浩然天下一直没有个确切说法。至于剑气长城的剑修，是根本不在意。

阿良只说了个大概：“还不是我们这些修道之人惹来的祸事，自个儿擦不干净屁股，只能自欺欺人，放任自流。年复一年，洪灾泛滥，青冥天下就只能用最笨的法子，筑造堤坝去堵，筑堤束水，越拉越高，久而久之，就成了‘头顶洪水，高悬在天’的凶险光景。也不能全怪白玉京的臭牛鼻子治标不治本，推本溯源，每个练气士都有责任。据说道老二的那位大师兄，一直致力于寻求治本之法。道老二和陆沉，其实也有各自的对应之策，只是一个太刻意，手段酷烈，很容易，陆沉那个法子又太随意，估摸着道祖都是不太中意的，更多的希望，还是寄托在了大弟子身上。”

白玉京三位掌教，在青冥天下，便是道祖座下三位教祖，只不过道门教祖的头衔，是道家自封的，诸子百家当然不会认。

阿良笑道：“别怪我说得含糊，不是故意与你卖关子，实在是言者无意，听者有心。修道之人一有心，往往就是大障碍，尤其是这化外天魔，对付起来，越是天才越无力。当然事无绝对，总有些例外，宁丫头你就是例外。可一旦与你说了，反而不妥，不如顺其自然。”

宁姚点点头。

之所以询问化外天魔，是因为她还是担心陈平安未来的结金丹、生元婴。至于她自己，好像没什么隐忧，跻身金丹境和元婴境，甚至是咫尺之隔的玉璞境，宁姚只要想破境，就不难。

阿良又多泄露了一个天机："青冥天下的道士，忙忙碌碌，并不轻松，与剑气长城是不一样的战场，惨烈程度却相仿。西方佛国也差不多，九泉之下，冤魂厉鬼，汇聚如海，你说怪谁？"

宁姚说道："人？"

阿良说道："人生识字始忧患。那么人一修道，当然忧虑更多，隐患更多。"

宁姚疑惑道："阿良，这些话，你该与陈平安聊，他接得上话。"

阿良笑道："就不给他加担子了。宁丫头你听过了就忘，所以与你聊才是对的。"

阿良双手手心拧转着一枚似玉实石的素章，并无文字雕琢，缓缓道："修行一事，终究为天地大道所压胜，加上修行路上，习惯了只得不失，只取不给，只收不放，当然后患无穷。先贤们登山修行，饮鸩止渴，是不喝不行。我们这些后辈，只是贪杯，所思所想，古人今人，就真的已经是两个人了。所以才会有了那么一句：古之人，外化而内不化；今之人，内化而外不化。这可是老人们真生气了，才会忍不住骂出口的肺腑之言。不过老人们，内心深处，其实更希望以后的年轻人，能够证明他们的气话是错的。"

阿良收起素章，放回原位，笑呵呵道："不管如何，字是要认的，书是要读的，道是要修的，路是要走的，饭更是要吃的！"

宁姚说道："你别劝陈平安喝酒。"

阿良起身道："小酌小酌，保证不多喝，但是得喝。卖酒之人不喝酒，肯定是掌柜黑心，我得帮着二掌柜证明清白。"

今天的宁府，一桌四人，一起吃饭，都是家常菜。

陈平安只能喝一碗酒。

阿良没客气，坐在了主位上，笑问道："左右是你师兄，就没来过宁府？"

陈平安无奈道："提过，师兄说先生都没有做客宁府，他这个当学生的先登门摆架子，算怎么回事。一问一答之后，当时城头那场练剑，师兄出剑就比较重，应该是责怪我不明事理。"

阿良抿了一口酒，摇头道："你也是傻，就不知道与左右说，到时候你会为老秀才空出主位？老秀才等于预先落座了，他这个当学生的，敢不落座陪着？先生哪怕不在身边，要在心中啊。"

陈平安觉得有道理，深感遗憾。就大师兄那脾气，相信自己只要搬出了先生，在与不在，都管用。

阿良不愧是老江湖，自己还是差了好多道行。

白嬷嬷埋怨道:“姑爷是实诚人,没你阿良那么多弯弯肠子。”

阿良赶紧举起酒碗:“白姑娘,我自罚一杯,你陪阿良哥哥喝一碗。”

白炼霜瞪了眼阿良,没搭理,只是帮着宁姚和陈平安分别夹了一筷子菜。

她一个糟老婆子,给人喊姑娘,还是当着小姐姑爷的面,像话吗?

阿良看着白发苍苍的老妪,难免有些伤感。记得自己刚刚认识白炼霜那会儿,她好像还是个亭亭玉立的少女来着,女子纯粹武夫,到底不比女子练气士,很吃亏的。剑气长城的剑修女子,光看容貌,很难辨认出真实年龄。

担任宁府管事的纳兰夜行,在初次见到少女白炼霜的时候,其实相貌并不苍老,瞧着就是个四十出头的男子,只是再后来,先是白炼霜从少女变成年轻女子,变成头有白发,纳兰夜行也从仙人境跌境为玉璞境,容貌一下子就显老了。其实纳兰夜行在中年的时候,用阿良的话说,纳兰老哥你是有几分姿色的,到了浩然天下,一等一的紧俏货!

年轻时候姿容极佳的白炼霜,虽是姚家婢女出身,但是在剑修众多、武夫稀罕的剑气长城,早先还是很不愁婚嫁的。只是白炼霜眼界高,武道资质极好,也没瞧上哪位剑仙男子,年复一年,小姑娘就变成了老姑娘,老姑娘不小心就成了老嬷嬷。

阿良笑道:“白姑娘,你可能不知道吧,纳兰夜行,还有姜匀那小子的爷爷,就是叫姜础绰号石子的那个,他与你差不多岁数,再有好几个现如今还是打光棍的酒鬼,早年见着了你,别看他们一个个怕得要死,都不怎么敢说话,回头相互间私底下碰头了,一个个相互骂对方不要脸,姜础尤其喜欢骂纳兰夜行老不羞,多大岁数了,前辈就乖乖当前辈。纳兰夜行骂架本事那是真稀烂,惨不忍睹,好在打架在行啊,我曾经亲眼看到他大半夜的,趁着姜础睡着了,潜入姜家府邸,去打闷棍,一棍子下去先打晕,再几棍子打脸,一气呵成,棍子不碎人不走,姜础每次醒过来的时候,都不知道自己是怎么鼻青脸肿的,后来还与我买了好几张驱邪符箓来着。”

老妪一笑置之,只是她的眼角余光,瞥见了靠近大门的空位置。

宁姚有些担心,望向陈平安。陈平安轻轻摇头,示意她不要担心。

有些话,白嬷嬷是家中长辈,陈平安终究只是个晚辈,不好开口。阿良来说才合适。

阿良与白炼霜又念叨了些陈年往事。白炼霜也都没怎么搭话,就是听着。

很多与自己有关的人和事,她确实至今都不清楚,因为以前一直不上心,兴许更因为只缘身在此山中。

陈平安发现宁姚也听得很认真,便有些无奈。

阿良突然问道:“陈平安,你在家乡那边,就没几个你惦念或是喜欢你的同龄女子?”

陈平安不假思索，说道：“没有。年纪太小，不懂这些。再说我很早就去了龙窑当学徒，按照家乡那边的老规矩，女子都不被允许靠近窑口的。”

阿良说道：“不对啊，听李槐说，你家泥瓶巷那边，隔壁有户人家，有个小姑娘家家，贼水灵，这可就是书上所谓的青梅竹马了，关系能差到哪里去？李槐就说你每天起一大早，就为了帮忙挑水，还说你家有堵墙壁给挖出了个坑，只差没开一扇窗户了。”

每天你大爷。陈平安心中腹诽，嘴上说道：“刘羡阳喜欢她，我不喜欢。还有李槐见着你阿良的时候，根本就没去过泥瓶巷。他李槐家汲水，从来不去铁锁井那边，离得太远。我家两堵墙，一边挨着的，没人住，另外一边挨着宋集薪的屋子。李槐说鬼话，谁信谁傻。”

宁姚说道：“我见过她，长得是挺好看的，就是个儿不高，在隔壁院子瞅着陈平安的院子，她如果不踮脚，我只能瞧见她半个脑袋。”

阿良揉着下巴，显然还要再聊，陈平安举起酒碗，一饮而尽：“喝完酒，我吃饭了。”

这一顿饭，多是阿良在吹嘘自己以往的江湖事迹，遇见了哪些有趣的山神水仙、阴物精魅，说他曾经见过一个“食字而肥”的鬼魅读书人，真会吃书，吃了书还真能涨修为。还有幸误打误撞，参加过一场美其名曰百花神宴的山中筵席，遇见了一个躲起来哭哭啼啼的小姑娘，原来是个芭蕉小精怪，在埋怨天底下的读书人，说世间诗词极少写芭蕉，害得她境界不高，不被姐姐们待见。阿良很是义愤填膺，跟着小姑娘一起大骂读书人不是个东西，然后他文思泉涌，当场写了几首诗词，题写在树叶上，打算送给小姑娘，结果小姑娘一张树叶一首诗词都没收下，跑走了，不知为何哭得更厉害了。阿良还说自己曾经与山野坟茔里的几副骷髅架子一起看那镜花水月，他说自己认得其中那位仙子，竟是谁都不信。

曾在市井小桥上，见着了一位以冷若冰霜著称于一洲的山上女子，见四下无人，她便裙角飞旋，可爱极了。他还曾在杂草丛生的山野小径，遇上了一拨长舌妇的女鬼，吓死个人。也曾在破败坟头遇到了一个孤苦伶仃的小丫头，浑浑噩噩的，见着了他，就喊着鬼啊，一路乱撞，跑来跑去，一下子没入土地，一下子蹦出，只是如何都离不开那座坟冢四周。他只好与小姑娘解释自己是个好鬼，不害人。最后神志一点一点恢复清明的小丫头，就替阿良感到伤心，问他多久没见过太阳了。再后来，阿良离别之前，就替小姑娘安了一个小窝，地盘不大，可以藏风聚水，可见天日。

一直说到这里，一直神采飞扬的阿良，才没了笑脸，喝了一大口酒：“后来再次路过，我去找小丫头，想知道长大些没有。没能瞧见。一问才知道有过路的仙师，不问缘由，就给随手斩妖除魔了。记得小姑娘开开心心与我道别的时候，跟我说，哈哈，我们是鬼唉，以后我就再也不用怕鬼了。”

阿良拈起一粒花生米，放入嘴中，细细嚼着：“但凡我多想一点，哪怕就一点点，比如不那么觉得一个小小鬼魅，那么点道行，荒郊野岭的，谁会在意呢，为何一定要被我带去某位山水神祇那边安家？挪了窝，受些香火，得了一份安稳，小丫头会不会反而就不那么开心了？不该多想的地方，我多想了，该多想的地方，比如山上的修道之人，一心问道，从不多想，世间多万一，我又没多想。”

阿良喃喃道：“很多年过去了，我还是想要知道，这么个生生死死都无依无靠的小姑娘，在彻底离开人间的时候，会不会其实还记得那么个剑客，会想要与那个家伙说上一句话？如果想说，她会说些什么？永远不知道了。”

阿良说到这里，望向陈平安：“我与你说什么顾不上就不顾的狗屁道理，你没听劝，很好，这才是我认识的那个骊珠洞天泥腿子，眼中所见，皆是大事。不会觉得阿良是剑仙了，何必为这种不值一提的小事难以释怀，还要在酒桌上旧事重提。”

阿良抬起酒碗，自顾自一饮而尽。

强者的生死离别，犹有壮阔之感，弱者的悲欢离合，悄无声息，都听不清楚是否有那呜咽声。

宁姚和白嬷嬷先离开饭桌，说要一起去斩龙崖凉亭那边坐坐，宁姚让陈平安陪着阿良再喝点，陈平安就说等下他来收拾碗筷。

两人喝完酒，陈平安将阿良送到大门口。

陈平安突然想起阿良好像在剑气长城，从来就没个正儿八经的落脚地儿。只知道阿良每次喝完酒，就晃悠悠御剑，城外那些闲置的剑仙遗留私宅，随便住就是了。城头那边，他也能躺下就睡。

阿良说道：“接下来半年，你反正没法子下城厮杀了，那就好好为自己谋划起来，养剑练拳炼物，有的你忙。避暑行宫那边有愁苗坐镇，隐官一脉的剑修，哪怕走掉几个年轻外乡人，都能够补上空缺，继续各司其职，春幡斋还有晏溟他们，两边都误不了事。我给你个建议，你可以多走几趟老聋儿的那座牢狱，有事没事，就去亲身感受一下仙人境大妖的境界压制，可惜那头飞升境给拔掉了脑袋，不然效果更好。我会与老聋儿打声招呼，帮你盯着点，不会有意外。你那把笼中雀的本命神通，还有七境武夫的瓶颈，都可以借机磨砺一番。”

陈平安欲言又止。

阿良说道：“拖不下去了，也没必要再拖，就半年，足够老大剑仙安排退路了。”

陈平安点了点头。

阿良笑道：“这半年，有我在。”

阿良突然说道：“老大剑仙是厚道人啊，剑术高，人品好，慈眉善目，浓眉大眼，虎背熊腰，那叫一个相貌堂堂……”

陈平安一头雾水，不知阿良的马屁为何如此生硬，然后陈平安就发现自己身在剑气长城的城头之上。

茅屋附近，身边不是老剑仙，便是大剑仙。

假小子元造化，曾经给出过他们这些孩子心目中的十大剑仙：老大剑仙，董三更，阿良，隐官大人，陈熙，齐廷济，左右，纳兰烧苇，老聋儿，陆芝。

这会儿陈平安的师兄左右已经身在桐叶洲，换成了重返剑气长城的阿良。至于隐官大人倒是还在，只不过也从萧愻换成了陈平安。

今天不知为何，需要十人齐聚城头。

老剑仙陈熙主动向年轻隐官微微一笑，陈平安抱拳还礼。

陈清都双手负后，笑问道："隐官大人，这里可就只有你不是剑仙了。"

陈平安无奈点头。

纳兰烧苇斜眼望去，呵呵一笑。陈平安视而不见，听而不闻。

阿良与老聋儿勾肩搭背，嘀嘀咕咕起来，老聋儿低头哈腰，手指捻须，瞥了几眼年轻隐官，然后使劲点头。

陈清都说道："事情聊完，都散了吧。"

剑仙们大多御剑返回。就连阿良都没说什么，与老聋儿散步远去了。

陈平安愣在当场。干吗呢？

陈清都挥手说道："拉你小子过来，就是凑个数。"

陈平安试探性问道："老大剑仙，真没我啥事了？"

陈清都眼神怜悯，摇摇头。陈平安只得祭出符舟，一头雾水地返回城中。

先前在北边城头那边，看到了正在练剑的风雪庙剑仙，打了声招呼，说魏大剑仙晒太阳呢。魏晋面带微笑，与老大剑仙一般无二的怜悯眼神，望向那条远去符舟，傻了吧唧，有点憨啊。

回了宁府，在凉亭那边只见到了白嬷嬷，没能瞧见宁姚。老妪只笑着说不知小姐去处。

陈平安一时无事，竟是不知道该做点什么，就御剑去了避暑行宫找点事情做。

宁姚坐在自己屋内，正在认认真真写一个"陈"字。写完之后，就趴在桌上发呆。

桌上，陈平安赠送的山水游记旁边，搁放了几本书，每一页纸上，都写满了陈平安的名字，也只写了名字。

今天写"陈"，明天写"平"，后天写"安"。一天只写一个字，三天一个"陈平安"。

她跟陈平安不太一样，陈平安遇见自己后，又走过了千山万水，有了大大小小的故事。她和陈平安重逢于倒悬山之后，她的故事，好像就只有一个陈平安。

剑气长城的城头上，有纸鸢高高飞。

纸鸢掠过，赵个簃和程荃破天荒没有相对而坐，两位生死之交，一起并肩坐在北边城头上，眺望城池的某条小巷。

赵个簃转头瞥了眼天上纸鸢，会在城头上这么瞎折腾的，只有那个狗日的阿良。

以前那个男人身边还会跟着一堆拖油瓶，上一拨孩子里边，会有陈三秋、董不得、董画符、叠嶂，再上一两拨，是愁苗、高野侯、罗真意他们。

赵个簃收回视线，继续埋怨程荃资质不行，炼化山岳一事太慢，白瞎了当初他的护阵搬山。

程荃手心攥着一枚印文为柳叶篆“不小心”三字的印章，再双手握拳，好像需要小心翼翼护着那个“不小心”。程荃没有与老友针锋相对，反而问道：“浩然天下的剑仙，是不是没那么多的情情爱爱？”

赵个簃笑道：“也未必，你看那风雪庙魏晋，不就是个伤过心的情种，听那小道消息，好像与陈平安还有些关系。不过如此拖泥带水的剑仙还是少数，更多还是蒲禾、谢稚这样的，对待男欢女爱，不甚上心。”

程荃沉默片刻，以心声言语道：“我们俩若是战功累加，估计也够一人离开了。我与二掌柜比较熟，很聊得来，我跟他打声招呼？”

赵个簃嗤笑道：“那小子是给你灌了什么迷魂汤，至于这么掏心掏肺吗？程荃除了骂人，什么时候还学会求人了？”

剑气长城有很多让人失望的剑修。比如资质比岳青还要好的米祜，哪怕如今是大剑仙了，依旧充满了遗憾，米祜本该是最有希望跻身十人之列的剑仙。还有米祜那个死活破不开瓶颈的弟弟，玉璞境米裕，再就是赵个簃身边这位跌境到元婴境的程荃，以及一直没能跻身上五境的殷沉，断了双臂就转去当个满身铜臭气商贾的晏溟，这样的剑修，在剑气长城有很多，年轻人里边，如今又有了个庞元济。

程荃说道：“我不是在跟你说笑。”

赵个簃笑道：“你觉得是一位定海神针的玉璞境剑仙离开容易些，还是一个废物元婴境灰溜溜去往浩然天下，更简单？”

剑修积攒战功，多用于养剑一途，为了填补这么个无底洞，在隐官一脉的功劳簿上，一直增增减减，往往盈余极少，剑仙也不例外，剑仙战功大，飞剑品秩高，消耗也大，比如大剑仙岳青，战功所剩几无。米祜则是为了弟弟米裕，战功挥霍一空，以至于耽误了自己的修行，至于像陆芝这样的，战功只增不减，终究是极少数。

程荃说道：“你争取去浩然天下吧，收几个弟子，找个投缘的山上道侣，在那边开山立派，你要是大方些，祖师堂就挂上一幅我的画像。”

一个男人不知何时蹲在他们身后，城头风大，那只纸鸢在三人头顶飘来荡去。

阿良笑道：“挂程荃的画像干啥，两个大老爷们紧挨着，容易让人误会，要挂就挂彩云的，多好看一姑娘啊，赵老哥可以每天都对徒子徒孙们说，这就是师娘、祖师婆婆，剑气长城早年还有个叫程荃的王八蛋，练剑稀烂，长得还歪瓜裂枣，竟敢垂涎你们祖师婆婆的美色许多年……”

程荃大骂道：“放你娘的屁，赵个簃上次出城助我搬山，他说漏了嘴，自己都承认了，彩云喜欢的人，是……”

说到这里，程荃止住话头，说不下去了。

阿良说道：“能走一个是一个吧。”

说完这句话，阿良就站起身，继续放飞纸鸢。

路过一处，空荡荡的，阿良却驻足许久，松开纸鸢，纸鸢瞬间飘荡远去云海中。

阿良一路散步，驻守城头的剑仙，反正大多是熟人，阿良都能聊上几句。

其中一处，人挺多，都是外乡剑修，三位剑仙在为三位晚辈剑修指点剑术，皆盘腿而坐，相谈甚欢。

阿良一路搓手小跑过去，其中一位女子剑仙就要起身离去，阿良最受不得这些，见着了阿良哥哥，羞赧个什么，就赶紧要与那位剑仙姐姐一起散步。城头极高，许多云海在脚下聚散，晚霞成绮水天间，多好的风景，适合才子佳人谈心，不是神仙眷侣，胜似神仙眷侣。那女子眼见逃不掉了，两害相权取其轻，便坐回原地，反正她如何都不愿意与这个男人单独相处。

三位剑仙，扶摇洲谢稚，野修出身，这辈子始终孑然一身，连个徒弟都不愿意收，不过刚刚改变了主意，打算在剑气长城收一两个嫡传弟子，传承香火，却不是挑选那些资质堪称惊才绝艳的孩子，而是对自己胃口的，有大毅力的，以后天性情和韧性见长的，因为剑仙谢稚本身就不是多好的剑仙坯子。

金甲洲女子剑仙宋聘，佩剑扶摇，妆容极美，戴在面容前的挑心、分心皆是一等一的仙家手笔，巧夺天工。女子练气士，向来极少如市井妇人那般喜好金银簪钗，宋聘却反其道而行之，偏以满池娇金分心，夺人眼目，非但不给人俗艳之感，反而别有韵味。

流霞洲剑仙蒲禾，是个面容枯槁的高瘦老者，在流霞洲是出了名的性情乖张，虽是个正儿八经的谱牒仙师，却比身旁那个山泽野修的剑仙谢稚，行事更加随心所欲。蒲禾在剑气长城问剑落败，才留在了这边，常年借住在城外的剑仙宅邸翠郁亭。

蒲禾见到了阿良，脸色难看至极。理由很简单，蒲禾刚到剑气长城游历那会儿，当初就是这个狗日的撺掇自己问剑米祜，说那米祜境界不高，名气却大，打赢了米祜再回浩然天下，腰杆得多硬！关键是打赢了米祜，就等于是买一送一，一并打赢了那个名气更大的米裕，这种便宜不占，天打雷劈。结果等到蒲禾一问剑，才知道那米祜的战力，是可以等同于仙人境的。

三位年轻剑修，刚好分别来自三位剑仙的家乡，分别是扶摇洲鹿角宫剑修宋高元、流霞洲龙门境曹衮、金甲洲金丹境玄参。

三人在避暑行宫那边，与阿良都见过，尤其是宋高元，更是完成了自家蓉官祖师交代的任务，给阿良捎了话，此行游历，宋高元已经无所求。

而宋聘这三位剑仙，当初都曾跟随年轻隐官做客倒悬山春幡斋，所以与三个隐官一脉的年轻剑修，算是有了些额外香火情的。

不然谢稚三人，今天都不会相约碰头，然后喊来三个年轻人指点剑术，根本犯不着。哪怕是同洲同乡又如何？他们这些在一洲之地高在山巅的前辈剑仙，哪里需要这点所谓的山上情谊。说句难听的，如果“会做人”，三人根本就不会来这剑气长城，置身于险地，而是早早在浩然天下各自家乡开宗立派了。

成为上五境修士，与辛辛苦苦当那一宗之主，是两回事，山上公认后者更难。

阿良坐在了宋聘身边，唏嘘道：“宋姑娘，那么一桩文字姻缘，怎么舍得别后不相见。”

扶摇洲曾有诗家文豪，羁旅途中，偶见来自金甲洲的女子剑仙，一见倾心，写下了诸多缠绵悱恻的动人诗篇，只可惜未能打动心上人。

剑仙谢稚与阿良不算太熟，所以还有心情开玩笑：“阿良前辈，那句脍炙人口的‘我曾见卿更梦见，瞳子湛然光可烛’，以及与之诗词唱和的‘半缘修道半缘君’，确实绝配。”

宋聘微微愠怒：“谢稚，慎言。”

谢稚立即闭嘴不言。

能够跻身上五境的女子，尤其是剑仙，没有省油的灯，气概往往比男子更豪杰。宋聘，还有皑皑洲谢松花、北俱芦洲郦采，战场厮杀，一个比一个出剑凌厉，一往无前。本土元婴境剑修纳兰彩焕的对敌出剑，也算心狠手辣，只是剑心还不够纯粹，比起三位外乡女子剑仙，还是逊色一筹。

谢稚没来由想起那个已逝的女子剑仙周澄，不是喜欢，却也难忘。那般女子，如麋鹿在山林间倏忽而没，浩然天下不常见。

宋高元三人都备感好奇。这些山上前辈们的恩怨情仇，不听白不听。尤其宋高元，更是竖起耳朵。宋聘曾经在鹿角宫的一次开峰仪式上露过面，风姿卓绝，她与蓉官祖师关系极好。大概因此宋聘对阿良前辈，印象才会如此糟糕。

不承想阿良却转移话题，问起了扶摇洲的山下近况，然后托付一事，让谢稚三位剑仙帮个忙，若是将来联袂还乡，劳烦绕路，帮着捎话给扶摇洲鹿鸣书院的一位儒家圣人。

离去之前，阿良以心声给三个年轻人传授了剑气十八停，与他们约定，这门剑气运转之法，将来可以传授他人，但是必须小心甄选。三人皆起身，弯腰抱拳与这位前辈致谢。

阿良起身后，单单与宋聘道别，境界高、脸皮薄的女子剑仙根本没有反应，阿良善解人意地一闪而逝，直接来到了剑气长城的一端，见到了那位坐镇城头的儒家圣人。

儒家圣人抬头望向天幕，依稀可见蛮荒天下三轮月，缓缓道："何所闻而来，何所见而去。"

阿良说道："不以身相见如来。"

曾是佛子的儒家圣人所言，来自浩然天下的文豪诗篇，阿良所答，却是佛家语。

如今身为亚圣一脉的儒家圣人，微笑道："恍惚间，如游故道，如见故人。"

阿良沉默不语，后仰躺去。

先前在宁府酒桌上，最后那个小故事，阿良只说了一半。但是陈平安肯定听得懂后半个没说出口的故事，因为年轻人一样是读书人，一样走过不少的江湖。

一个谱牒仙师，跋山涉水，随手斩妖除魔，误杀无辜，他阿良与谁报仇？怎么报仇？如果出剑，应该递出多重的剑，才算讲理？如果不讲理，只管意气用事，又该如何确定那人所在师门，没有同样的某个小姑娘瞪大着眼睛，问个为什么……如果处处讲理了，我之心中郁郁不得言，喝酒无用，如何能平？

阿良当时之所以没有继续说下去，就是怕陈平安刨根问底，追问一个结局如何。所以啊，每个伤透心的故事，都有个暖人心的开头。

北边的城池里，晏溟难得返回府邸，坐在书房闭目养神，那个精通算账的小精魅，掀开一页页账本，在与男人发牢骚，说家族入不敷出，哪有这么做生意的，一定要与那个年轻隐官诉诉苦，不然整个晏家就要变成穷光蛋了。古灵精怪的小家伙一屁股坐在账本上，抬头问道："那件咫尺物，当真讨要不回来了吗？咫尺物可不是什么寻常物件，总不能这么不明不白，那隐官大人好歹给咱们晏家一个说法。"

晏溟睁开眼睛，笑道："难。"

先前在春幡斋议事堂，陈平安倒是主动说过此事，身陷甲申帐五位剑修的围杀之局，被那头王座大妖算计得惨了，连累咫尺物有些折损，得修缮一番，才好归还，不然太不讲道义。晏溟自然懒得计较。

晏琢敲门而入，进了屋子又不知道如何言语，还是怕这个父亲。事实上晏溟也不擅长与儿子言语，而不说话时的晏家家主，确实极有威严，小精魅咳嗽连连并跟晏溟使眼色。

晏溟这才说道："少听阿良胡说八道，其实你打小模样就一直随我，只要稍微瘦些，不差的。"

晏琢刚坐到椅子上，椅子立即吱呀作响。小精魅在账本上捧腹大笑。晏溟起先绷着脸，只是一个没忍住，也笑了起来。晏琢挠挠头，不知所措。这样的父亲，让他不太适应。

一条小巷当中,歪斜的石碑旁,蹲着两个忙碌的孩子,正是担任酒铺伙计的冯康乐和桃板,二掌柜传授了他们拓碑之法,拓碑所需物件,都一并交给了他们,让两个孩子跑腿挣钱,事后按字数结账。只要腿脚勤快,手脚伶俐,能挣不少铜钱,吃阳春面时,可以随便加那荷包蛋。

冯康乐说要学陈平安当包袱斋,行走四方捡破烂换钱,到时候他的那个钱罐子可就不够用了,得换个大的。桃板说以后自己也要开一家生意很好的酒铺,不当伙计,当掌柜,每天不干活,只收钱。两个孩子,一边忙碌,一边嘀嘀咕咕,各自说着远在天边的梦想。

剑气长城面朝战场的城墙大字当中,老剑修殷沉坐在一块磨损厉害的蒲团上。这辈子无亲无故,无牵无挂的,老剑修都不知道活着到底是图个啥。

剑仙孙巨源脱靴,坐在自家廊道中,斜倚熏笼,手持酒杯,自饮自酌,衣袖曳地,有身姿婀娜的符纸美人,在庭院中翩然,姗姗可爱。

剑仙郭稼看着一旁的女儿低头扒饭,妻子念叨着:“吃慢些,没人争没人抢的,饿死鬼投胎一般,就没点姑娘模样,以后还怎么嫁人。难不成要变成董不得那样的老姑娘才开心?”郭竹酒抬起头,咧嘴一笑,又赶紧闭嘴,腮帮子鼓鼓的。

买下了那座停云馆的郦采,出门散心,走到了已经空无一人的甲仗库门外。太徽剑宗的那些剑修,在宗主韩槐子战死之后,就撤出了这座宅邸,返回浩然天下。

郦采站在原地,某次做客甲仗库,当时还在世的前辈韩槐子曾经对她笑言,浮萍剑湖多女子剑修,太徽剑宗却是男子太多愁道侣,以后双方可以多联姻。当时太徽剑宗的祖师堂剑修,皆是当之无愧的年轻俊彦,一个个眼巴巴望向她这位浮萍剑湖宗主,郦采便应承下来,说以后会撮合两座宗门的年轻男女,多给些结伴游历的机会,到时候只要男女双方你情我愿,她郦采就愿意当这个月老。

身材瘦高的陆芝,其实姿容相当平平,不过因为阿良的缘故,结果莫名其妙被誉为了剑气长城的绝色。

在陆芝的私宅,那个酡颜夫人正在煮茶,陆芝与这位刚刚将一座梅花园子交与避暑行宫的上五境精魅以道友平辈论,只是酡颜夫人私底下的言行举止,仍是一直以奴婢自居,此刻跪坐在竹席上,双手为陆先生递上一杯茶水。

酡颜夫人轻声问道:“先前老大剑仙召集陆先生在内的诸多剑仙?”

陆芝摇摇头。酡颜夫人便识趣不再多问。

酡颜夫人忍不住以心声说道:“陆先生,剑修战死越多,剑气长城的剑道气运遗留越多,一旦城破,换了主人,谁得利最多?当然是那蛮荒天下的剑修。那个年轻隐官是不知道,还是假装不知道?若是不知道也就罢了,竭尽全力,当个吃力不讨好的新任隐官,确实值得钦佩,若是心知肚明,岂不是那沽名钓誉的……帮凶?这等人物,与浩然天下的纵横家何异？如何当得起陆先生的青眼相看？”

陆芝反问道：“你对陈平安似乎有些成见？”

酡颜夫人摇摇头：“我只是不敢相信，一个年轻人只因为心爱女子在剑气长城，就能够做到这个份儿上。”

陆芝犹豫了一下，说道：“我只能告诉你，这些都是老大剑仙的意思，陈平安照做而已。”

酡颜夫人突然眼神明亮起来，说道：“陆先生，有没有可能，将来某天，我们在浩然天下有个自己的门派？咱们只收女子修士？”

陆芝笑道：“女大不中留，就算山上只有女弟子，那她们要不要下山历练？下了山，岂会不去爱慕男子，你到时候还是会烦心的。”

酡颜夫人哀叹一声，以手扇风：“要怪就怪阿良、陈平安这样的男人，最惹情债。”

陆芝疑惑道：“阿良也就罢了，陈平安怎么就招惹情债了？咱们剑气长城，有女子喜欢他吗？”

酡颜夫人伸手抚额：“我的陆先生唉，多了去了。只说那避暑行宫，我就发觉那个叫罗真意的女子，自己都不晓得自己的情思，还觉得自己处处冷眼看人，总觉得那个男子句句言语不中听，便是如何讨厌一个男子了。”

陆芝想了想，有点印象，好像是个挺俊俏的年轻女子。

陆芝说道：“她为何不喜欢愁苗？好像双方一直朝夕相处，照理说，她应该喜欢愁苗才对。”

酡颜夫人顿时神采奕奕，便觉得有大把言语可以与陆先生好好说道了：“陆先生，容我娓娓道来，这里边的学问，大了去了。”

陆芝有些后悔，就要打住这种无聊话题，酡颜夫人幽怨道：“陆先生，你就当是解个闷儿。”

陆芝喝茶如饮酒，次次一饮而尽，递过茶杯。

酡颜夫人帮忙倒了一杯茶水，轻声笑道：“世间好些个男人，总以为风流误女子，却不晓得女子又不是眼瞎，其实那些个真正痴情人，才最让女子悄然开心扉哩。再说了，求之不得之好，越发好。至于像米裕这种附庸风雅、喜好主动招花引蝶的，真真不入流。还好意思自诩为百花丛中醉神仙，最神仙？”

陆芝突然说道：“好像米裕与陈平安关系很不错。”

酡颜夫人碎嘴骂道：“都不是什么好东西。”

在躲寒行宫习武练拳的那些孩子，也难得被准许各回各家一趟。

太象街的姜匀，回了家，开始与自己爷爷吹嘘这武夫是如何了不起，剑修比不上的。

只有祖孙二人的时候，姜匀行走之时还在练习六步走桩，顺便耍了好几个年轻隐官传授的拳脚把式，问爷爷咋样。姜础原本只是敷衍这个最宠溺的孙子，随便说些不着边的好话，只是当老剑修看到孙子使出一个所谓的顶心肘后，还真有点刮目相看。老人犹豫了一下，由着孙子继续一路练拳，看似随口询问那教拳的老妪如何，姜匀说那老婆娘拳法凑合，就是脾气差了些，好像还喜欢故意针对自己。姜础听到这里，不怒反笑，十分欣慰。在老人心中，宁府白炼霜好像就没有变过模样，总是那么个面容清冷的少女模样。早年偶然间遇到了，厌烦他姜础看她，少年偏要多偷看她几眼。

小姑娘孙蕖回到了玉笏街的豪门大宅，那个早早是剑修的妹妹、心高气傲的孙藻，难得主动与她这个姐姐聊天，询问那个年轻隐官的拳法，真的有传说中那么厉害吗？还问孙蕖到底知不知道那个年轻隐官，是怎么以一人之力击退蛮荒天下五个天才剑修的，还问那个家伙真会隔三岔五帮你们喂拳？孙藻的问题太多，孙蕖有些措手不及，孙藻便有些不耐烦，白眼她这个姐姐，练了拳，还是这么扭捏。姐妹二人，最后肩并肩一起坐在栏杆上，孙藻驾驭着那把本命飞剑在两人身边四处飞旋，孙蕖一个一个问题和妹妹说了，像是个学塾弟子在面对先生。

孙蕖试探性说道："我与你说个老狐嫁女、山神娶亲的山水故事？"

孙藻满脸不以为意的神色，不过嘴上说道："我听听看。"

结果一直等到家中长辈来喊孙藻练剑，小姑娘这才跳下栏杆，撂下句"故事一点都不好听"，就跑去练剑了。

假小子元造化回了家中，与娘亲说起了那边的练拳事，所有的琐碎小事都一并讲了，只是独独不说练拳有多苦。最后元造化有些伤感，说她很羡慕姜匀和许恭的练拳顺遂，也羡慕那个背竹箱的郭姐姐。妇人也不知如何劝慰，便将女儿搂在怀里，婉约笑着，轻轻柔柔，喊着女儿的闺名。

三个从小就熟的好朋友，这会儿一起在许恭的暮蒙巷宅子吃饭，许恭家中已经没有长辈，铜钱巷的张磐和唐趣却不是，两人家中亲人长辈都在丹坊那边做事。许恭与悄悄离开剑气长城的张嘉贞也是朋友，经常一起做些短工营生，张嘉贞要比他们三人年纪都大几岁。三人虽是关系极好的朋友，但是性情各异，许恭从小就稳重，张磐家境最好，反而胆子最小，唐趣鬼点子最多。

唐趣笑嘻嘻问道："我们啥时候能喝酒啊？"

张磐赶紧说道："刚刚练武之人，绝对不能喝酒的。要是被白嬷嬷晓得了，我们肯定要被打个半死，说不定还要被赶出去。"

唐趣撇撇嘴："陈先生每次远远坐在栏杆那边，看咱们练拳的时候，喝酒多潇洒。陈先生的酒壶，据说是只养剑葫。眼馋死我了。"

许恭说道："那是陈先生啊，我们不成的，先学了拳，年纪大了再说。不过咱们不喝酒，到底是为啥？”

许恭略作停顿，三人一起大声笑道：“没钱！”

老剑仙董三更站在自家府邸一处院门外。那里曾是孙子董观瀑的住处。董观瀑是被陈清都亲手斩杀的。

董不得和董画符两人站在老祖宗身后。不知为何老祖宗要把他们喊来这里。

董三更问道：“三秋那孩子不挺好的，你怎就喜欢不起来？”

董不得说道：“其实喜欢。”

董三更点点头，并不奇怪。只有一个懵懵懂懂的董画符，不知道姐姐为何突然变了心意。

董三更说道：“那就去跟三秋直接说，没什么好难为情的。”

董不得摇头道：“不想说，不见面还喜欢，见了面就烦他。”

董三更回头瞪眼道：“瞧你这别扭劲，娘们唧唧的。”

董不得翻了个白眼。

董三更哈哈笑道：“没法子，瞧见了你和三秋，总觉得你是爷们，他是个姑娘。”

然后董三更收敛笑意：“既然想通了，就别藏着了。”

董不得摇摇头，十分执拗。董三更便不再勉强，儿孙自有儿孙福。这些孩子的一时聚散，终究不似老人。

董三更望向董画符问道：“你就没个喜欢的姑娘？”

董画符摇摇头，干脆利落道：“没得空。”

董三更气笑道：“每天蹭吃蹭喝就有空了？”

董画符点头道：“阿良说他这辈子见过无数的奇人怪事，就只没见过走江湖不花一枚钱的人，从古未有。我做到了，要保持。”

董三更问道：“你小子还挺得劲？”

董画符点点头。

董三更啧啧道：“这么抠搜，你小子以后要是能找到个媳妇，我跟你姓。”

董不得实在是不想听这一老一小的絮叨，问道：“我们来这里做什么？”

董三更说道：“年纪太小，和年纪大了，都容易记不住事，所以喊你们来这边看看。”

董不得说道：“董家丢掉的声誉，我一个姑娘家家的，挣不来撑不起，靠黑炭，还凑合。”

董三更笑道：“根本不是这么回事，董家还不至于沦落到要两个孩子去撑门面，就只是要你们两个记住，以后做事情别那么想当然。”

叠嶂酒铺那边，来了个不是光棍的酒鬼，是新面孔，结果被一群剑修嚷嚷着“急就章”，把那酒鬼给恼得不行，多要了几壶竹海洞天酒，回骂那些老光棍连床上急就章的机会都没有。

担任店铺伙计的少年少女都很茫然，醉话荤话听过不少，可这个文绉绉的说法，却是第一次听说。少年就近与相熟的酒客一问，才恍然，少女也好奇，偷偷询问，少年却微微脸红，使劲摇头说不知。

有个最近两年吟诗作对有如神助的老剑修，与一个新拉来这边喝酒的朋友感慨道："某个狗日的说过，有两种人，一定要小心：没喝醉过的时常饮酒之人，别去招惹；被欺负惯了却从不求饶的人，别去欺负。你觉得有没有道理？"

那个朋友不太上道，问道："哪个狗日的，是阿良，还是二掌柜？"

老剑修直接一扬手："这是什么混账话，叠嶂，再来一壶酒，我得与朋友喝几碗罚酒。"

那个无缘无故又掏了一壶酒钱的剑修，点头道："酒桌上，饮酒醉酒都安安静静，战场上，被打了还闷不吭声的，说的是咱们二掌柜啊，那么说这个道理的，应该就是阿良了。这些个读书人，尽扯这些弯来绕去的，教人摸不着头脑。来来来，趁着两个狗日的都不在，咱们多喝多骂，酒钱我不出，可是骂人有一句算一句，全部都算我账上，就算阿良和二掌柜在我跟前，老子还是这么句话！拼酒量，那俩加起来，也不是我对手！"

老剑修愣了愣："你也是？"

那酒鬼会心一笑，故作高深。

宁府门外的街上，有个老人神色复杂，好像不知该不该敲门，老人最后还是叹息一声，返回姚家。

城头之上小茅屋那边，魏晋心生些许杂念，便不再刻意养剑。

老大剑仙站在一旁，笑道："一直想不明白，喝酒一事，有什么好的。"

魏晋赶紧起身："喝酒未必有多好，可能是习惯使然。"

陈清都望向北边的城池，说道："知道为什么剑气长城的酒铺生意最好吗？"

魏晋与老大剑仙一起望向城池，点头道："剑修太多，地方太小，好像只有饮酒可以解忧。在浩然天下，这么点大的地方，至多就是一两位剑仙的修道之地。"

魏晋问道："老大剑仙，为何要我返回宝瓶洲，而不是去往扶摇洲？是我境界不够的缘故？其实我可以辅佐某位剑仙的。"

陈清都说道："是也不是。"

魏晋无奈。老大剑仙明摆着不愿意多说，他就不敢多问。

陈清都双手负后，独自散步。

先前十人齐聚城头，其实有个先后顺序。

齐廷济先到。

陈清都与他说了："齐廷济，你可以保留境界修为，去往扶摇洲开宗立派。离开之前，拿出点真本事来。若是还一味捣糨糊，就不用去扶摇洲了。”

齐廷济询问自己为何不是去往北俱芦洲。

陈清都笑言：“你也有脸去北俱芦洲？！不说韩槐子，只说不过是玉璞境的郦采，你齐廷济能比吗？你除了裤裆里多出个把，与那女子比什么？”

齐廷济沉默片刻，便说道：“所有齐氏子孙，剑修当中，我只带走齐狩一人！”

“他会跟随纳兰烧苇去往别处，你带不走。”

齐廷济喟然长叹，实在是不敢与陈清都讨价还价。

在陈清都眼中，这个齐廷济，最像浩然天下的山巅修道人，选取齐狩，继承香火，还是看中了齐狩的资质。

只是讨价还价之外，齐廷济还真有些话，不吐不快。

齐廷济生平第一次直呼老大剑仙的名讳：“陈清都，眼睁睁看着那么多的剑修死在这里，你难道就没有半点愧疚吗？就因为‘剑修’二字？”

陈清都嗤笑道：“没我在，能有你们？先来后到，都不懂？你真应该转去姓董。”

然后陈清都就懒得与齐廷济废话，喊来了第二人，继续以心声与之言语。

陈熙去往第五座天下，却需要兵解，生而知之。陈熙作为陈氏子弟，得向这座剑气长城，有个交代。

陈熙当时只有一个问题，三秋怎么办？陈清都说去往浩然天下。

陈熙又问，陈三秋会跟谁同行。陈清都却没有回答。

再然后，就是董三更，陈清都问他当真不后悔？董三更只说年幼时第一次提起剑，此生一切所作所为，就没有任何后悔。

陈清都笑问道：“听阿良说你在蛮荒天下闯荡的时候，有过很多的红颜知己，生了一堆的私生子？”

董三更破口大骂。

结果陈清都来了一句：“骂人都不会，难怪成就有限。”

在那之后，陆芝、老聋儿、纳兰烧苇先后被老大剑仙喊到城头之上。

纳兰烧苇，同样需要兵解转世，只不过是去往青冥天下。

老聋儿大战之中，跌一个境界，就可以重返蛮荒天下，如果想去浩然天下，也没人拦着。

老聋儿说自己想要去老瞎子那边当苦力，省心，安稳。

至于陆芝，早有安排，她会带着酡颜夫人一起去往南婆娑洲，至于桐叶洲，则有左右，而扶摇洲又有齐廷济。

最后才是阿良和陈平安。

这会儿陈清都想起一件事，当了剑气长城的隐官，那小子还是太轻松了，不像话。

陈清都便对此刻正在避暑行宫的陈平安言语道："你去趟老聋儿那边，做件职责所在的事情，放心，是好事，省得以后无事可做，一不小心就要道心崩溃。"

陈平安刚要询问到底何事，已经被老大剑仙丢到了老聋儿坐镇的牢狱门口。

看着老聋儿的怜悯眼神，陈平安就知道绝对不是阿良先前所谓的练拳养剑了。肯定是老大剑仙的临时起意，陈平安总觉得有些不妙。

老聋儿一言不发，打开禁制，带着年轻隐官步入牢狱之中。

阿良火急火燎跑过来兴师问罪："是不是疯了?! 如此一来，他会被整座蛮荒天下的大道压胜!"

陈清都笑道："这种小事算什么，我都熬过一万年了。"

老大剑仙的茅屋，一年到头，几乎没有什么访客，但是三教圣人却经常会有剑修拜访。

比如愁苗就经常与儒家圣人谈论经济之策，那些儒家礼圣、亚圣两脉的君子贤人，担任剑气长城的督战官、记录官，与愁苗剑仙也都不陌生。

庞元济早些年，则经常去与佛门圣人谈论佛法，了解那些禅门公案的大义所在。

不光是愁苗、庞元济这些天之骄子，寻常剑修也愿意去城头两端，与圣人们闲聊几句。用阿良的话说，就是要多与圣人们沾沾仙佛气、浩然气，在其他天下，这些神通广大的大人物，可不是想见就能见的。

唯有坐镇天幕最高处的那位道家圣人，修的是个清净，故而访客相对最少，一般都是剑仙闲来无事，御剑而去，问些青冥天下的风土人情。

今天云海之上，老道人膝上横放麈尾，拂秽清暑，用以虚心。只是如今这拂子只剩白玉长柄了。既是仙兵，更是本命物。

其余两教圣人，也是差不多的惨淡光景，三次造就金色长河，帮助剑气长城分割战场，不付出点代价，真当蛮荒天下那些王座大妖是饭桶不成。

老道人睁眼望去，阿良来了。

老道人只得强打起几分精神。那家伙瞧着心情不佳，估计是在老大剑仙那边没讨到便宜。

阿良趴在云海上，轻轻一拳，将云海打出个小窟窿，刚好可以看见城池轮廓，然后掏出一大把不知何处捡来的寻常石子，一颗一颗轻轻丢下去，力道各异，皆是讲究。

正躺在廊道打盹的剑仙孙巨源，听见了屋脊上的石子敲击声。

一位正在对镜梳妆的女子剑修，也听见了一粒石子磕碰卷帘声。

一个正在院中练剑的玉笏街少年剑修，剑尖被石子一撞，吓了一大跳。

一座酒肆的酒桌上，一个正在唾沫四溅骂人的老剑修，酒碗里多出一颗石子，立即从骂人转为夸人，圆转如意，毫无凝滞。

老道人对此见怪不怪，早个百年，更过分的事情，多了去了。

曾经有一对神仙眷侣，正值春宵一刻值千金，结果屋顶小有动静，瓦上涟漪微漾，下一刻是别处再有微妙动静，好似有人察觉自己行踪败露，立即远遁，男子大怒，披衣光脚，提剑而出，纵身一跃到了院墙之上，只发现一处宅院有着残余涟漪，男子提剑追上，不承想那边刚好也有道侣正要卿卿我我，男子一出门，见着了那个莫名其妙脑子抽筋的家伙，二话不说，先问候了对方的祖宗十八代，双方大打出手了一场。

当时云海之上，有个男人就像现在这样，撅屁股看热闹。

阿良拍了拍手掌，手掌一翻，抚平了云海。

老道人问了个一直很好奇的问题："阿良，如贫道这般的修行中人也好，此处剑仙也罢，岁数大了，对于修行之外的世俗事，几无兴致，你是怎么做到的，能够一直这么……无聊？"

越是找寻见一条大道可走的修道之人，越是愿意潜心修道，何况心无旁骛修行神仙法，本就理所应当。

阿良后仰倒去，躺在云海上，跷起腿："辛辛苦苦修道长生，长生之后，我们又能做什么呢？"

这是一个门槛极高的问题。

与寻常练气士不能聊这个，跟这里的本土剑仙更不能聊这个。不过与老道人聊此事，还是有的聊。毕竟这位道门高真，是青冥天下大掌教的首徒，还是白玉京一城之主。倒悬山那位大天君，辈分与之相当，但是道法修为，还是逊色一筹。

老道人笑道："贫道命不久矣。"

阿良坐起身，向老道人抛出一件咫尺物，道家令牌样式，陈平安托阿良帮着转交给老道人。

咫尺物形状若长木镇纸，入手极轻，绘有日月星辰、古篆，上面篆刻有一行字：元帅有令，赐尺伐精，随心所指，山岳摧折，急急如律令。

老道人接过令牌，掐指一算，点头道："明白明白，应该应该。"

阿良笑道："真能算出来？"

老道人点点头："大概意思已经明了。"

阿良便再以心声告知详细细节，老道人一一记住："回头贫道与倒悬山知会一声。"

这位道家老神仙，除了算卦推衍的看家本领，还精通墨家思辨术，擅长佛家因明学。

老道人面有难色："阿良，贫道有一个不情之请。"

阿良笑道："小事小事。"

老道人起身,毕恭毕敬打了个稽首,礼数不小,阿良只好跟着起身抱拳还礼。

老道人环顾四周,不再刻意拘着云海之上的气机涟漪,感慨道:"毕竟几人得真鹿,不知终日梦为鱼。是日已过,命亦随减,如少水鱼,斯有何乐。"

佛家圣人微笑道:"夜静水寒鱼不食,为何空欢喜。满船空载月明归,如何不欢喜。"

儒家圣人点头道:"尘中振衣,一样见华枝春满。泥里立足,不也是天心月圆。"

阿良故作了然,轻轻点头,然后绞尽脑汁,硬憋出一句:"今夕何夕,见此良人。"

老大剑仙嗤笑道:"阿良你就给读书人留点脸吧。"

阿良大笑,老大剑仙咋个又表扬自己,就不知道自己是剑气长城脸皮最薄之人吗?

愁苗剑仙突然主动揽权在身,说隐官不在避暑行宫的这段时间,隐官一脉的大小事务,都由他全权处置。

避暑行宫所有剑修都没有什么异议,愁苗剑仙值得信任,境界、品行、手段都出类拔萃,是公认的隐官一脉第二把交椅,陈平安不在,就只能是愁苗来挑担子。

顾见龙和王忻水,曹衮和玄参,这四个被董不得敕封为隐官座下四大狗腿的家伙,难免有些忧心。

这些年的朝夕相处,还是习惯了隐官大人坐在那个位置上,无论战场形势如何险峻,哪怕陈平安不说话,也能让人心安几分。看架势,年轻隐官短期内不太会重返避暑行宫。

作为陈平安的嫡传弟子,郭竹酒反而只是与愁苗剑仙询问,她师父是不是又去偷偷斩杀飞升境大妖了。

愁苗只说不清楚。他只知道陈平安去了老聋儿牢狱那边。

愁苗还说要请客喝酒,不醉不归。

隐官一脉,除了已经率先返乡的林君璧,还有那个擅离职守的隐官大人,所有的剑修都去了叠嶂的那座酒铺。

邓凉这拨外乡剑修心知肚明,愁苗剑仙这是将那场送别酒提前了,大战一起,剑修越来越少的隐官一脉,只会忙得越发陀螺转,再想为他们四人喝酒送行就是奢望。

巧了。宁姚、陈三秋、晏琢、董画符、范大澈,也在铺子那边喝酒。

其实除了董不得和郭竹酒,隐官一脉与那座小山头的双方剑修,没怎么打过交道。

见着了董不得,原本正在与邻座酒客高声言语的陈家大少便半点不风流了,拘谨得像是个头次偷喝酒的少年郎。

董画符欲言又止,憋得厉害。董不得瞥了眼那个想要仗义执言的弟弟,董画符只得乖乖闭嘴,再看那个差点把脸藏在酒碗里的陈三秋,便破天荒有些愧疚,今天酒钱,就不让陈三秋掏腰包了，还是让范大澈结账吧。

酣眠云霞间的米裕，枯坐城头上的吴承霈，喝酒至多微醺的庞元济，饮酒推墙的陈三秋，他们都是剑气长城出了名的美男子。

愁苗剑仙领衔的隐官一脉剑修落座后，酒铺氛围一时间有些诡异，少了许多喧哗。

一来愁苗名头不小，是剑气长城最年轻的上五境剑仙，战功彪炳，早早跟随阿良去往蛮荒天下腹地游历。再者罗真意、徐凝这拨“捡钱”剑修，是出了名的不合群。他们在剑气长城，身份类似世俗王朝的边军斥候，隐约间高出寻常剑修一头。而如今的隐官一脉，比剑气长城历史上任何一拨隐官剑修，都要权柄更重，更知晓内幕。没有人喜欢自己的大小秘密，被写在纸上给人随便翻阅。最后还有个关键原因，便是庞元济的存在。

上任隐官，也就是庞元济的师父萧愻选择以一种最不光彩的方式离开剑气长城，还带走了两位剑仙——洛衫、竹庵。

萧愻留下了一个孤苦伶仃的庞元济，就好像留下了那块隐官玉牌一样随意。而庞元济出城厮杀的时候，次次有惊无险，作为一等一的天才，却无任何大妖刻意针对，更是让人不得不多想几分。

隐官一脉剑修人有点多，叠嶂便亲自帮忙拼了两张桌子。两人一条长凳。

罗真意有意无意，看了眼那个宁姚。宁姚心意微动，便看了罗真意一眼。

郭竹酒要了份烧酒，叠嶂专门拿来了一小壶米酒酿给小姑娘。郭竹酒嫌弃喝这种被戏称为“小娘子酒”的酒水半点不豪迈，要喝就喝那“只管饮酒不言语”的烧酒，叠嶂笑着说这是你师父的意思，在这边喝酒，你只能喝这个。郭竹酒立马改了主意。

酒铺生意做大之后，除了既有的竹海洞天酒，也卖烧酒，后来还推出了一种米酒酿。被二掌柜取名为“哑巴湖酒”的烧酒，不愁销路，有钱没钱的，都挺中意，价格低，滋味重，不愧是烧刀子酒。只是那软绵的米酒酿，卖不出高价不说，叠嶂更愁全然卖不出去。剑气长城的女子，只要喝酒，不输男子，一贯喜欢喝烈酒，酒铺若是为了招徕女子酒客，肯定要失望了，当时陈平安也没说具体缘由，只说这米酒酿，就是个锦上添花的小本买卖，就算亏也亏不到哪里去，他与老龙城的桂花岛渡船相熟，请人帮忙捎带些来自家乡的米酒酿，花不了几个神仙钱。

事实证明二掌柜做买卖，亏钱是不可能的，那些不是光棍的酒客，都会在醉酒归家之前，拎上几壶米酒酿，与家眷说这是来自浩然天下宝瓶洲的酒水，来自年轻隐官的家乡，还信誓旦旦说二掌柜拍胸脯保证，女子饮此酒，最是滋养容颜！或有女子笑问你信吗？男子悻悻然，二掌柜的鬼话下不了酒桌，这是剑气长城公认的，只是女子却也笑颜喝酒。以至于经常来此喝酒的女子剑修，后来就只喝米酒酿了。

郭竹酒去师娘酒桌那边敬酒，一圈下来，一壶米酒酿就没了，宁姚挡都挡不住，郭竹酒晃悠悠回到自己酒桌,如打醉拳。

宁姚他们那桌喝得差不多了,一起离开,范大澈结的账,如今手头宽裕多了,早已不用向陈三秋借钱。宁姚让叠嶂看着点郭竹酒。

郭竹酒还是喝多了,趴在桌上睡去。酒量不行酒品来凑,小姑娘喝多了就是睡觉,不闹腾,安安静静的。

愁苗笑道:"有些话,以前不适合在避暑行宫说的,现在都可以说了。"

曹衮摇摇晃晃起身,率先举起酒碗,开口道:"庞元济,齐狩和高野侯都已经先后跻身元婴境,如果将来跻身上五境这件事上,你还是不如他们,我要骂你。"

庞元济饮酒不多,笑着起身,酒碗磕碰之后:"先骂了再说,如果是你骂错了,以后有机会重逢,我再回骂。"

曹衮看着庞元济,使劲晃了晃脑袋:"庞元济,在我心中,你与隐官大人一样大道可期,我希望很多年以后,抬个头,就能看到天下最高处,既有青衫剑客陈平安,也有白衣剑仙庞元济。"

庞元济无奈而笑:"我不如隐官多矣。"

双方一饮而尽。

徐凝与玄参说道:"对事不对人。"

玄参随之饮酒,眉眼飞扬:"好说。"

宋高元自顾自畅饮一碗,跷起一脚,踩在长凳上:"可惜没法子以隐官一脉的剑修身份,替剑气长城守关一次,不然一定极有意思!回头看来,我们这些外乡人,年纪轻轻的狗屁天才,真是一个比一个欠揍。"

顾见龙说道:"容我说句公道话,最欠揍的,还是年纪最小、破境最快的林君璧。"

王忻水点头道:"容我也说句良心话,其实就数林君璧在隐官大人那边最狗腿。"

顾见龙遗憾道:"林君璧若是覆了女子面皮,其实比咱们隐官大人出彩多了。"

董不得笑眯眯道:"错了,林君璧哪里需要更换容貌,换身女子衣裳就成。"

众人深以为然。

董不得又道:"若是君璧醉酒,小脸蛋红扑扑,再小鸟依人于隐官大人,啧啧啧,美不胜收。"

常太清打了个激灵,赶紧给自己倒了一碗酒,夹了一筷子咸菜,结果又打了个激灵:"压压惊,压压惊。"

愁苗笑道:"你们这是欺负隐官和林君璧不在这里?"

邓凉突然说道:"我们是不是忘了一个人?"

一大桌人,沉默片刻,瞬间哄然大笑。当然是那回了趟剑气长城又赶去倒悬山的大剑仙米裕。

庞元济喝酒含蓄，却没少喝。他有些神色恍惚，没来由觉得如今的隐官一脉真热闹，也不坏。

这顿酒喝了许久，同归避暑行宫。

罗真意背着郭竹酒，与董不得并肩而行。邓凉放缓脚步，来到她们身边。

罗真意识趣，想要离开，却被董不得留下。

邓凉也不计较，开门见山道："董姑娘，我喜欢你。"

董不得眼神澄澈，说道："我不喜欢你。"

邓凉点头道："我知道。"

邓凉略作停顿，神色洒脱，眼神诚挚，笑道："我知道董不得不喜欢邓凉，但是邓凉就怕董不得不知道邓凉喜欢董不得。"

董不得有些无奈，弯来绕去的，不过既然你邓凉这么不客气，那我也就不客气了，反正忍你邓凉不是一天两天了："避暑行宫议事堂，巴掌大小的地方，我又不是傻子，当然看得出来你喜欢我，不但如此，我还知道你这家伙总是管不住眼睛，不敢偷瞄罗真意的脸蛋，便使劲盯着罗真意的背影。"

邓凉破罐子破摔："看罗真意的，又不止我一个，王忻水没看？常太清没瞧？"

罗真意是个神色极冷的漂亮女子，这会儿越发脸若冰霜，只是蓦然而笑，假装生气有点难。

这些事情，都是小事。

董不得私底下与她言语，两个女子什么话不能讲？什么话不敢讲？

董不得说那愁苗的身材其实是极好的，穿衣瞧着消瘦，其实一身腱子肉，董不得问罗真意，摸过吗？没摸过，总见过吧？罗真意对愁苗剑仙十分敬重，视若兄长，不许董不得随便拿愁苗打趣。

董不得还说那曹衮虽然还是个少年郎，小脸蛋其实挺俊，以后定然是个翩翩公子哥，尤其是他那一洲雅言，天然软糯，真真悦耳，被曹衮说来，偏又清脆了几分，经常会蹦出些乡音乡语，有讲无讲，嚼嚼碎，大清老早……以后与他那神仙道侣，在那花前月下，若是亲昵称呼女子的名字，手指挑起女子颌，定然旖旎得很。说到这里，董不得就要去挑起罗真意的下巴，却学那徐凝的嗓音说话，称呼真意真意，羞恼得罗真意俏脸微红，益增其媚。

罗真意起先没在意曹衮的嗓音，给董不得提醒过后，好像还真是那么回事。

罗真意每次看着董不得一手托腮帮子，与那曹衮没话找话，便觉得好笑。

董不得还给她看了本册子，尽是些风月窝里、姻缘簿上的文字，女子皆是那些狐仙艳鬼花神，男子多是那些落魄读书人。好些语句，实在不堪入目，什么小身腰，瞅得男子似那折脚鹭鸶立在沙滩上，若还搂抱，不死也魂销。罗真意只看了一页便没脸翻页了，只觉得烫手，拈着册子一角，狠狠丢还给董不得。

罗真意突然有些羡慕邓凉。

这会儿，被董不得这么一打岔，邓凉就没了好不容易积攒起来的英雄气概。何况就如邓凉自己所说，今日言语，就只是让董不得知道而已。

邓凉抱拳道："董姑娘以后成亲，一定要给我寄婚帖，那男子若是剑修，我要问剑一场。"

董不得只是笑着不说话。

邓凉转身大步离去，跟上了顾见龙他们，结果挨了王忻水和常太清各一手肘。

罗真意轻声打趣道："邓凉其实还行啊。"

董不得笑眯起眼："你怎么知道邓凉行不行的？"

罗真意无可奈何，她缓缓而行，背着郭竹酒，小姑娘背着形影不离的小竹箱。

董不得知道为什么罗真意要抢先背起郭竹酒。

有些话，可以当玩笑说，百无禁忌。可有些话，一个字都不要提。

范大澈独自回家，脚步踉跄，一边饮酒一边思念着心上人。

董画符在闲逛，一路上瞧见了喜欢物件、吃食，就记账在陈大少、晏胖子头上。

太象街那边，陈三秋蹲在街边墙根，脑袋抵住墙壁，轻轻磕碰，呢喃着让开让开，不然我可就要发酒疯了……

叠嶂去了柜台那边坐着休息，少年丘垅和少女刘娥在忙碌，桃板和冯康乐两个孩子也在帮忙。

屋子外边喧闹嘈杂，叠嶂抬头望去，墙上的一块块无事牌，寂静无声，像一排排的小哑巴。

"喝得酒，杀得妖，作得诗，才情不输二掌柜，相貌惜败吴承霈，我这一生很圆满，就缺个媳妇了。"

"兜里有钱，喝垮酒铺。"

"剑术尚可。"

"老子与阿良联手，可杀飞升境大妖。"

"纳兰彩焕，我去去就来。"

"牧笛，驼铃，皆是风过声。"

"好林泉都付与闲人，好娘们都被拐走了。"

"这辈子未曾醉过，怨酒。"

"还不曾去过倒悬山。"

"陈李，佩剑晦暝，飞剑瘖瘂。百岁剑仙，唾手可得。"

"世间无好喝之酒，狗日的还我酒钱。"

“陆芝确实好看。”

“人生苦短，练剑太难。”

老聋儿打开禁制后，如主人开门迎客，陈平安置身其中，视野豁然开朗，天地茫茫，景物不多，只有一块巍峨石碑，上书“鹧鸪天”三字。

陈平安稳住身形和心神，迅速调整呼吸，将那些滚滚涌来的沛然灵气一一阻挡在外。

老聋儿掌管的这座牢狱，是一处破碎的洞天，类似倒悬山的黄粱酒铺，灵气尤其盎然，并无丝毫剑气压胜。

此地没有其他剑仙坐镇，甚至连剑修都没有一个，自老聋儿接手之后，就只有这位妖族出身的飞升境看着。

老聋儿，不是真聋，一位飞升境，能耳背到哪里去？只是剑气长城的剑修，对老聋儿向来鄙夷唾弃，老聋儿又是个打不还手骂不还口的软柿子，而且极少抛头露面，倒也没惹出什么大的是非。加上董家手握剑坊，齐家管着衣坊，陈家负责丹坊，就是剑气长城真正意义上的四处禁地。

避暑行宫的档案，关于牢狱，文字记载不多，只是粗略记录了历代关押妖物的身份、渊源，死了的，无非是一笔勾去。

老聋儿笑了笑，年轻隐官信不过自己很正常，还信不过老大剑仙吗？不过很快释然，不是这种性子，当不了隐官，走不到这里来。当时在城头上，需要剑仙护阵隐官一脉，信不过的，不是自己，其实是陆芝。这会儿信不过的，是自己。是不是到最后，连陈清都一并信不过？不管答案是什么，老聋儿都觉得有点意思。

陈平安与老聋儿几乎同时挪步前行，陈平安发现看上去不过相距百余丈的石碑，如果就这么走下去，能走上足足一盏茶的工夫。

老聋儿不愿被误认为是店大欺客，敬称了一声隐官大人，然后直接道破天机：“心神越小，念头越小，步子越小，我们反而走得快些。”

陈平安照做，果然几个眨眼工夫，就走到了石碑之前。

老聋儿微微讶异，难免会将陈平安与前边两任隐官做比较，那个脾气不太好的羊角辫小姑娘，偏不信邪，非要一鼓作气冲到石碑那边，以至于瞬间离了石碑千百里，这还不算，萧愻就一直那么飞掠下去，乐此不疲，结果一旬光阴之后，按照市井俗子的脚力计算，萧愻都跨洲了，喝掉了不少仙家酒酿，每天就是在那里撒腿狂奔，与石碑愈行愈远。老聋儿见过无聊的剑修，没见过她那么无聊的。至于更前边的那位隐官大人，不无聊，就是无趣，不过桌面底下的功劳，真不算小，那座海市蜃楼，就是他花钱找人一手打造出来的，只可惜修行资质太差，寿命不长，不然剑气长城的隐官，不会是萧愻，更不会是身边的年轻人。

老聋儿陪着陈平安，一起仰视那座石碑。

老聋儿沙哑开口道："'鹧鸪天'，此三字，是两位上古眷侣剑仙的手笔，辈分极高，比龙君、观照年纪稍小而已，只是在剑气长城没太大的名声。"

老聋儿笑道："相信以隐官大人的眼力，应该早早看出门道了，'鹧''天'二字，是男子剑仙刻画而出，波磔极佳，唯独'鸪'字，是女子手笔，剑气凌厉，依旧难掩一丝娇柔，当时她又身负重伤，略有疲态，男子便补救一番，最后一字，看似精神抖擞，法度严谨，救了中间字一救，其实已经为眷侣神伤几分，比起'鹧'字，本该气势最大的'天'字，反而凝重有余，剑意不足，可惜了，实在可惜。"

陈平安实诚道："我没看出这些。"

奇了怪哉，怎么当的文圣一脉关门弟子？

老聋儿问道："隐官大人对光阴长河不陌生才对？"

陈平安点头道："不陌生。"

老聋儿伸手一抓，石碑上的"鹧鸪天"三字，好似被拆解开来，一笔一画，离开石碑，剑光汇聚在一起，如溪涧汇聚成河，老聋儿带着陈平安，蹚水其中，当两人行到水穷处，别有洞天。

陈平安视线中景象又是骤然一变，尸骸满地，疮痍满目。有枯骨惨白且极大，绵延如山脉，也有金黄色尸骨的神灵之躯。应该是一处远古神灵与妖族惨烈厮杀的古战场遗址。

有一处大坑，凿有台阶。境界高的妖族，关押在高处。

拾级而下，陈平安突然问道："如果没有老大剑仙，一座剑气长城，前辈会杀掉多少剑修？"

老聋儿毫不掩饰，微笑道："入眼皆死。"

然后补充了一句："并非恼火那些小崽子的嚼舌头，犯不着。"

老聋儿转头问道："前辈？"

陈平安说道："年纪大的，比我境界高的，没结仇的，都算前辈。"

老聋儿点头道："好习惯。"

然后老聋儿说道："按照老大剑仙的意思，是要隐官大人代我出手。"

陈平安点点头。来的路上，已经想通了。

不断往下延伸的阶梯弯曲不定，陈平安视野模糊，只见阶梯，不见其余任何天地景象，不过遇到那些大小不一的牢笼之后，视线就会清明几分。只见那些牢狱以一条条凝为实质的剑光作为栅栏，路过的牢笼多空置，老聋儿停步指着一座空荡荡的牢狱："这里边的，已经给老大剑仙拔掉头颅了。丹坊那边应该大赚了一笔。"

陈平安说道："金甲洲两条跨洲渡船，合力支付了一大笔神仙钱，买去了那个飞升境尸骸的大头。为了能够安然携宝返程，还专门重金聘请了位剑仙护航。"

老聋儿有些埋怨："丹坊那边委实恼人，好像是我拦着他们不宰掉这些上五境妖族似的，我管着成千上万的妖族也是管，管着一头两头也是管，又捞不着半点好处，怨我作甚？这么简单的一个道理，有那么难想明白吗？费思量，费思量啊。"

陈平安说道："不怨你，人人将心比心，处处善解人意，愿意敬重前辈，剑修个个不因你妖族身份而侧目，你还能活吗？好意思活吗？前辈有什么好费思量的。应该偷着乐才对吧。"

老聋儿笑道："在理，真个在理。可惜这般爽快道理，以前听得太少了。那个阿良，便没说到点子上去。只骗我说浩然天下的飞升境大妖，快活似神仙，开宗立派都不难。"

一路行去，终于见到了第一个妖族修士，是一头现出真身、盘踞如山的仙人境大妖，瘴气横生。陈平安走近牢笼栅栏，凝神望去，依旧看不真切。

这座牢狱，关押着六个上五境妖族，六十一个中五境，下五境最少，才三个。

死了的，都会被丢到丹坊去，一身是宝，物尽其用。也有活着离开的，是去那海市蜃楼，要么相互厮杀，要么与剑修厮杀，再就是老聋儿闲来无事，挑出来的那些弟子人选。被老聋儿传授剑术，搁在任何一座天下，只要不是剑气长城这座牢笼，那都是梦寐以求的天大道缘，一个飞升境的传道人，还不藏私，传授剑术，还不是死了都要学？

可问题在于，在这里，老聋儿的剑术太高，学剑的破境太容易，一旦跻身元婴境就得死。

许多故意停滞在金丹境瓶颈的妖族，是硬生生把自己熬死的，境界不涨，寿命就短，会死，要么道心崩碎，要么直接被不断壮大的剑气炸烂金丹，至于那副皮囊，老聋儿还是施展手段留下来了，不然丹坊会问责。

关于老聋儿的根脚，避暑行宫也有记载，比较古怪，是一个假装剑修的飞升境大妖，炼化了数把剑仙遗物飞剑，与陈平安炼化初一、十五作为本命物，是一样的路数。老聋儿境界够高，又有三把炼化为己用的飞剑，所以显得比剑仙更像剑修。老聋儿曾是蛮荒天下横行一方的大妖，到了剑气长城，安心当个苦兮兮的牢头，未尝没有"十三境再养出一把本命飞剑"的想法。

至于陈平安眼前这个仙人境大妖，也极富传奇色彩，最早被关押之时，才元婴境瓶颈修为，不承想在这压胜之地，本该苟延残喘，千年间反而被他一路破境到了仙人境。

老聋儿问道："隐官大人，咱们这就动手？"

老人有些好奇，陈平安为何没有携带那把仙兵品秩的剑仙，想要单凭双拳捶杀一个仙人境大妖，谁耗死谁还真不好说。老聋儿当然知道陈平安有一拳招，拳拳累加，十分不俗。只是金身境瓶颈武夫，体魄还是不够坚韧，要杀眼前这个仙人境大妖，陈平安注定撑不到最后一拳，面对一个仙人境，境界悬殊太多，便是曹慈来了，一样束手无策。一旦请人代劳，再被施展那种手段，就要火候全无了，意义不大。何况老聋儿觉得除非陈平安是九境武夫，才有些许希望，勉强能够承受那份形销骨立、魂魄支离破碎之苦。

即便年轻隐官的武道境界，与曹慈、郁狷夫差不多，皆可以拔高一个境界视之，可即便是远游境武夫，陈平安仍是差了一个境界的。

陈平安开始挪步："不急。"

然后一路走去，陈平安都是看几眼就继续赶路。

老聋儿忍不住问道："隐官大人？"

陈平安说道："先走一遍，大不了多走一趟回头路，耽误不了正事。"

老聋儿笑问道："事情就只是这么个事情，有差吗？"

陈平安笑道："就当是散心。"

老聋儿说道："年轻人太立得定，熬得住，也不好，虽说容易做事准，做人狠，却容易销蚀元气，伤了福缘。"

陈平安笑道："前辈高见，说的更是老成持重之言，处处小心，是会小了心。"

老聋儿在剑气长城困顿三千年，头一回被人一口气称呼了这么多声"前辈"，也极少与一位剑修相互攀谈，且言语如此之多。

陈平安问道："先前老大剑仙是如何与前辈约定的？"

老聋儿说道："等我出城倾力厮杀之时，第一，宰掉所有关押在此的妖族，当然现在改了，换成隐官大人亲自动手；第二，我可以从这边带走三个金丹境弟子，算是例外。"

老聋儿不谈在蛮荒天下的修行岁月，光是在剑气长城，就熬了足足三千年有余。

苦熬三千年，还只是个飞升境，没能捞到一个"剑仙"后缀。

这一路行去，好不容易又见着个新鲜面孔，是个蜷缩而躺的妖族修士，人之容貌，察觉到了老聋儿和陈平安，依旧故作不知。

后边几个上五境妖族，虽各自被镇压，可是游移不定的冰冷视线，依旧犹如实质。也有那大妖状若疯癫，疯狂撞击剑光栅栏，血肉模糊也不愿停下，最后双手死死攥住两条剑光，大骂老聋儿，更骂那个境界不高的陌生年轻人，陈平安就停下脚步，以娴熟的蛮荒天下言语，问了几个问题，大妖只是谩骂不已。

之后也有那磕头求饶的妖族地仙，还有那身姿曼妙的狐魅，千年高龄，依旧面生光华，媚好常如少女颜色，见着了年轻隐官，楚楚可怜，侧身而坐，手捂心口，紧紧咬着嘴唇，欲哭不哭。更有那妖族信誓旦旦，愿意立下誓言，甘当奴役，只求能够活着离开此地。陈平安始终一言不发。

老聋儿笑道："那个狐媚子，虽说只有七尾，但是隐官大人收她当个丫鬟，不跌份。相信隐官大人这点权力还是有的，而且不用担忧她的忠心。"

陈平安没搭话。

陈平安没来由想起了当年从大隋返乡的半路上，风雪夜中的山崖栈道。这些年的一次次远游，大小狐魅确实见过不少了。不过一直没机会去清风城许氏的狐国看看，徐远霞曾经说过那儿必须要去，男人不去狐国走一遭，根本不知道温柔乡英雄冢是个什么。

浩然天下的四位夫人，其中有与阿良关系不浅的竹海洞天青神山夫人。再就是从中土神洲销声匿迹的酡颜夫人，她用一座梅花园子，跟陈平安换来了一封将来会交到醇儒陈淳安手上的密信，无非是希望南婆娑洲能够稍稍善待这个上五境精魅。说到底，既是为酡颜夫人求来一张来自儒家圣人的护身符，陈平安也是在为陆芝做长远考虑。境界高，就会有境界高的大忧患，陆芝偏偏又不是那种愿意行事圆滑的剑仙，一旦去了南婆娑洲，就该她陆芝是外乡人了。读书人算计起来，弯弯绕绕何其多？更怕是那些光明正大的阳谋，由不得陆芝不出剑，那才是天大的麻烦。所以陆芝身边有酡颜夫人帮着出谋划策，比较让人放心。只是陈平安也担心酡颜夫人的私心怨怼太重，陆芝会受了潜移默化的影响，所以一旦陈淳安出面，既是庇护，更是监督，由不得酡颜夫人任性行事。只是酡颜夫人暂时还不清楚这件事，估计当下她还在好奇年轻隐官亲口承诺的一桩功劳，到底能够换来何物。陈平安也没要提前告之的意思，等她陪着陆芝到了南婆娑洲，一切自会水落石出。

还有一位被视为最正统月宫种的夫人，还是生死不知。陈平安早已确定，就是范家幕后供奉桂夫人。

最后是一头跻身了仙人境的九尾天狐浣溪夫人，同样不知所终。

牢狱最底层，最后一座牢笼，是一座好似水牢的存在，水深不过两尺，大约一亩，碧绿幽幽，水运浓郁，竟是直接显化为一尾尾碧绿小鱼儿，池水清澈，纤毫毕现，那些蓦然静止不动的碧绿小鱼，如悬空中。里边关押着一个探出头颅的少年，头颅以下的入水身躯，竟是半点不见，好似与水相融。

应该是一门养龙之法？

那妖族少年脸上依稀有鳞痕，额头左右各有微微隆起，似鹿茸。

陈平安双手笼袖，驻足不前，与那少年对视。

洞府境修为，幻化人形没多久。归根结底，还是胜在天赋异禀。修行路上，想要祖师爷赏饭吃，先得老天爷赏饭吃才行，能不能修行，真得看命，不过也分两种，命好不好，命硬不硬。

陈平安开始返回，赞叹道："得了机缘，练剑修行，师傅领进门，更问道心，前辈这三个弟子，大道成就，会吓死人。"

连同少年在内的三个老聋儿的弟子，当下境界分别是洞府境、龙门境、金丹境瓶颈。

这座牢笼，不关押路边捡来的阿猫阿狗。越是年纪小的妖族修士，越是资质惊艳根骨重。

老聋儿苦笑道："隐官大人，不至于吧？"

陈平安当然难缠，可他仍是随手一巴掌就可以拍死。可问题是陈清都在自己出手之前，就先一巴掌拍死自己了。

陈平安真要铁了心违约，连同三个弟子一并宰了拉倒，就陈清都那脾气，会偏袒谁，需要想吗？

陈平安说道："一直以来，前辈恪守本分，晚辈内心敬重。"

老聋儿嗤笑道："但是？"

陈平安笑道："前辈这么会聊天，那就前辈继续说，晚辈洗耳恭听。"

老聋儿压根就没打算跟陈平安做买卖。

老聋儿大声问道："老大剑仙，这也成？不管管？"

没有回应。

陈平安继续说道："前辈挑中的三个，应该都有上五境的资质吧？"

老聋儿无奈点头。

陈平安说道："那就按照一个玉璞境，两个仙人境计算，当然是剑修。我与前辈讨要三份修道机缘，道诀法宝皆可，适宜妖族修行的道诀为佳。"

老聋儿松了口气，这些玩意儿，对于一个飞升境修士而言，都很是身外物了。"两个玉璞境，一个仙人境。运气不好，就会是一个元婴境，两个玉璞境。"

老聋儿不诓人。

一位剑修，有无上五境的资质，跟最终能否成为上五境剑仙，两回事。只说在世不说死了的，晏溟、殷沉、纳兰彩焕，哪个不是资质卓绝的剑仙坯子，如今又如何了？

陈平安答应下来："听前辈的。"

老聋儿笑道："果然'前辈'不是白喊的。"

陈平安抱拳道："前辈莫要记仇。"

老聋儿摇头道："犯不着。"

陈平安说道："这座牢笼，其实是一副失去了头颅的神灵尸骸吧。"

老聋儿点点头。

走到一座陈平安原本以为空置的牢笼，蓦然从雾障之中走出一人。

陈平安转头看去，是一个脸色雪白、嘴唇猩红的女子，容貌年轻。手腕上系挂着一只绣袋。头颅之下，惨不忍睹，绝不类人，简直比鬼更鬼。无皮，几乎透明，五脏六腑，青筋骨肉，蠕蠕而动。

陈平安也算见惯了血腥、诡谲画面的人，突然之间，见到了这个女子，还是有些头皮发麻。

避暑行宫可没有她的任何记载。

女子走到栅栏附近，然后竟是一步跨出，几乎就要与陈平安面对面，陈平安纹丝不动。

老聋儿笑道："她叫捻芯，是个逃难至此的缝衣人，早年在金甲洲闹出一场好大的风波。"

陈平安心中了然。

缝衣人极其罕见。

陈平安曾经在避暑行宫一部专门记载外道修士的秘档上翻到过。不算老皇历，但是太过邪门歪道，是魔道。在浩然天下的历史上，曾经被正统的符箓一派练气士，见一个杀一个。

山上四大难缠鬼：剑修，墨家赊刀人，师刀房道士，法家弟子。但是这些修士，只是难缠，让其他练气士最为忌惮，算不得半点声名狼藉。在这之外，还有十种修士，可谓过街老鼠，比山泽野修更不如，人人得而诛之。

比如有那携带龙王篓、为自家主君捕捉那些疲惫之蛟的南海独骑郎，境界不高，地仙而已，但是剑仙都杀之不死，喜好上岸窃取江河水运。还有那种专门炼化坟茔、很容易引发阴兵过境的"过客"。

而陈平安眼前这个女子，竟然就是传说中的缝衣人，精通符箓一道，只是只以人皮作为符纸。其大道根本，是"为他人作嫁衣裳"。

秘录上记载，欲要修行此法，先剥己皮，吃得住剥皮之苦，才是第一步。第二步，是真正走过一趟类似酆都鬼门关的阴冥地界。此后还有数道关隘。

陈平安当时就十分疑惑，选择修行此法，到底有什么意义？

那女子后退一步，绕着陈平安走了一圈，停步问道："你多大了？"

陈平安默不作声。

被老聋儿称呼为捻芯的女子，也不计较，继续问道："应该不是障眼法，那你是出身太象街的豪门了？家族长辈终于说动了陈清都，帮你造了座武庙，得了剑气长城的武运？"

陈平安摇头道："外乡人，练拳还算勤勉。"

捻芯似乎有些遗憾："陈清都还是顾虑太多。好些手段，不舍得用。"

老聋儿似笑非笑，说道："年纪不大，不过是会点花哨手段，就不要直呼老大剑仙的名讳了。"

然后与那女子提醒道："捻芯，这位就是剑气长城的新任隐官。"

捻芯歪过头，凝视着陈平安，断断续续说道："左撇子。蛟龙。重建的长生桥。皮囊魂魄皆缝补严重。先习武，再养出的本命飞剑。对于身躯的掌控，细致入微，半个同道中人。杀心重，嗯，这会儿更重了，但是完全管得住杀心。年纪轻轻，很厉害。不愧是新任隐官。"

陈平安始终站在原地，笑道："捻芯姑娘好眼力。"

老聋儿对捻芯十分知根知底，所以对她的手段半点不奇怪。

牢狱三古怪，来去无碍，捻芯是其一。

老聋儿突然问道："为何不喊'前辈'，喊'姑娘'了？"

陈平安反问道："前辈喝酒是不是从无佐酒菜？"

老聋儿愣了愣。

远处有一个稚嫩嗓音响起："这家伙是在讥讽你喜欢说醉话，说不合时宜的屁话。"

陈平安转头望去，是个盘腿悬空而坐的白发童子，额头极大，珥两青蛇，腰间别有两把短剑。白发童子一双眼眸莹莹然，正在无聊地啃着手指。

老聋儿斜了一眼，与陈平安解释道："是一头化外天魔。"

陈平安点点头。

那白发童子说道："老聋儿，快喊爷爷！"

老聋儿就喊了声爷爷。

白发童子怒道："你怎么这么没劲。"

捻芯懒得理睬老聋儿和那童子，死死盯住陈平安，说道："真能吃得住疼？可别死了。"

陈平安笑道："试试看。"

然后陈平安有了一种毛骨悚然的感觉，只见捻芯嫣然而笑，姗姗然施了个万福："为公子天寒加衣，挑灯缝补。"

第五章 人生梦复梦

陈平安不是被捻芯的惊言怪语吓到，而是缝衣人捻芯炙热且专注的眼神，让陈平安很不适应。

自己当包袱斋捡破烂的时候，在地上瞧见了钱财法宝，可能就是她这种眼神？

捻芯说道："等你跻身远游境再说，我不想帮你收尸。"

至于这位年轻隐官能不能破境，用什么法子破境，捻芯无所谓。

陈平安点点头，缓行途中，已经自有打算。

捻芯飘然离去，转瞬即逝，果然不受任何拘束。

陈平安一口气抛出三个问题："捻芯什么岁数？什么境界？什么根脚？"

老聋儿笑呵呵不说话。

陈平安说道："我可以不对那水牢少年动手脚。"

老聋儿笑道："身为读书人，怎可如此不讲究？"

陈平安置若罔闻，蹲下身，弯曲手指轻轻敲击道路，铿锵有金石声，再摊开手掌，以手心覆地。不愧是一副远古神灵尸骸，大有古怪。

显而易见，老聋儿对那少年最为器重，押注最多。当然不排除有障眼法的可能，可最终能活下来的妖族，只有三个，老聋儿又能障眼到哪里去。

陈平安在脑海中重新仔细检索了一番避暑行宫的隐秘档案，发现老聋儿选中的三人，隐晦处颇多。陈平安可以确定上任隐官萧愻，定然与老聋儿是有些交易的，隐官一脉才会帮忙遮掩了些关键消息。这些都是吃灰已久的陈年旧事，陈平安没打算去翻旧账，何况也未必翻得动，身边的老聋儿是飞升境，惹恼了他，后者只需要信守与老大剑仙的约定即可。说到底，老聋儿之所以愿意处处卖面子给自己，还是看在老大剑仙的分上，一块隐官玉牌，被一个连剑仙都不是的自己攥在手里，不济事。

不过理是这么个理，可其实生意还是能做的，毕竟陈平安与老聋儿无冤无仇的，真要撕破了脸皮，年纪小的，官身大的，到底还是占便宜。

所以陈平安的生意路数很简单，就等于是直白告诉老聋儿，你在这里调教出三名弟子，已是剑气长城养虎为患，既然这是老大剑仙的授意，不好更改，可在我这个隐官眼皮子底下离开牢狱，更是避暑行宫的放虎归山，是可以运作的，三名弟子活着离开，有很多种活法。你老聋儿与老大剑仙的约定，与避暑行宫的最终决定，并不冲突。

大概老聋儿在剑气长城给人拿捏惯了，虽然吃了点小亏，可好歹得了年轻隐官的承诺，所以也不恼。

事实上，关于三名弟子，老聋儿迟早都是要与陈平安说点敞亮话的，不然真不放心。

陈平安犹豫了一下，一掌重重拍在地面上，纹丝不动，难怪这一具被剑仙炼化为小天地牢笼的尸骸，能够困住那些大妖。

如今浩然天下的山水神祇，也都以金身不朽著称于世，只是谈不上修炼之法，一般都是被善男信女的香火，年复一年浸染熏陶，如那“贴金”。山水神灵的寿命，确实要比修道之人还要悠久。相传许多地仙修士，大道瓶颈不可破，为了强行续命，不惜以违禁秘术自我兵解，在那之前就已经勾结朝廷和地方官府，帮忙一起隐瞒儒家书院，在地方上偷偷建造淫祠。运气不好，熬不过形销骨立、魂飞魄散那两道关隘，自然万事皆休；若是运气好，侥幸撑过去，此后修行之路，从仙转神，得以享受人间香火。

魏檗应该是例外。只是关于这位旧神水国山岳府君的许多隐秘事，陈平安从来不会过问，朱敛与郑大风更是老江湖，所以披云山与落魄山，心有灵犀，互有默契。

老聋儿终于开口说道：“捻芯如今估摸着七八百岁吧，跌跌撞撞熬到了上五境，资质是极好的，但是接连几次破境伤了元气，当下这个玉璞境，就只能是靠偏门手段，加上神仙钱、法宝胡乱堆积出来的境界，她这辈子的大道高度，不出大意外，就止步于此了。捻芯没有明确的师承，多半是个捞着了偏门才登山的山泽野修，不然不至于如此坎坷。

“不过她反正志不在登顶，在金甲洲大仇得报，她本来觉得死就死了，不承想听到了不知真假的小道消息，白帝城城主对她有些兴趣，捻芯不想落得个生不如死，就逃到了倒悬山。本来是想偷渡去往蛮荒天下的，那边世道更乱，她那身本事，英雄便有了用武之地，真要瞎猫撞见死耗子，说不得也能破境。不承想给一位剑仙截了下来，丢到了这里。

“在这边，也没闲着，好些大妖的身躯皮囊，都是她拆解了送去丹坊，手法精妙，省去丹坊修士好多麻烦。”

许多内幕，老聋儿都是从白发童子那边听来的。

老聋儿自己对这些七弯八拐的他人之故事，从来不上心，不知道，不会少几斤肉，知道了，不会多出一壶酒。

陈平安收了手，起身好奇说道：“白帝城城主会对一个缝衣人感兴趣？”

不是陈平安对捻芯或是缝衣人有成见，旁门左道，世间学问多有野狐禅，修行之法有高下优劣之分，修道之人，却未必。

只是那位魔道巨擘，太过高出云海。身为公认的魔道中人，却能够享誉天下。陈平安早年私底下有过一些想法，其中就有以后游历中土神洲的时候，一定要亲眼去看看那座黄河洞天的倾泻之水，看一看白帝城的那杆“奉饶天下先”的旗招子。

崔瀺与之下出过彩云谱，即便崔东山每每提及那位城主，也难掩佩服。齐先生也曾游历过大江之畔，那位城主还破天荒离开彩云间的白帝城，亲自邀请齐先生手谈一局。

这样一位眼光极好的魔道巨擘，由衷称呼一声前辈，陈平安是很愿意的，当然陈平安不觉得自己有资格见到那位城主。

老聋儿摇摇头，解释道：“隐官大人这就真是小觑了捻芯，她可不是什么普通的缝衣人，早年不过跻身金丹客，就有了玉璞境的手段，几种术法神通，一旦被她全力施展开来，能让着了道的玉璞境，都要吃不了兜着走。”

陈平安没来由想起了北俱芦洲的峡谷一役，设伏拦截自己的那拨割鹿山刺客。

那场看似实力悬殊的厮杀，只说凶险程度，在陈平安心中，丝毫不逊色离真、雨四等人的围杀。

老聋儿笑道：“不然单凭捻芯的元婴境修为，独自一人，就搞垮掉一座金甲洲的宗字头仙家？换成是隐官大人，也做不到吧？”

陈平安大感意外，有些不敢置信，问道：“一个元婴境修士，单枪匹马就能够让一整座宗门覆灭？”

老聋儿云淡风轻道：“半年之内，上上下下七百人，连同整个祖师堂，全部死绝。挺大一座宗门，香火彻底断绝。”

陈平安眯起眼：“捻芯闯下这么大的祸事，怎么逃到的倒悬山？”

老聋儿摇摇头：“我管这些作甚。”

陈平安笑了起来：“也对，管这些作甚。不过有机会的话，要与捻芯前辈好好请教一番。”

老聋儿来了兴致：“隐官大人作为儒家门生，也有私仇？”

陈平安说道：“有那么几个。”

老聋儿笑道:“想来是他们烧香不够。”

陈平安不愿掰扯这个,皱眉问道:“那头化外天魔又是怎么回事?”

老聋儿摇头道:“说不得。不是买卖事,隐官大人就不要为难我了。”

陈平安转而问道:“一头化外天魔,为何珥青蛇、穿法袍、悬短剑?”

在陈平安眼中,那白发童子,根本与人无异,对方也没有施展什么障眼法。

老聋儿神色玩味:“喜欢摆阔不行啊。”

陈平安摇头道:“太不谨慎。”

老聋儿哑然失笑。在这牢狱,谨慎给谁看?

陈平安没有继续刨根问底,换了个问题:“除了捻芯和化外天魔,前辈府上可还有客人?”

老聋儿点头道:“还有个嗜酒滥赌的伤心人。”

当然还很有钱。

老聋儿问道:“年轻隐官与我索要妖族的修道之法,是家乡那边有妖物,值得栽培?”

陈平安摇头道:“不是什么栽培,多一样自保之法总是好的。”

落魄山上,草木生长皆自然。

老聋儿招了招手,一个玉璞境大妖挪动庞然身躯,靠近剑光栅栏,老聋儿探出手臂,撕扯下一大块鲜血淋漓的肉,放入嘴中慢慢嚼着,好歹身边还有个年轻隐官,便伸手遮掩在嘴边,算是待客之道了。

一起走出牢狱,陈平安开始游历那座尸骸遍地的古战场,老聋儿作为东道主,只好作陪。

老聋儿问道:“隐官大人,剑气长城大战在即,咱俩就这么晃悠悠逛荡下去,就不想着早早收工,返回避暑行宫主持事务?”

陈平安眼帘低垂:“急不来。”

陈平安缓缓抬起眼睛:“其实也不太想去那边。”

坐在那边的每一天,隐官一脉的每位剑修都不轻松,不快意,陈平安当然不会例外。

老大剑仙先前提过一嘴,接下来的战事,避暑行宫就不要插手太多了。要给剑气长城所有剑修,一个无拘无束的出剑机会。他陈清都不会约束,隐官一脉也要少管。陈平安没有异议。

望向前方一座巍峨如山的大妖尸骨,骸骨颜色过于惨白,没有鬼蜮谷莹白尸骨的那种“生气”,如果是被挪到了浩然天下的荒郊野岭,风吹日晒,估计撑不了几年就会风化消逝。简单来说,就是这些大妖尸骸,不值钱了。倒是那些神灵残余金身,看似坚固依旧,依稀给人一种不可摧败之感,金身熠熠,只有一些相较于庞然身躯可以忽略不计的窟窿,只可惜也是假象,所以还是变不成避暑行宫的神仙钱,算不得剑气长城的家底。

老聋儿说这些古老神灵,虽然曾经也算位尊权重,却是大道走至尽头的可怜虫,金身一旦出现腐朽,哪怕仅有一丝一点的瑕疵,都意味着一位神灵正式走向消亡,再无半点逆转的希望。

陈平安说了一个词语——功德。

老聋儿点头道:"这就是三教圣人对后世神灵的补救之法,也是几座天下江山稳固的关键所在。"

先由朝廷敕封、再被儒家书院认可的山水神灵,一直是浩然天下勾连山上山下的重要桥梁,让凡俗夫子与修道之人,不至于时刻处于直面冲突的处境当中。数目众多的地方淫祠,朝廷不管出于何种原因不去追究,儒家书院也少有过问,自然是看中了那些淫祠神祇对一地民俗风情的缝补、劝善之功。

行至一处,神灵极为高大,半截身躯没入云海,不可见全部。

陈平安双膝微曲,骤然发力,拔地而起,去往云海中。他双手笼袖,双袖飘摇,跃出云海,终于得见那尊面容肃穆的神祇。陈平安脚踩在松针、咳雷两飞剑之上,悬在云海上。

陈平安心情凝重起来:"那剑修雨四?"

这尊神灵四周的云海之上,悬浮着一粒粒天然孕育而生的碧绿水珠,凝聚了百余颗之多,水运之浓郁,匪夷所思,分明未曾被炼化,品秩就已经近乎一般水府祠庙出产的水丹,当然无法媲美火龙真人赠送的那瓶蜃泽水丹。但是水珠此物,对于世间任何水神、河婆,以及修行水法的练气士而言,都可谓至宝,关键是得之容易,源源不断,任何宗门,都会垂涎。

只说毗邻蛟龙沟的雨龙宗,若是能够搬去这尊神像,打造为山水大阵的根本枢纽,宗门势力就可以直接提升一个大台阶。

陈平安之所以对这尊神祇心生感应,是觉得与那年轻剑修雨四的气息有些熟悉。

老聋儿站在一旁,点头道:"很有来历。隐官不愧是隐官,剑下不斩无名之敌。"

陈平安无奈道:"小小甲申帐,卧虎藏龙啊。"

老聋儿幸灾乐祸道:"隐官大人接连三战告捷,家乡天下未必敢信啊。"

陈平安问道:"那少年的水牢,就是这些水珠积攒而成?"

老聋儿懒得遮掩这些细枝末节,大大方方承认了。

养龙一事,门槛高,先要找到值得栽培的蛟龙之属,再有一门养龙之术,还得有营造龙湫之法。刚好老聋儿都不缺。

世间每一位飞升境大修士的修行之路,确实都可以出一本极其精彩的志怪小说。

陈平安转头问道："如果是前辈出手，那些妖族修士，是怎么个死法？"

老聋儿随口答道："捻指之事。"

以神气圆满的飞升境修为，对付那些最高不过仙人境的囚犯，老聋儿坐镇小天地，占尽了天时地利人和，还真就是一根手指头捻死的事情。

老聋儿再补充了一句："若有聒噪，骂人求饶之类的，估计会死得慢些，闲来无事，与那个小姑娘学了些掀皮缠筋的手段。"

陈平安自言自语道："在剑气长城待久了，都快忘记剑仙是剑仙，大妖是大妖了。"

犹然记得当年游历北俱芦洲，第一次遇到猿啼山剑仙嵇岳的情景，那叫一个战战兢兢，如履薄冰，一步走错，万劫不复。

更早些，还有在那艘打醮山渡船上，通过镜花水月观战风雷园和正阳山的三场问剑，元婴境李抟景的收官一剑，风采绝伦。

再早一些，是大雨夜借宿古宅，遇到了那头古榆国的中五境"大妖"。

好一个白驹过隙，忽然而已。

陈平安说道："前辈只管收取这份水运，我可以睁一只眼闭一只眼。"

老聋儿当着陈平安的面，撷取了数十粒幽幽碧绿的水珠，以袖中乾坤之法收入囊中，应该都是水运最为饱满充盈的那部分。

然后陈平安就开口讨要了半数水珠，绝大部分都放入养剑葫，只余下三粒水珠，盘腿而坐，正大光明地炼化起来，用的正是埋河水神祠庙外祈雨碑所载的道诀。

这份天地造化，双方对半分账。老聋儿可以接受，所以没有任何犹豫。

老聋儿瞥了眼陈平安这门炼水诀的大致运转路数，赞叹道："隐官大人仅凭这门道法，哪天真要被逼得狗急跳墙了，大可以舍了皮囊不要，拣选一处挨着大渎的江河，转去当个江水正神。"

陈平安依旧闭目凝神，炼化那三粒品秩等同于一般水丹的水珠，速度极快，水府那边如久旱逢甘霖，绿衣童子们忙碌起来，修缮那枚水字印本命物的瑕疵，为几乎沦为白描图案的水府壁画重新添加色彩，干涸见底的小水塘也有了一缕缕源头活水可以补充。

陈平安稍稍分心言语："奉劝前辈别去浩然天下了。"

老聋儿问道："为何？"

陈平安默不作声。

那白发童子出现在神灵肩头，嗤笑道："老聋儿你太会夸人，肯定会被人大卸八块再剁成肉泥的。"

然后白发童子又讥笑道："你这年轻人脑子不够灵光，那老聋儿故意选了些灵气稀薄的水珠，算准了你会开口讨要。云海之上，水珠一直涌现，水运最为充沛的那拨珠子，老聋儿肯定故意次次错过。这么个小傻子，怎么当的隐官，比那萧愻差了十万八千里，难怪剑气长城守不住。”

陈平安置若罔闻。老聋儿更是无动于衷，没解释什么。反正那头化外天魔一旦有隙可乘，动了年轻隐官的心魄，老聋儿不会袖手旁观。

那头来历不明的化外天魔喜怒无常，勃然大怒，愤懑道：“浩然天下的儒家子弟尚且如此奸诈，活该被蛮荒天下的妖族搜刮攫取，好好移风换俗一番！”

陈平安又从养剑葫当中取出些水珠，一一炼化为自身水府的水运。

堂堂五境练气士，只差一步就是中五境的神仙，到底是要比三境修士更加术法通天。

那白发童子似乎察觉到年轻隐官的心境，跳脚大骂道：“臭不要脸的玩意，一个蝼蚁不如的下五境修士，也有脸心满意足？！”

下一刻，童子骤然沉寂下来，重新盘腿而坐，缓缓道：“姓陈的那小子，道心圆满，是可造之才，我这里有五种直通上五境的上乘道法，最最玄妙，你有那五行本命物打底子，学来最是事半功倍，要不要学？我可以发誓，你只要点头答应，绝无任何隐患。不信你可以问老聋儿，我保证你可以极快跻身玉璞境，这桩无本买卖，做不做？！”

陈平安睁眼望去，笑问道：“你觉得自己跟陆沉相比，谁的道法更高？”

那白发童子大笑一声，转瞬之间，神灵肩头便出现了一位头戴莲花冠的年轻道人，微笑不语。

陈平安与老聋儿问道：“这么闹腾，就没人约束？”

老聋儿点头道：“有的。”

一道凌厉剑光转瞬即至，将那“陆沉”击碎，如同冰块被重锤砸烂。

白发童子在极远处凝聚人身，毫发无损，但是身上那件法袍已经破败不堪，他不再开口说话，好像与那剑光主人有过约定。

白发童子瞪了眼远处某地，然后化作一道虹光，去往邻近一座神灵尸骸处，抽剑出鞘，开始“凿山”，将短剑当作锥子，以手掌作为榔头，叮咚作响，一时间碎屑无数，尘土飞扬，终于被他挖出一块栗子大小的金身碎片，攥在手心碾碎，然后随手涂抹在身上法袍上，金光如水流转，宛如活物，自行缝补法袍。

陈平安低声问道：“兵家甲丸的锻造材料，其实是神祇金身的碎片？”

神人承露甲在内的三种兵家甲丸，具体由什么天材地宝锻造而成，在浩然天下各色书籍上并无任何文字记载，以前陈平安也没有向崔东山、魏檗询问。关于金精铜钱的由来，倒是早已确定无误，莲藕福地跻身中等福地之后，除了神仙钱，同样需要大量的金精铜钱。

老聋儿点头道：“兵家甲丸工序复杂，根本之物，确实是金身碎片。”

老大剑仙突然出现在陈平安身边,只是下一刻又被剑光击碎。

然后那个刚挖掘到第二块金身碎片的白发童子,一掠去往牢狱入口处,只是逃到半路,就又被剑光斩得粉碎。

在牢狱那边探头探脑,剑光又至,白发童子只得蹲坐在台阶上,继续以那块巴掌大小的金身碎片缝补身上法袍。

老聋儿笑道:"违约之后,一旬之内,他只能待在牢狱里边了。"

陈平安无奈道:"于我而言,不是更麻烦?能不能劳烦那位剑仙前辈,换一种惩罚法子?"

老聋儿说道:"有酒就行。"

陈平安有些遗憾。来得匆忙,咫尺物当中只剩下两壶酒,不舍得送人。尤其是见识过捻芯后,这两壶酒更不能送。

有那化外天魔的纠缠不休,就当砥砺道心好了。

不承想异象横生,老大剑仙从牢狱当中缓缓走出,手中攥着那头化外天魔的脖颈,拎小鸡崽子似的。再不像面对剑光那般无所谓,白发童子在老大剑仙手中,瑟瑟发抖,十分畏惧。

只是陈平安有些怀疑眼中这幅画面,是不是那化外天魔故意为之的障眼法。

不过很快就确定是老大剑仙,并非什么虚妄假象。因为陈平安的心湖之上,有老大剑仙随手显化的一页纸,上边写明了许多剑仙的安排。陈平安刚看完,那张纸便消融不见。

关于剑气长城剑仙之外的年轻天才剑修,退路如何,老大剑仙早有决断,直接与陈平安摆明了,陈平安曾略作修改,老大剑仙有些答应下来,有些还是拒绝了。

当陈平安看到这张纸后,就越发明确老大剑仙的用意,与自己的猜测相差无几。

三位在城头上刻字的老剑仙,齐廷济大战过后,孑然一身赶赴扶摇洲,太象街齐氏子弟,这位老祖宗,一个都无法带在身边。齐廷济到了扶摇洲,需要在那座山水窟镇守百年,百年之后,随意。若是妖族攻下扶摇洲,齐廷济一样不能投靠蛮荒天下,给自己刨个洞乖乖躲着。

陈熙会死战一场,以兵解之法转世投胎,魂魄被收拢在一盏本命灯当中,被其他剑修带去第五座天下。虽然能够生而知之,依旧需要一位护道人。

至于董三更,不走了。生死都在家乡。

纳兰烧苇一样会兵解离世,本命灯被护道人带去青冥天下,虽说兵解之后,来生修行路阻碍极大,大道成就极难与前生并肩,可总好过身死道消。

老聋儿自己选择了依附于老瞎子,而不是跟随妖族大军去往浩然天下,在十万大山里边担任苦役。

其实道理很简单,怕死。

许多飞升境大修士的惜命,到了匪夷所思的地步,桐叶宗杜懋就是最好的例子,可以不择手段,无所不用其极。

宗门、子嗣、弟子、声誉,皆可舍弃。

至于陆芝,退路都是陈平安帮忙铺的,酡颜夫人、春幡斋邵云岩,都会与陆芝同行。

再联系先前老大剑仙为年轻剑修们安排的归属,陈平安终于确定了一个宗旨。

几乎人人皆要离散。此后就是名副其实的天各一方,那么各自的修为,某种程度上,是为重逢。

例如齐廷济去往扶摇洲,齐狩却是要在倒悬山留步。

陈熙去往第五座天下,但是陈三秋却要游历浩然天下。跟随陈熙同行的高野侯的妹妹高幼清,却是成为浮萍剑湖郦采的嫡传弟子,去往北俱芦洲。

下一场大战,也是剑气长城万年以来的最后一场战争。

不是剑修,无所谓,躲着便是,只是将来的大战尾声,难免会有漏网之鱼的妖族,往城头以北而去,也不是谁都一定能活。

下五境剑修,愿死者死,登上城头厮杀,本事不济,还是会死。可只要能够撑得到最后,就能保住性命和未来大道。

中五境剑修,愿活者活,不能死之人,想死都不行。

唯有上五境剑仙,生死不由己,老大剑仙早有安排。

老大剑仙走出牢狱台阶顶部,将手中拎着的白发童子摔在地上,问道:“活腻歪了?”

那头化外天魔匍匐在地,面对老聋儿和年轻隐官都十分随心所欲的白发童子,此时此刻,竟是只敢摇头不敢言语。

陈清都身边出现一位云遮雾罩不见真容的人物,唯有悬佩长剑,清晰可见。

陈清都说道:“不喝酒就提不起劲,出剑绵软,当是绣花?”

挨训的古怪剑仙一言不发。

陈平安和老聋儿来到老大剑仙眼前。

陈清都将两名少年抓入这座天地,少年都倒地不起,呕吐起来。

陈平安只认识其中一个,是个在剑气长城寂寂无名的三境剑修,出身一般,资质一般,少年在城头上负责分发衣坊法袍和剑坊长剑,也会经常背着受伤剑修离开城头。至于另外那个少年,陈平安全然没有印象。

陈清都与老聋儿和剑仙说道:“你们先带在身边,百年之内侍奉为主,以后随你们喜好。”

老聋儿不敢违抗。那个不见真容的剑仙也没出声。

对两位少年而言，都是一桩天大的造化。

陈清都望向那个趴在地上的化外天魔：“该说话的时候当哑巴了？”

那白发童子赶紧坐起身，大义凛然道：“隐官大人应该心生怨怼，辛辛苦苦为谁忙，比那缝衣人更为他人作嫁衣裳了，这么大的福缘，为何落在两个猪狗不如的小崽子头上。这陈清都好不公道，还当个屁的隐官大人，干脆反了剑气长城，去蛮荒天下谋划一个不输隐官大人的职位，才是大丈夫所为……”

陈平安伸手抚额。

一个莫名其妙就要多出一位剑仙侍者的少年，十分惴惴不安；另外那个会成为老聋儿主人的少年，则神色平静。

那位剑仙摘下佩剑，赠予少年。老聋儿则笑望向那个名义上的主人。

陈清都带着陈平安走向牢狱。

陈清都缓缓道：“如果不是身在此地，现在与你言语之人，就是那头化外天魔了。人生梦复梦。从你收敛心神炼化水珠的那一刻起，就会被乘隙而入。不信？自以为对那头化外天魔足够戒备了？那就试试看。”

陈平安突然停下脚步，祭出本命飞剑笼中雀，然后仿佛骤然间从梦中清醒过来。

陈平安环顾四周，发现自己依旧盘腿而坐，正在炼化水珠。老聋儿依旧笑吟吟站在一旁。珥青蛇、悬短剑的白发童子也还盘腿坐在神灵肩头之上。只是笼中雀那座小天地，并不存在。是虚幻之景。

陈平安如坠冰窟。

天地又变。

身在牢狱底下，初见缝衣人捻芯，她依旧姗姗然施了个万福，只是抬头时，眼神充满了促狭：“我便是假的吗？她便一定是真的吗？”

再下一刻，陈平安与那水牢少年正在对视，那少年站起身，微微一笑：“你确定杀了我，浩然天下便能少去一份灾殃？”

又一瞬间，重返云海，“年轻道士陆沉”站在神灵肩头，微笑道：“贫道道法高不高？”

不等陈平安如何起念，就来到了牢狱入口处，那云遮雾绕不见真容的剑仙，缓缓散去云雾，露出半边脸，言语道：“你就不好奇为何我之形象模糊，是不是因为你心中山巅剑仙面貌之显化？”

一幕幕，不断在陈平安身边浮现，只是多出了些额外言语。

老聋儿站在鹧鸪天那块石碑下，缓缓开口道：“隐官大人，作为文圣嫡传，学问似乎不够高啊。”

牢狱入口处，老大剑仙手中攥着白发童子的脖子，缓缓走到台阶顶部，突然笑道：“你真以为陈清都有此神通？不承想隐官大人内心深处，如此敬仰老大剑仙啊，只是好像脾气不太好?”

两个少年被老大剑仙从剑气长城抓入小天地,其中那个胆小些的少年,蓦然笑道:“原来隐官大人心中的少年郎,便该如此一心向善才是好。”

另外那个少年则摇头道:“不对不对,哪怕少年岁数,也该如我这般沉稳性情,不然活不长久的。”

即便偷偷将心神凝为芥子,去往水府,那些绿衣童子竟然拥簇在水府大门之外,全部是化外天魔的面容。

陈平安越来越头疼欲裂。

摇摇欲坠,重返台阶,陈平安坐下后,祭出本命飞剑笼中雀,却愕然,先前不是已经祭出了吗?

抬头望去,站在台阶下边的陈清都转头说道:“如何?”

陈平安怔怔无言。

“陈清都”微笑道:“看破我是虚幻,你便赢了?你到底有无在牢狱跨出过一步?你确定当真来过剑气长城?你如何知晓,你今天一切,不过是陆沉赠予你的黄粱一梦?你有无可能,还在家乡泥瓶巷?你又如何确定,不是濠梁游鱼在观人?你会不会是某位仙人的入梦观道?”

陈平安闭上眼睛,深吸一口气,狠狠一拳将自己打晕过去。

台阶上,白发童子蹲在一旁,闷闷道:“投机取巧,胜之不武,这小子不过是笃定一点,我不敢太过耽搁他的正经事。”

陈清都笑道:“先解决眼前麻烦事,一直是陈平安的长处。”

老聋儿在旁称赞道:“咱们隐官大人,至少还能够确定自己身在牢狱当中,已经很不容易了。”

白发童子气呼呼道:“我在这里约束太多,不然这小子连那一拳都递不出。”

白发童子试探性问道:“陈清都,你有本事就让我入他梦中?他能醒过来,我就喊老聋儿爷爷!”

陈清都说道:“没本事。”

所以白发童子很识趣,只得打消了念头。

因为陈清都哪怕别的本事没有,却有本事彻底打杀了它这头飞升境剑仙遗留的化外天魔。

缝衣人捻芯浮现在四周,先与陈清都恭敬行礼,然后好奇问道:“老大剑仙为何要如此作为?”

昏迷中的陈平安,似在自行延续梦境。脸色变幻不定,伤感,愤怒,缅怀,释然,悲恸,开怀。

陈清都皱起了眉头。

陈平安先前一拳打晕自己，关系不大，是对的。但是这会儿被外人一拳打醒，可就隐患不小了。

白发童子战战兢兢说道："真与我无关。"

最后陈平安睡梦香甜，沉沉睡去，呼吸无比平稳，仿佛梦到了一个不愿醒来的好梦。

陈清都一把抓住白发童子的头颅，将其提起，沉声道："你去看看，到底什么个情况。"

化外天魔嘀嘀咕咕，然后陈清都加重力道，他突然哀号起来，只得一闪而逝，去往陈平安的梦境当中。

片刻之后，白发童子从梦中离开，无奈道："奇了怪哉，无甚稀奇处啊。就是个小屁孩在小巷蹦蹦跳跳，满脸笑容，然后就变成了个下雪的小院子，没长大多少的孩子在欢天喜地，也是很开心的模样，两个场景，循环反复，雷打不动，反反复复就只有这么两幅画卷而已。"

老聋儿试探性问道："画卷当中，可有旁人？你能否幻化某人，以言语点破梦境？"

白发童子摇头道："难。画卷太过模糊，这里是小天地，与浩然天下本就隔着一座大天下，这小子的家乡，好像又是一座小天地，我也不熟悉这小子的人生，如何做得到？真要动手脚，很容易让他越发深陷其中，到时候就真是神仙难救了。"

刹那之间，陈平安睁开眼睛，猛然坐起身，汗流浃背。

陈清都松了口气，问道："怎么退出梦境的？"

陈平安默不作声。

陈清都摇摇头，叹息道："以后跻身上五境有多难，你应该心中有数了。"

陈平安点点头，擦去额头汗水。

陈清都望向那头化外天魔，后者立即保证道："这小子以后就是我爷爷，我保证不乱来。"

陈清都带着老聋儿和捻芯一起离去，白发童子也不敢久留，担心心情不好的陈清都迁怒于自己，所以最后只留下陈平安一个。

陈平安在他们离去后，才笑了起来。

做了个好梦，梦境的最后，梦见了有人作揖，有人同时还礼，所以前者并不知晓。

是少年时候的自己，当时还背着个大箩筐。齐先生与他作揖还礼后，微笑言语，与师弟道别。

陈平安可不记得有这么回事，只知道当年自己确实与齐先生作揖致谢。

不是好梦是什么。

陈平安坐在台阶上，卷起裤管，脱了靴子，放入白玉咫尺物当中。

其余两件咫尺物，晏溟暂借给自己的那件，已经被送往丹坊请高人修缮，剩下一件道家令牌咫尺物，是用藻井与彩雀府府主孙清换来的，当时还额外挣了三十枚谷雨钱，天底下的生意人如果都如彩雀府这么爽利，别说是背着一座藻井跑路，陈平安就算背栋宅子都没怨言，当然宅子能像春幡斋、梅花园子这般被炼化为盆景，更是多多益善。

那件与青冥天下孙道人有些渊源的咫尺物，已经托阿良转交给了道家圣人。

当下陈平安身上这件咫尺物，走过一趟敬剑阁，收拢所有剑仙挂像之后，咫尺物就被老大剑仙讨要了过去，等到归还之时，已经设置了一道隐秘禁制，连身为主人的陈平安都无法打开，不知道老大剑仙的葫芦里到底卖的什么药。

陈平安沿着脚下这条名副其实的“神道”，独自去往牢狱底部，轻轻卷起袖子。

人身小天地，天地大人身。这个说法，确实不可以简单以道家笼统语视之。

这座连个名字都没有的牢狱，连同六个上五境大妖，关押着总计七十个妖族修士，撇开水牢少年在内的三个下五境不谈，地仙修士居多，皆是凶悍之辈，搁在蛮荒天下或是浩然天下，想必都是雄踞一方的豪杰角色，他们无一例外，都在战场上杀过剑修，甚至大多不止毁掉一把本命飞剑。

陈平安一路行去，大概是没了老聋儿压阵，几个原先沉寂躲避的上五境大妖，纷纷从牢笼雾障中现出身形，靠近剑光栅栏，或真身或人形，打量起了这个青衫光脚卷袖，还会说蛮荒天下大雅言的年轻人。

有一个化作人形的大妖站在牢笼栅栏附近，中年男子模样，施展了障眼法，青衫长褂，相貌十分清雅，宛如书生，腰间别有一支竹笛，皎皎然，似有千古月色盘桓不愿离去。他以手指轻轻叩击一条剑光，肌肤与剑光相抵触，瞬间血肉模糊，滋滋作响，泛起一股绝无荤腥的古怪清香，他笑问道：“年轻人，剑气长城是不是守不住了？”

陈平安停下脚步，隔着剑光栅栏与大妖对视，点头道：“对于我们而言，都不是什么好消息。”

按照避暑行宫的记载，这个大妖化名云卿，真身是一只彩鸾，其羽是炼制道家羽衣的绝佳之物，故而大妖跻身上五境之时，天然拥有一件相当于半仙兵品秩的法袍。只是大妖云卿的羽毛，孕育极慢，在此被关押七百年，丹坊不过收集了七根，陆陆续续卖给了三座道家宗门。

大妖云卿笑问道：“岳青死了没有？绶臣可曾跻身上五境？”

陈平安如实答道：“岳青没死。绶臣已是你们蛮荒天下最年轻的剑仙。”

云卿点点头，道了一声谢，身形重新没入浓郁雾障，似有一声叹息。

经过下一座牢笼，那头现出真身的大妖疯狂撞击剑光栅栏，后者坚固不可摧，牢内云雾翻摇，大妖徒劳无功，只是掀起了一股皮开肉绽的腥风血雨。

大鳅在泥，以蛟龙之属为食，以求化龙。

陈平安问道："你们水族化龙一途，有无捷径诀窍？就像那天狐证道，只要天师府天师钤印在狐皮上，就可躲开天劫。"

许多鬼魅阴物过江、上山，需要与阴德庇护之人结伴而行，就有机会躲过各地辖境的神灵追责。世间不知多少鬼物阴灵，被山水阻隔归途、去路。不但如此，传闻还有许多蛟龙之属，走江一事，功亏一篑，就会手段迭出，寻找各种庇护之地，印章玉玺，甚至隐匿于某本圣贤书的两行文字当中。只是有些事情，陈平安曾亲眼相见、亲临其境，更多好似志怪传闻的说法，却不曾有机会验证。

大妖骤然安静下来，缓缓化作人形，是个面目枯槁的老叟。"小崽子，拿一斤鲜血来换！"

陈平安说道："半斤。"

大妖本以为就是个逗乐解闷，不承想这个年轻人脑子进水，还真讨价还价起来了？

老叟双手攥紧剑光栅栏，双眼神采奕奕，放声大笑道："看你这小崽子，年纪不大，也是个气血不俗的，心头精血，只需三钱。五脏六腑粘连着魂魄道路的鲜血，八钱。寻常鲜血，最少一斤！痛痛快快给了，爷爷我就传你一道价值连城的仙家口诀，莫说是蛟龙后裔，只需水族精怪，皆可化龙无碍。"

陈平安始终安静无言，站在原地，等了片刻，等到那个大妖流露出些许惊讶神色，这才说道："曳落河秘传的那道开门术，就这么小打小闹吗？我见识过你家主子的手段，可不止这点本事。"

眼前这头只隔着一道栅栏的大妖，其实已经悄然施展了神通，算是一门极为上乘的水鬼拖曳之法，精怪鬼魅以视线推敲心扉，心稍稍动，则五脏六腑皆摇，魂魄被摄，沦为傀儡。那条曳落河，是蛮荒天下当之无愧的大水之域，水族精怪势大。

大泽江河的某些水鬼、水仙之流，喜好施展阴毒的"替代换命之法"，拖人下水，颠倒阴阳，多用此道蛊惑人心。所以世上多有临水之人，一旦阳气不足、祖荫不够，加上运道不济，莫名其妙便会自己投了水。

老叟收起受伤的双手，伤痕以极快速度痊愈，被剑光烧灼出来的血雾，不曾丝毫泄露到牢笼外，老叟嗤笑道："若非禁制使然，嗅了一丝血气，你小子这会儿已经躺在地上欲仙欲死了。"

陈平安说道："若非我不是剑仙，这会儿我已经吃上一锅泥鳅炖豆腐了。水参大补，还可醒酒。"

老叟脸色阴沉。

大妖在蛮荒天下化名清秋，与青鳅谐音，白瞎了清秋这么个好名字。

陈平安问道："到底做不做买卖了？"

老叟摇身一变，牢内腥味翻摇，大妖现出真身，一双眼眸大如灯笼，巨大头颅贴近剑光栅栏，居高临下，死死盯住这个口无遮拦的年轻人。

陈平安转身就走。

大妖清秋说道："做了，爷爷口渴，先来半斤鲜血解解馋！若是滋味好，爷爷就与你取剩下半斤，再与你说那化龙躲灾的捷径之法。"

只见陈平安点点头，继续前行。

大妖清秋以头撞栅栏，怒道："竖子安敢戏耍你家老祖！"

陈平安转过头说道："回头我让老聋儿来取你的三钱心头精血。你记得好好酝酿措辞说法，别诓我。先前说了半斤寻常鲜血，你还不答应，我就不明白了，有你这么做买卖的吗？"

陈平安远去之后，老聋儿笑呵呵站在大妖清秋牢外，身边还带着那个浑浑噩噩的少年。少年名为幽郁，名字古怪，据说是少年的传道人，早年在小巷观碑见字，随便取的。另外那个少年则名叫杜山阴。这两个相互间并不认识的少年，对待年轻隐官的态度截然不同，前者对隐官大人敬而远之，后者极其想要成为隐官这样的大人物，做梦都想。

与那光脚徒步而行的年轻人打交道，仙人境大妖清秋十分"随性"，见着了老聋儿之后，便立即退入云雾迷障当中。

老聋儿瞥了眼牢内云雾，点头道："原来这泥鳅还有水中参的说法，能够醒酒，又学到了。"

幽郁轻声道："隐官大人，学问很大。"

老聋儿笑道："更记仇。你以后别惹这种读书人。"

王座大妖仰止，旧曳落河主人，正是大妖清秋的主人，那个老婆娘曾在战场上虐杀了一位姓岳的南游剑仙，让隐官在剑气长城身陷被剑修戳脊梁骨的处境。所以年轻隐官先前与那大妖云卿，十分客气，等到见着了曳落河四大凶之一的这条泥鳅，就开始算账了，先收点利息，能挣一点是一点。

幽郁忐忑道："聋儿爷爷，我见着了隐官大人，都不敢说话，哪会招惹那么一个好似在天上的人物，万万不敢的。何况隐官大人为了剑气长城殚精竭虑，我很敬重。这会儿还后悔胆子太小，没能与他说上句话。"

剑气长城，只说最年轻一辈，每个人眼中的年轻隐官，可能都不一样。

例如姜匀、元造化这些练拳的武夫坯子；在街巷拐角处听二掌柜说山水故事的贫寒孩子；孙藻这样没见过年轻隐官，却听到耳朵起茧子的年幼剑修；再加上幽郁、杜山阴这些年纪不大，却已经可以去城头出剑杀妖的少年少女。

老聋儿说道："福祸临头汹汹然，没什么敢不敢的。"

幽郁使劲点头："记下了。"

老聋儿笑道："不知老大剑仙是怎么想的，就该与那野心勃勃的杜山阴换一换，你去与那酒鬼为伍，应该性情投缘，说不定以后造化就大了。"

幽郁神色黯然，自己的根骨与性情，都太过不堪，应该是让老聋儿前辈失望了。

陈平安还是走走停停，不急不缓，仿佛游山逛水。

那头七尾狐魅手段尽出，在年轻隐官过路之时，短短时间便变换了数种模样，以本来容貌外加障眼法，或是春光乍泄的丰腴妇人，或是淡抹胭脂的妙龄少女，或是娇俏小尼姑，或是神色清冷的女冠妇人，最后甚至连那性别都模糊了，变作清秀少年。她见陈平安只是脚步不停，便干脆褪去了衣裳，裸露了身躯，美若玉人，跪坐在剑光栅栏那边抽泣起来，以求青睐。

陈平安没有理睬，心如止水，作枯骨观。

狐魅犹不死心，等到那个铁石心肠的年轻人侧对牢笼，她一个前扑，双手撑地，嗓音柔腻，如泣如诉，背脊一线，犹如山峦起伏。

陈平安径直远去。走到了倒数第四座囚牢，里面关着一个龙门境修士，擅长隐匿气机，撒手锏是两件皆可束缚飞剑的本命物，是个喜好在战场上虐杀剑修的狠货色。

其实对于这种作为，陈平安谈不上太多喜恶，剑气长城这边，数位剑仙，还有那纳兰彩焕、齐狩，都是出了名的出手狠辣。只不过按照隐官一脉的档案记载，这个出身蛮荒天下大宗门的龙门境修士，在家乡那边，在妖族里边都能以暴虐出名，尤其嗜好购买蛮荒天下被视为"杂种"的修士，还曾与大妖重光所在山头购买过数位女子剑修俘虏，下场如何，可以想象。

陈平安轻声道："捻芯前辈，帮忙开门。"

牢狱禁制，陈平安知道秘术，却打不开。

女子缝衣人捻芯浮现出身形，剑光栅栏瞬间消失。

陈平安走上前，发现捻芯没有要离开的意思。陈平安站在门口，背对惨不忍睹的捻芯，正要说话，捻芯说道："隐官大人是不是过于高估自己了？还是说碍于颜面，不希望外人瞧见一位儒家门生的残虐手段？没必要。"

陈平安点点头，又卷了一层袖管。

约莫一炷香后，捻芯望向那个蹲在地上的背影。那个龙门境妖族，只剩下一颗头颅还很齐全，脖颈之下，皆烂泥一摊，又不致死，皮肉筋骨魂魄，层层递进，手法悠悠然。

看来年轻隐官在习武一途，很是吃过苦头，极有"久病成医，行家里手"的意思，以至于连那体魄、心智皆足够坚韧的龙门境妖族，都在哀求"杀我杀我"。

陈平安只是剐出了那个妖族的一颗眼珠子，轻轻捏碎，手指在对方额头上擦拭了几下，问道：“这妖族幻化出来的人形，是不是各有各的细微差异？”

捻芯点头道：“不单单是妖族化人有差异，便是我们，研习天下道法，同源不同流，分化出万千支流，能够被誉为‘正宗通天’之法的，都是可以尽可能忽略掉岔路岔流的影响，旁门左道次之，邪道魔道又次之，都可登山，难易不同，高下有别，越是正宗，越能精准把握住人身这座洞天福地的脉络，绕路越少。理由再简单不过，道路宽大，灵气沛然流淌，车水马龙，如同行军，气势就大。若是羊肠小道，崎岖险峻，灵气运转终究有限。只是事无绝对，惊才绝艳之辈，不受此理拘束，小道依旧可登顶。”

陈平安伸出一根手指，抵住那个妖族的额头眉心处，轻轻向下一划，如刀割过，然后轻轻拨开面皮。

捻芯见陈平安动作轻缓且极稳，关键是心境不起半点涟漪，无怨怼，无悲喜，简直就是天生的缝衣人和剑者绝佳人选。

浩然天下罗列出来的十种修士，其中剑者与缝衣人，有诸多异曲同工之妙。

捻芯提醒道：“杀这种体魄孱弱的龙门境，没资格让我动手缝衣。”

陈平安点头道：“知道。只是热热手，因为打算与捻芯前辈学一学缝衣术。”

捻芯摇头道：“奉劝隐官大人不要轻易涉及此道，否则只会被天地憎恶，妨碍大道。武夫成神，剑修登天，才是一位隐官该走的阳关大道。”

陈平安一指戳入妖族修士额头，起身缓缓道：“术法无忌，心定即可。恶人自有恶人磨，恶人只有恶人磨，一字之差，两个说法，前者太无奈，后者太绝对，我觉得都不太对。”

捻芯默然。

陈平安走出牢狱，去往下一处牢笼。

按照避暑行宫档案记载，随心所欲出拳而已。

不同的手法，唯一的相同处，就是会先自报名号——浩然天下，陈平安。

捻芯一直跟在陈平安身后，从头到尾旁观整个过程。

毙命的地仙妖族，捻芯会打开腰悬的绣袋，取出不同的细针、短刀，处理尸体，陈平安就站在一旁观摩。

捻芯的阴神出窍，十分诡谲，阴神已经小若芥子，细微不可见，还要手持一根更小的本命物绣花针。

陈平安在面对一个金丹境兵家妖族的时候，任由对方全力出手，全不还手。

与一个金丹境剑修对峙的时候，捻芯惊讶地发现年轻隐官凭空消失，似乎隔绝出了一座小天地。

撤掉飞剑的本命神通后，陈平安在看捻芯处理尸体的时候，问道：“捻芯前辈，缝衣人在内的那十种练气士，前辈亲眼见识过几种？”

捻芯手上动作不停，娴熟拣选筋髓，抽筋敲骨，行云流水，只是与赏心悦目关系不大。

捻芯与陈平安说了些避暑行宫都没有文字记载的秘事。那些携带龙王篓捕捉疲蛟、窃取水运的南海独骑郎，它们所侍奉的君主，是一头与外姓大天师火龙真人交过手的大妖，就连实力略胜一筹的火龙真人，叩关十年，都无法破开海底那座名为渌水坑的上古山水大阵。传闻那座遗址，曾是远古水神的主要行宫之一。

陈平安听到这里，说道："火龙真人确实是一位当之无愧的世外高人。"

捻芯没有抬头，随口问道："隐官大人与火龙真人见过？"

她正在"雕琢"禁锢住那颗被年轻隐官剖开胸膛的心脏，以及一颗悬在旁边的妖族金丹。

捻芯的细微阴神，在穿针引线。

陈平安嗯了一声。

捻芯抬起头，停下手上动作："火龙真人，正是杀我师父之人。"

陈平安没有接话："劳烦前辈继续。浩然天下的过往恩仇，我不感兴趣。"

捻芯视线犹在陈平安身上，她的眼神越发炙热几分。

陈平安认命，当然不能只许自己与大妖清秋讨债，也要容得捻芯在自己身上算账。

捻芯继续说那些古怪事。

兴许是久居牢狱数百年，难得遇到个大活人，这位缝衣人并不吝啬言语。

那些炼化坟茔古墓、引发阴兵过境的"过客"，境界高者，一旦扯开本命幡子，孤注一掷，能够改天换地，将千里之地直接变成阴冥之所。

还有那艳尸，媚术犹胜狐魅，半人半鬼，神仙难察觉，最是喜欢淫乱宫闱。只是艳尸极少现身，但是每次行踪败露之前，注定会在史书上留下许多事迹。

又有那山上的采花贼，专门捕杀草木花卉精魅，炼化为丹药。十二花炼小丹，若是捕捉到了一百零八头花木精怪，便炼为大丹，手段极为歹毒，功效却又惊人，与那百花福地是生死大敌。相传采花贼这一脉的开山鼻祖，与那百花福地的天下花主曾有一桩隐晦情仇。许多道貌岸然的谱牒仙师，名义上铲除，实则收为供奉，财源广开，日进斗金。

陈平安听到这里，好奇问道："百花福地的那些神女，当真有远古花卉真灵，夹杂其中？"

因为想起了骸骨滩壁画城的天官神女。

捻芯点头道："我曾经抓到过一个元婴境的采花贼，拿去百花福地，换来了一件关键法宝。可以确定那四位命主花神，确实岁月悠久，反而是福地花主，属于后来者居上。"

说到这里，捻芯瞥了眼陈平安："归功于读书人的传世诗篇。"

陈平安微笑道:“吟诗行文,一向是我不擅长之事,看来注定与百花福地无缘了。”

捻芯说了句不合时宜的言语:“你确定能够活着回到浩然天下?”

陈平安说道:“争取。”

捻芯继续说那瘟神,其实谈不上太过纯粹的正邪,天生的可怜人,神憎鬼厌之物,被大道压胜,几乎人人命不由已。要么被正道练气士关押,一辈子与世隔绝,要么从小就被邪道修士豢养起来,作为傀儡帮凶,小则威胁朝廷官府,充当摇钱树,一旦被丢到战场上,杀力极大,后患无穷,瘟疫蔓延,生灵涂炭,百年之内寸草不生,瘴气横生。

还有那鸠仙,顾名思义,擅长鸠占鹊巢,世间任何练气士,都可以被他们拿来当作鹊巢,将芥子念头如种子般根植于他人心窍,神不知鬼不觉。

犹有一种渡师,擅自往来于阳间阴冥,最是隐秘。

还有那讨债鬼,专门针对那些市井乡野村落的痴傻之人,能够将业障转嫁给敌对之人,还会偷偷收拢家族、寺庙的香火。

最后是那卖镜人,游历四方,专门捕捉、炼化凡夫俗子的影子,肆意拘人魂魄,定人命数,削人福缘化为已用。

关于卖镜人,捻芯还说了个不知真假的传闻。浩然天下历史上曾经有位天赋异禀的卖镜人,试图将那荧荧明月炼化为开妆镜。一旦做成了,一座天下,无论是凡夫俗子还是修道之人,皆要仰视“镜面”,后果可想而知。

听完了这些稀奇古怪的山上内幕,陈平安轻声感慨道:“得道之人,寿命长久,只要愿意四处走动,缩地山河,总有见不完的奇人怪事。”

双方言谈之间,陈平安也见识到了捻芯的本命物,是她那尊阴神所持有的十根绣花针,有极其纤细的七彩莹光拖曳在针尾处,刚好分别针对三魂七魄。

捻芯做完了手头事,出窍阴神返回,起身说道:“我粗略算了一下,六十多个妖族,如果你都能杀了,我可以为你缝补三十二处,你是纯粹武夫,故而手心掌纹、手背、五指,皆要大动。面目窍穴,以一双眼珠为主,心口自然是重头戏,我会以针线贯穿,绞心一番,可能耗时会有点久,背部以脊柱为主,在剥皮之后,我要将整条脊柱扯出寸余高度,这些倒还好说,三魂七魄,才是关键,而且缝补穿衣之后,才是真正吃苦的开始。事先说好,以上五境大妖作嫁衣裳,你境界不够高,意外就会多些,三魂七魄皆点灯,莫说是出拳、走动,便是稍稍心动,灯芯一晃,就要心神不定。”

说到这里,捻芯扯了扯嘴角:“不过隐官大人先前有‘心定’一说,想来应该是不怕的。”

陈平安面无表情。

捻芯点点头,年纪不大,胆子不小。

然后只见陈平安拿起养剑葫,喝了一大口酒。

陈平安与捻芯走到一处牢笼，一个中年男子盘腿而坐，呼吸几无，枯瘦如柴，皮包骨头，但是拳意昂然，丝丝缕缕凝为实质的拳意，如无数细小蛟龙，盘踞于人身山脉。货真价实的远游境。

在陈平安来到剑气长城之前的战事当中，这个蛮荒天下的纯粹武夫拳杀剑修六人，其中地仙剑修一人。

男人睁开眼睛，问道："杀我来了？"

陈平安点头。

男人瞥了眼陈平安身后的缝衣人捻芯，淡然道："自取头颅。"

那个人不人鬼不鬼的丑婆娘，他自知不敌，女子手段阴狠，害他遭过不少罪。

陈平安说道："问拳一场，分出生死。"

男人讥笑道："一个剑气长城的纯粹武夫，要拿我当磨刀石？我怕一拳下去，你就要抱着那个娘们的腰肢喊疼。哈哈，可惜这娘们的模样，实在不算俏。"

陈平安说道："捻芯前辈，关上牢门。等死了一个，再打开。"

捻芯关上大门，出现了一道道剑光栅栏，牢笼之内，是两名武夫。

男人站起身："倒是爽利。"

陈平安抱拳道："浩然天下，陈平安。"

男人微愣，抱拳道："蛮荒天下金溪城虹饮。"

一个远游境，一个金身境瓶颈，几乎同时出拳。牢笼之内，拳罡汹涌。转瞬之间便相互递出十数拳，陈平安多是以拳脚消解对方拳路，守多攻少，最终被虹饮一腿扫中腰部，双脚依旧扎根大地，只是横移出去一丈有余。虹饮一脚蹬地，欺身而近，却被陈平安侧身，一脚抬起，屈膝蹬中腹部，力道更换，竟是直接一腿将其压在地上。

陈平安没有顺势追击，反而后撤两步，单手负后，一手变拳为掌，放在身前。拳架微微下沉，一身拳意却在缓缓抬升。

并无大碍的虹饮一掌拍地，翻转起身，问道："这是收手了？"

陈平安说道："我知道你的根脚，你却不知我的底细，所以由着你试探一番，从现在起，再让你出百拳，试我拳轻拳重，在那之后……"

虹饮拧转手腕，脊骨和肋骨在内的全身关节，如鳌鱼翻背，拳罡炸开，神意倾泻。

先前出拳换招，确实心存试探，此时虹饮笑道："你这说法，真要有底气的话，得是九境才行。"

虹饮只听说浩然天下的纯粹武夫，受限于先天体魄的缘故，都是些纸糊货色。

陈平安摇头道："我尚未远游境。不过在战场上，杀了侯夔门，就是代价不小，以至于到现在还没有完全痊愈。但是和你直说，我与人对敌，受伤不受伤，从来无碍。"

虹饮缓缓而行，陈平安只是站在原地，就连视线都没有偏移，任由虹饮走出一条距离不长的弧形路线。

虹饮作为极为强势的远游境，自然听说过那个穿着打扮十分花哨的侯夔门。虹饮不曾见过侯夔门，只是有所耳闻，侯夔门喜好披挂鲜红甲胄，头戴凤翅紫金冠，两根翎子极长，全身上下，皆是重宝。所以虹饮心中对侯夔门颇不以为然，身为纯粹武夫，就该身无外物，唯有双拳而已，比如眼前这个光脚卷袖的年轻人，清清爽爽，很纯粹。

虹饮问道："浩然天下武夫的捉对厮杀，难不成都像你这样，还得先说明白了再出手？有这古怪讲究？"

陈平安摇头道："只是让你在死前出拳痛快些。"

停顿片刻，陈平安还是坦诚相待："你太久没有出手，拳脚生疏，心中又太过顾忌牢笼外的女子，拳意远远未至巅峰。我随便几拳打死你，有何意义。"

虹饮不再言语。

武夫问拳，道理大小，只看拳头重不重，拳法高不高。

此后百拳之内，虹饮出拳迅猛，气势如鲸吞饮虹，无愧名字。

一记膝撞砸中陈平安胸膛，陈平安倒滑出去十数步，仅是摆出一个拳架却未出拳，一条脊柱如龙脉大震，便卸去了所有劲道。

虹饮一拳同时狠狠捶中陈平安肩头，趁着陈平安身形倾斜、拳意微滞的间隙，虹饮自身拳意暴涨，贴身一撞，打得陈平安差点撞到了剑光栅栏上。但是陈平安的眼神、脸色，以至于拳意，近乎死寂，纹丝不动。

虹饮最后一腿扫中陈平安脖颈，打得陈平安身形倒转几圈，最后竟是一掌撑在地上，头朝地脚朝天，身形静止不动，紧闭双目，左手则在身前掐剑诀。

百拳之中的最后数拳，虹饮身形拧转，长臂挥动，打得陈平安横飞出去。陈平安气沉下坠，双指点地，几次翻转，皆是如此，不断更换落地位置，刚好躲过了虹饮扑杀而至的数拳，最后飘然站定，刚好位于虹饮和捻芯之间的那条直线之上。

切磋百拳，已经结束，虹饮不是不想着瞬间分出生死，而是武夫的直觉，让他不敢再随便近身陈平安。

虹饮停下脚步，大感意外，捻芯也十分好奇。

捻芯作为金甲洲半个野修出身的练气士，行走四方数百年，又是专门寻觅好"绸缎"的缝衣人，对于浩然天下的纯粹武夫很不陌生，便是与九境武夫，也有过一场狭路相逢的急促厮杀。

什么时候一个不过三十来岁的年轻人，就有此宗师气度了？而且捻芯见过的远游境武夫和山巅境大宗师，大多气势凌人，即便神华内敛，拳意得法，返璞归真，可一旦出拳厮杀，亦是山崩地裂的豪杰气概，绝无陈平安这种出拳的……散淡、从容。

此后双方问拳，捻芯发现一些端倪，陈平安的选择更是古怪，好似改变了主意。

虹饮打得十分酣畅淋漓，陈平安依旧是点到为止，只是躲避极少，以格挡为主。

约莫半炷香后，虹饮蓦然收拳，疑惑道："我已换了两口武夫真气，你始终是以一气对敌?"

陈平安用拇指擦拭掉嘴角血迹，答非所问："我过两天再来找你切磋。"

虹饮摇摇头，深吸一口气，沉声道："瞧不起金溪城虹饮就算了，武夫技不如人，当不起敌手敬佩，可你陈平安难不成瞧不起武夫?!"

陈平安沉默片刻，点头道："前辈有理。"

陈平安终于换了口纯粹真气，外在拳架看似松垮，猿猴之形，内里校大龙，以种秋"顶峰"拳架撑起，直接以神人擂鼓式起手。

武夫虹饮，临死之前，神色如那挂钩之鱼，忽得解脱。

老规矩，捻芯收尸。只是这次陈平安却没有旁观，只是坐在了牢笼外边，喝了口酒。

诸多缝衣手段，早已烂熟于心，捻芯反而像是闲来无事，问道："怎么练出此拳的?"

陈平安背对牢笼，缓缓道："教我拳法之人，不喜说拳理，只有寥寥几句，其中有一语，一直不敢忘。'我拳在天，身前无人。'"

捻芯点头道："那位武夫，好大的气魄。"

在那之后，陈平安去了下一座囚牢，关押的妖族是一个金丹境瓶颈剑修。

这个金丹境瓶颈剑修来自一座剑宗，剑宗名为峥嵘宗。

蛮荒天下以剑修作为立身之本的宗门屈指可数，与浩然天下迥异，不是随便一位上五境剑仙就能够在蛮荒天下开宗立派的，宗门旗帜，就算立得起，也撑不住。蛮荒天下大妖横行，肆无忌惮，对剑修宗门最为反感，拍上一巴掌，踩上几脚，剑仙、剑修毕竟最金贵，所以大妖不杀人，只祸害山水大阵，一来二去，谁经得起这么折腾。因此，蛮荒天下的每座剑修宗门，只要熬得过草创之初的那百年岁月，皆是极其强横的山头势力。

按照避暑行宫的秘档，峥嵘宗曾有剑气长城的剑仙隐匿其中，后来剑仙身份败露，惨遭围杀，峥嵘宗以数种阴毒秘法，拘押剑仙魂魄，强行索要练剑之法，最后剑仙还被炼化为一具灵智残存些许，却依旧只能听命于他人的傀儡，曾在攻城战中现身，被晏家首席供奉李退密一剑斩杀，获得解脱。

让捻芯打开牢笼大门后，陈平安自报名号，只说"问剑"二字，便祭出了笼中雀。不承想那位金丹境瓶颈剑修，竟然直接跪地不起，言之凿凿，愿立下重誓效忠陈平安，换取活命。见陈平安无动于衷，这名剑修更是果决，愿折损大道根本，剥离那把本命飞剑，赠给陈平安，只求继续在这牢笼当中苟延残喘。

这名峥嵘宗祖师堂嫡传剑修，在战场厮杀出剑极为捉摸不定，一把本命飞剑天籁兼具两种本命神通，飞剑所过之地，不见飞剑，只有极其细微的蚊蝇之声。蚊蝇振翅声，在人之耳畔响起，犹然动静不小，在人之气府窍穴当中剧烈颤鸣，自然更是响若震雷的巨大杀力，而且飞剑的震雷之声，天然蕴含五雷真意。最让人防不胜防的地方，还在于敌人察觉飞剑，需听音辨位，但是一旦听闻声响，飞剑就会更加迅速掠入剑修体魄。剑气一动，人身小天地之内，顿时风雷云雨皆作。

正因为这名妖族剑修的飞剑实在太过有悖常理，才被剑气长城两位剑仙专门针对，得以将其拘押到牢狱当中。

陈平安得了那把天籁之后，收起了飞剑笼中雀。关于峥嵘宗的练剑秘法，避暑行宫有些记载，只是陈平安又问了一遍，查漏补缺不少。

陈平安与捻芯对视一眼，捻芯立即心领神会，步入牢狱。同时一尊小巧玲珑的阴神出窍远游，手持十根拖曳光彩各异的绣花针。

得知自己必死的剑修大恨，对陈平安咒骂不已。

捻芯比较满意，先前与虹饮问拳，武夫虹饮死得太过如愿，对陈平安怨怼太少，反而不是什么好事。

捻芯的缝衣之法，不止涉及三魂七魄，更能收拢怨气。

陈平安站在大门口，又喝了口酒，抿了一小口，十分节俭。总不能等到真正吃大苦头的时候，反而喝不上酒。

捻芯摆弄着那颗剑修金丹，随口说道："在其位谋其政，总不能事事顺心。"

陈平安摇头道："这些事情早就想开了，在剑气长城杀妖，哪里需要理由。是不是隐官，都是一样的。不舒心的，只是自己境界太低，如今对上任何一头王座大妖，就是个死。且不说他们，对峙一位元婴境剑修，就极其吃力。对上一位剑仙，更是必死无疑。成为剑仙，实在太难。"

捻芯笑道："年纪轻轻就是五境剑修，我看不太难。"

陈平安哑然。缝衣人难得说笑话，实在冷得瘆人。

先前老聋儿与那泥鳅精要了三钱精血，年轻隐官陈平安做起买卖来，不是人。

老聋儿还与那个曳落河晚辈多要了几斤血肉，反正身边收了个所谓的主人少年郎，看样子也是个会做饭烧菜的，有那一壶好酒，再来一锅陈平安所谓的泥鳅炖豆腐，真是神仙日子。至于憨厚少年的主人头衔，老聋儿会当真？真当自己是吃斋念佛出来的飞升境？

老大剑仙如此作为，不过是给了幽郁一桩机缘，至多就是一张护身符罢了，少年只要自己没本事接住机缘，百年期限一过，生死明了至极。换成是那一身机灵劲儿的杜山阴，老聋儿现在就可以想好如何处置百年后的杜山阴，所以说这就叫傻人有傻福，幽郁这孩子实在太笨,老聋儿反而不好意思动手,因为无甚趣味。而幽郁对主仆身份更不当真,便是少年的真正活路所在。所以说多读书还是好事,如陈平安亲口所说,千万别把一个飞升境不当大妖。

幽郁被老聋儿一把抓住肩头,离开了让他近乎窒息的地牢,绕行几座妖族尸骸和神灵残破金身,视线所及,是一处给他带来祥和心境的风水宝地,溪水潺潺,溪畔茅屋前搭建起巨大葡萄架,翠荫葱茏,广覆亩地,行于丛绿中,衣袂皆要作碧色。

幽郁每一次呼吸,都觉得心旷神怡,那是一种灵气与剑气仿佛都被洗练过的玄妙感觉,可以让人直接跳过炼气环节,越是如此,有些拘谨的幽郁便越是不敢大口呼吸。终究是登门拜访的客人,他不敢造次。

老聋儿笑道:"只管吐纳导引,根本不差你这几口灵气。小鱼游弋江水中,还能喝得江水干涸不成。"

老聋儿停下脚步:"主人还没回来,我们稍等片刻。"

幽郁使劲点头,十分紧张。因为身边前辈跟他说过那位剑仙的身份——刑官。一个在剑气长城历史上消失许多年的古老官职,与隐官是一个层次。

聋儿老前辈没有细说,只讲那位刑官剑仙,自己愧疚,觉得无面目示人。

另外一个方向,两人沿着溪畔缓缓走来,正是那个不见面貌的剑仙与少年杜山阴。

杜山阴腰间系挂着几只银色丝线编制而成的小袋子,袋子透露出金光,灿若朝霞。

老聋儿笑道:"难怪。"

在这座天地,大妖与神祇两种尸骸,俱是在不可见的光阴长河中,尸骨不断腐朽、销蚀、剥落,但是那些神灵金身,偶尔会有些意外,例如一堆堆的金沙,更稀罕的,便是一块块金身碎片。陈平安先前游历,就是运道不佳,一处都未瞧见,反倒是少年杜山阴,跟随剑仙游历一趟,满载而归。

那位剑仙,绝对不会有主动打烂神灵尸骸的主意,每天只是等着天上掉钱,然后弯腰捡钱。想必此次带着杜山阴远游,也是要看看少年的运道如何。

溪边有女子在青石砧板上捣衣,以杵击衣,杜山阴喊了一声,女子蓦然抬头,姿容光彩,美艳不可方物。

杜山阴恍然失神,有浣纱小鬟,手挽竹篮,立于捣衣女子一旁,明眸带笑,见杜山阴痴然状,笑得愈加不可抑制。

剑仙刑官与老聋儿点了点头。老聋儿这才带着幽郁走向那葡萄架。

葡萄架下,高低不一,悬停了一只只精美瓷杯,似乎在等待葡萄坠入杯中。

五彩十二月花神酒杯,绘有十二位婀娜女子,写有十二篇应景诗。

老聋儿笑道:"在浩然天下,除了女子花神,其实还有十二位男子花神,都是百花福地的功臣与宠儿啊。多是仙人、文豪,因缘际会之下,有感而发,为某种花卉,写出了名垂青史的惊艳诗篇。阿良泄露过天机，说这些千古名篇的诞生，也不全是妙手偶得，少不了花神姑娘们的推波助澜，一场场花前月下的旖旎夜游，让人艳羡啊。”

少年幽郁只觉得是在听天书。

在剑气长城那边，老聋儿偶尔去往城头，也是装聋作哑，一言不发，至多与阿良遇到，才会掰扯几句。事实上，只看鹧鸪天碑文一事，以及老聋儿与陈平安的谈吐，就知道这个飞升境大妖，学问不浅。

身材矮小的白发童子，背着一副莹白如玉的骷髅架子，健步如飞，奔走在溪涧对岸那边。

白骨双足拖曳在地，噼啪作响，分明是一副金枝玉叶的仙人遗蜕，也不知道他是从哪里挖出来的。

那云雾遮绕全身的刑官，转头望向那头化外天魔。

白发童子立即停步不前，隔溪对视，笑嘻嘻道：“只是为两位身份尊贵的天之骄子，送份见面礼，道贺道贺。今天先送一份，明儿再补上一份。”

老聋儿呵呵笑。剑仙也不开口。

白发童子一本正经道：“我以隐官孙子、老聋儿爷爷的身份发誓！只是去往他们心湖心扉一窥，有任何鬼祟举动，就被天打五雷轰。”

他委屈道：“就看几眼，真的就几眼，太久太久没有见到蛮荒天下和剑气长城的景象了。”

这头化外天魔，转头望向那两个少年：“我姓吴，口天吴，大言也。名喋，喋喋不休的喋，琐碎之言，言难尽也。我这个前辈没架子，你们俩喊我全名就行了。”

老聋儿和刑官，都不会小觑这头化外天魔。

确实是个极其烦人的邻居。

白发童子犹要纠缠，剑光一闪，白发童子丢了那副白骨就跑，每次凝聚为人形，就被如影随形的剑光击碎，数十次之后，远离茅屋十数里，剑光才不再跟随。

白发童子御风悬停，哀愁不已。因为一道寸余剑光就悬在不远处。

这就是刑官的飞剑术，只要那位剑仙愿意，剑光能够自行追杀化外天魔数年之久。

白发童子举起双手：“小乖乖，回家去吧，我不烦你们便是，我找隐官大人去。”

他说走就走。一闪而逝，来到了牢狱台阶上。剑光并未跟随。

珥青蛇、悬短剑的“稚童”缓缓而行，未能进入那两个少年的心境，大为遗憾。

白发童子观他人记忆，如观书画册子，记忆模糊之画面，便是白描图，人之记忆越浅，画面越模糊，而记忆深刻之人事，便是彩绘，宛如真实天地之真切实物，甚至会纤毫毕现。化外天魔的手段，不止于此，还有那提笔之法，修士境界越高，化外天魔的神通就越大，甚至可以随便篡改、涂抹他人珍藏于心扉中的画卷，能够让人淡忘一些，或是突然记起一些。

白帝城城主，之所以是魔道中人，被浩然天下的山巅修士大为忌惮，就在于精通此道。

不过那位城主的“无理”手段，还有很多，这头化外天魔亦是神往，很想去中土神洲拜会一下那位城主，切磋道法一番。只是此处牢笼，脱困不得啊。

找点乐子去。反正陈清都已经答应了自己，只要不是直接对那年轻人出手，假借他物，加上先前试探，事不过三，还有两次机会。

白发童子选中了两个，那头媚术平平的狐魅，以及一个必死无疑的下五境妖族修士。

隐官大人，终究是个男人，看他装束，还是个读书人。

人生种种大欲，以情欲最缠绵，男女一般；人人种种执着，以道义最是枷锁，神仙俗子无异。

那狐媚子，来自蛮荒天下的一座狐狸窟，可惜只有七条尾巴，道行浅薄。

白发童子来到关押狐魅的牢笼之中，不等对方察觉到异样，就已经去往她的心湖之中，肆意“翻书”浏览画卷。片刻之后，他大摇大摆走出狐魅的体魄，只是施展了障眼法，摇摇头，惨不忍睹，实在太过拙劣，难怪陈平安不为所动。狐魅依旧浑然不觉。

白发童子自言自语道：“下次再见着那个陈平安，你就恢复本来面目，素面朝天，衣裙整洁。

“我再帮你编撰一个哀婉诚挚的故事才行啊。比如你来剑气长城，是为见某位情郎一面。

“然后送你一桩额外神通，以艳尸之法，修行彩炼术，再帮你偷偷打造出一座风流帐，才有些许胜算。要怪就怪那小子心太定，心境过于古怪。”

艳尸的本命物不管材质如何，最终炼化出来的样式如何，无论是红纱帐、拔步床，还是一方绣帕，一律称呼为风流帐，也有温柔乡的别称。

这头化外天魔随意占据了一头七尾狐魅的心扉，开始提笔绘画，他突然笑了起来。

修道之人，我命由我？是不是太高看自己了？

与一个并非剑修的元婴境修士厮杀过后，满身鲜血的陈平安躺在地上，大口喘气。

捻芯丢给他一只瓷瓶，然后在一旁忙碌起来，说道：“欲速则不达，先从金丹境杀起是对的。”

陈平安说道：“我得在这里找一处栖身之所，能够静心修养的那种。”

捻芯说道：“那就得找那头化外天魔了，他擅长化虚为实。”

陈平安点头道：“既然躲不掉，就不躲了。”

捻芯继续收拾残局，说道：“我们很快就要开工，与你说点缝衣人的门道，你也好有个心理准备，免得仓促行事，吃些不必要的苦头。”

陈平安立即坐起身。

捻芯说道：“手上事，是先从雕琢眼珠开始。不过听着不太讨喜，先与你说点轻巧些的。”

陈平安苦笑不已，只能点头。

捻芯缓缓道：“按照缝衣人的规矩，人身天地，分山、水、气三脉，筋骨为山脉，鲜血为水脉，灵气融入魂魄为气脉。”

陈平安沉声道：“恳请捻芯前辈往细了说，越琐碎细致越好。”

可以与前辈李二所言，相互验证，大为裨益武道。

人身细微处，关隘重重，就像一幅疆域广袤的地理堪舆图。

捻芯将细节娓娓道来，言语极多，然后抬起一手，摊开手心，肌肤生长极快，很快就如常人无异：“例如五指为山岳，掌心纹路为水，蜿蜒交错，这便是山岳大渎相融的格局。如果但看掌纹，又可以视为天地都在一掌中，顺其脉络，五脏六腑历历在目，不然修道之人，掌观山河的神通，从何而来？”

不等陈平安细问掌观山河的神通诀窍——这是他心心念念已久的一门神通术法——捻芯就换了话题，她已经竖起手掌，五指张开：“可以缝衣为五岳真形图，也可以绘制五雷正法云篆，亦可以诏敕贴黄之术，炼化五行，同样可以撰写神诰青词。仅是五指，光是我所擅长，就有六种。相传我们缝衣人的开山老祖，天资卓绝，后无来者，以叠阵之法，将数种秘术熔铸一炉，翻手为云覆手为雨，神通不输远古风伯雨师。曾经御风去往龙虎山，单凭一只手掌，施展五雷正法，便可天昏地暗。”

陈平安试探性说道：“我曾经在一本文人笔札上，看到一个典故，说有人在身上文下一位大诗家的几百句诗词。是不是藏着缝衣人的讲究？”

捻芯沉默片刻，说道：“脑子有病。”

陈平安只得点头附和道：“确实。我当时就这么觉得。”

捻芯继续阐述缝衣人的种种秘法根脚。

陈平安取出养剑葫，却未饮酒。

捻芯随口问道：“男人为何多喜好饮酒？尤其修道之人，喝酒何其误事。”

“在剑气长城，不比我们浩然天下，就算破境了，未必就一定能活得长久。有几个地仙剑修，会蹲在路边喝酒吃腌菜？”

以后天地间也不会再有这样的画面了。

陈平安犹豫了一下，想起心中的她，微笑道：“女子就是酒，无须喝。”

陈平安后仰倒去，忘了是谁说的了，少年喜欢少女，是饮糯米酒酿，酒味其实不重，可是初次喝酒，也能醉人。长大之后，男子喜欢女子，如饮烧酒，一个不小心就要烧断肝肠。上了岁数，老人思念女子，是大冬天，温了一壶黄酒。

捻芯转头望去，打趣道："以后与女子，少说这种言语。"

陈平安笑道："那我以后改。"

本就除了宁姚，从无情话可说的。

陈平安闭上眼睛，牢狱缝衣一事，明知急不来，可是终究会想要早些离开。

此时此刻，那头化外天魔正在与一个下五境妖族修士对视。

而那剑气长城，大战在即。大日照耀城头。

老道人一手轻轻拍打好似世间最大一张蒲团的座下云海，一手向悬空大日招手："贫道功德未满，囊中亦羞涩，真真贫道，只好赊些光亮。"

广袤云海先四散，再凝为一尊尊金色神灵，老道人一挥袖子，金色神灵落在了战场之上。一线之上，现出真身的庞然妖族，与金色神灵对撞在一起。

身披袈裟的僧人，一晃肩头，抖落了一身被炼化为一个个佛经文字的狮子虫。

儒家圣人，正襟危坐，日头正好，适宜晒书。书名有一个本命字，开宗明义，亦是围绕着那个本命字。

蛮荒天下的攻城妖族，不计其数。

这天，陈平安盘腿坐在一座牢笼外。捻芯双手负后，凝视着陈平安的双眸。她的那尊阴神，则正在以绣花针仔细雕琢陈平安的一颗眼珠。已经持续一盏茶的光阴，所以有细微鲜血珠子凝聚起来，丝丝缕缕流出眼眶。

捻芯观察着陈平安的心神状况，随口说道："如果这一关都撑不过去，后边缝衣，劝你放弃。莫要闭眼，眼珠挪动丝毫，就要前功尽废，后果自己掂量。"

只要熬得过去，缝衣人自有玄妙手段养伤。

片刻之后，捻芯略感意外，说道："不错，看样子可以两事并行，眼珠是以最粗浅的贴黄、杀青两法，缓缓出针，篆刻以云篆为主，铭文最浅，但是接下来你的背脊处，就没这么轻松了，主要是以冲刀之法下刀，要以九叠篆、鸟虫篆和垂露篆，分别铭刻在你脊柱各处关节之上。这些都是剥衣之术，更重要的穿衣之术，为时尚早，你今天要是自认撑不住，或是觉得可以再等等，现在开口，与我明言。"

陈平安默不作声。

捻芯来到陈平安身后，双手作刀，连同青衫和肌肤一切割裂开来，伸手一攥，动作极其缓慢，将整条脊柱扯出些许。

捻芯弯曲手指，轻轻叩击，侧耳聆听，惋惜道："你误我，细小的伤势隐患如此之多。为何平时半点不显露出来？"

捻芯将脊柱随便放归原位，语气似有埋怨："先不涂抹药物，这点疼痛，趁早适应了。你不是能忍吗？好好消受便是。”

陈平安也就是不能开口说话，还要竭力维持心境的枯槁如灰，以及与魂魄的“死水之状”，不然恨不得把捻芯的脑袋拧下来。

牢狱之中，前几天凭空出现了一座天圆地方的建筑，除了四根柱子，再无遮掩。小似人间道路上随处可见的行亭，又不全似。

陈平安赤脚缓缓散步。身处其中，视野开阔，虽然其实瞧不见什么景象。

珥青蛇的白发童子悬在建筑之外，问道：“你到底怎么回事？”

陈平安脚步不停，反问道：“什么意思？”

白发童子怒道：“哪有修道之人的心境如此稀碎，如同战场？！害得老子处处碰壁……”

陈平安缓缓出拳，微笑道：“明则有王法，幽则有鬼神，幽明皆浑浊，良知还在心。天地乾坤，日月光明，何怪之有？”

捻芯站在远处台阶上，提醒道：“开工。”

第六章

承载真名

倒悬山上，先前整座梅花园子的凭空消失，成了一桩被人津津乐道的神仙怪谈，然后某天猿蹂府那边来了一大拨剑修，由两位剑仙领衔，一个是交友广泛的孙巨源，一个是据说已经跻身仙人境的米祜，来时步行，去时车马符舟连绵，天上地上都很热闹。只是剑修摆出这般阵仗，土生土长的倒悬山人氏，都假装不知，远游的外乡人，也不敢近观。

若是与剑气长城隔着千山万水，哪位剑仙不敢骂？可一旦与剑修近在咫尺，还能如何，唯有噤声。

唯有一位远游至此的谱牒仙师不信邪，偷偷施展了掌观山河的神通，只见到了猿蹂府内的一幕骇人场景，亭台楼阁被拆了个稀巴烂。这位皑皑洲元婴境老修士心知不妙，刚要收起手掌撤去神通，夜幕中一道璀璨剑光便尾随而至，将老修士的手掌当场戳穿，剑光又一闪，从老修士脸颊左侧刺入，从右侧掠出，剑光再一闪，飞剑已经返回猿蹂府。吃疼不已的老修士便懂了，眼睛不能看，嘴巴不能说。只是吃了这么大一个哑巴亏，心中难免怨恨那位剑仙的跋扈行径，在那家乡，堂堂元婴境修士，怎么会受辱至此?!

剑修搬空了皑皑洲刘氏的猿蹂府，当夜就返回了剑气长城。剑气长城商贸繁华的海市蜃楼，在这数月内也日渐萧条，店铺货物不断搬离，陆陆续续迁往倒悬山，若是在倒悬山没有祖传的落脚处，就只能返回浩然天下各洲的各自宗门了。毕竟倒悬山寸土寸金，加上如今以剑气长城的城池为界，往南皆是禁地，早已开启山水大阵，被施展了障眼法，故而剑气长城的那座巍峨城头，再不是什么可以游历的形胜之地，使得倒悬山的生意越发冷清。如今往返于倒悬山和八洲之地的渡船，游客已经极其稀少，载人少载货多，故而许多水上航行的跨洲渡船，吃水极深，例如老龙城桂花岛，原先渡口已经完全没入水中。许多穿云过雨的跨洲渡船，速度也慢了几分。

战事吃紧，形势险峻，定是蛮荒天下此次攻城，不同寻常，倒悬山对此心知肚明。只是历史上剑气长城如此闭关，不止一两次，倒也不至于太过人心惶惶，曾经有许多剑气长城一闭关封禁，就低价贱卖仙家地契、店铺宅邸的谱牒仙师，事后一个个痛心疾首，悔青了肠子。

倒悬山四大私宅之一的水精宫，坐镇之人是位玉璞境女子修士，名为云签，雨龙宗的祖师之一。她的一位嫡传弟子，福缘深厚，相中了那个叫傅恪的落魄野修，后者有鱼龙变之机缘，破境之快，匪夷所思，在英才辈出的雨龙宗历史上都算佼佼者。

云签思虑更远，除了雨龙宗自家宗门的未来，也在忧心剑气长城的战事，毕竟水精宫不似春幡斋和梅花园子，不曾炼化，无法携带离去，雨龙宗更不是皑皑洲刘氏那种财神爷，一座价值连城的猿蹂府，只是可有可无。

只是如今剑气长城戒备森严，尤其是如今掌权的隐官一脉，剑修行事缜密且狠辣，所有坏了规矩的修道之人，不管是有心还是无意，皆有去无回。曾有数人先后找到水精宫，都是与雨龙宗有些香火情的得道之人，元婴境就有两位，还有位符箓派的玉璞境老神仙，都希望她能够帮忙缓颊一二，与倒悬山天君捎句话，或是与剑气长城某位相熟剑仙求个情，天君早已闭关，云签就去孤峰找那位炼化蛟龙之须打造拂尘仙兵的老真君，不承想直接吃了闭门羹，再托人送信给那位往年关系一直不错的剑仙孙巨源，只是那封信泥牛入海，孙巨源仿佛根本就没有收到密信。

云签身在水精宫，只觉得心神不宁，再无法静心修行，便赶赴雨龙宗祖师堂召集会议，提了个搬迁宗门的建议，结果被冷嘲热讽了一番。云签虽然早有准备，也明白此事不易，而且太过天方夜谭，但是看着话头一转，就去谈论诸多买卖营生的祖师堂众人，难免心灰意冷。

在剑修离开猿蹂府之时，一把春幡斋传信飞剑悄然来到水精宫。云签打开密信之后，纸上只有两个字：北迁。信上既有剑仙孙巨源的画押——云签对此很熟悉，还有两个古篆印文：隐官。云签听闻已久，却是首次亲眼见到。

隐官篆文在上，剑仙画押在下，很合规矩，应该不是伪造。

云签不敢怠慢，再次悄然离开倒悬山，急急返回雨龙宗，这次只找到了宗主师姐。

不承想师姐随手丢了信纸，冷笑道：“怎的，拆完了猿蹂府还不够，再拆水精宫？年轻隐官，打得一手好算盘。云签，信不信你只要去往春幡斋，如今成了隐官心腹的邵云岩，就要与你谈论水精宫归属一事了。”

云签将信将疑，只是不忘驾驭那张信纸，小心翼翼收入袖中。

宗主见此动作，越发火大，加重几分语气："如今雨龙宗这份祖宗家业，来之不易，其中艰辛，你我最是清楚。云签，你我二人，在开疆拓土一事上，简直就是毫无建树，现在难道连守成都做不到了？忘了当年你是为何被贬谪去水精宫了？连那些元婴境供奉都敢对你指手画脚，还不是你在祖师堂惹了众怒，连那小小芦花岛都吃不下来。如今若是连水精宫都被你丢了，事后你该如何面对雨龙宗历代祖师？知道所有人背后是怎么说你的吗？妇人之仁！一位玉璞境仙师，你自己觉得像话吗？"

宗主不愿太过贬低这个师妹，毕竟水精宫还需要云签亲自坐镇，死脑筋的云签真要一气之下，随便掰扯个出海访仙的由头，或是去那桐叶洲游历散心，她这个宗主也不好拦阻。于是放缓语气道："你也别忘了，当年我们与扶摇洲山水窟开山老祖的那笔买卖，在剑气长城那边是被记了旧账的。新任隐官手握大权，扶摇洲偌大一座山水窟，如今如何了？祖师堂可还在？云签，你莫不是要害我雨龙宗步后尘？这隐官的手腕，绵里藏针，不容小觑，尤其擅长借势压人。"

云签轻轻点头。

宗主再次加重语气："云签师妹，我最后只说一言，剑气长城与我雨龙宗有旧怨，那新任隐官与你云签可有半点旧谊，凭什么如此为我雨龙宗谋划退路？真是那光风霁月的以德报怨?！云签，言尽于此，你多多思量！"

云签黯然离开雨龙宗，返回水精宫，其实宗主师姐的话，她听进去了。山上谱牒仙师的尔虞我诈，确实让人心有余悸，云签在修行路上，就深受其害，此生曾有三大劫，除了一场天灾，其余皆是人祸，而且皆是身边人。只是她犹不死心，去了趟春幡斋，剑仙邵云岩似乎早有预料，又递给她一封密信，说是隐官大人翻过雨龙宗档案，对于云签仙师的妇人之仁，很是佩服。云签皱眉不已，邵云岩笑道："隐官大人也没奢望云签仙师信了他的建议，只是劳烦看完密信，就地销毁，不然容易节外生枝，于隐官于云签仙师，都不是什么好事。"

云签返回水精宫，对着那封内容翔实的密信，一夜无眠，信的末尾，是八个字——"宗分南北，柴在青山"。

春幡斋那边，云签离去后，米裕和纳兰彩焕同时现身，米裕笑问道："邵兄，你觉得云签会携人北迁吗？如果她果真有此气魄和手段，又能够救走多少雨龙宗弟子？"

邵云岩说道："宗字头仙家，一贯人以群分，云签在那做惯了买卖的雨龙宗，空有境界修为，很不得人心，所以她即便肯挪窝，也带不走多少人。"

米裕说道："云签带不走的，本就不用带走。"

纳兰彩焕神色不悦："还好意思说那云签妇人之仁。信不信云签真要北迁，分裂了雨龙宗，以后南边的仙师逃亡得活，融入北宗，反而更要怨恨剑气长城见死不救，尤其是咱们这位菩萨心肠的隐官大人，只要云签一个不留神，将两封信的内容说漏了嘴，反遭记恨。”

邵云岩点点头：“所以要那云签销毁密信，应该是预料到了这份人心叵测。相信云签再一心修道，这点利害得失，应该还是能够想到的。”

米裕笑道：“云签想不到又如何，我们隐官大人，还会在乎这些吗？”

邵云岩一声叹息：“怕是那信奉天下事不过是一件事的雨龙宗，不止一位祖师堂上位者起了扶龙之臣的心思，还觉得依旧是桩买卖事。”

纳兰彩焕冷笑道：“没有隐官的那份脑子，也配在大势之下妄言买卖？！”

纳兰彩焕自知失言，姗姗离去，继续算账。邵云岩和米裕相视一笑。

倒悬山渡口，从一艘来自北俱芦洲的跨洲渡船上下来了六十二位剑修，寡言少语，直去大门，赶赴剑气长城而已。

那座似行亭的悬空建筑内，陈平安席地而坐，他双拳撑在膝盖上，呼吸绵长。

所坐之物，正是从梅花园子捡来的那张竹席，除了可以帮助修道之人凝神静气之外，还有妙用，能够让陈平安更快炼化那些水运沛然的幽绿水珠。不但如此，兴许是竹席材质的缘故，除了水府收益最大，木宅那边也裨益不小，陈平安所炼之水珠，多余水运灵气，稍作牵引，就可以去往木宅所在气府，一缕绵延水运，以长线之姿，一路流淌而去，滋润脏腑。

山上修行，这类仙家物件，兴许品秩不会太高，但是最不可或缺，点点滴滴，积少成多，三两年光阴，兴许不会有显著功效，可一旦潜心修行，久居山中不问寒暑数十年数百年，就会是两种天地。所以大宗门的谱牒仙师，如陆抬所言，必有一件类似辅助修行的本命物，若是神仙钱足够，除本命物之外也是需要的，求的就是大道长远，万丈高楼平地起。

根据不同的时辰，不同的仙家洞府，以及对应不同的修行境界，还要不断更换物件，讲究极多。

那头化外天魔绕着建筑飘来晃去，也未言语，好像陈平安比云遮雾绕的刑官剑仙更加值得探究。

陈平安刚刚从一处秘境归来，不然当下绝没这么轻松惬意。先前是被那捻芯抓住脖颈，拖去的那处地方，这具远古神灵尸骸炼化而成的天地，位于心脏地带有一处禁地，老聋儿、化外天魔和缝衣人都无法进入其中，那边有一道小门，象征性地挂了把锁，只是老聋儿掏出钥匙过个场，再让捻芯将陈平安丢入其中。那是一处金色池塘，其中岩浆沸腾，密室之内，金光刺眼。

陈平安每次被捻芯丢入金色岩浆之内，至多几个时辰，走出小门后，就能恢复如初，伤势痊愈。只是咫尺物、养剑葫，都要留在行亭这边。

陈平安问道："远古神祇，也有气府窍穴，与我们人是差不多的构造？"

白发童子停下身形："大体上差不多，只是你们人族终究不如神灵那么天地紧密，毕竟是它们一手打造出来的傀儡，所求之物，无非是那香火。你们的人身小天地，自然先天不会太过精巧，只是相较于别类，已经算是得天独厚了，不然山精鬼怪，连同蛮荒天下的妖族，为何都要孜孜不倦，非要幻化人形？"

陈平安听到了一个关键词语："紧密？与那道家追求的无垢，有些关系？"

化外天魔身形缓缓旋转，答非所问，笑道："剑修飞剑，可破万法。市井柴刀，也能砍瓜切菜劈柴。只是飞剑到底破了什么，柴刀锋刃到底劈开了什么，你可知晓其中至理？"

陈平安摇摇头。学生崔东山，可能才清楚其中缘由。

陈平安终于睁开眼睛，问道："作为交换，我又额外答应了你，可以进我心湖三次，你先后瞧见了什么？"

珥青蛇的白发童子，盘腿而坐，勃然大怒，咬牙切齿，偏不言语。与此人做了四次买卖，帮忙打造建筑，赠送一副女子剑仙遗蜕，外加两把短剑，亏大发了。

陈平安有些好奇，拿起地上的养剑葫，取出一把短剑："你若是愿意说，我将短剑还给你。"

养剑葫内，还有那位峥嵘宗剑修的本命飞剑天籁，温养其中。

白发童子伸手一抓，将那短剑收入手中，别在腰间，还剩一把，依旧被养在了那个品秩不行的养剑葫内，说道："第一次做客，见着了个中年道人，要与我切磋道法，爷爷我差点儿没被他吓死。

"第二次不去那小破宅子了，结果见着了个面容年轻却暮气沉沉的老头子，脚穿草鞋，腰悬柴刀，行走四方，与我相遇，便要与我说一说佛法，刚说'请坐'二字，爷爷我就又被吓了一大跳。"

说过了两次游历，白发童子不知为何，沉默下去。

陈平安问道："最后一次又是如何？"

白发童子反问道："你就这么喜欢讲道理？"

陈平安疑惑道："怎么讲？"

白发童子一个蹦跳起身，大骂道："有个家伙，按照不同的光阴长河流逝速度，大概跟爷爷我讲了相当于几年光阴的道理，还不让我走！爷爷我还真就走不了！"

陈平安微笑道："原来我这么让人厌烦啊，能够让一头化外天魔都受不了。"

白发童子有意无意瞥了眼撑起那座建筑的四根柱子。

此后陈平安继续修行，化外天魔继续逛荡，两两沉默。

这一天，陈平安脱去上衣，裸露背脊。捻芯随手扯出那条脊柱，开始剥皮缝衣，再以九叠篆在内的数种古老篆文，在陈平安脊柱以及两侧肌肤之上，铭刻下一个个“真名”，皆是一头头死在剑仙剑下的大妖，俱是与牢笼如今关押妖族有着千丝万缕关系的远古凶物，关系越近，因果越大，缝衣效果自然越好。当然，陈平安所受之苦，就会越大。

为防止陈平安由于不堪重负，道心崩溃，血肉消融，最终导致功亏一篑，捻芯只得给陈平安传授了一门独门秘术，让其能够稍稍分心。

这其实是无奈之举，毕竟陈平安尚未跻身远游境，哪怕经过那座金色岩浆的淬炼，陈平安的武夫体魄依旧无法承载过多大妖真名，捻芯每次书写三个，已经是极限。

陈平安只剩下一只手可以驾驭，其实缝衣到了后期，当捻芯铭刻第二头大妖真名之后，陈平安就连一丝心念都不敢动了，可即便没有任何念头支撑，依旧手指凌空，反复虚写二字：宁姚，宁姚……

捻芯身在牢狱，对剑气长城之事，从不过问半句，所以不知道这个宁姚是谁。

偶尔休憩期间，捻芯就瞥一眼陈平安的手笔书写，难免好奇，哪个女子，能让他如此喜欢？至于如此喜欢吗？

牢狱关押的六十一个中五境妖族已所剩无几。

今天捻芯的缝衣，尤为关键，是脊柱处的收官阶段。

老聋儿双手负后，专程赶来观摩缝衣。身为妖族，看人吃苦，总比看人享福更舒坦些。

白发童子在旁喊孙子。老聋儿应了一声便当聋子。

陈平安早已枯坐入定，心神沉浸，三魂七魄皆有绣花针钉入，被捻芯死死禁锢起来。为的就是防止陈平安一个吃不住疼，身不由己，坏了环环相扣、不可有半点纰漏的缝衣事。

捻芯对于此次缝衣，为陈平安“作嫁衣裳”，可谓用心至极。

道理很简单，如此练手机会，她这辈子都不会再有了。而且一旦成功，至少两座天下的练气士，尤其是那些道貌岸然的宗门谱牒仙师，都会知道她捻芯，作为过街老鼠一般的缝衣人，到底做成了怎样一件前无古人后无来者的壮举。

要像那人间每当提及棋术，注定绕不开白帝城，说到道法，就绕不开天师。

所以捻芯比陈平安更渴望成功。以至于作为一位玉璞境修士的缝衣人，她下刀、出针久了，都会经常感到眼睛发涩泛酸，便拿起手边那枚养剑葫，倒出一颗水运浓郁的碧绿珠子，仰起头，将其滴入眼眸中。

除了向陈平安借来的养剑葫，捻芯在两次缝衣之后，就拿出了两件压箱底的仙家至宝，分别是金篆、玉册。

老聋儿低头看着金篆、玉册，点头道：“好东西。”

白发童子惋惜道："可惜了。用完之后就作废了，不然我家隐官爷爷，一定会两眼放光。"

两物都是捻芯的道缘所在。

捻芯曾经与陈平安坦言，她的修道机缘，除了缝衣人的诸多秘术神通，再就是来自金箓、玉册，皆是极为正统的仙家重宝，能够与缝衣之法相辅相成，不然她肯定活不到今天。

寻常修道之人，哪怕与捻芯同为玉璞境，根本看不清金箓、玉册的内容，就像存在着一座天然的山水阵法。只不过老聋儿和白发童子，都很不寻常。

玉册是中土神洲一个古老王朝的禅地玉册，册分二十四简，简与简之间以金线串联，每一片玉册都被秘术裁齐磨光。

金箓是一部《箓牒真卷》，真卷又名《授箓图》，全卷分为三部分：第一部分，总计十六个大字，前八字"三洞金文总真仙简"，字体皆是云篆，云雾缭绕，缓缓流转，后八字"道法与天地共长存"，是祈福之语，是龙虎山一位大天师亲笔撰写。第二部分是六十一位神仙画像。第三部分才是整部《箓牒真卷》的正文，内容是一位皇后娘娘，希冀着成为道教上仙玄君。传闻王朝覆灭之后，女子潜心修道，最终举霞飞升。

玉册还好，摊放之后，不过一尺。但是那部真卷，全部摊开，长达丈余。

之所以取出这两件重宝，是捻芯会以缝衣人独门术法，或摘文字，或剥取符箓，或拓云纹，再以诰敕贴黄之法，一一安置在陈平安的肌肤、筋骨之上。所以说捻芯为了此次缝衣，已经到了倾家荡产在所不惜的地步。

至于陈平安会遭受多大的劫难、苦痛，捻芯根本不在意，既然敢来此地，敢做此事，就乖乖受着。

这会儿看着地上的金箓、玉册，老聋儿才记起一件小事，先前他答应了陈平安那桩买卖，用以换取三名弟子全须全尾地走出牢狱。

双方谈妥了，老聋儿需要拿出一门适宜妖族修行的道法，以及两件法宝品秩的山上物件，而且必须是法宝当中的珍稀之物，无论是炼化还是使用，门槛要低。

赠送两件法宝是小事，但是那门道法，就有些小麻烦了。一门传承有序的山上道法，必然禁制极多，就像方寸物和咫尺物，以及某些珍稀符箓，都有开门、关门之法。又如龙虎山天师府的某张祖传符箓，都是历代天师层层加持，天师府子嗣之外，别说是炼化，任你是仙人境修士，一样提都提不起。

仙家的高深术法，以诀成书的，往往契合大道，编撰成书成册之后，天然蕴含神异，一来承载道诀文字之物，材质定然不简单，二来哪怕大修士撤去了种种禁制，境界低的练气士一样看不成。所以宗字头仙家，往往珍藏道书，更多是口传心授，是谓"亲传"。并且传道人的口传心授，也绝非易事，一着不慎，就要坏了弟子道心。

老聋儿想了想，那本道书，自己留着也没意思，反正从无开宗立派的念头，干脆撤销所有禁制，送给陈平安便是，只是在那之后，陈平安如何传授他人，老聋儿就不管了，给蹲茅厕的人递去厕纸，已经很讲情分，总不能连屁股一并擦了。

白发童子笑问道："换成是幽郁和杜山阴，是不是一刀下去就满地打滚了？"

老聋儿摇头道："勉强撑过两刀，还是有机会的。反正这俩崽子，也不靠吃苦来修行，命好，比什么都管用。不然哪里轮得到他们来这里享福。"

捻芯收刀休憩片刻，因为先前下刀略显凝滞。她似乎心情不佳，听见了老聋儿和化外天魔的聒噪，更是脸色阴沉，怒道："滚远点！"

以好脾气著称于剑气长城的老聋儿，果真远离此地，拾级而上。小娘们长得丑就算了，脾气还这么差，难怪嫁不出去。

白发童子飘荡在老聋儿身旁："那幽郁的道心，需不需要爷爷帮忙砥砺一二？这种小忙，你都不用谢爷爷。"

老聋儿笑呵呵道："劝你别做，老大剑仙盯着这边，我这仆人若是护主不力，我被拍死之前，肯定先与你好好算账，新账旧账一起算。"

在那两个家伙离开后，捻芯吐出一口浊气，继续凝神静气，缓缓下刀。凡夫俗子眼中惨不忍睹的画面，在她眼中，美不胜收。

篆刻之法，阳文贵清轻，捻芯下刀铭文之后，云雾升腾，生出五色芝，阴文贵重浊，如大岳山根龙脉绵延。清轻象天，重浊象地。

例如有四字阳文云篆，不写大妖真名，写那"道经师宝"法印篆文，篆文一成，便有祥瑞气象盘桓不去，如云海绕山。还有刻那"太一装宝，列仙篆文"八个远古小篆，字字相叠，需要在极其细微之地，小心翼翼，叠为一字，极其消耗捻芯的心神。

有那刀法，符篆图案，屈曲缠绕极尽塞满之能事。有收刀处，收笔处如下垂露珠，低垂却不落，水运凝聚似滴滴朝露。也有那有如木匠刨花的切刀，捻芯低头轻轻吹拂掉无用之碎屑，而那些碎屑，自然全部来自陈平安的脊柱。

今天收工之后，捻芯又拖曳着陈平安去往那道小门，埋怨道："陈平安，这都撑不住，至多就三十刀的事情了。如果不是我收刀及时，你的整条脊柱就算废了。是想要再断一次长生桥？！"

奄奄一息的陈平安，早已不能开口言语，只是嘴唇微动，应该是在骂人。

一地血迹，捻芯都没有浪费，鲜血会自行串联成线，最终全部收入她腰间的绣袋当中。

老聋儿站在小门那边，开了锁，捻芯将陈平安随手丢入屋内那座金色岩浆滚滚的熔炉。老聋儿关了门。

捻芯正要离去，老聋儿说道："隐官大人如何杀上五境，老大剑仙没讲过，你们打算怎么解决?"

捻芯摇头道:"他没说。"

老聋儿笑道:"今天还算顺利?"

捻芯眉宇间皆是阴霾:"陈平安迟迟不能跻身远游境,终究不是长远之计。其实当下的苦头,十分疼,有三分都是他自找的,换成是我,让老大剑仙用些偏门手段,先破境再说。既然着急离去,为何又不着急至极。"

老聋儿嗯了一声,这些烦心事,与自己无关,说道:"捻芯姑娘,当了这么多年邻居,不如今儿请你吃顿泥鳅炖豆腐?我那少年主人,手艺当真不错。总好过你五脏六腑互嚼着,自己吃自己。"

捻芯不领情,飘然远去。

老聋儿去了大妖清秋那座牢笼,都不用他言语,大妖就乖乖交出三钱本命精血和一大块血肉,然后颤声问道:"能不能帮忙捎句话给隐官?"

这样下去,真扛不住。

老聋儿吃着青鳅血肉,筋道十足,就是比熟食滋味差了许多,笑道:"隐官大人不是又找过你一次吗?怎么,上次依旧没谈拢?"

大妖清秋笑容苦涩。

先前与陈平安确实又见了一面,但是当时自己恨不得将那家伙拽入牢狱,就又"婉拒"了对方的提议。

陈平安说了句,听说鳅之属,喜阴浊,最畏日曦。然后丢了一张鬼画符的黄纸符箓到牢笼,大妖清秋一手抓过,吃了那张符箓,很是讥讽了一番陈平安的符箓手段。在那之后,陈平安就不来了,倒是老聋儿隔三岔五就来。

老聋儿吃干抹净,双手负后:"早干吗去了。"

兴许这天是那大妖清秋的黄道吉日,陈平安逛了一遍上五境大妖的牢笼。

陈平安路过的时候,大妖清秋立即出现在剑光栅栏附近,说道:"如何才能不让乘山找我麻烦?"

陈平安愣了一下,乘山是老聋儿在蛮荒天下的化名?避暑行宫关于老聋儿的档案,就两张书页,还被上任隐官萧㥁将每个字都涂抹成了墨块,一个字涂一块的那种,既不直接撕去书页,也不胡乱涂抹大片,她就好像在做一件很有趣的事情。

陈平安停下脚步,与大妖清秋对视:"很简单,你跟我说曳落河大妖仰止的内幕,越详细越好。"

大妖清秋沉默片刻,面带讥笑,竟是直接退回雾障当中。

陈平安也不勉强,去了关押云卿的第一座牢笼。陈平安经常来这边,与这头大妖闲聊,就真的只是闲聊,聊各自天下的风土人情。

今天双方相对而坐，只隔着一道栅栏。

陈平安没有想到云卿学问淹博，半点不输儒家门生，比如对那《月令》有云，季秋伐蛟取鼋，以明蛟可伐而龙不可触，都有独门见解。

陈平安一问才知，原来云卿曾经在周密那边求学数年，只是二人没有师徒名分。而且云卿喜好云游天下，行走四方，甚至还编撰过一本诗集，在蛮荒天下数个王朝广为流传。

今天闲聊结束之时，大妖云卿笑着摘下腰间那支篆刻有“谪仙人”的竹笛，握在手中：“半仙兵，留着无用，赠予隐官。”

这支竹笛，除了篆刻“谪仙人”三字，还有一行小字：曾批给露支风券。

大妖云卿说过此物缘由，曾是一头飞升境大妖的定情物，如果不是破损严重，无法修缮，就是仙兵品秩了。

陈平安摇摇头：“不敢收。”

云卿疑惑道：“为何？”

陈平安说道：“哪怕相逢投缘，终究阵营各异，不耽误云卿前辈违心杀我。”

云卿点头笑道：“彼此彼此，故而投缘。”

悬空建筑内，陈平安绕圈散步，只是不由自主地身形佝偻，一条胳膊颓然下垂。

捻芯坐在远处台阶上，说道：“再不跻身远游境，后遗症会很大。哪怕最终成了，效果都会大打折扣。”

陈平安轻轻点头：“知道。”

捻芯也无可奈何。

白发童子现身在捻芯一旁，变成了大妖云卿的书生模样，微笑道：“捻芯姑娘，实不相瞒，我对你倾心已久，好一个风鬟雾鬓无缠束，不是人间富贵妆。”

捻芯没搭理。

化外天魔又变了模样，沙哑开口道：“捻芯啊，不会嫌弃我又聋又瞎岁数大吧？”

捻芯依旧不理睬。

化外天魔再变：“捻芯前辈，人不可貌相，在我眼中心中，你都是好看的姑娘，好看的女子千千万，捻芯姑娘只一个。”

陈平安走桩不停，说道：“差不多就行了。”

原来那化外天魔是变成了青衫陈平安的样子。

捻芯只是思量着缝衣一事的后续。

化外天魔恢复最钟情的那副皮囊，坐在台阶上：“孤男寡女，都无半点情愫，太不像话！你们俩怎么回事，大煞风景。”

陈平安走桩之后，就开始以剑炉站桩，站桩半个时辰之后，就开始呼吸吐纳，静心温养本命飞剑。

捻芯离开。那个珥青蛇的化外天魔，则不愿离去，盯着陈平安身边的那枚养剑葫。

他的那把短剑龙湫，就在里边待着，陈平安先前归还的被他别在腰间的那把名为江渎。都很有来头，刚好用来饲养耳边垂挂的两条小东西。

事实上能够在这座天地长久存留之物，品秩都不会差。不过对于一头化外天魔而言，其实没什么意义，只看眼缘。

他突然说道："那副仙人遗蜕呢？不如我干脆连身上法袍也送你，让她披衣出剑吧？"

陈平安淡然说道："死者为大。"

陈平安起身后，一个后仰，以单手撑地，闭上眼睛，一手掐剑诀。

白发童子信守承诺，不会涉足那座建筑，就只是在四周晃荡，不断变化成各个死在陈平安拳下、剑下的妖族，只有一问："死者为大吗？生者又如何？"

陈平安睁开眼睛，以并拢双指抵住地面，故而双脚稍稍拔高几分。

恢复原本模样的白发童子与之对视，微笑道："心口不一，你一直在苛责自己，强者，与天地。"

陈平安重新闭上眼睛，说道："法无定法。"

化外天魔突然变作女子，嫣然一笑。

陈平安犹豫了一下，睁眼望去，是一张足可以假乱真的容颜。

心中所想，眼之所见。这就是化外天魔的可怕之处。

陈平安闭上眼睛，说道："后果自负。"

白发童子立即嚷嚷道："隐官爷爷，一旦你将来的心魔，正是这位女子，如何是好？"

陈平安有些笑意，缓缓说道："我倒是希望如此。"

白发童子抬起双手，双指轻弹耳边青蛇，动作轻微，却声若撞钟，回荡天地间，问道："不如演练一番？"

陈平安沉声道："给老子死远点！"

白发童子埋怨道："白白减了个辈分，隐官爷爷这桩买卖做亏了。"

然后下一刻，化外天魔噤若寒蝉，缩着脖子。原来已经被陈清都抓住头颅，拎在手中。

老人纯粹是以剑意压胜，化外天魔就变得面容扭曲起来，整个身躯更是如香烛消融开来，面目全非，顿时哀号不已，拼命求饶。

陈平安翻转身体，飘然站定。

陈清都将那头化外天魔丢远，望向陈平安，皱眉道："几个关键大妖的真名，一个都没能刻出?”

捻芯重新出现在台阶上:“不怨我,刻是能刻,就是要刻在死人身上了。”

陈平安无奈道:“武夫瓶颈,真不容易破开。哪怕是与化外天魔对峙问拳,一样没用。当下欠缺的,是那一点玄之又玄的神意。不然只是淬炼体魄的话,光是承受捻芯前辈的缝衣,就够我跻身远游境了。”

陈清都说道:“我去哪儿给隐官大人找位神气圆满的十境武夫?”

陈平安说道:“别问我。”

陈清都有些气笑了。

捻芯大开眼界。循着动静立即赶来的老聋儿,佩服不已。那头蜷缩在台阶上的化外天魔更是觉得一声声隐官爷爷没白喊。

后果就是隐官大人被剑意压胜,先是弯腰,继而屈膝跪地,最后趴在地上不得动弹,差点变成一摊烂泥。所幸老大剑仙还算讲点义气,直接将陈平安丢入了那座岩浆熔炉。

陈平安消失之后,陈清都挥挥手,捻芯他们同时离去。

老人站在行亭之内,环顾四周,视线缓缓扫过那四根亭柱。

陈平安难得离开牢狱一趟,出去透口气。

白发童子很快现身,撺掇着陈平安去刑官修道之地瞅瞅,说那边宝贝多,都是无主之物,随便捡。

瞅瞅就瞅瞅,不捡白不捡。陈平安让化外天魔领路,来到了那条溪涧,他有些神色恍惚,仿佛身在家乡,要去捡蛇胆石,不过少了个大箩筐。

白发童子简直就是个不务正业的耳报神,与陈平安详细说了两对主仆的近况。说那幽郁是个小痴子,学什么都慢,与老聋儿收取的三名弟子,根本没法比。说那杜山阴练剑资质倒是不错,运道更好,可惜是个大色坯,这些个货色,都能够成为老聋儿和刑官的主人,他实在是替隐官爷爷伤心伤肺。

陈平安突然停下脚步,不远处的溪畔,有捣衣女子和浣纱小鬟。

陈平安凝神望去,只觉得不可思议。走遍江湖,见过那些以匾额、香炉为家的香火小人,甚至见过崔东山的虫银,还真没见过眼前两位女子。

白发童子赞叹道:“隐官爷爷真是好眼力,一下子就看出了她们的真实身份,分别是那金精铜钱和谷雨钱的祖钱化身。那杜山阴就万万不成,只瞧见了她们的俏脸蛋、大胸脯、小腰肢。幽郁更是可怜,看都不敢多看一眼,唯有隐官爷爷,真豪杰也。”

捣衣女子抬起头,捋了捋鬓角发丝,朝陈平安微微一笑。

浣纱小鬟见着了陈平安,一根手指抵住脸颊。陈平安拱手还礼。

白发童子跺脚道："隐官爷爷唉，它们哪里当得起你老人家的大礼，折煞死她们喽。"

陈平安置若罔闻，一边走向茅屋那边，一边思量着钱财事。

金精铜钱，大骊就有三种：迎春钱、供养钱、压胜钱。曾经是进入骊珠洞天的买路钱，陈平安半点不陌生，毕竟第一拨山头，就是靠着几袋子金精铜钱买来的。大骊王朝卖给各路仙家势力的三种金精铜钱，相传是墨家帮忙宋氏先打造出了三种制范母钱，品相最为精良，是头等的极美品，然后才大规模炼制开来。

哪怕是世俗王朝打造寻常铜钱的雕母钱，都是许多山上仙师的心爱之物，是集泉者不惜重金求购的大珍。

除了山上雪花钱、小暑钱和谷雨钱在内的三种神仙钱，连同金精铜钱在内，朝廷发行新钱，在雕母钱之上，皆犹有一种祖钱。

雪花钱的祖钱，自然是被皑皑洲刘氏珍藏，但是小暑钱和谷雨钱的祖钱下落，一直没有确切说法，不承想谷雨钱的祖钱，竟然被刑官收入囊中，还有了这般机缘，得以显化为人。

世间有灵众生，只要幻化人形，无论根脚是什么，开了灵智，皆是大道造化，那就可算是登山的修道之士了。以礼相待，肯定无错。

少年杜山阴，今天闲来无事，站在葡萄架下，远望着两位客人。

白发童子还在为自己的隐官爷爷打抱不平，与陈平安并肩，却是倒退而走，伸手指着那两个每天就只会捣衣浣纱的女子："放肆放肆，现形现形。"

捣衣女子和浣纱小鬟，原本与乡野美人无异，在化外天魔言语"现形"二字之后，竟是异象横生，肌肤分别呈现出金黄、幽绿颜色，隐约有文字浮现，尤其是浣纱小鬟的额头，如开一扇小巧天窗，估计是她诞生之时，字口如斩、刀痕犹存的缘故。不过她们都浑然不觉，只是继续捣衣浣纱。

白发童子轻声道："世间祖钱样钱，往往成双成对，若是两者皆成精，然后成了眷侣，啧啧啧，那可就是千载难逢的福缘了，钱生钱。隐官爷爷，你只要答应带我去往浩然天下，我就帮你从刑官剑仙那边讨要她们，往后到了浩然天下，马不停蹄，瞪大眼睛，帮你老人家去寻觅她们的道侣！如何？"

陈平安说道："不如何。"

剑仙刑官身在茅屋内，哪怕隐官登门，却没有开门待客的意思。

陈平安本就是来散心，无所谓刑官的态度，只要不挨上一记剑光就成。

杜山阴行礼道："拜见隐官大人。"

陈平安笑道："随意。"

杜山阴记起一事，一拍脑袋，去取了两袋子金粉过来，先递出一袋子："恳请隐官大人收下。”

陈平安真就收下了。

杜山阴又递出一袋子金粉：“再恳请隐官大人说个山水故事。”

白发童子笑容玩味。

陈平安伸手按住高大少年杜山阴的脑袋，微笑道：“即便你将来成了名副其实的刑官之主，也别再做这种事了。”

杜山阴仰起头，神色自若：“敢问为何？”

陈平安不再言语，只是与杜山阴擦肩而过，挪步去欣赏那些悬在空中的五彩花神瓷杯。

白发童子跳起来拍了一下杜山阴肩头，说道：“可造之才，再接再厉！我这位隐官爷爷，是在嫉妒你的福缘深厚。得意忘形，对于修道之人，本就是个褒义说法。”

杜山阴咧嘴一笑：“说笑了。”

白发童子疑惑道：“你怎么半点不怕我？”

杜山阴心念微动，一抹剑光骤然悬停在他肩头，如鸟雀立枝头。

杜山阴说道：“刑官大人将此物赠送给我了。”

白发童子立即说道：“就凭这个，我以后喊你爹！”

杜山阴刚有些笑意，蓦然僵住脸色。

陈平安正在仰头凝视一只花神瓷杯的底款，笑道：“你就可劲儿拱火吧。”

白发童子哈哈大笑。

陈平安转过头，望向杜山阴的背影：“在你规矩之内，为何不敢出剑？”

杜山阴转头笑道：“在我眼中，你们都是得道高人，嬉戏人间，半点不过分。”

陈平安一笑置之，继续打量那只瓷杯，那首应景诗，内容绝佳，就笑纳了。

白发童子问道：“杜山阴，刑官大人有没有叮嘱过你，将来学成了剑术，若是有机会游历浩然天下，务必杀尽山上采花贼？是不是一口气送了你好多想都不敢想的仙家重宝？比如其中就有那本专写‘神仙’二字的神仙书？只是在你心底，却在遗憾那两个大小婆姨，没有一并送你，所以有些美中不足了？

“没事，刚好我家隐官爷爷对她们没想法，我帮你向刑官化缘一番，不用谢我！唉，算了，我这么一说，你对她们的念想便浅了，总觉得她们已是隐官大人弃若敝屣之物，在你心中，她们就没有那么神仙风采了，不然就要矮了隐官爷爷一头，对也不对？放心，这是人之常情，无须羞赧。大道修行，想要登顶，就该是你这般，见之取之，不喜弃之，厌之碎之，爱之夺之……”

杜山阴心中悚然，脸色越来越难看，只能默不作声。

陈平安犹豫了一下，还是没有说什么。

机缘给得太多，半点不考虑接不接得住，给的人不想，接的人也不想。

只是陈平安转而再想，说不得这般心性，才是杜山阴的大道根本所在，谁说成就之高低，只在思虑之深浅。何况阿良说得对，管什么，顾什么，管得着嘛，顾得上嘛。

白发童子有些兴高采烈，自己叽叽歪歪了这么多，茅屋内的刑官都没吭声，好兆头。不愧是万事不上心的刑官大人，与隐官爷爷是截然不同的两种人啊。

他走到陈平安身边，指了指葡萄架外的一张白玉桌：“宝贝，可惜桌上那本神仙书，已经是杜山阴的了。书里边已经养出了一堆的小家伙，绝非寻常蠹鱼能比，个个老值钱了。”

陈平安走出葡萄架，直接去往石桌那边，随手翻开一页书，书中皆是字体各异的“神仙”二字，行草楷篆都有。

白发童子小声问道：“都没跟杜山阴打声招呼就看书，隐官爷爷，这不像你的行事风格啊。”

陈平安置若罔闻，只是翻书，寻找那蠹鱼的踪迹。

书中蠹鱼，李槐好像就有，只是不知道如今有无成精。

白发童子嘀嘀咕咕：“隐官大人肯定不至于跟个小白痴较劲，到底为啥，难不成心境又是变了一变？还是故意唬我的，骗我那把短剑来着？”

陈平安翻完一本书也没能瞧见所谓的“小家伙”，只得作罢。

古书记载，有个蠹鱼三食神仙字的典故。

蠹鱼入经函道书之中，久食神仙字，则身有五色，人吞之可致神仙，最次也可文思泉涌，妙笔生花。一个是文人笔札的泛泛而谈，一个却是山上练气士的口口相传。

只是所谓的神仙字，哪怕是山上修道之人，也不解深意。只知道蠹鱼之前身，是一种壁鱼，只生于书香门第，隐匿于笔筒、砚台或是灯影之中。倒是山下文人言之凿凿，只要以昂贵信笺书“神仙”二字，剪碎了投入瓶中，自会有壁鱼潜入，食尽碎纸，就有希望成长为蠹鱼。

白发童子一巴掌拍在白玉桌上：“给脸不要脸？信不信老子在书上写个酒字，醉死你们这帮小王八蛋?!”

陈平安定睛一看，只是书页某两行“神仙”字之间，不断出现一个个指甲盖大小的小家伙，从不同书页“翻墙”而来，从高到低，病恹恹蹲在书页间，可怜兮兮望向他和白发童子。

陈平安笑着说了句“打搅了”，就轻轻合上了书。

白发童子跪在石凳上，伸手覆盖着书，解释道：“蠹鱼成仙后，最好玩了，在书上写了啥，它们就能吃啥，还有种种变幻，比如写那与酒有关的诗词，真会醉醺醺摇晃晃，先写妙龄佳人，再写那闺怨艳词，它们在书中的模样，便就真会变成闺阁怨女子了，只是不能长久，很快就会恢复原形。”

白发童子随手翻书，大概是面子大的缘故，每翻一页，小人儿们就跟着飞奔而至。

陈平安想了想，问道：“如果写那屎尿屁呢？”

小人儿们一个个呆滞无言，只觉得生无可恋，天底下竟有如此丧心病狂之人？

白发童子伸出大拇指，大声道：“隐官爷爷奇思妙想，世上少有！以后遇到了小说家的祖师爷，一定可以把臂言欢，相见恨晚！以后跟随隐官爷爷去了中土神洲，一定要去那座白纸福地走一遭！”

陈平安坐在石凳上。

白发童子不再管那本书，指向那条其实属于无源之水的溪涧：“这是极其罕见的水中火，似水实火，隐官爷爷可以拿来炼化为最后一件五行本命物。陈清都不小气，刑官更大方，我可以帮忙搬去行亭那边。”

陈平安无动于衷，起身道：“不请自来，已经是恶客了。”

陈平安一走，白发童子只好跟着。与那杜山阴厮混，有个屁的意思，还是跟着陈平安，惊喜不断。比如今天拜访，面对那座茅屋，年轻隐官来时未行礼，去时没告辞。

白发童子屁颠屁颠跟在陈平安身边：“隐官爷爷，今天有些不同，心扉开合，真正随心，松弛有道，可喜可贺。”

双方徒步而行，显然陈平安并不着急返回牢狱。

陈平安笑道：“是想要通过那条溪涧，达成心愿？何必拐弯抹角，直说便是。”

白发童子问道：“直说就能成？”

陈平安说道：“当然不能。”

讲礼数，重规矩。龙窑学徒也好，远游的泥瓶巷少年也罢，只要是在跋山涉水，就要做一个穿草鞋、持柴刀之人该做的事情。

管事的隐官、卖酒的二掌柜、问拳的纯粹武夫、养剑的剑修，不同身份，做不同事，说不同话。归根结底，当然还是同一个人。

白发童子哀怨道：“我的隐官爷爷唉，没你这么欺负人的。”

随即稚童模样的化外天魔感慨道：“算了，我也不是人。”

陈平安说道：“是不是人，皮囊之外，还是看有无人心多些。”

白发童子嗤之以鼻：“一个人，心怀鬼胎，不还是个人。”

陈平安说道：“菩萨心肠，也还是个人。”

行至一具远古大妖尸骸处，尸骸横亘如山。

“走你！”陈平安重重跨出一步，蓦然出拳，尸骸腐朽败坏，早已称不上坚韧，故而被一拳随意凿出条“山谷”道路。

白发童子拍手叫好。

陈平安斜眼这头看似顽劣的化外天魔，缓缓道："那头狐魅的哀婉故事，实在没什么新意。若是写书卖文，很难挣着钱。"

游历四方，见过那狐仙撞钟，女鬼挠门，一个扰人，一个吓人。也见过雀在枝头听佛法，老鬼披蓑骑狐，唱《盘山儿》。

白发童子哦了一声："没事，我再改改。"

然后故作恍然："忘了她的下场，也无甚新意。"

陈平安突然说道："我猜出你们的根脚了。"

仰头望去，似乎是在看着另外一座天下的那座白玉京。

白发童子叹了口气："加上西方佛国的镇压之物，算不算另类的一气化三清？"

陈平安却转移话题，自顾自笑了起来："落魄文人，无非是做幕、教书和卖文三事。"

当剑气长城历史上的最后一任隐官，在街头巷尾说那山水故事，卖印章、扇面，三事凑齐了，可惜都没能挣钱。

白发童子无精打采。

陈平安拔地而起，一袭青衫，直直冲入云霄，然后御风而游云海中，双袖猎猎作响。

其实如今御剑之外，勉强御风亦可，但是只能靠一口纯粹真气支撑，并且消耗极快。

分别祭出初一、十五、松针、咳雷四把飞剑，悬停各处。在云海之上，纵身一跃，每次刚好踩在飞剑之上，就这样四处飘荡。

白发童子看得直打哈欠。

陈平安收起了四把飞剑，一个后仰倒去，笔直坠向大地，犹有闲情逸致，瞥了眼远处的那条纤细溪涧。

水在天耶？天在水耶？

陈平安就那么直不隆咚以脑袋撞入地面。

在云海之上的白发童子心神微动，有些讶异，蓦然抬头，只觉天地变色。

片刻之后，这头化外天魔站起身，气势浑然一变，得了陈清都的"法旨"，终于展露出一头飞升境化外天魔该有的气象。

从云海之中掬起一捧水，挥袖云入袖，摔向天幕，便有了一轮明月悬空，故而手心之上，掬水月在手。

一掌拍碎水中月。天地又变。白发童子已经身形消逝。

刹那之间，云海滚滚，然后好似被人随手搅出一个巨大窟窿，隐约之间，可见一位身形模糊的云上仙人，正在俯瞰大地，大笑道："小小儒士，不自量力。本座陪你玩玩？"

然后又有金身巨人缓缓伸出一拳，嗤笑道："可敢接下一拳？"

陈平安早已站在大地之上，仰头望去。狠狠吐了口唾沫，双手卷起袖管，却又重新摊平。

一位白衣年轻人，出窍远游，与陈平安并肩而立后，感慨道：“久在樊笼里，委实不痛快。”

陈平安微笑道：“说人话。”

白衣阴神大袖飘摇，十分逍遥，眼神炙热，大笑道：“干他娘啊！让他们给老子磕头！”

很好。这就对了。不愧是我陈平安！

大地轰然震颤。一袭青衫直去云海。武夫以拳问天。

随后白衣阴神扶摇直上，大地皆是我之天地，无数飞剑，一起去往云海。剑客问剑云上仙人。

剑气长城以北，剑气长城以南，皆有一道道武运疯狂流窜，遮天蔽日，好像在寻找那个不知所终的拳在天者。

第七章

试试看

那头好似终日游手好闲的化外天魔，在得了陈清都的授意和许可后，总算卸去了所有压胜禁制，获得短暂的自由身，得以施展出真正的飞升境神通，天地万物，随心流转，几乎可以媲美“真相”。

老聋儿也得了老大剑仙的吩咐，打开牢狱遗址小天地的门禁，接纳来自剑气长城和蛮荒天下的武运馈赠，一时间武运如蛟龙成群，浩浩荡荡涌入古战场遗址。

溪涧之畔，刑官剑仙走出茅屋，来到石桌那边，伸手压住那本饲养有蠹鱼的神仙书。

捣衣女子和浣纱小鬟，依旧重复着劳作。

杜山阴站在葡萄架下，透过苍翠欲滴的绿荫缝隙，望向那一幕，神色复杂。

随着刑官下压书籍，溪畔附近的小天地气象，归于寂静安详。

老聋儿站在牢狱入口处，捻须而笑：“天翻地覆慨而慷。”

被带来欣赏景象的少年幽郁心神摇曳，对年轻隐官又多了几分敬畏。

捻芯悄然现身，轻声说道：“那头化外天魔，竟然有此神通？”

老聋儿笑道：“你该不会真当他是个只会耍宝的小家伙吧？他的飞升境修为，只是在这边被大道压制太多，才显得有些花架子，他又忌惮着老大剑仙，不然单凭你那点境界和道心，早就沦为他的傀儡玩物了。缝衣手段，哪怕涉及魂魄不浅，还是不如化外天魔在人心最深处。”

捻芯问道：“他一直希望通过陈平安离开此地？”

老聋儿摇头道："陈平安断然不会让他脱离禁地，只要没了老大剑仙的压制，陈平安就会是他最好的躯壳，就像被鸠仙占据，体魄神魂都换了个主人，到时候他只要往蛮荒天下流窜，天高地远，自由自在。关于此事，双方心知肚明，化外天魔在抽丝剥茧，不断熟悉陈平安的心路，陈平安则在秉持本心，反过来砥砺道心，平日里他们看似关系融洽，有说有笑，其实这场性命之争，比那练气士的大道之争差不了多少。你可能不太清楚，这些化外天魔立下的誓言，最是轻飘飘，毫无约束。"

老聋儿神色玩味："有那陈平安的心境和皮囊打底子，说不得以后蛮荒天下，很快就要多出一位最新的王座大妖，托月山大祖，对此事一定乐见其成。剑气长城先后两位隐官，一起投靠了蛮荒天下，这就是大势所归。当着老大剑仙的面，我也要说句大逆不道的言语，我对此是很期待的，一个走向另外极端的'陈平安'，还是陈平安，又不全是陈平安，获得了最纯粹的自由，此后修行，只求至大长生。捻芯，你觉得如何？"

捻芯说道："我无所谓。"

捻芯补充了一句："如果真有那么一天，我可能会选择依附那个新的陈平安，一起去往蛮荒天下扎根，我说不定还有机会破境。"

老聋儿双指轻轻搓动胡须，笑呵呵道："新的陈平安，缝衣人捻芯，加上我这个飞升境，咱仨若是在蛮荒天下联手，开宗立派，一定气象不俗，大有可为。"

老聋儿随即自嘲道："这等天大美事，就只能想一想了。"

少年幽郁听得心惊胆战。

无法想象那位年轻隐官一旦投靠妖族，对于剑气长城和那座陌生的浩然天下，会是怎样的恐怖光景。

幽郁内心深处，甚至觉得陈平安转投蛮荒天下，比前任隐官萧愻背叛剑气长城，后果更加严重。

捻芯好奇问道："你如此袒露心扉，就不怕老大剑仙问责？"

老聋儿哈哈笑道："我本就是妖族，何时遮掩过自己的大妖凶性了？陈平安问我若无禁忌会如何，我不也直说'见之皆死'？"

捻芯看着天幕那边的恢宏景象，说道："这不是一位金身境武夫破境该有的声势，哪怕陈平安得了'最强'二字，还是不合常理。"

老聋儿摇摇头："那是你没见过曹慈的缘故，他与陈平安是同龄人，曹慈当初返回倒悬山，过门之时刚好破境，引发了两座大天地的极大动静。但是曹慈最终一份武运馈赠都没有收下，连累剑气长城六位剑仙，一起出剑退武运，还要外加倒悬山两位天君亲自出手。"

老聋儿瞥了眼天幕："不过武道之上，陈平安距离曹慈，是越走越近了。其余天下武夫，大概只会与曹慈愈行愈远。"

这是一位飞升境大佬给予晚辈的一个极高评价了。

在陈平安第一次登城与曹慈相逢之时，对两个年龄相仿的少年武夫，当时天下只知曹慈。

幽郁小心翼翼说道："聋儿前辈，若是与那曹慈越来越近，岂不是证明隐官大人走得比曹慈更快些?"

老聋儿点头道："谁说不是呢。"

白衣阴神已经远游归窍，形神重新合一的陈平安重重坠落在地，双膝弯曲，低下头去，大口喘息。

这一刻，低头不语的青衫客，只觉得天大地大，无处不可去，任你是大剑仙，飞升境大妖，只要在我身前，与我为敌，我皆有双拳一剑，足可一战。

白发童子飘落在地，邀功道："我可是铆足了劲，才折腾出这么大场面，隐官爷爷你一定要念情啊。"

这头化外天魔只见陈平安保持原先姿势，不过微微抬起眼帘。他收敛笑意，与陈平安对视。

陈平安缓缓挺直腰杆，动作略显凝滞，微笑道："天下无不可商量之事。"

化外天魔撇撇嘴，双手抱住脑勺："那就是没得谈喽?"

陈平安肩头一歪，一脚重重踩踏地面，这才稳住身形。

背脊微颤，手臂与眼帘处，更是有鲜血渗出。

化外天魔当然知道这是境界不稳的缘故，加上缝衣的关系，牵扯到了大道压胜，这会儿的陈平安，状态处于字面意思上的天人交战。

境界高者，离天更近，登高望远，自然对天地大道的运转有序，感触更深，承载更重。

练气士跻身玉璞境的契机，在于"合道"二字，仙人境欲想破境跻身飞升境，大道根本，则在"认真"，认得一个真字。

陈平安蹒跚而行，缓缓徒步走向牢狱入口。

化外天魔性情多变，这会儿已经嬉皮笑脸跟在一旁，说着能够为隐官爷爷护道一程又一程，结下了两桩香火情，幸莫大焉。

陈平安一心两用，一边感受着远游境体魄的诸多玄妙，一边心神凝为芥子，巡狩人身小天地。

消受过捻芯的一场场缝衣之苦，再拿来与李二传授的拳理相互佐证、勘验，陈平安敢说自己无论是以纯粹武夫的眼光，看待人身之"山水地理"，还是从练气士的角度，对待人身之"洞天福地"的理解，都已经远超常人。

至于五行之属本命物，已经凑出四件，只差最后一道关隘了——欠缺最后一件火属之物。

化外天魔所说的那条溪涧，被他称为水中火，陈平安眼馋却未心动。眼馋的，是那条溪涧的价值连城，世间任何包袱斋见到了都会多看几眼；不心动，是因为不愿夺人所好。当然这是比较好听的说法，直白点，就是没信心与刑官打交道。陈平安总觉得那位资历极老、境界极高的剑仙前辈，仿佛对自己存着一种天然的成见。那趟看似随便散心的登门拜访，让陈平安越发笃定自己直觉无误。

宁府那边，不是没有可以拿来大炼的火属之物，虽说那几件宁府珍藏之物，品秩不算太高，但是拼凑出五行齐聚的本命物，绰绰有余。

一个下五境练气士，别说是朝不保夕、有什么就炼化什么的山泽野修，就算是一等一的宗字头嫡传，都很难拥有陈平安当下这份本命物格局。更何况陈平安还一直在孜孜不倦地添补家当，用以辅佐五行本命物，例如那得自山巅道观的青色地砖，得自离真的五雷法印、仿白玉京宝塔，以及剑仙幡子。其中五雷法印被陈平安炼化后，挂在了木宅大门上，当市井坊间的驱邪宝镜使用。宝塔与幡子都搁在了山祠那边。

就连本名小酆都的初一、飞剑十五，再加上恨剑山两把剑仙仿剑，都被那颗小光头经常拿去耍，一并收入剑鞘。四把飞剑首尾衔接，好似世间最为古怪的"一把长剑"。

唯有最早打造出来的水府，陈平安始终没有任何的锦上添花。

当年率先以水字印作为本命物，在老龙城云海之上行炼化事，护道人是后来成为南岳山君的范峻茂。成功打造出一座水府，有绿衣童子帮忙打理水运、灵气，墙上壁画水神朝拜图多有点睛之笔，墙上诸位水神栩栩如生，衣带当风，宛如真灵活物，只是数次大战，陈平安境界起落不定，跌境不休，连累水府数次干涸，彩绘剥落，水塘枯竭，这本是修行大忌。位于水字印之下的小水塘，有水运蛟龙盘踞其中，水字印水汽倾泻如瀑，故而水塘类似一块龙湫之地，契合"水不在深，有龙则灵"一语。

白发童子瞥了眼，一眼看穿陈平安的心神所在，随口说道："龙湫养龙，自古就是养龙首选，圣人注解此字，湫谓气聚，底谓气止，皆停滞不散之意。隐官爷爷你那水府中的龙湫，最大的问题，还是占地太小，你为何从不刻意拓展疆域？又不是做不到。何必画地为牢，自我禁锢。换成是我，就让那乖孙儿攫取了所有水运珠子，一股脑儿砸入水塘当中，累死那些水府小人儿。"

这头化外天魔说到这里，摆出一个悲苦状，可怜兮兮道："湫湫者，悲愁之状也。我替隐官爷爷大愁特愁啊。"

陈平安始终脚步沉重，整个人东倒西歪，说道："我比较亲水，最不愁水府。"

化外天魔摇头道："修道之人，最讲究丹室气象的高低，如果不出意外，隐官爷爷的未来结丹之地，水府可能性极大，但是偏将几件破烂……哦，不对，几桩机缘搁放在山祠，这就很亏了。换成是我，管他娘的，所有法宝炼化了，全都堆积在水府当中，早做准备,方是上上策。结金丹,可是修道之人的头等大事,结成金丹品秩的高低,更是直接决定了练气士未来成就的高低。”

陈平安的水府,除了那枚让化外天魔备感棘手的水字印,以及那拨迟早要搬家远去的外来户绿衣童子,其余景象,都属于天然孕育而生,不俗是不俗,可事实上,仍是不太够的。可惜陈平安显然没有听进去他的金玉良言。

化外天魔也无所谓,陈平安真要如此做了,终究小打小闹,意思不大。

在一位飞升境眼中,什么天之骄子、惊才绝艳、福缘深厚,都是虚妄,除非对方有朝一日也能够成为飞升境修士,不然在那已在山巅的飞升境眼中,所谓的山上机缘,所有的争道搏命,就只是檐下廊外的一群阿猫阿狗在打闹,高兴了就多看几眼,嫌碍眼或是吵闹了,也就打杀了。

这头化外天魔对陈平安观察已久,倒是很想与陈平安做一桩大买卖。

陈平安的心神芥子去往山祠游历,在山脚仰头望去,看见一座山祠。之前积大骊新五岳的五色土成山,在山顶筑造了一座小山祠,后来陈平安还炼化了那些青色地砖蕴含的道法真意,用以加固山头。

白发童子好奇问道:“隐官爷爷,为何对修行证道一事,没什么太大愿景?对于长生不朽,就这么没有念想吗?”

陈平安行走期间,以六步走桩打底,不断转换拳架,校正细微处的筋骨血肉,以便更好适应当下的身躯,听到这个问题后,答道:“距离太远,看不真切,无法想象。”

白发童子哦了一声:“原来是需要一点光亮,指引道路。可惜至今未能寻见。看来浩然天下的得道之人,学问、拳法和剑术之外,都未有谁能让隐官爷爷真正心神往之啊。”

陈平安不愿在这个问题上过多纠缠,转去问道:“那位刑官前辈,不是本土剑修吧?”

之所以有此问,除了避暑行宫并无任何记载之外,其实线索还有很多,葡萄架下悬停五彩十二月花神酒杯,蠹鱼食用神仙字,以及刑官要求杜山阴学了剑术,务必杀绝山上采花贼,以及金精铜钱和谷雨钱的两枚祖钱凝聚而成的捣衣少女、浣纱小鬟。即便剑气长城也会有孙巨源这样的风雅剑仙,但是比起那位云遮雾绕的刑官,还是不同。

剑气长城的本土剑仙,对别处人事,都少有这般牵挂。米裕那种不叫牵挂,纯粹就是喜欢招蜂引蝶,百花丛中小天地,欠揍。

与隐官爷爷很是心有灵犀的白发童子,立即说道:“他啊,确实不是这儿的当地人,家乡是流霞洲的一座下等福地,资质好得可怕,好到了仗剑破开天地屏障。在一座限制极大的下等福地,修道之人连跻身洞府境都难的穷乡僻壤,却被刑官硬生生以元婴境剑修的手段,成功‘飞升’到了浩然天下。不承想原本一座极为隐蔽的福地,因为他在流霞洲现身的动静太大，引来了各方势力的觊觎，以致原本世外桃源一般的福地，不到百年便乌烟瘴气，沦为谪仙人的嬉戏游乐之地，大伙儿你争我抢，也没能有个稳定的老天爷好好经营，一来二去，整座福地最后被两位剑仙和一位仙人境练气士三方混战，合力打了个天崩地裂，当地人近乎死绝，十不存一。刑官当时境界不够，护不住家乡福地，所以愧疚至今。好像刑官的家眷子嗣和门生弟子，所有人都未能逃过一劫。”

陈平安心中叹息不已。

自己的落魄山，就拥有一座莲藕福地。

陈平安然后皱眉不已。

往往每座下等福地的现世，都会引来一阵阵血雨腥风。扶摇洲如今形势大乱，除了数件仙家至宝现世之外，其中也有一位远游境纯粹武夫的“飞升”，导致一座原本与世无争的隐秘福地，被山上修士找到了蛛丝马迹，引发了各方仙家势力的哄抢。同样是一座下等福地，但是由于自古崇武而“无术”，天材地宝积攒极多，扶摇洲几乎所有宗字头仙家都无法置身事外，想要从中分得一杯羹。而且扶摇洲是山上山下牵连最深的一个洲，仙师有所图谋，世俗君主亦有各自的野望，所以牵一发而动全身，几个大的王朝在修道之人的鼎力支持之下，厮杀不断，故而这些年山上山下皆战火绵延，硝烟滚滚。

白发童子说道：“做笔买卖？”

陈平安笑道：“说说看。”

白发童子难得正儿八经言语，缓缓说道：“在陈清都的见证之下，让我与你的阴神彻底融合，我选择酣眠百年，百年之内，你只要跻身了玉璞境，就必须还我一个自由身。作为收益，我以飞升境本命元神作为你的道法之源，对于中五境修士而言，必然取之不尽用之不竭，再不用担心灵气多寡，与人厮杀，绝无后顾之忧。”

说到这里，白发童子神采奕奕，越发觉得这桩买卖互利互惠，蹦跳起来，兴高采烈道：“你不但将来跻身上五境毫无意外，有我在，好似担任你的护道门神，任何心魔，都不成问题。而且在这之前，开洞府，观沧海，跳龙门，结金丹，孕元婴，保证你势如破竹。还有一条更快破境的捷径，只是需要用到一桩秘术，你先跌境到三境。我说不定能够让你一夜之间，大梦一场，就跻身上五境了。两种选择，你都不亏，且无半点隐患！”

陈平安说道：“免了。”

白发童子有些急眼了，说道：“就算信不过我，你还信不过陈清都？老家伙的眼光，那都是极高极准的！”

陈平安摇头道：“我只要有此念头，和老大剑仙开了口，那么不管你有无谋划，老大剑仙都会点头答应。”

白发童子捶胸顿足道：“怎么遇上你这么个油盐不进的人啊。你倒是赌一把啊，输了小亏，赢了大赚，到底怕个啥？修道之人，没点魄力怎么行，要杀伐果决啊，隐官爷爷你老人家这一次，实在是让我太失望，太失望了！彻底寒了孙儿的一副热肚肠！”

化外天魔又开始混不吝，陈平安倒是依旧一本正经说道：“之所以没答应你，不是我怕涉险，是不想坑我们两个，因为此举有违我本心。到时候我跻身上五境的心魔，会换一换，极有可能变成你，所以你自封门神，其实根本难以为我护法护道。”

白发童子听出陈平安的言下之意，疑惑道：“你是说撇开那个绕不开的症结不谈，只假设你跻身了玉璞境，就有法子砍死我？隐官爷爷，不管你老人家在我心中如何英明神武，你还是有那么点托大了吧？”

陈平安停下脚步，笑呵呵道：“不信？试试看？”

白发童子跃跃欲试，不过还是死死盯住陈平安的眼睛，竟是有些狐疑不定，不过思量片刻之后，仍是一闪而逝，选择进入陈平安新起的一个念头的心湖天地，试试就试试！先后四次游历，在陈平安“心中”，什么古怪没见过，真要见着了大的古怪，也算开了眼界，就当是找点乐子。

陈平安在化外天魔进入心湖之后，深吸一口气，屏气凝神，心无杂念，尝试着喊了一声。刹那之间，这头化外天魔就滚落而出，脸色惨白，不但无功而返，似乎境界还有些受损。先前恢复巅峰状态的飞升境豪气，此刻已经荡然无存。

白发童子喃喃道：“好算计，隐官爷爷好算计，让我当了一回跨越两座天地的传信飞剑。偌大一座剑气长城，还真就只有我能办成此事……”

陈平安说道：“不然再试试？”

白发童子一屁股坐在地上，后仰倒地，手乱挥脚乱踹，干号道：“这日子没法过了，隐官爷爷尽欺负老实人。”

陈平安继续前行。这笔谋划已久的生意，果然能成。不然他何至于任由一头化外天魔多次进入自己心湖。

白发童子站起身，跟在年轻隐官身后，心有余悸，怔怔无言。先前他兴冲冲直奔陈平安心湖，结果景象诡谲，竟是一座金色拱桥。他起先一路欢快奔跑，还挺乐和，然后瞧见了一个白衣女子的高大身影，女子站在桥栏之上，单手拄剑，似在长眠，等到陈平安轻呼一声之后，照理而言只是个虚幻假象的女子，便毫无征兆地瞬间“清醒”过来，片刻之后，她转头望向了那个心知不妙、骤然停步的化外天魔。

白发童子敢发誓，自己两辈子都没见过那种眼神，甚至他都无法看清楚对方的容貌，只看到她那双金色的眼眸。居高临下，没有任何情感，纯粹得就像是传说中最高位的神灵。看待一位飞升境，视若蝼蚁。

她所站立的金色拱桥之下，似乎是那曾经完整的远古人间，大地之上，存在着无数生灵，天地有别，唯有神灵不朽。

只是一眼，化外天魔就被撞出陈平安的小天地，使得一头原本绝对止境的化外天魔，足足消耗了相当于一位飞升境修士辛苦积攒出来的百年道行。

化外天魔诞生之时，境界就会停滞为止境，不增一丝不减一毫，此后只有生死两事。

白发童子哀怨道："隐官爷爷，她与陈清都是不是一个辈分的？你早说嘛，这么有来历，我喊你爷爷哪里够，直接喊你老祖宗得了。"

陈平安说道："我不是谁的转世，你误会了。"

白发童子嗤之以鼻，连一头化外天魔都骗，真够读书人的。

临近牢狱入口，陈平安大致适应了金身境与远游境体魄的巨大差异，但是依旧身形佝偻，呼吸不畅，并非作伪。这就是捻芯缝衣带来的后遗症，自身筋骨越重，体魄越是坚韧，已经篆刻在身的大妖真名，就会随之沉重起来。这还是多个关键大妖真名尚未篆刻。陈平安无法想象一旦捻芯缝衣成功，自己会是怎么个处境，会不会只能弯腰行走？

路过五座关押上五境妖族的牢笼，云卿站在剑光栅栏那边，道贺一句："恭喜破境。"

大妖清秋只是躲在雾障当中，视线冰冷，死死盯住脚步沉重的陈平安。

另外三头大妖中，先前一直不曾现身的一位，也破天荒露面，大妖化名竹节，坐在一张尚未完全摊开卷轴的青绿山水画卷之上，练气士凝神细看之下，就会发现迥异于世间寻常图画。这张画卷宛如一座真实福地，不光有山脉起伏、亭台楼阁，还有花草树木以及飞禽走兽等活物，更有满天星斗悬空的瑰丽景象。那头如同盘踞在天幕之上的大妖沙哑开口道："小家伙，命真好。"

陈平安停下脚步，只是观看那幅画卷，避暑行宫有所记载，这头大妖能够以笔墨窃取山水，曾经给那王座大妖黄鸾当过数百年的马前卒，能够在战场上作画，腾挪山河收入画中，再合上卷轴，足可挤压、碾杀画上一切生灵。与之境界悬殊的练气士，他直接画其形，就可以将其部分魂魄直接拘押到画卷中，所以在蛮荒天下，经常有妖族携带仇家画像，带上仇家名字、生辰、祖师堂所在位置，找到这位画师，花钱请其落笔，然后再买走那卷拘来仇家魂魄的画像。

第四头大妖，是一位妇人模样的玉璞境剑修，只是本命飞剑在战场上损毁严重。她化名梦婆，是极其罕见的草木精魅出身，却能够研习剑术，杀力极大，曾经在蛮荒天下雄踞一方，是一位剑宗之主，与飞升境大妖重光无眷侣之名，却有眷侣之实。

最后一头上五境妖族，关进了牢狱反而不断破境，如今已是仙人境修为，按照老聋儿的说法，陈清都曾经答应过这头妖族，只要跻身飞升境，就可以顶替老聋儿掌管牢狱。

白发童子好像比陈平安还要忧心，满脸为难道："隐官老祖哪怕是远游境了，对付这五位，好像还是毫无胜算啊。"

陈平安点头道："暂时没有。"

拾级而下，沿途多是已经空了的囚牢，六十一个中五境妖族，撇开老聋儿相中的三名弟子，还剩下五名，都是硬茬子。

陈平安突然说道："看来是要跻身中五境了，不然瘸腿走路太严重。别说上五境大妖，就是那五个元婴境，都打杀不了。"

白发童子深以为然："隐官老祖是得抓紧。"

陈平安在行亭建筑那边坐下，白发童子依旧恪守规矩，只在建筑之外浮游。

陈平安笑问道："那个躲入我阴神的念头，没了？"

白发童子无奈道："我虽然待人厚道，可我不傻啊。"

陈平安犹豫了一下，第一次全部将本命物祭出气府，一枚水字印，一座五色小山，一尊木胎神像，一页金色经文。

四件关键本命物，围绕陈平安，缓缓流转，莹光各异，一座建筑大放光明，照彻四周混沌虚空之地。

白发童子飘荡到了台阶那边，问道："怎么个先后顺序？"

陈平安说道："水字印，五色山岳，道人木像，佛经。但是我一来没能找到合适的术法，再者炼化五行之属本命物，初衷本来就是为了重建长生桥，所以这么多年下来，与人厮杀，术法一途，始终是我的软肋。不过捻芯前辈建议我，将几件本命物更换位置，比如那颗五雷法印，可以挪到手心处。"

白发童子点头道："攒簇五雷，总摄万法。万法造化在掌中，是个不错的建议。关键是能够唬人，比你那半吊子的符箓，更容易遮掩武夫、剑修两重身份。"

陈平安问道："除了刑官那条溪涧，这座天地还有没有适合炼化的火属之物？"

白发童子点头道："有。并且品秩极高极高极高。我之所以先前不提，自然是没啥赚头，不比那条我说得上话的溪涧。"

一连三个极高。

陈平安陷入沉思。知道是那个岩浆熔炉。

于己无利的事情，白发童子没半点兴趣，开始掰手指头："先以符箓一道，示敌以弱，见机不妙，就祭出松针、咳雷，'假扮'剑修，又被识破，恼羞成怒，拉开距离，当头砸下一记货真价实的五雷正法，若是敌人皮糙肉厚，那就欺身而近，以远游境武夫给他几拳，打不过就跑，一边跑一边扯出剑仙幡子，靠着人多势众吓唬人，对方刚以为这是压箱底的逃命本事了，就以初一、十五两把飞剑，杀他个回马枪，这要是还赢不了跑不掉，就神不知鬼不觉地祭出笼中雀，再给几拳，不够，就再来一把井中月……隐官老祖，我的手指头已经不够用了！"

陈平安啧啧道："你可真够不要脸的。"

白发童子笑容灿烂道:“认了个好祖宗呗。”

陈平安收起四件本命物,问道:“你的本名叫什么?”

吴嘆当然是这头化外天魔胡诌出来的名字,连幽郁和杜山阴都不信。

白发童子沉默片刻,说道:“霜降。”

陈平安随口问道:“姓氏?”

之所以有此问,还是因为那些牢狱关押妖族的缘故,例如那五个上五境大妖,化名分别是云卿、清秋、梦婆、竹节、侯长君。除了最后那个天资卓绝的仙人境大妖有个姓氏,其余哪怕是化名,都无姓氏,至于真名,更是不会轻易泄露。

中五境妖族也一样,不管化名如何,除非身死道消之际,捻芯使用了缝衣人的手段,才可以从被她剥离出来的金丹、元婴当中获悉真名。

浩然天下的纯粹武夫,讲究个投师如投胎,那么妖族在真名一事上,自古便被视为头等生死大事。

白泽编写《搜山图》,泄露大妖真名、根脚,交给礼圣,再与礼圣一起在高山之巅铸造大鼎,正是当年妖族败退的关键原因之一。

一旦蛮荒天下攻破剑气长城,闯入浩然天下,那么儒家圣人掌握的每个本命字,对妖族而言,都会是一道道关隘。

甲申帐那几位剑仙坯子,背篋、雨四、涒滩、流白,皆无姓氏,就是在等托月山的赐姓,而且名字也都相对生僻晦涩,为的就是尽量避开儒家圣人的本命字。

白发童子摇头笑道:“我是皑皑洲贱籍流民出身,跟随大富之家的姓氏,不提也罢。其实有个原名,就叫小草,后来日子安稳了,给有钱少爷当了书童,一位私塾夫子就帮忙取了个霜降的名字,气肃杀,阴始凝,本就不是一个多好的名字。当年什么都不懂,还很开心来着,总觉得与书籍沾了边。”

白发童子悬在空中,后仰倒去,跷起二郎腿:“老夫子也是我的半个传道人,是个洞府境修士,在那偏居一隅的藩属小国,也算是位了不起的神仙老爷了。他年轻的时候,会些粗浅的扶龙之术,帮人做幕,只是时运不济,不成事,后来心灰意冷,就教书当先生,偶尔卖文,挣点私房钱。一次出远门,与我说是要游历山水,就再没回来,我是多年之后,才知道老夫子是去一处兴风作浪的淫祠水府,帮一个当官的朋友讨要公道,结果公道没讨着,把命丢那儿了,魂魄被点了水灯。我一气之下,就拼着丢掉半条命,打碎了那河伯的祠庙和金身,犹不解恨,嚼了金身碎片入肚,只是双方那场厮杀,水淹百里,殃及府城,被官府追杀,十分狼狈。”

本名为霜降的化外天魔,笑道:“小草不自贵,已铸出山错。”

陈平安不曾听说皑皑洲历史上有一个名为“霜降”的飞升境大修士。

若说玉璞境、仙人境、飞升境在内的所有上五境修士,陈平安除了宝瓶洲、桐叶洲和北俱芦洲之外，的确所知不多，不敢说都听说过，但是只说浩然天下的飞升境修士，陈平安成为隐官之后，专门去了解过，何况避暑行宫秘录档案，堆积如山，很容易顺藤摸瓜，应该遗漏不多。

白发童子一个鲤鱼打挺，哈哈笑道："这是我刚刚编撰出来的新鲜故事。隐官老祖听过就算。"

陈平安说道："故事真假，我不确定，不过我可以确定，你多半来自青冥天下。"

白发童子哦了一声，恍然道："晓得哪里出纰漏了，不该说是被官府追杀的，除了官员必须有度牒的青冥天下，浩然天下的朝廷官府没这胆子，更没这份能耐。"

那座天下，与百家争鸣的浩然天下，大不相同，道门一家独大，朝廷官吏，道士居多。所以绝对不会有那官员祈雨的场景，青冥天下的地方官员，自己就能够以术法呼风唤雨，祈福消灾，那里的山水神灵，地位不高，虽说不至于沦为杂役苦力，但是比起浩然天下江水正神、山君山神的风光无限，相差极大。

陈平安说道："我与大玄都观的孙道人，曾经有幸在北俱芦洲相伴游历一场，收获颇丰。以后若有机会，一定要登门致谢。"

孙道人作为世间道门剑仙一脉的执牛耳者，道法、剑术都极高，但是陈平安却最佩服那位老神仙装神弄鬼的手段。炉火纯青，出神入化。自己与孙道人相比，还差了十万八千里。

白发童子点点头："猜出来了，木宅里边的中年道人，本就是孙道人的师弟，木胎神像是大玄都观的祖宗桃木劈斫而成，五色山岳的山根，其中蕴藉之道意，也是大玄都观剑仙一脉的根脚，我眼没瞎，瞧得见。所以竹节说你命好，错也错，对也对。"

想要去别座天下，拜访大玄都观，意味着陈平安得是飞升境才成。

陈平安问了一个关键问题："你可曾听说过炼制三山术？"

白发童子神色古怪："听说过，就真的只是听说过。"

陈平安又问："那我能否凭此炼化那颗神灵心脏？这副神灵尸骸，曾是上古火神佐官？"

白发童子笑嘻嘻道："能否炼化，我不清楚。至于神灵之身，哪来的五行之属，包罗万象，缺啥补啥就是啥。这座牢笼是炼化之物，唯独那座熔炉，剑气长城从无染指，依旧历经万年而不朽，我不怕你无法炼化，只怕你炼化之后，身躯魂魄遭受不住，两桩大事，拼凑五行，真名缝衣，皆要功亏一篑，不信的话，你问捻芯。"

捻芯站在台阶那边，干脆利落道："除非我舍了金篆、玉册不要，所有文字都用来打造心室四壁。"

两件仙家至宝，都是半仙兵品秩，更是捻芯的大道根本所在，代价不可谓不大。

陈平安问道："条件？"

捻芯说道："你一直坚持缝衣只在上半身，劳烦放弃这种脑子有病的坚持。"

陈平安说道："拒绝。"

白发童子幸灾乐祸，等这场好戏很久了，总算登台开唱。

捻芯恼火道："陈平安！三十二个缝衣处，若只在四肢和上半身，难免失衡，你自己觉得像话吗？身为缝衣人，我当下这副模样，你觉得我是那种在意男女忌讳的女子吗？你更是剑气长城的隐官，是一个志在登顶的修道之人！还要介意这点所谓的男女大防？"

陈平安点头道："介意。在捻芯前辈眼中，我只是一个被剥皮抽筋削骨刻字的缝衣对象，可在我眼中，捻芯前辈终究还是女子。"

捻芯气得脸色铁青："陈平安，你简直就是不可理喻！"

白发童子满地打滚，捧腹大笑，只是辛苦压抑，不敢出声。好玩好玩，解气解气。

陈平安抱拳致歉："恳请捻芯前辈体谅一二。"

捻芯一闪而逝。

陈平安倒是不太担心捻芯就此撂挑子，使得缝衣一事半途而废。但是极有可能接下来的缝衣，捻芯会让自己吃苦更多，而且是那不必要之苦头。

等到捻芯一走，白发童子就已经正襟危坐。

陈平安笑道："霜降前辈，怎么不继续乐和了？"

白发童子以拳轻轻捶打心口："心疼心疼，眼睁睁看着隐官老祖被捻芯误会，心痛如绞。"

你喊你的前辈，我喊我的老祖，哥俩好。

陈平安问道："若是炼化了，对牢狱会不会有影响？"

白发童子点头道："当然，牢狱会失去半数压胜禁制，但是没所谓的，哪怕全没了，还有个老聋儿，远处又有个刑官，由着那些妖族乱窜都不会有半点乱子。"

云卿这些大妖除外，牢狱内的中五境妖族，只剩下五个元婴境剑修，无一例外，久经厮杀，十分棘手。

陈平安说道："云卿多半会破开禁制，选择离开牢狱，哪怕只有片刻自由，也想要走出牢狱看几眼古战场遗址，梦婆也愿意死在刑官剑下，而不是被我这么个无名小卒打杀。"

白发童子揉着下巴："倒也是，这可如何是好？"

陈平安看着对方，先前不是说了认了个好祖宗吗？

白发童子哀叹道："我帮隐官老祖盯着那些牢笼大门便是。"

陈平安说道："乘山前辈，帮忙跟老大剑仙打声招呼，我要炼物。"

老聋儿的嗓音在陈平安心湖响起："需要准备些天材地宝？"

陈平安摇头道:“不用。”

除了五彩金匮灶,陈平安还有火龙真人赠予的“指点”机缘,跻身远游境之后,越发明显,只需要让捻芯帮忙剥离出来即可,外加那门炼三山仙诀,足够了。

白发童子有些神色郁郁:“真不打算从三境一举跻身玉璞境?”

一旦陈平安炼制成功,极有可能跨过一道大门槛,得以跻身洞府境。

陈平安置若罔闻。

白发童子正色道:“那我退一步,放弃那点小动作,再无鸠占鹊巢夺你皮囊的打算,只求能够寻一处栖身之所,活命离开牢狱,希冀着有朝一日能够重返青冥天下。此外条件依旧,我就当是花钱买命了。”

陈平安还是摇头。

白发童子缓缓起身,变化模样,成了一位手捧拂尘的佩刀道人,道袍样式既不在白玉京三脉,也不是大玄都观剑仙一脉,竟是一件陈平安从未见过、更未听闻的紫色法衣,对襟,袖长随身,以金丝银线绣有日月星辰、太极八卦、云纹古篆以及十岛三洲、各种仙禽异兽,仿佛一件法衣道袍,就是一座天地广袤、万物生发的洞天福地。

此刻身披一件天仙洞衣的道人,一双眼眸之中,仿佛有星斗移转,神色淡然,微笑道:“陈平安,你算计我,帮你飞剑传信一次,害我折损百年道行,但是你一个下五境修士,尚且有此心智,我先后五次游历,观你心境,岂会没有留下后手?”

不但老聋儿转瞬即至,就连刑官已经赠予杜山阴的那道剑光,也一掠而至,破开层层叠叠的虚空迷障,璀璨炫目。

兴许这就是青冥天下飞升境大修士霜降的“真身真相”了。

陈平安摆摆手,示意老聋儿不用动手,与那化外天魔对视,问道:“真要强买强卖?”

道人霜降微笑道:“试试看?”

陈平安点头道:“试试看。”

老聋儿皱眉不已。就算试完之后,这头化外天魔必死无疑,对你陈平安又有什么好处,像先前那般双方虚与委蛇不好吗?何必如此撕破脸皮?对于双方而言,都不是划算买卖。当然对那霜降而言,确实是走投无路了。陈平安离开牢狱之时,只要不与老大剑仙求情,帮着化外天魔网开一面,就意味着陈平安已经下定决心,要让老大剑仙出一次剑。

陈平安如果拖泥带水,心存捣糨糊的念头,不救不杀,以老聋儿所知的老大剑仙的脾气,就会由着陈平安自讨苦头了。

一头飞升境的化外天魔,自有手段尾随而出,此后陈平安的修行路上,在重返浩然天下之前,只会后患无穷。当然前提是陈平安真能够活下来,还有机会见到那个与天地合一的自家先生文圣老秀才。

去而复还的捻芯，更是在心中大骂陈平安急躁，为何跻身了远游境，武运在身，好像整个人的心境都变了。那头居心叵测的化外天魔，先拖着便是。先炼物破境，再缝衣成功，到时候再搬出老大剑仙，总好过这么急匆匆与一位飞升境切磋道心。

修道之人，擅长炼物，化外天魔，喜欢炼心。

老大剑仙突然现身："就不能让我省省心？"

每次见着陈清都皆如鼠见猫的化外天魔，这次非但没有恢复白发童子的相貌，反而问道："陈清都，你我约定到底作不作数？我到底能不能离开剑气长城？！"

老聋儿倒是不意外。陈清都没那闲情逸致，圈养一头化外天魔闹着玩。

果不其然，陈清都说道："你可以换个境界高的，比如侯长君，或者干脆找个天生皮囊出众的，比如老聋儿挑中的弟子。至于能不能活着离开，别问我。"

捻芯哑然失笑，最后三字，好熟悉的措辞。

老聋儿有些脸色难看，倒是不敢质疑陈清都的决定，只是后悔与陈平安的那桩买卖，做得早了些。

霜降摇头。

陈清都笑问道："给脸不要脸，是吧？"

霜降默然。

陈清都转头望向陈平安。

陈平安说道："我一个下五境修士，既要缝衣，结果还需要与一个飞升境的化外天魔钩心斗角，老大剑仙你没理由袖手旁观。"

捻芯觉得这次陈平安又得遭殃了。

不承想陈清都笑着点头道："总算晓得主动伸手讨要一次了，难得。"

浩然天下的陈平安，事事求己不外求，陈清都懒得管。可既然当了剑气长城的隐官，不多求他陈清都几件事，当他这位老大剑仙是摆设吗？

倒悬山，米裕求着邵云岩带他去黄粱铺子，喝一喝那鼎鼎大名的忘忧酒。不承想好不容易等到邵云岩点头答应下来，纳兰彩焕说也要跟着一起，坐享其成。

三人进了那座酒铺，邵云岩发现老掌柜和年轻伙计之外，比起上次，多出了个年轻容貌的女子，姿色算不得如何出彩，她正趴在桌上发呆，酒桌上搁放了一摞书籍，手边摊开一本，覆在桌上。伙计许甲坐在自家小姐一旁，陪着发呆。

邵云岩记得第一次来铺子喝酒，女子依稀是这般模样，如今还是差不多。女子修道，驻颜有术，是大诱惑。

米裕落座后，取了酒便痛饮，喝了个酩酊大醉，倒是没说什么醉酒话，只是有些失魂落魄。

纳兰彩焕小口抿酒，眼神恍惚，似乎勾起了伤心事。

老掌柜在逗弄那只碧玉笼中的武雀，笑道："拆猿蹂府，搬走梅花园子，如今就连水精宫那边也不消停，云签仙师有意要带人北游选址，开辟府邸，雨龙宗宗主亲临倒悬山，师姐妹两个闹得很不愉快。都是你们那位新任隐官大人的功劳吧？"

邵云岩笑着点头："隐官大人还是心善。换成是我，就不蹚这浑水了。凡夫俗子，不知命理也就罢了，修道之人，还不晓得自求多福，半点不想着趋吉避凶，岂不是死有余辜。"

黄粱福地饮酒，言语无忌讳。

米裕踉跄起身，走到那堵墙壁之下："拿笔来！"

许甲起身送去一支笔，醉醺醺的米裕抹了把脸，写下一句：大夜点灯，小梦思乡，被莺呼起，一枕黄粱。

纳兰彩焕也走去，跟着写了一句：亲近之人，最难相处得体。

邵云岩转头瞥了眼墙上的落笔内容，男女两位剑修的性情差异，由此可见。一个花团锦簇，一个务实。

那女子突然抬起头，与纳兰彩焕问道："如今你们剑气长城戒备森严，我去不得南边城池，那个阿良如何了？"

纳兰彩焕落座原位，笑道："还能如何，老样子。"

女子哀怨不已，一双秋水长眸，如春水池塘装满了情愁："都回了剑气长城，也不知道来找我喝酒，有我在铺子，好歹喝酒不花钱啊。亏得我从白纸福地赶回倒悬山，如今连一面都没见着。"

老掌柜笑道："还是要赊账的，欠的钱也还是要还的。"

女子说道："阿良说了，赊欠的钱，都不叫钱。"

老掌柜点头道："他阿良的脸，也不叫脸。"

女子重新趴在桌上，双掌乱拍桌面："好无聊啊。早知道就不回倒悬山了，在那白纸福地，我都与阿良生了好些子女了。"

老掌柜都懒得唠叨这个闺女了。

邵云岩不愿多听这些黄粱铺子的家务事，问道："掌柜有什么打算？"

老人说道："扶摇洲那处现世没几年的秘境，是昔年黄粱福地的一部分，打算去那边瞧瞧，等到哪家宗门吃下来了，我再谈谈看，如果谈得拢，我就花钱买下来，把铺子开得大些。马上动身，如果没意外，你们应该是倒悬山铺子的最后一拨客人了。"

女子说道："我不走，不见着阿良，我哪里都不去。"

许甲伸手指了指高处，轻声道："小姐，哪里都不去，不成的，说不定一下子就去那边了。"

女子瞪了他一眼，许甲缩了缩脖子。

米裕笑问道：“敢问这位姑娘，浩然天下，风景如何？”

女子瞥了眼米裕，模样还算不差，就是不如阿良。她随口说道：“凑合。”

米裕喃喃道：“怎么可以只是凑合。”

离开蛮荒天下妖族大军集结地之后，那个梳着羊角辫的小姑娘，没有着急去那座搁置十四王座的古井，而是揪着两根羊角辫，晃悠悠御风远游，一路逛荡，不怕绕路。有高山处就去山巅赏景，有大水处就去寻觅水府。只可惜据说蛮荒天下的山水神祇，不如浩然天下那么花哨，事实上确实如此，她游历过几处山神祠庙、水神宫府之后，有些扫兴。

一拳打杀一群废物，一脚踩死一片蝼蚁。没有任何规矩约束，随心所欲，滋味极好，如那无酒，就拿佐酒菜顶替一番，嚼黄豆，嘎嘣脆。

然后她被隐官一脉的两位剑仙洛衫、竹庵追上。他们选择跟随她一起游历蛮荒天下。他们跟随萧愻一起叛出剑气长城后，在军帐那边，实在是无事可做，何况他们也不会对剑气长城出剑，浩然天下才是两位剑仙心心念念之地，到了那边，只要是剑宗，且无剑仙去过剑气长城的，都会被他们问剑一场。

云海之上，洛衫见那隐官大人揪着辫子，整个人如竹蜻蜓一般旋转御风而游，有些无奈。

竹庵剑仙笑道：“隐官大人早该离开剑气长城了。”

他们接下来要去游览蛮荒天下的一座大城，是某个王朝的京城，门槛极高，想要定居或是入城，必须是人形，这就意味着一座城池之内，皆是术法小成的妖族修士。当然，也有诸多捷径可走，花钱为境界不够的妖族仆役购买符皮披上，装模作样。

这种规矩，在蛮荒天下并不多见。同时也意味着这座王朝势力极大。

帝后眷侣，皆是仙人境，其中一位还是剑仙，此次双方都没有去往剑气长城战场。竹庵剑仙根据从甲子帐那边听来的小道消息，知道他们属于破财消灾，国库一空，这才免去了托月山的征调。

一拨京城驻守修士御风而起，甲胄鲜丽，拦阻三人去往京城上空，一个元婴怒喝道：“来者何人？！”

萧愻只是旋转不停，围着那拨妖族修士绕出一个大圆，片刻之后，好似响起一串爆竹声，一团团血雾随风飘散。

一道虹光从京城皇宫掠起，御剑悬停在远处，是位长发披肩的俊美男子，身穿衮服，大幅大幅的赤圆金织纬，再以孔雀羽绒绣龙纹，故而这件衮服，金翠夺目，十分扎眼。男人见着了那个羊角辫小姑娘后，立即弯腰拱手道：“隐官大人大驾光临，有失远迎。”

萧愻依旧旋转不停，将那男子和洛衫、竹庵一起围在里面："我已经不是隐官了。你骂我呢？"

男子弯腰更低："绝不敢冒犯隐官大人。在我心中，剑气长城的隐官，就只会是隐官大人。"

竹庵剑仙会心一笑，弯来绕去的，作为一头妖族剑仙，偏偏学那浩然天下的人间君主，果然沾染了不少臭毛病。

萧愻一拳将这头大妖打回京城。

等到大妖砸穿皇宫一座大殿屋脊，如影随形的萧愻又一脚踩中他的背脊，最后一拳，打得现出真身的大妖深入地下百余丈。

京城外云海上，洛衫笑道："说了四个隐官。"

竹庵剑仙点头道："不长记性。"

十万大山之中，守着茅屋菜圃的老瞎子脚边趴着一条老狗，老瞎子将其一脚踢开，然后抬头望向远处，伸手挠脸。

老人两颊凹陷，皮包骨头。

那条老狗远远地开口言语："剑气长城和剑道气运，很难切割干净，一旦被托月山收入囊中，进可攻退可守，以后万年，此消彼长，就该轮到浩然天下头疼了。"

老瞎子缓缓道："一条狗都知道的事情，陈清都会不清楚？"

陈清都不会让蛮荒天下捞到手太多，只要能够做到这点，已经极为不易。

想要半点不剩给蛮荒天下，那是痴人说梦。只说那堵屹立万年的城墙，怎么搬？谁又能搬走？那些身负气运、大大小小的剑仙坯子，又该如何安置？不是随便丢到一地就能够一劳永逸的，尤其是陈清都兴许还想着年轻剑修们，以后修行路上，心中犹存一座剑气长城，愿意将此心思，代代传承下去，更是难上加难。

那些剑气长城的年轻人，将来流散四方，相信很快就会明白一件事，没有了陈清都和剑气长城，生生死死，只会比早年在家乡的战场更加莫名其妙。

剑气长城，一座酒铺子，冷冷清清，没法子，只要是个剑修，不管境界高低，就都去城头那边厮杀了。

冯康乐与桃板肩并肩坐在长凳上，一起吃着阳春面，冯康乐突然问道："你说我们会死吗？"

桃板想了想，笑道："不会的，咱们年纪还小，钱也没挣着，酒也没喝过，没道理嘛。再说了，不还有二掌柜在？"

冯康乐使劲点头，跟着笑了起来，夹了一大筷子阳春面。

牢狱那道小门外，老聋儿问道：“真舍得那金篆、玉册？”

捻芯点点头。

老聋儿感慨道：“神仙道侣，不过如此了。”

捻芯冷笑道：“嘴巴给我放干净点。”

老聋儿挠挠头，翻脸比翻书快，娘们儿的心思，真是比化外天魔半点不差了。

蹲在门口的白发童子喊道：“让开让开都让开，让我一人为隐官老祖守关护道！”

行亭建筑那边，陈清都身处其中，环顾四周。儒释道，纯粹武夫。

第八章 俱是远游客

捻芯不是一个喜欢看热闹的人，不过对这头来自青冥天下的化外天魔，第一次起了探究之心，化外天魔先前那副“真仙尊容”，让捻芯颇为震撼，尤其是道人霜降身披的那件品秩惊人的天仙洞衣，捻芯觉得若是能够将数以万计的“经纬”一一拆解开来，可以让自己的缝衣术更上一层楼。若是运道再好些，指不定就是困守此地多年的大道契机所在。

捻芯说道：“你叫吴霜降。”

蹲在地上的白发童子抬起头：“还有呢？”

捻芯说道：“吴霜降生前是一位兵家修士，并非道士。”

说到这里，捻芯道：“如今吴霜降也未必就一定是死了。”

白发童子笑了：“为何是兵家，理由？”

捻芯说道：“吴霜降，无双将，听着是个适合丢到战场上去的好名字，不是兵家修士，有点浪费。”

老聋儿只觉得这个小姑娘的脑子，果然拎不清。按照捻芯的说法，我绰号老聋儿，南边十万大山有个老瞎子，那么是不是失散多年的亲兄弟？也对，小姑娘真要拎得清楚，就不会一直当缝衣人了。那些个最为臭名昭著的魔道修士、南海独骑郎、过客、瘟神、艳尸等，都属于无法更换道路的断头路。但是缝衣人、剑者和卖镜人这几种，是可以中途转入旁门的，只需运作得当，偷偷转去当个谱牒仙师都不难，但是这个捻芯，不管最早是如何成为的缝衣人，内心是否情愿，反正她是下定决心一条道走到黑了。

白发童子吐了口唾沫，双手揉脸，一脸匪夷所思：“这也行?!”

老聋儿问道：“真被捻芯说中了?”

白发童子学那自家老祖双手笼袖，眼神怜悯，看了眼捻芯，又看了眼老聋儿，俩傻子，怎么不干脆认了父女。如果不是如今大道堪忧，有可能性命不保，不然光是顺着捻芯的所谓的兵家老祖身份，他就能一鼓作气编撰出吴霜降水淹水神宫、火烧火神庙、脚踏玄都观、擂破敲天鼓、攻上白玉京等一系列精彩故事，而且保证环环相扣，有理有据。

他侧过身，抬起屁股，将双手和耳朵都紧紧贴在小门上：“怎么都没点动静，我好担心隐官老祖啊。就他老人家那样记仇，一旦炼物不成，非要跟我算账。孙子，曾孙女，你们俩赶紧帮我求神拜菩萨，心诚些，若是成了，我记你们一功，从今往后，咱们一家三口，自立山头，一同奉隐官为祖，就再不用羡慕刑官那边人多势众了，到时候我对付那捣衣少女和浣纱小鬟，老聋儿跟刑官相互打出脑浆子，捻芯你就在一旁拎个水桶装着……”

捻芯一脚抵住白发童子的头颅，缓缓加重力道，使得这头化外天魔的半张脸都贴在了门上。白发童子半点不恼。

老聋儿有些羡慕捻芯，自己跟这头化外天魔刚碰头那些年，没少较劲，至于他和刑官之间，那更是较劲到了现在，不知为何，霜降唯独对捻芯不甚上心。老聋儿倒不是怕这头化外天魔闹幺蛾子，但是没个清净，终究烦人。当初化外天魔跟在老聋儿身边，形影不离八十年，老聋儿想要安心修行片刻都很困难，后来只能喊了声爷爷，才勉强摆脱他的纠缠。

捻芯收起脚。白发童子保持那个姿势，说道：“你与隐官老祖打声招呼，再让他老人家与我打声招呼，我就答应幻化出那件‘绛紫’法袍，让你看个够。”

白发童子似乎担心捻芯身为浩然天下练气士，不明白“绛紫”法袍的高妙，解释道：“我那羽衣，是道祖骑牛出关时身披道袍的三件仿品之一，虽是后世仿造编织，仍然道意无穷。作为那座岁除宫的镇山之宝之一，是山水阵法中枢所在，只需老祖抖衣，山头如披羽衣，任你剑仙出剑千百次，一样坚不可摧。”

说到这里，白发童子冷笑道：“岁除宫与大玄都观齐名，捻芯，你自己掂量掂量。”

捻芯道了一声谢，不再待在门口这边挥霍光阴。金篆、玉册上边的文字，可以着手剥离出来了。

老聋儿称赞一句：“好手段。”

霜降站起身，抖了抖袖子：“乖孙儿。”

他此举帮了捻芯，获得一桩天大道缘；也帮了陈平安，可以不在捻芯手上吃额外的苦头，同时还可以还上金篆、玉册这笔债；至于霜降，也算帮了自己一把。他先前已经得到了陈清都的暗中授意，与其选择与陈平安在心境上为敌，不如选择与陈平安身边人为友。指点是假，威胁是真，明摆着是要他收手，不再在陈平安心境一事上动手脚、埋伏笔、挖井坑。

霜降先前还真不是吓唬陈平安，数次游历，以三山九侯术为根本，再以衍生出来的二十四山向之法，谓之寻龙，勘定了一处“吉地”，谓之点穴，在人身天地当中一处无用洞府的僻静角落处，掘出一面镜子大小的圆坑，谓之破土，圆坑名为金井，然后覆以斛形木箱，此后心坑就如被覆顶、枯死之水井，再不见那“日月星光”。

寻龙点穴，破土覆箱，每次游历都做成一个步骤，并且都要隐蔽躲开那条巡游火龙，尤其是那个乘龙佩剑挂经书的金色小人儿，所以每次进入陈平安心湖，化外天魔都会与那个小家伙捉迷藏。

这个手笔，隐藏极深，不会对陈平安的当下境界修为有任何影响，只是一旦这个读书人心境蒙垢，有一处不见光明，哪怕细微，等到陈平安境界高时，就会大如山岳，或是霜降当下就干脆打烂金井，也能让陈平安心境就此留下瑕疵，大道根本，不再齐全。能不能补上？当然可以。只需要陈平安将此处金井赠送给他这头化外天魔作为洞府，不但可以缝补无漏，还能够裨益境界，成为一位练气士的道法之源。

至于炼制三山之法，霜降当然半点不陌生，哪里只是听说过而已。只是霜降到现在还是没有搞清楚一件事，从陈平安主动询问自己名字，到提及火龙真人传授三山炼物道诀，是不是陈平安有意为之，是不是因为已经察觉到了那处古怪，这才不惜撕破脸皮，喊来陈清都压阵。

白发童子不由得感慨道：“只能螺蛳壳里做道场，拘束了爷爷一身大好神通。”

陈平安先后炼制四件本命物，分别在老龙城云海，大渎入海口处的仙家客栈，龙宫洞天和剑气长城宁府密室。炼制最后一件五行之属，还有两个可有可无的护道人——飞升境大妖乘山、飞升境化外天魔霜降。

小门缓缓打开，陈平安现身。

白发童子立即谄媚道：“隐官老祖，资质卓绝到了令人发指的地步，炼物如此之快，去他的曹慈啥的，给隐官老祖提鞋都不配……咦？隐官老祖怎的还没有开工炼化？是因为身上武运过多，尚未彻底锤炼的关系？这等忧愁，世间几个武夫能懂？”

老聋儿觉得在溜须拍马恶心人这件事上，喊霜降几声爷爷，半点不亏心。

陈平安说道：“出来透口气。”

陈平安沿着那条台阶散步，四周皆天然幽冥晦暗，能看多远，只凭修为。

因为陈平安是往下走，所以白发童子就走在了前头，侧身而行，弯腰伸出双手，提醒着隐官老祖落脚小心。

若是拾级而上，白发童子就会跟在身后，同样伸出双手，免得隐官老祖一个不小心后仰摔倒。

论表面狗腿程度，估计避暑行宫隐官一脉，米裕加上顾见龙、曹衮等四人，都不如这头化外天魔。

看似有趣又无聊，白发童子却会在心中默默计数，看看陈平安何时会开口否定此事，也是真个无聊却有趣了。

陈平安对这头化外天魔的荒诞行径，根本不上心，随便他折腾。

陈平安确实没有炼化那座岩浆熔炉，体内武运，不是原因，捻芯先前已经帮忙从那条火龙当中剥离出两粒火种，正是两颗火龙之睛，相对于纯粹武夫真气凝聚而成的那条巡游火龙而言，不断融为火龙点睛的两粒火种，本就是身外物，被捻芯剐出取走之后，不伤火龙元气，只是那个“取睛”过程，有些意外，身为玉璞境缝衣人，竟然无法压制那条桀骜不驯的真气火龙，真要强行剐走两颗眼珠子，估计就要大动干戈了，会伤及陈平安体魄根本，这大概就是练气士与纯粹武夫的先天不对付。

陈平安只好与那个金色小人商量，好说歹说，挨了无数的骂，后者才一脚踩下火龙头颅，使其温驯不动弹，任由捻芯取物。

到此为止，都算顺利。可等到陈平安进了小门，开始运转火龙真人传授的那道古老仙诀，才发现自己置身于一个尴尬处境，源于碧游府水神庙外的那块祈雨碑演化而出的炼物口诀，竟然隐隐约约，好似一个失意人，躲起来自怨自艾，自行运转术法，牵扯起了丝丝缕缕的心湖涟漪，若是在平时，这是修道有成、天人感应的好兆头，属于天大好事，可在炼化火属之物的关键时刻，就是要命的麻烦。等到陈平安察觉到不妥，心神芥子去往水府一看，果然见那些绿衣童子个个心神不宁，蜷缩在那幅宛如水仙朝拜图的壁画之下。显而易见，陈平安在人身小天地之中，有了一场水火之争的苗头，正因为陈平安大道亲水，要将一颗品秩无法想象的神灵心脏炼化为火属之物，所以这场水火之争最为显化明显。之前先有水府，再炼山祠，由于是山水相依，反而会裨益炼化过程，继而炼化木属本命物，水土皆助，人身小天地的气象同样没有任何扯后腿。此后不管陈平安如何压制心湖水府气象都收效甚微。

陈平安站在一座囚牢外边，里边拘押着一头元婴境剑修妖族，化名黄褐，本命飞剑淋漓，真身是一只蝎子，按照《搜山图》记载，蚩蠊之属。

陈平安经常来此站着，也不言语。而黄褐一直潜心养剑，也只当没瞧见外边的年轻人。

陈平安开口问道：“你有没有压胜之法？施展封山术，将那水府关门。”

白发童子哭丧着脸道：“隐官老祖，辈分归辈分，买卖归买卖，这会儿咱俩是清清爽爽一刀切了的关系，就莫要从我这边占便宜了吧。”

陈平安说道：“为什么不做买卖，从现在开始，我们就开始真正做买卖，只要你给的足够多，就能挣着一条命。你发誓没用，我发誓却千真万确，到时候我去跟老大剑仙求情。不过有条底线，你算计别人去，我已经跟老大剑仙说好了，你再算计我，一剑砍死拉倒。"

白发童子问道:"你真愿意改变初衷,任由我离开牢狱?"

陈平安说道:"事分先后,是你算计我在先,想要夺我身躯魂魄,觊觎我那些因果纠缠和些许气运,好让你隐匿更深,一旦得逞,说不定连老大剑仙都再难彻底杀你,你便宜占尽,我为何让你活着离开牢狱？真当我是你亲爷爷亲老祖了？真要是你家老祖,就你这种德行,不肖子孙,早就大义灭亲了。"

白发童子撇撇嘴,说道:"你还不是想要让我为你铺路,与你多说些青冥天下的内幕规矩,好为你将来飞升去往青冥天下,为了那场问剑白玉京,早做打算。"

"我有说过不是吗?"陈平安笑着揉了揉白发童子的脑袋,"怎么不喊老祖了?"

化外天魔开心道:"好嘞,老祖宗!"

陈平安变掌为拳,一头化外天魔砰然碎裂,然后在别处凝聚人形,珥青蛇、穿法袍,一路蹦跳返回,兴高采烈道:"隐官老祖这一拳,尽显远游境风采!"

陈平安轻轻拧转手腕,跻身了远游境,确实比起金身境要强势太多。只是不知道那曹慈,如今身在哪一境。

白发童子泄露天机,笑嘻嘻道:"道诀炼物,隐官老祖手握两门仙诀,双方都说可以炼化万物,那么以诀炼诀?"

陈平安想了想,还是摇头道:"如果必须要舍一存一,实在难以取舍。何况炼为一诀之后,到底是怎么个光景,我心里没底。再者这个过程,意外太多。两道仙诀品秩太高,我作为练气士境界太低,所以你可以说你的真实想法了。这第一笔买卖,如何算钱,合计合计?"

白发童子伸出两根手指,说道:"其实是第二笔,捻芯很快就会来找你。"

陈平安双手笼袖,笑眯眯道:"这个不算买卖,得算你认祖归宗的香火情。"

白发童子也在双手笼袖,眼珠子一转,点头道:"贼有道理。"

陈平安说道:"先前与你说了,天下无不可商量之事,是你自己不信。"

白发童子坦诚道:"好歹是位飞升境,容易飘呗。"

那头元婴境瓶颈妖族剑修黄褐,不再温养本命飞剑,睁眼看着剑光栅栏外那对"其乐融融"的祖孙,心中突然泛起个念头,若是浩然天下的年轻人,都是这么个样子,我们妖族还是别去那边闹腾了。读书识字,心肝都被墨汁浸透,心肝肚肠都黑得很。

离开那处牢笼后,白发童子知道为何陈平安会长久逗留了。只是他见识过陈平安的那两幅心境画卷后,绝不敢在这种事情上嬉皮笑脸。

陈平安问道:"关于五毒,青冥天下有无相对应的民间习俗?"

霜降点头道:"多了去了。比如市井门户,以彩纸裁剪五色小葫芦,倒粘门扉上,名为倒灾葫芦。官府衙门那边,有那度牒的清流官员,会在这天专门换上一身道门赏赐下来的法衣官袍，绣有五毒之物图案，然后去往辖境内的所有百姓汲水处，投入一张张谷雨符。”

陈平安说道：“北俱芦洲东南部，山上山下，也有张贴谷雨帖的习俗。富贵之家，如果有那神仙手书的发帖在门，是件很值得炫耀的事情，不比悬挂正屋的堂号匾额差了。”

霜降说道：“境界高了，兴许会有新烦忧接踵而至，但是有一点好，修道之人的境界，真的可以解决掉很多麻烦。境界一高，诸多麻烦，自行退散，福缘不请自来，恶客不斥自走。”

陈平安似有所悟，点头道：“是句人话，受教了。”

霜降抬手抹了一把辛酸泪，呜咽道：“老祖此言，感人肺腑。”

捻芯很快赶来，涉及大道根本，无须赧颜。她又不是那陈平安，一个大老爷们，害臊个啥子，娘们唧唧不爽利。

陈平安备感兴趣，打定主意，在旁观摩。一件在青冥天下也有数的天仙洞衣，捻芯以缝衣神通，细细拆解成三万六千条纵横交错的经纬丝线，光是这个过程，便是一场可遇不可求的“观道”。

捻芯先祭出了金篆、玉册，说道：“本来打算等你炼物成功，先让你吃点小苦头，再帮你打造心室。”

她突然说道：“你有没有品秩比较高的符纸？不然承载不住这些文字。品秩不行的话，就要叠在一起，不是个小数目。”

陈平安从方寸物当中取出一张青色材质的符纸。

白发童子眼皮子微颤。

捻芯点点头，让陈平安将符纸放在金篆、玉册一旁。

她取出那把炼化为本命物的法刀柳筋，开始从金篆、玉册之上一一剥出文字。法刀看似是寻常短刀，实则刀尖极其纤细。

每有文字离开篆册之后，捻芯就立即以刀尖挑到青色符纸之上，文字落在纸上，立即嵌入符纸之中，微微凹陷下去，所幸未曾压破符纸。

最后捻芯脸色惨白，头颅之下的身躯，五脏六腑搅动不已，互相碾压，血肉模糊，好似一个烂泥塘。

捻芯打开绣袋，取出一些不知如何炼化而成的猩红丹药，倒入嘴中一大把，胡乱嚼碎吞咽入腹。

陈平安折叠起那张符纸，入手极沉，小心翼翼收入袖中，站起身后，郑重其事，抱拳致谢。捻芯视而不见。

从头到尾，大伤根本，以至于玉璞境都开始摇摇欲坠的捻芯，眉头却始终不曾微皱一下。

陈平安觉得捻芯其实可以转去习武。被他人刻刀在身，岿然不动，与自己刻刀在身，纹丝不动，是两种境界。

捻芯望向白发童子。白发童子没有变作“飞升境大修士霜降”的真实模样，而是瞥了眼一旁面无表情的隐官老祖，然后缩头缩脑，伸出两根手指，拈住一角，缓缓扯动，顿时光华流转，霞光万丈，逐渐显露出那件道袍法衣，然后白发童子猛然一拽，就将法袍拎在手中，一件虚幻道袍，流光溢彩，如瀑倾泻，云霞蔚然。

陈平安好奇问道：“法相是假，道袍也是假，为何如此真实？”

捻芯眼神炙热，只觉得陈平安太过门外汉，说道：“蕴含道意，现世之时，几近大道显化，何谈真假。”

陈平安大开眼界，自己那件法袍金醴，虽然靠着不断“喂养”金精铜钱，提升品秩到了仙兵，但绝无此衣玄妙。

白发童子怒道：“小丫头片子，你怎么跟我家老祖说话的?！你给爷爷放尊重点！”

捻芯报以冷笑，瞥了眼陈平安，陈平安看了眼白发童子，白发童子左顾右盼，笑哈哈。

捻芯接过那件入手极轻、几无重量的法衣，摊开手掌，细细摩挲过去，神色如酒鬼饮醇酒，如一位有情郎爱抚佳人肌肤。

陈平安有些犯怵，先前女子剑仙谢松花的荤话，如今捻芯看待心头好之物的眼神，都让陈平安难以招架。

白发童子告诉了捻芯这件法袍的重重禁制所在，捻芯坐下身，将法衣轻轻搁在双膝上，驾驭出十根本命物绣花针，合力挑起一根线头，缓缓抽丝之后，缠绕成一个线团，搁放在脚边。仅是抽出一根丝线，就耗费了足足一炷香工夫。

捻芯大耗心神，闭上眼睛，缓缓呼吸吐纳一番。

这期间一个极其细微的挑针误差，就引发了数重禁制，道袍之上的日月星辰、山河万物，随之变色，最终那件法袍竟是直接穿在了捻芯身上，捻芯魂魄震颤，整个人好像被丢入一座禁忌天地，霜降赶紧驾驭法衣离开捻芯之身。由此可见其中之凶险。捻芯吐出一口瘀血，又将鲜血收入绣袋之中。

陈平安坐在台阶上，看了个把时辰才默默起身离去。在这之前，就像置身于市井人家，灯下看待女子缝补衣裳。

白发童子以心声询问：“无须水府关门了？”

陈平安摇头道：“没必要，心静了。”

白发童子难得没有跟随离去，而是双手托着腮帮子，凝视着捻芯的针线活，轻声说道：“如果这是真物，你起手挑针，就会触发禁制，再没人帮你脱掉衣服，会死人的。”

捻芯心无旁骛，只当耳旁风。脚边的线团越来越多，攒簇在一起，如一轮轮袖珍日月相依偎。

白发童子突然说道："捻芯，你为什么明明想活，却又半点不怕死。不说贪生的老聋儿，哪怕是那清心寡欲的刑官，也会畏死。在我看来，牢狱当中，就数你的心境，最为接近陈清都。"

捻芯又抽出了一根在法袍上洞穿无数山河的经线，打算休歇片刻，答道："生有可恋，又不至于太过牵挂；死足可惜，却也没有太大遗憾。已然如此，又能如何？"

白发童子说道："你就是先天资质差了点，不然大道可期，跻身飞升境，还是大有希望的。"

见捻芯没有搭话的意思，他笑道："你有没有听说过，青冥天下有个琉璃窑？哪怕你不求容貌，换身皮囊，也能增长好些道行。"

捻芯说道："只听说蛮荒天下有个狐狸窟。"

白发童子有些无奈，捻芯的冷笑话，确实容易把话聊没了。

就在此时，白发童子率先皱起眉头，站起身，破天荒有些神情凝重。

捻芯刚要挑针，也停下动作。

有人推门而出，他的心脏跳动之声响，犹如神人擂鼓之威势。每一次心脏擂鼓，整座牢狱小天地，就随之摇晃起来。

避暑行宫收到了一把传信飞剑，愁苗剑仙将密信交给了宋高元。密信来自倒悬山水精宫，信封上只钤印了一个花押，并无署名，无法以此辨认花押主人的身份。

宋高元正陪着玄参一起关注地上画卷某处战场，看完那封密信之后，欲言又止。

如今隐官一脉的剑修，轻松许多，只要想去城头厮杀，已经无须遵循三人一拨的规矩，孑然一身也好，三五成群也罢，想去就去。当下董不得、郭竹酒和罗真意三位女子剑修就结伴离开了避暑行宫，除此之外，徐凝、顾见龙和曹衮也一同御剑前往。

愁苗笑道："犹豫什么，学一学林君璧。"

宋高元犹豫之后，说道："我这就回信一封去倒悬山水精宫，我要等到谢稚剑仙撤出战场，再与这位前辈一起去往倒悬山。"

愁苗问道："就这样把你的宗门前辈晾在倒悬山？不合适吧。"

宋高元说道："蓉官祖师不会介意的，她本就想要游历倒悬山一番。"

愁苗也就随他去了。

第二天，董不得一行三位女子剑修一起返回避暑行宫，罗真意记起一事，告诉宋高元，她在战场上曾与谢稚剑仙擦肩而过，谢稚剑仙让她捎句话给宋高元，不用等他。

庞元济站起身，大步跨过门槛，御剑去往城头之前说道："宋高元，我就不为你送行了。"

宋高元这天就离开了避暑行宫，临行之前，愁苗递给这位鹿角宫修士一个包裹，说是隐官大人送的。

宋高元斜挎包裹，独自一人过了大门，到了倒悬山，找到那座水精宫，见到了自家宗门的那位女子祖师蓉官祖师。

宋高元见到自家祖师，已经无所谓蓉官祖师身边还有数位雨龙宗的女子仙师，眼眶微红，颤声道："死了好多人。谢稚前辈也不返乡了。"

蓉官祖师喟叹一声，不知如何安慰这个晚辈。

金甲洲少年剑修玄参，这天与背负长剑的女子剑仙宋聘一起跨过大门，来到倒悬山，直奔一处渡口。

宋聘一身杀气极重，似乎心神还未真正离开那座战场。

跟随他们一起的，还有两个剑气长城的小女孩，皆是年幼便已是剑修，使劲板着脸的那个名叫孙藻，姐姐孙蕖在习武。与孙藻不一样，在四处张望的孩子名叫金銮。她们都会跟随剑仙宋聘修行，到了宋聘所在宗门，就会在祖师堂被正式收为嫡传。

一行人到了麋鹿崖那边的渡船，会乘坐一条扶摇洲跨洲渡船。宋聘、玄参两人回乡，两个孩子则是就此离乡千万里。

女子剑仙在渡口只买了两块登船玉牌，等到登船之时，渡船管着通行的练气士，便询问为何两个小姑娘没有玉牌，这不合规矩。

剑仙宋聘管渡船通行的练气士当然认得，他又没眼瞎，如此容貌倾城的女子，又背着把传闻暗藏一洲极多剑运的长剑扶摇，金甲、扶摇两洲修士都会一眼识破其身份。

宋聘道："给你们面子了，就接好。"

玄参神色自若，觉得宋聘前辈这句话，说得十分天经地义。

最后渡船管事火急火燎赶来，亲自为四人开道，让他们登船。

金銮微微张大嘴巴，小姑娘这会儿一头雾水，宋聘剑仙私底下与她们相处，可不这样，笑脸极多，嗓音温柔，是顶好的脾气。

渡船腾出了几间上好房间，宋聘带着两个小姑娘去往视野开阔的观景台，微笑道："这里就是浩然天下的风景了。"

金銮小声说道："剑气太少。"

孙藻白眼道："废话，能跟我们剑气长城相提并论吗？"

金銮不再言语，倒不是怕那孙藻，主要是耳馋孙藻那些个稀奇古怪的山水故事。

宋聘柔声道："所以你们需要赶紧适应，等到了金甲洲宗门，师父帮你们预留两座灵气充沛的山峰，等到跻身金丹境，可以举办开峰仪式，然后就是你们的府邸了。从那一刻起，你们才算真正在浩然天下站稳脚跟。"

隔壁房间的观景台上，少年剑修玄参伸出手，轻轻摇晃，与两个小姑娘打招呼。

金銮踮起脚尖，灿烂笑道："玄参哥哥。"

玄参做了个鬼脸。

孙藻蓦然伤心，轻轻扯住宋聘的袖子，抽泣道："师父，我想家了。"

宋聘握住孙藻的手，轻声道："以后除了师父，对谁都不要说这种话。"

孙藻不明就里，只是赶紧擦去眼泪，笑着点头。

一天夜幕中，面容枯槁的高瘦老者，过了大门，立即停步闭眼，仰头嗅了嗅，嘿嘿笑道："久违了。"

正是玉璞境剑仙蒲禾，只是如今已经跌境为元婴境，哪怕身穿法袍，依旧难以掩饰那一身血腥气。跟随蒲禾一起走入倒悬山的，还有曹衮，以及一对剑气长城的少年少女。

曹衮在成为隐官一脉剑修的时候，才是龙门境，如今已是一位金丹客了。

蒲禾从剑气长城带走的少年少女，少年只是洞府境，资质在剑气长城也不算出类拔萃，算不得如何天才，但是很对蒲禾的胃口。至于那名观海境的少女，资质更好，蒲禾却打算让一位山上挚友去传道，身为一位以厮杀见长的流霞洲剑仙，岂会没几个红颜知己。哪怕对方如今高出自己一境，哪怕她依旧貌若少女，可见了面，还是要百转千回喊自己一声蒲大哥的。

少年埋怨道："蒲老儿，你啥时候才重新当个剑仙啊，不然我这徒弟当得多没面子。"

蒲禾嗤笑道："收了你这么个洞府境弟子，你觉得老子就脸上有光了？晓不晓得老子在流霞洲的酒局，金丹境修士都没资格落座，只能站着喝酒夹菜？"

一旁曹衮无言以对，因为蒲禾剑仙所说，千真万确。有点骨气的金丹境地仙，往往不会参加有蒲禾在的宴席，但是愿意去的更多。

少年怒道："你少跟老子一口一个老子的。"

蒲禾不怒反笑："不愧是蒲禾的徒弟，不喝酒时说醉话，喝酒之后，一言不合，便要出剑，一洲侧目！"

只是少年偏不领情，说道："小小元婴，口气恁大，这要是不熟悉的人，都以为是位飞升境在这儿打哈欠呢。"

曹衮愈加无语。什么样的师父，什么样的弟子，不是一家人不进一家门。

那个沉默寡言的少女，有些羡慕同龄人的胆大，她就绝不敢这么跟蒲禾剑仙言语。

少年说道："听说你在流霞洲仇家极多，这会儿跌境，会不会害我被仇家一起砍死？"

蒲禾伸手按住少年脑袋，推远点："少说几句晦气话。"

他们乘坐的跨洲渡船，都会停在灵芝斋附近的渡口，蒲禾刚好打算去那座仙家铺子买几件东西,兜里没几个钱,只能挑便宜物件了。实在不行,就跟曹衮那小子借钱,在剑气长城交情深不深,就看借不借钱、请不请喝酒了,反正都是有去无回的。

在灵芝斋那边,少女神采奕奕,少年却不愿意进去,只是坐在台阶上,曹衮就陪他坐在一旁。

一行人连夜登船,少年趴在栏杆上,有气无力道:"蒲老儿,这里就是你们的浩然天下了啊,瞅着很不咋地嘛。"

蒲禾笑道:"牢记一事,在剑气长城修行,与在浩然天下练剑,是两回事,所以将来境界凝滞,很正常,你小子根本不用着急。我蒲禾的关门弟子,早晚该是大剑仙!"

渡船管事战战兢兢站在不远处。

他们西北流霞洲,虽然失去剑仙蒲禾音信已久,至多就是听说蒲禾在剑气长城那边问剑落败。但是蒲禾的赫赫威名,尤其是那乖张诡异的性情,依旧让许多上五境修士和地仙心有余悸。

有个说法,蒲禾一笑,就得死人。肯定是要出剑砍人的意思啊。

蒲禾是宗门老祖,正儿八经的谱牒仙师,但是从来行事无忌,杀人越货、坑蒙拐骗什么事情都做得出来,还精通伪装,尤其擅长栽赃嫁祸,路子野得让山泽野修都要喊祖宗,所以蒲禾在山上名声不佳,但是在江湖上和野修当中,声望极高。当初姜尚真在北俱芦洲兴风作浪,早先还曾被誉为蒲禾第二,都属于拉屎兜在裤裆还要四处流窜的王八蛋货色。

只是这个渡船管事,瞧着这会儿的老人,很难与印象中的剑仙蒲禾重叠。

到了房门口,蒲禾丢给弟子两瓶丹药,让少年分别外敷内服,少年关门后,脱掉衣服,龇牙咧嘴,他身上有一道巨大的伤痕,远未痊愈。是那蒲老儿将他从尸体堆里拎出来的。

涂抹药膏,吞咽丹药,重新穿好衣服,少年开始在床上盘腿而坐,勤勉修行,温养本命飞剑。

片刻之后,敲门声响起,曹衮自报名号。

少年在蒲禾那边口无遮拦,但是哪怕曹衮境界不高,他对这位隐官一脉出身的外乡剑修,反而很敬畏。

少年赶紧去打开门。曹衮看到有些拘谨的少年,笑道:"与你说些在浩然天下修行的注意事项,别嫌烦。身为谱牒仙师,繁文缛节,未必讨喜,但是你且听听看。"

少年竖耳聆听,十分专注。

曹衮最后说道:"野渡,以后跟随蒲禾剑仙修行,要珍惜。"

名为野渡的少年使劲点头:"我师父……是这个!"

曹衮看着神采飞扬的野渡伸出大拇指,忍住笑。屋外廊道那边停步许久的蒲老儿,笑眯眯点头,找酒喝去了。

皑皑洲剑修邓凉,独自一人,神色落寞,离开了剑气长城。在此历练多年,只是将境界一点一点熬到了元婴境瓶颈,始终未能破境跻身上五境。

先前宗门请跨洲渡船帮忙,在倒悬山先后两次飞剑传信避暑行宫,都是询问他何时返回,邓凉都未理睬。

虽说邓凉在避暑行宫那边,甚至不如曹衮、玄参几个年轻剑仙那么“出彩”,很容易让人忘记一个事实,邓凉是一位极其年轻的元婴境剑修!但在那皑皑洲宗门祖师堂,邓凉拥有一把座椅,而且位置极为靠前。

邓凉还是野修出身,在红尘里摸爬滚打多年,成为谱牒仙师之后,待人接物滴水不漏,故而人缘极好,更是宗主极为器重且需倚重之人。

邓凉离开剑气长城之前,去了那座酒铺,在一块无事牌上边写下一句:来时元婴,去时元婴,不曾破境,愧对美酒。

邓凉斜挎包裹,登上渡船。渡船管事亲自迎接,邓凉与之得体言笑。

邓凉先以飞剑传信宗门,只说自己已经动身返程。到了船舱屋内,摘下包裹,除了数枚已成遗物的无事牌,还有些闲余物件。邓凉取出一封信,愁苗剑仙让他登船之后再打开,说是隐官大人的亲笔信,上有十分熟悉的字迹。信上说了几件事,其中一件,是请邓凉帮忙送一封信给剑仙谢松花,再就是请他邓凉帮着照顾些谢剑仙从剑气长城带走的剑修弟子,信的末尾,还提及一件关于第五座天下的秘事,要他带给宗门祖师堂,若是邓凉师门真有想法,就可以早做准备了。

邓凉收起信,离开房间,去赏夜景,天高月明。很是怀念避暑行宫,很是佩服年轻隐官。

倒悬山春幡斋,刚刚商议完一桩要事,晏溟从书案之后站起身,笑道:“这段时日,与诸位共事,十分痛快。”

米裕、邵云岩、纳兰彩焕、韦文龙同时站起身。

米裕没有任何言语,只是抱拳送别。

邵云岩微笑道:“能与晏剑仙朝夕相处,幸莫大焉,与有荣焉。”

纳兰彩焕抱拳道:“晏溟,当家做主,生财有道,我未必输你,但是身为剑修,我不如你。”

米裕神色黯然:“我更是。”

晏溟笑着点头,大步离开屋子,只与米裕和纳兰彩焕两位同乡人说了一句:“活着的,怎么就轻松惬意了,无须愧疚。”

避暑行宫,外乡剑修都已远去返乡,愁苗剑仙站起身,说道:“从今天起,在隐官回来之前,董不得和徐凝共同负责决断事务。”

罗真意欲言又止，最终还是没能说出半句挽留言语。

愁苗跨过门槛后，背对众人，笑道："先行一步。"

失去双臂的晏溟，将一枚印章别在了腰间，返回剑气长城，以剑修身份，重返城头。

九境女子武夫白炼霜，不再给孩子们教拳喂拳，离开了躲寒行宫，回了趟宁府，将宁府上下各处都收拾清扫了一遍，然后在大门口驻足许久，喃喃低语许多，这才去往城头。

元婴剑修殷沉，首次离开了修道之地，御剑而出，赶赴战场，一去不回。

蛮荒天下，拖曳天上一轮月，来到人间，撞向剑气长城。

城头之上的老剑仙董三更，嗤笑一句"我去你娘的"，随后御剑撞月而去。

霜降站在台阶上，看着摇摇晃晃往下走的陈平安，正在重重捶打心口。

陈平安每一拳下去，心口处就会金光流溢，如铁匠抡锤子炼剑胚，每一下都会火光四溅，搅乱光阴长河的流逝，使得四周光线扭曲，明暗不定。

由于陈平安位于高处，拾级而下，所以哪怕眼帘低敛，站在低处台阶上的霜降，依旧能够清晰看到陈平安那双异于常人的金色眼眸。

陈平安踉跄而行，心脏那边的动静实在太大，炼化了那颗神灵遗骸的心脏之后，就像搬了整座岩浆熔炉搁放在心室。

捻芯从金箓、玉册上剥落的那些文字，哪怕品秩极高，字字蕴含道法真意，仍是在陈平安一拳之后，就有数个文字当场被金光熔化，消散空中。

霜降问道："不该这么快炼化成功的，你是不是还藏着什么秘密？"

陈平安默然，既不愿言语，事实上也无法开口，只是一拳一拳砸在心口，竭力抑制心窍处的擂鼓声。

霜降侧身让出道路，与陈平安同行。霜降始终望向陈平安的侧脸，运转神通，细致查看陈平安人身小天地的内里气象。

陈平安停步，双手捂住嘴巴，呕出一口金色血液，微微仰头，咽下全部鲜血，继续前行，重新一拳拳捶打心口。

霜降有些抓心挠肝，古怪，太古怪了，哪怕陈平安用那两粒龙睛火种作为炼物引子，又有武运相辅助，使得神灵遗骸不至于太过排斥陈平安的身躯魂魄，可还是不该如此顺遂，按照霜降的预料，捻芯拆解掉三万六千条经纬丝线，陈平安都未必走得出那道小门。这就像一个天赋异禀的读书种子，翻看一本圣贤书，一时半刻之内，兴许看得明白含蓄微妙的圣贤言语，却无法真正抓住精深切要的义理。

只有两种可能：一种是陈清都偷偷摸摸出手了，大道显化，不惜牵引整座剑气长城，亲自帮着陈平安炼物。还有一种，陈平安是与这副神灵遗骸大有渊源的某位神祇转世，一半传承，一半炼化。

只不过霜降觉得这两种可能性都微乎其微，陈清都不是那种随便施舍之人，陈平安若是远古神灵转世，早年长生桥被人打断，多少会留下些痕迹，他多次游历其中，应该有所察觉才对。

陈平安眼眸逐渐恢复正常，金光缓缓褪去，心口处的动静也越来越小。

出拳渐轻，脚步渐稳，心境渐平。整座牢狱也随之安静下来。

陈平安转身登高，霜降只好跟着。

这次陈平安路过一座座囚牢，五个上五境大妖，五个元婴境剑修妖族，都纷纷现身，只是谁都没有说话。看待陈平安，如人看妖。

陈平安来到牢狱入口处，坐在台阶顶部。这座天地是天明地暗、上昼下夜的格局，牢狱之外，一直是白昼。

霜降忍不住又道："隐官老祖，真不能说？说了就算一桩买卖，当我欠你三枚雪花钱。"

先前两人"合计合计"，订立了双方的买卖规矩。一枚雪花钱，等于一位地仙修士；一枚小暑钱，可以买卖一位玉璞境的性命，等到攒够了一枚谷雨钱，陈平安就可以去跟陈清都求情，保住他这头化外天魔的性命。霜降已经准备好了，所珥青蛇，道法口诀，法宝器物，无奇不有，应有尽有。在这牢狱，还是积攒下来一些家当的，只是以前只看眼缘，很快他就要去拼命捡漏了，真要狗急跳墙了，他连那刑官麾下的捣衣少女、浣纱小鬟、葡萄架、五彩十二月花神酒杯，外加杜山阴的蠹鱼神仙书和那枚剑丸，全都要搞到手，来隐官老祖宗这边换钱！

陈平安有一点极好，让霜降大为心定，那就是他一旦诚心诚意与人做出约定，就绝不反悔，比什么狗屁誓言都管用。

霜降突然自顾自笑起来，说道："言必行行必果，硁硁然小人哉。"

陈平安会心一笑，不计较化外天魔拐弯抹角地骂人，只是说道："你知道我在剑气长城开过酒铺，剑仙饮酒，概不赊账。而且就只有三枚雪花钱？这桩买卖不做，太亏。"

霜降背转过身，鬼鬼祟祟掏出一块好似闺阁之物的绣帕，轻轻摊放在地，双指拈出一件珍藏已久的心爱之物。

绣帕之上，涟漪震颤，被霜降拈出一把极长的狭刀，霜降从拈刀柄变为双手握刀姿势，刀鞘顶端抵住绣帕。狭刀比稚童模样的化外天魔还要高些。

霜降收起绣帕，站起身，踮起脚尖，伸手推刀出鞘寸余，瞬间光芒绽放，有五彩色，绚烂似丹霞。

刀柄裹缠有细密的金色丝线，狭刀圆形护手，精美绝伦，圆环之外有一串金色古篆铭文：光流素月，澄空鉴水，终古永固，莹此心灵。最后二字，为"斩勘"。

霜降推刀入鞘后，双手捧刀："如何？我用这把刀，跟隐官老祖换那答案。"

陈平安伸手笑道:“可以。”

霜降毫不犹豫将这把狭刀递给陈平安。

陈平安横刀在膝,刀极重。他一手握刀,一手双指并拢,抵住刀柄,缓缓推刀出鞘,凝神望去,只是很快就推了回去,记起那个不算陌生的“斩勘”二字,疑惑道:“是上古斩龙台的行刑之物?”

霜降蹲在一旁,点头道:“那可不! 就是遗落之前,坏了些品相。估计剁掉过不少孽龙恶蛟的脑袋,所以煞气有点重。反正隐官老祖不怵这个,我就当宝刀赠英雄了! 有一说一,此物在斩龙台上,不算最好。可如今搁在浩然天下,还是很能让上五境兵家修士抢破头的。”

陈平安笑道:“赠?”

霜降立即给了自己一个耳光,改口道:“卖!”

陈平安双手按住刀身,轻轻说道:“答案就是我也不清楚,真不骗你。”

霜降如遭雷击。

陈平安提起狭刀几寸:“我做买卖,向来童叟无欺,受之有愧,还你便是。”

两两无言。

你倒是把刀还给我啊。

原来陈平安提刀些许,就没有下文了。霜降总不能一把夺过,关键是看那隐官老祖的架势,五指攥紧,可不像是会松手的意思。霜降更不会客气言语半句,因为一旦自己客气了,对方肯定不会客气。

陈平安将狭刀抛给霜降:“这是看在你帮我在门口留下咫尺物的分上。”

不然他得光着身子去那行亭建筑,就要遇到半路上的捻芯。

霜降捧刀而立,问道:“就这么点小事? 值得拿这么一把已经到手了的好刀来换?”

陈平安伸出手,笑道:“一枚小暑钱。开门大吉,好兆头。”

霜降递过狭刀,欢天喜地。

陈平安站起身,将刀佩在左边腰侧,缓缓而行,没有返回牢狱。

霜降问道:“先跻身远游境,再炼化本命物,就可以顺便锤炼武运,都是早就想好了的? 所以对于缝衣一事,才能不那么着急?”

陈平安摇头道:“其实没想那么多。有你在身边,我先前一直刻意拘着念头。”

霜降一个双膝跪地,扑倒在地,双拳捶地,行云流水,干号起来:“我造了多大的孽啊。”

陈平安没觉得滑稽可笑,反而忧心忡忡。化外天魔,随心所欲,纯粹自由。

一道剑光转瞬即至,悬停在陈平安前方不远处,然后朝着那溪涧茅屋方向掠去。

刑官主动邀请登门做客?

陈平安便第一次以武夫第八境御风远游。

霜降在陈平安身边，窃窃私语道："这枚刑官瞎了眼送给杜山阴的剑丸，也能值个一枚小暑钱。"

刑官炼化的剑丸也好，陈平安刚刚得手的狭刀也罢，俱是价值连城的仙家重宝，只不过在他和化外天魔的买卖当中，算账方式不同。牢狱当中，机缘、宝物遍地都有，霜降那条飞升境性命，更值钱。陈平安曾经听说中土神洲有座极为隐蔽的魔道宗门，与人买卖，只收取对方心中的最珍贵之物，可以是某位挚爱女子，甚至可能是某种坚持，某个道理，比如最为惜命之人，就要自己交出那条命去交换。

陈平安飘然落在葡萄架那边，依旧不露真容的剑仙刑官站在葱茏碧色中，说道："我们要离开此地了，与隐官打声招呼，那两名祖钱化身的女子，你可以任选其一，留在身边。"

陈平安说道："无功不受禄。"

刑官说道："久居此地，终究沉闷，隐官问拳出剑再炼物，我看了几场好戏，应该有所表示。除此之外，最重要的，还是她们对你比较心生亲近，都自愿侍奉隐官，只不过杜山阴以后修行，需要其中一位在旁辅佐，不然你都可以带走。"

石桌那边，捣衣女子与浣纱小鬟依依不舍，只是她们望向陈平安，又嫣然而笑，明眸流光。

听到这里，陈平安恍然大悟，有些明白为何这位云遮雾绕的刑官剑仙，对自己莫名其妙就不待见了。

钱。浩然天下的修道之人，绝大多数，看待每一座洞天福地，眼中所见，皆是神仙钱。尤其是那些不知天外有天的福地之人，在谪仙人眼中，最不值钱。

陈平安也懒得解释什么，摇头道："刑官还是将她们带在身边好了。"

刑官更加干脆利落，以袖里乾坤的神通，收起了茅屋溪涧、葡萄架、花神杯和那白玉桌石凳，御剑远游，杜山阴与浣纱小鬟尾随其后，却留下了那位捣衣女子。捣衣女子朝陈平安施了个万福，婀娜多姿，仪态万方。

陈平安也不矫情，总不能一把扯住女子，丢给刑官，于是向她拱手致礼，然后望向那白玉桌方向，轻声道："连条凳子都不留下啊。"

根本不给人捡破烂的机会。

收人礼物馈赠，难免欠人人情。包袱斋捡漏，却是脑袋拴裤腰带上，凭本事挣钱。

金精铜钱显化而生的捣衣女子，闻言越发笑容动人，柔声道："奴婢贱名长命，主人若是不喜此名，随便帮奴婢取个名字就是了，奴婢只会荣幸至极。"

陈平安转过身，摆摆手，与那女子笑道："长命道友，以后你我平辈。实不相瞒，我还真有个去处，在那宝瓶洲，名为莲藕福地，适宜道友久居修行。只是道友将来离开剑气长城之后，到底去往何方，要不要去那莲藕福地，单凭心愿。”

长命眨了眨眼睛，抬起一手，天地四方，许多散落各处的神灵尸骸，腐朽不堪的庞然身躯，不断崩裂稀碎，然后皆有金色沙粒连绵成线，最终聚拢在她四周，如同一座金山，大小如那宁府斩龙崖。

霜降轻声提醒道：“这座金山，在那青冥天下，足可炼制出三四位江水正神、水仙府君的金身了。隐官老祖的那啥福地，终究才是个中等福地，只会金身神位更多。”

陈平安竭力忍住笑，终究是没能忍住，抱拳道：“好吧，恳请长命道友一定要去宝瓶洲做客，好歹当个拘束不多的记名供奉。”

那些神灵遗骸被光阴长河磨砺出来的金沙，最终缓缓依附在长命衣裳之上，半点不显异样。

陈平安心中深以为然，财不外露，就该如此。果然是同道中人。身边那个招摇过市处处摆阔的霜降，根本没法比。

长命好奇问道：“隐官主人，不返乡吗？”

陈平安微笑道：“再说。”

长命便不再多问了，俨然还是以婢女自居。

随后陈平安独自闲逛，不过分别之前，长命伸出手指抵住额头，取出一枚金精铜钱，交给了陈平安。

霜降拉着长命去捡宝，双方合计一番，霜降起先是打算自己找着的，当然全归自己，长命找着的，双方九一分账，不承想那个境界稀烂的臭娘们，不知谁借给她的狗胆，竟然想要五五分成。只是她的境界修为虽不值一提，却是金精铜钱中的祖钱，就算被自己打杀了化身法相，也会从陈平安收入囊中的那枚金精铜钱显化而生，到时候告刁状，吹枕头风，霜降估摸着自己消受不起，就陈平安那脾气，就喜欢在这种小事上斤斤计较，十之八九会直接请陈清都一剑剁死自己。霜降只得好言好语与她商量，最后好不容易谈到了四六分账，霜降小赚些许，只觉得比纠缠老聋儿八十年还要心累，不承想长命犹不满意，哀怨嘀咕一句：“奴婢真真无用，害得主人白白失去了一成收益。”

霜降差点给这位姑奶奶跪下来磕头。

陈平安来到那座天然孕育出水运雨珠的云海之上，躺在云海上，双手叠放腹部，闭目养神。芥子心神，巡游四方。

最终人身小天地当中，陈平安来到心湖之畔，略微心动，便多出了一座稳固异常的拱桥。

真身已在云上酣眠。陈平安的心神就站在这座长生桥一端，只要过桥，这一走，到了那一端，天地间，应该就会多出一个洞府境练气士了吧。

骑火龙的金色小人儿来到陈平安心神旁，双臂环胸，扬起脑袋。

那条座下火龙，在锤炼武运之后，茁壮成长，若说先前火龙只是纤细筷子大小，这会儿就该是手臂粗细了，气势凌人。

陈平安轻声道："莫要骂人。"

金色小人儿冷笑道："你不一直在自已骂自己？骂得我都烦了，还不能不听。"

陈平安说道："都说人力终有穷尽时，关键我还一直很信这个，所以骂得好没道理，对吧？"

金色小人说道："你在害怕无法离开，害怕自己成为第二个陈清都，同时又没有陈清都的本事。你怕离别无重逢，你生平第一次害怕所有的所作所为，在自己这边，都得不到半点回报。"

陈平安蹦跳了几下，以拳击掌，打了一套王八拳，最后伸手呵气，望向那座拱桥："是个人都会如此，没什么好难为情的。"

金色小人沉默片刻，然后用一番骂人言语，表达着安慰的意思。

听着久违的家乡小镇方言，陈平安顿时开心起来，眼神清澈得像那家乡溪涧，些许忧愁似那小鱼儿，一个甩尾，窜入水草中，再不与人相见。

最终陈平安心神退出小天地，从云海上站起身，御风去往牢狱入口。

过桥一事，不是什么燃眉之急，等到剑气长城和蛮荒天下两地武运彻底炼化、完全融入人身山河再说。该是自己的洞府境跑不掉。

到时候洞府一开，小天地与大天地相接连，牢狱天地夹杂浓郁剑意的充沛灵气，就会洪流滚滚，涌入各大关键气府。只是那份皮肉、魂魄之苦，兴许会被寻常下五境练气士视为畏途，看作是一道极难逾越的生死门槛，可对于陈平安而言，真不算什么事情。

陈平安这一次路过牢笼，大妖云卿再次露面，面带笑意，打趣道："先前武运在身，如今炼化神灵尸骸至宝，又要与隐官道贺了，等到跻身洞府境，还要再道贺一次，有些忙。幸好不是在蛮荒天下，不然光是庆贺的赠礼，就要送出三份。"

陈平安停下脚步，笑道："在浩然天下，一位上五境山巅神仙的大驾光临，就是最好的登门礼。"

云卿望向那把狭刀，赞叹道："好刀。"

陈平安以手掌抵住刀柄，说道："分量足够，确实好刀。"

云卿感慨道："与隐官言语的机会，看来不多了。"

陈平安沉声道："不是在浩然天下遇到云卿前辈，大憾事。"

云卿笑道："不是在蛮荒天下邀请隐官饮美酒，亦是遗憾。我那旧山头，风景绝佳。"

白发童子霜降满载而归，身边跟着女子长命。

金沙此物，有长命在，得之容易，更多需要霜降出力的，还是那些远古大妖尸骸的存留之物，零零散散的，挺费劲。天地至宝，多通灵性，不会像神灵遗骸、大妖尸骨这样不挪窝，哪怕是霜降铆足劲头去寻觅，也很麻烦。所幸长命不愧是祖钱化身，冥冥之中，运气极好，最终收获超乎霜降预期多矣。后来有了经验，霜降就刻意远离长命，等长命撞见了机缘，再与自己打声招呼，他一扑而上，兢兢业业，捕获那些乱窜如剑仙飞剑的天材地宝。

双方约好了，今天只是刨地三尺了一个方向，以后每天去往一处，至多一旬光阴，就能粗略搜刮一遍，下个一旬，再好好查漏补缺一番。

长命是第一次进入这座牢狱，所以难免好奇。

大妖清秋见着了陈平安身边的长命，娴静柔美，确实不俗，啧啧道："隐官大人好艳福，就是口味重了点，先是个剥了皮的女子，这会儿又换成了个皮囊血肉皆不真的精怪。隐官大人你怎么回事，牢狱当中不是关着头七尾狐魅吗？如果我没记错的话，其他女子修士，还是有几个的，这都不够你吃的？"

陈平安笑道："都快要死了，就不能说几句好听的？"

真身是那青鳅的大妖清秋讥笑道："就凭你？加上那把破刀？伸长脖子让你砍，你砍得动？"

陈平安推刀出鞘寸余："试试看？"

大妖清秋瞬间没入雾障中。

霜降捧腹大笑。

女子长命告辞离去，牢狱之中，污秽煞气太重，她不愿继续游览了。

来到捻芯那边，陈平安等待她抽出一根纬线后，说道："借你法刀一用。"

捻芯将手中法刀直直递给陈平安。

陈平安接过法刀后，笑道："在我们家乡那边，给人递送剪刀、柴刀，都会刀尖朝己。"

捻芯置若罔闻，问道："决定了？"

陈平安点点头，先取出那张承载金篆、玉册文字的青色符纸，因为文字太多太重的缘故，纸张显得凹凸不平。

先抽出那把化外天魔珍藏多年的狭刀斩勘，割破左手心，将整张符纸涂满鲜血，依稀带有金色丝线。然后陈平安一手摊放符纸，一手持短刀，刺入心口，让一位练气士视若真元的心头精血，从刀尖坠在符纸上，然后以碧游府水神庙那道炼水诀，驾驭血滴，如小楷写经一般，一笔一画，规矩端正，神意饱满，最终"写出"一篇解契书，内容简明扼要，意思浅显却措辞精确。尤其是最后署名之时，还从三魂七魄当中分别剥离出一粒本命灵光，注入"陈平安"这个名字当中。

陈平安将法刀递还给捻芯。

捻芯接过法刀，皱眉道："早知道就不与你泄露此事。"

先前她初次见到陈平安，就十分疑惑为何与蛟龙之属那么纠缠不清，后来就下了些功夫，加上与化外天魔一番闲聊，被她揪出了一桩骇人听闻的秘事。陈平安身上，有一份隐藏极深的结契，双方身份平等，不是主仆，但是双方性命攸关，效果类似一般山上修道之人结成神仙眷侣之时的契约书，当然陈平安这份契书，不曾涉及任何情爱，而且书写一方，可谓占尽便宜，几乎没有任何约束。

陈平安脸色惨白，却好像如释重负，了却了一桩极大的因果恩怨。既为自己求个心安，也为自己那个学生，能够在宝瓶洲倾力施展手脚。

霜降蹲在一旁，惋惜道："隐官老祖这桩买卖，亏大发了。不该这么爽快的，换成是我，就狠狠敲一笔竹杠。"

陈平安将那张符纸递给霜降，说道："也就是我知道得晚，不然早就应该这么做了。霜降，你转交给老聋儿，他离开牢狱后，捎给风雪庙魏晋，帮忙送去宝瓶洲，只能交给一个名叫崔东山的人。"

霜降却嬉笑道："还是让捻芯送给老聋儿吧，他们俩刚刚认了亲戚。"

陈平安扯了扯嘴角，保持原有姿势。就知道这头化外天魔，早已认出了这张青色宝光浓郁的符纸根脚。

陈平安早年刚刚得到《丹书真迹》和这些符纸的时候，尚未修行，也刚练拳，所以眼中所见，就只是些泛黄书页，不过当时陈平安凭借三种符纸数量，很容易就可以辨认出符纸材质的珍稀程度。蛟龙沟用掉一张，桐叶洲送给钟魁一张，今天又用掉一张。

霜降举起双手："你别试探我了，我反正打死不碰这符纸的，不然一个不小心，又要被你算计，折损百年道行。"

化外天魔不喊隐官爷爷、隐官老祖的时候，往往是在说真心话。

陈平安这才将符纸交给捻芯。

捻芯一闪而逝，去交给老聋儿，转瞬即返，她说道："亏得去早了，老聋儿刚要离开牢狱。"

有些话捻芯想了想，还是没有说出口。本来是想劝说杀妖缝衣一事，让陈平安抓紧些，只是话到嘴边，还是作罢。

陈平安点点头，去往那座行亭建筑，独自一人，抱膝而坐。

霜降站在远处台阶上，看着那座建筑那个人。

此地是陈平安的心境显化。所以陈清都去得行亭，甚至捻芯愿意的话，也可以去，因为在陈平安内心深处，他认可捻芯这位魔道中人，唯独他这头化外天魔绝对不被允许。

天圆地方一行亭。立足处，是陈平安由衷认可的那些大小道理。四根亭柱，分别是陈平安在人生远游路上逐渐化为己用的四条根本脉络。而亭顶，象征着陈平安心心念念的大剑仙。

年轻人看待人生，所见之人，就是一座行亭的暂留客，迟早都要与他分别，有些打招呼，有些不曾说。他就守在原地，如那行亭，愿意为人做些遮风挡雨的小事。

境界越高，离散只会越多。大概正因如此，所以陈平安对待证道长生，一直没有任何野心。也怕死，却也不愿长生久视。

霜降大声喊道："隐官老祖，你那心爱姑娘，晓不晓得这份契约？"

陈平安瞬间回过神，故作镇定道："这桩契约，关我屁事。"

霜降高高跳起，伸出大拇指："隐官老祖，你老人家理直气壮说着心虚话，特别读书人！"

第九章 一线之上

霜降试探性问道："我用一大块金身碎片，与隐官老祖换个结契的小故事？"

故事其实不小。只看解契一事，陈平安就用到了上古斩龙台行刑的斩勘刀，以一张青色符纸承载鲜血，取心头精血，还要剥离出三魂七魄各一缕，灌注末尾署名当中。寻常修道之人的结契解契，可不需要折腾出这么大的动静。

要是这种买卖都不做，霜降觉得自己容易遭天谴。

陈平安却没兴趣做这笔买卖，有了那位金精铜钱老祖化身的长命道友——她极有可能担任落魄山记名供奉——相当于家有聚宝盆，如今陈平安觉得自己十分淡泊名利，绝不至于见钱眼开。刑官走了，老聋儿跟着离开，此处所有的天材地宝，长脚再多，也跑不出一座牢狱天地。陈平安一直想要问老大剑仙，为何不将此地家底掏空，交给避暑行宫打理，或是搬去丹坊处置，可惜老大剑仙根本不给机会，每次现身露面，他的下场都不太好。泥菩萨也有几分火气，包袱斋在哪里不可以开张？除此之外，将来岁月悠悠，可能会没个尽头，总得找点事情做，比如数钱，比如炼物。

陈平安手腕翻转，祭出那枚材质奇异的五雷法印，托在手心，虽然不过枣核大小，但是隐隐有雷鸣，五彩流光，气象森严，天然压胜鬼魅秽物。

与那仿造白玉京宝塔和剑仙幡子一样，陈平安都不敢大炼为本命物，只是中炼，一来没必要大炼，再则也不敢贸然行事。终究是从离真那边得来之物，担心万一。如那松针、咳雷，也是得手极久之后，才从中炼变为大炼。当然不是信不过刘景龙和袁灵殿，而是大炼之物，不比寻常，除了会单独占据一整座本命窍穴，还会分走修士灵气，而这两件事，对于一个开府不多、灵气积蓄不够深厚的下五境练气士而言，就是天大的难题。

陈平安如今作为五境修士，气府数量其实不算少，可光是为了长生桥炼化的五行之属，就分去五座，皆需以灵气勤勉炼化，又能有多少的盈余灵气，可以被陈平安拿来“封赏群臣”？这就叫巧妇难为无米之炊，不然单开一座水府，以陈平安远游路上的一众机缘所得，绿衣童子们绝不会如此无所事事。例如那瓶蜃泽水丹的补给，每次水府久旱逢甘霖，灵气却依旧需要分给山祠、木宅等地一部分。

可即便是中炼此印，陈平安相信仅凭这件山上重宝，在那宝瓶洲藩属小国，当个斩妖除魔、术法通天的神仙老爷，没半点问题。而且即便行走山泽荒野，也会被当作谱牒仙师，因为修行五雷术，一旦术法道诀不够正宗，很容易就会伤及五脏六腑，日积月累，体魄残缺，并且不可逆转，比如那目盲道人贾晟，便是因为修炼旁门雷法伤了一双眼睛……想到这里，陈平安哑然失笑。

陈平安突然问道：“不是金沙？”

霜降掏出一块柑橘大小的金身碎块，轻轻抛着。这等分量的宝物，可不常见，凿山取宝，老费劲了。

陈平安左手驾驭五雷法印，右手伸手一抓，将那金身碎块从化外天魔手中取来，攥在手心，片刻之后，就以炼三山道诀，将金身碎块炼化出一滴金色水滴，再以手指接住，轻轻抹在那枚五雷法印十六字真言的“攒”字上，如寺庙道观给神像贴金。

在此贴金过程中，陈平安五座本命窍穴，皆有一丝灵气自行流转，如获敕令，来往手心，升腾而出，萦绕五雷法印，帮忙淬炼那一滴金色水滴融入法印，比起单独以炼物仙诀贴金，速度要快上一大截。这就是一位修道之人，拼出五行之属本命物的优势所在，种种玄机，妙不可言。

陈平安收起法印和金身碎块，说道：“我家乡是那骊珠洞天，小时候，一个大雪天的深夜，我刚好做了个噩梦吓醒，然后就听到家门口那边有动静，似乎听到了细微的嗓音，那夜风雪大，所以听着不真切，只觉得很瘆人，其实我当时很犹豫，不知道是该出去，还是躲在被窝里，也想过宋集薪是不是其实也听到了，他胆子大，会比我先出门，后来我还是畏畏缩缩出去了，然后救下了一个……”

说到这里，陈平安突然不知道应该如何定义稚圭。

霜降熟稔陈平安的诸多心路历程，道破天机：“她不找那皇子宋集薪，有两种可能。一种是她选择从泥瓶巷西边巷口走入，入巷艰难，哪怕一门之隔，已经力竭，所以倒在了你家门口，未能敲响宋集薪的院门，这就是冥冥之中自有天意的大道缘分。还有一种，则是她从顾璨家走入泥瓶巷，到了宋集薪家门口，临时改变主意，因为与一位大骊宋氏的龙子龙孙结契，约束多，说不定只能签订真正的主仆契约，生死操之于他人之手，对于天地间最后一条真龙余孽而言，并不是一个如何舒心的选择。她被你救下之后，偷偷与你结契，因为你本命瓷已碎，神魂孱弱，结契一事，神不知鬼不觉。她就可以安安稳稳，凿壁偷光，走着站着坐着躺着都享福！”

陈平安点头说道：“的确是这样。”

“我的隐官老祖唉，哪有你这么做买卖的。”

霜降扼腕痛惜道：“你与那化名稚圭的女子，双方可是一桩平等契约，前边吃亏越大，后边享福就越多，隐官老祖你到底怎么想的？明摆着只要再熬熬，在那解契书上写得莫要如此决绝，将来你老人家可就是苦尽甘来的大好岁月了！简直就是躺着破境，在那书简湖，那坑你不浅的孽种泥鳅，如何反哺顾璨体魄神魂，隐官老祖你岂会不知？”

白发童子说得唾沫四溅，手舞足蹈：“不管那王朱，早年如何窃取你的命理气数，越是得道，天下事越讲个有借有还，这是定理，所以她只要得以真正化龙，你就算功德圆满，是天底下最名副其实的一桩扶龙之功，从今往后，你能够获得一笔细水长流的收益。她每次破境，更会反馈结契之人，结金丹、养元婴，算得什么难事。单说天然压胜蛟龙之属，甚至是水神湖君一事，哪个修道之人，不梦寐以求？”

陈平安站起身，缓缓散步，微笑道：“我只知道，施恩与人，莫作施舍想。我当年不知道结契一事，只知道救下她，是随手为之。”

僧人托钵化缘，是为结缘。道家也有一饮一啄，莫非天定的说法。

霜降小心翼翼道：“隐官老祖，你是儒家门生，君子施恩不图报，我勉强可以理解。可是她害你多年运道不济，你仍然愿意以德报怨？会不会有那滥好人的嫌疑？”

陈平安摇头道：“事有缓急轻重之分，一来她稚圭在我心中，就只是个邻居，远远比不上宝瓶洲大势重要。再者，以德报怨？你很清楚，这其实与我的根本学问是相悖的，事分先后，错分大小，都得讲明白了，再来谈原谅、宽恕。”

陈平安停顿片刻，手心抵住那把斩龙行刑之物的刀柄，笑道：“假设大事已了，你让她现在站在我面前试试看？”

霜降现在一听到“试试看”三个字就头疼。

陈平安继续说道：“如果撇开是非、阴谋不谈，一事归一事，只说我与宋集薪和稚圭当邻居，其实没你想象的那么糟糕，甚至可以说，有他们在隔壁生活，我对活下去，会有些额外的盼头，好歹知道了百姓人家的好日子，约莫是怎么个过法，不缺钱花，衣食无忧。灶房砧板上，以菜刀剖鱼鳞的声音，或是大太阳下以木棍轻轻敲打竹竿上的厚实被褥，你听过吗？都很动听的。我不曾念书识字，就已经听说了不少书上言语，就归功于宋集薪的无聊背书。”

当时年少，陈平安一切都被蒙在鼓里，所想之事，只是一日两餐的温饱，夏日怕中暑，冬天衣衫单薄最畏寒，春怕年味，秋愁田地少。

与邻居那对主仆相处，能帮忙的，泥瓶巷少年陈平安都会帮，例如路上遇到了，帮稚圭挑水，帮着晒书在两家之间墙头上。宋集薪那会儿作为“督造官宋大人的私生子”，好像有花不完的钱，那些钱又像是天上掉下来的，宋集薪怎么开销都不会心疼，可以眼睛都不眨一下。

泥瓶巷太窄，宋集薪又是个喜欢享福的，还是个怕麻烦的，从来只会让稚圭一车车购置柴火、木炭，一劳永逸，对付掉一个寒冬。

陈平安如果瞧见了，也会帮忙。那会儿，好像气力不支的稚圭，也会拎着裙角，跑去宅子门口那边，喊陈平安出门帮忙。陈平安也不会拒绝，做这些琐碎事情，不是有什么念想，恰恰相反，正因为规规矩矩，对身边所有人都是这般，视为理所应当，陈平安做起来，才会衣衫沾泥、炭屑，心眼干净。更何况相较于为邻居的搭把手，陈平安为顾璨家里所做之事，更多。何况那个时候的他对于男女事，那真是七窍通了六窍，一窍不通。所以宋集薪那么个小肚鸡肠的同龄人，也不曾觉得陈平安对稚圭有什么想法，只会对刘羡阳和马苦玄，敏感且敌视。

偶尔稚圭在隔壁院子择菜，也会试探性地与陈平安言语，她会说你帮了顾家娘俩那么多，好歹要些酬劳，哪怕不是铜钱，她家庄稼地都是你在打理，讨要几升白米之类的，总是在理的，如果那狐媚子的婆姨这都不答应，那就是她做人有问题，尽想着占你陈平安的便宜，小镇的长工短工，帮忙红白喜事，哪里不能挣钱。

宋雨烧曾经在吃火锅的时候，醉醺醺说过一番言语，当时陈平安感触不深，如今已是而立之年的陈平安，不是少年许多年了。再去细细咀嚼一番，就嚼出许多余味来。如饮一碗陈年酒酿，后劲真大，隔着好些年，都留着酒劲在心头。

年轻时记性好，每逢思乡，人事历历在目，心之所动，身临其境，宛如返乡。

上了岁数，记忆模糊，每逢思乡，反而感觉离乡更远。人生无奈，大概在此。

霜降笑着点头：“市井的鸡毛蒜皮，我还真懂得不少。”

陈平安打趣道：“堂堂飞升境大修士，也会知道这些？”

按照霜降先前与陈平安所讲的那个人生故事，作为流民孤儿的“小草”，漂泊不定，随时被霜雪冻杀，侥幸被一个殷实门户收为奴仆，再给少爷当书童，因缘际会之下，被隐于市井的塾师相中根骨资质，赐名霜降，踏上修行之路，在这期间，确实是该知道许多民间疾苦的。但是陈平安根本不信他那套说辞。

霜降揉了揉脸颊：“世间如我这般命苦的飞升境，好似啃泥吃屎长大的可怜虫，不多见。”

陈平安点头道：“要对一位五境练气士喊老祖，是命苦。”

在台阶那边，化外天魔双手叉腰，大义凛然道：“隐官老祖，我不许你老人家如此妄自菲薄！”

陈平安再次祭出那枚五雷法印，对霜降说道：“与捻芯前辈说一声，开工做事，先帮我将此物挪到掌心，我如今自己也能做成，却太过耗费光阴，只能耽误她拆衣了。”

霜降与那个忙着拆解法袍的捻芯打了声招呼。

陈平安来到台阶上，轻轻卷起左手袖管。

霜降蹲在一旁，道：“瞅瞅，隐官老祖这条胳膊，真是学问多多，凡俗女子，眼拙，兴许看不出门道，却契合金枝玉叶的高妙之说，内里全是得道高真的神光流彩，能眼馋死那些个识货的山上仙子。以后隐官老祖远游四方，多穿几件法袍才行，不然鸳鸯债会很多的。要我说啊，光是遮掩手臂不顶事，就凭隐官老祖这面容，这身材，这谈吐，这风采，得学那刑官，不然仙子们一个个见之倾心，心神摇曳，魂不守舍，心湖上小鹿乱撞，蹦蹦跶跶，涟漪荡漾面绯红，隐官老祖自然不会动心，可终究是件烦人事，就像那结契一事，岂不委屈死了？”

陈平安问道：“老聋儿就是这么被你念叨烦的？”

霜降嬉笑道：“那孙儿，修心不够，是个废物。”

捻芯赶来后，帮着陈平安将那枚五雷法印更换“洞天”，从山祠挪到掌心纹路处的一座“山岳”之巅。

旗鼓相当的修士厮杀，一瞬之差，就是生死之别。

不光是能够让陈平安施展这一门雷法更为迅猛，还可以让陈平安更快适应五件本命物的勾连衔接，一经施展，五雷攒簇，天威浩荡，造化万千。

练气士更换一件中炼之物的搁放位置，却并不简单，需要临时开凿出一条“驿路”，自然会伤筋动骨，只是相较于缝衣真名，还算小事。

陈平安不但无须捻芯以绣花针钉死魂魄，还可以念头随意，言语无碍，问道：“这件五雷法印，材质是什么？”

材质古怪，纹理似美木，质地却如碧玉。

捻芯只认出这是一块雷击槐木。

雷击木，此物在浩然天下，并不罕见，市井乡野皆有，富贵之家还会重金求购，去道观请法牒道人帮忙雕刻成木牌，让家中孩子携带在身，便可以不着脏东西，镇煞辟邪，就像身上“请了一位门神”。

陈平安询问无果，转头望向胸有成竹的化外天魔。

霜降不愧是飞升境，见多识广，笑道：“是雷击槐木不假，又大不简单。”

说到这里，霜降故作沉思状。

陈平安说道：“一枚雪花钱。”

虽是蚊子腿肉，可从陈平安这边挣钱，何其不易，霜降这才一拍脑袋，恍然说道：“不是寻常雷击，更不是寻常槐木。一般材质极好、品秩极高的雷击木，这‘攒簇五雷，总摄万法。斩除五漏，天地枢机’十六字，应该分别篆刻在四面才对，不然根本承载不住这份雷法真意。诀窍所在，就在于这槐木，曾是一处槐府所在，类似一座袖珍福地，鬼魅齐聚为窟，狐蛇扎堆成窝。故而必然是一位精通五雷正法的得道之人，倾力降妖除魔的凌厉手段，才造就了这桩天大机缘，然后被那人从废墟中捡取此槐，雕琢为印，刻出虫鸟篆十六字，并且只是作为'天地枢机'其一的法印底款。"

陈平安侧头凝视"行走"于经脉之中的那枚法印，从山祠去往肩头，再沿着手臂，被捻芯一路牵引着移去掌心扎根。这个过程就像犁地翻田，开垦田地却是修道之人的筋骨血肉。

霜降在旁托着腮帮子，缓缓道："法印六面，制式古老，因为皆有篆文图案，属于极其罕见的'六满印'，又被称为'月盈印'。月盈而亏嘛，不然这种法印，也太过霸道了些，早就大小山头人手一枚了。所以隐官老祖如果以此物对上强敌，开销不小，容易使得法印雷法式微，神光黯淡，真意衰减，所幸事后可以修缮品相，例如山水神祇的金身碎片。反正隐官老祖不缺此物，真是天命所归！"

霜降嫌弃凝神关注那枚法印太麻烦，容易让隐官老祖分心，便双指并拢，轻轻拧转，法印显化在陈平安眼前，变得巴掌大小，清晰入目。

他以心念轻轻旋转那枚法印，娓娓道来："法印四面，总计刻有三十六尊神灵画像，雷神电母、风伯雨师、云吏灵官、天人神官等古老图案，皆在法印此山中。九是一个大数字，这就又是'月盈印'的一个绝佳作证。一般炼师，真不敢如此胡来。

"除了印章底部的地款十六字，原本该有天款，只是不知为何被削去一截，大伤品相，也使得这枚五雷法印威力骤减。不然此物该是宗字头仙家祖师堂的供奉之物，压胜山水，汲取气运，甚至有可能会成为一枚传法印。"

霜降感叹道："没了至关重要的天款，品相大跌，十分可惜！"

做人忌讳个十全十美，收藏一事，却是恰好相反。

陈平安说道："能否自己补上天款？哪怕威势不增丝毫，吓唬人，总是可以的。再说哪天真要山穷水尽缺钱花了，是不是篆刻齐全的六满印，会是两种价格？"

霜降心中唏嘘，瞅瞅，这样的隐官老祖，如何让人不钦佩？如何能够让那位长命道友不心仪？

随便念头一起，好像就要斩除五漏，隐官老祖真是个天生的修道坯子。可惜不是在青冥天下，不曾早早遇到隐官老祖，不然这会儿，陈平安就要喊自己老祖了，只是想象一番，就美。

霜降呵呵傻笑几声，抹了抹嘴，赶紧转过头，伸手覆脸，使劲揉搓一番，再转头，就是一本正经的模样了，毕恭毕敬说道："隐官老祖虽然精通刻章，可这天款铭文，还真做不来。"

陈平安点点头，没有失落，反而释然。

运道过于好，就是大忧患，需要好好反省一番所处境地了。

捻芯说道："行了。"

缝衣人捻芯来也匆匆，去也匆匆，毫不拖泥带水。

如今唯一能够让她留下的事情，就是陈平安改变主意，不再有那脑子有坑的男女大防。一个修道之人，需要哪门子的守身如玉，迂腐古板得像个老学究了。只是捻芯总不能强行扒了陈平安的衣服，倒是有些埋怨霜降的本事不够，当初若是能通过那头七条尾巴的狐媚子，与陈平安多做些事情，可能她如今缝衣，就不会这般美中不足了。不过话说回来，若是被一个狐魅蛊惑了人心，陈平安走不到牢狱当中，成为不了剑气长城的隐官。

陈平安缓缓抬起手掌，祭出那枚五雷法印，一时间五雷攒簇，一只洁白如玉的手掌四周，宛如掌上小天地，电闪雷鸣、云生水起，隐约可见三十六尊神灵的缥缈身形，各含法旨。

陈平安转头望向化外天魔，笑眯眯招手道："来来来，让老祖宗摸一摸你的小狗头。"

霜降哀叹一声，乖乖歪过脑袋，伸长脖子，然后情真意切道："隐官老祖，我这么不惜性命，每天都在慷慨赴死的忠心随从，要多多珍惜啊。"

陈平安翻转手腕，将一枚五雷法印重重拍向化外天魔的头颅之上。

轰然一声，化外天魔在原地荡然无存，陈平安一身衣袖震荡，罡风吹拂鬓角，只见化外天魔在台阶下方不远处重新凝聚身形，法袍之上犹有雷电残余，使得他两眼翻白，浑身抽搐，如醉汉一般，双手向前摸黑一般，摇摇晃晃走上台阶。

陈平安知道自己这一手，根本无此能耐，自己未能修行五雷正法，没有上乘道诀辅佐，就没有足够的道法真意，怎么可能让一头化外天魔如此狼狈，所以问道："结结实实打中一位练气士，可以击毙什么境界的，观海境？龙门境？"

霜降一路小跑上台阶，说道："若无法宝庇护，隐官老祖这一巴掌下去，不伤品相半点，寻常龙门境，就得当场毙命！"

陈平安又问道："如果我不惜代价？舍了法印不要？"

霜降说道："寻常元婴境修士，也要少掉半条命，与隐官老祖对敌，只要少掉半条命，也就等于没命了。"

陈平安轻声道："寻常。"

霜降无奈道："确实小有遗憾，隐官老祖以后厮杀，需要付出这么大代价的敌手，肯定都不是什么寻常练气士。"

陈平安笑道："我们做笔一枚小暑钱的买卖。"

霜降跃跃欲试，搓手道："隐官老祖要是这么聊天，瞌睡虫就要死绝了。"

陈平安说道："我身上物件不少，又要马上成为中五境神仙，你帮我复盘一番，如何才能受益最大。重点在洞府境、观海境和龙门境三境的大小关隘，中炼之物与大炼本命物的搭配，以及最后结丹的关键。"

霜降说道："这么大的事情，不如我陪着隐官老祖拾级而上，结伴登高？"

陈平安笑道："需要这么些花头经吗？"

话是这么说，起身却不含糊。就当讨个好兆头。

早年离开倒悬山，与陆抬一起游历桐叶洲，对方早就泄露天机，提点过陈平安，修道之人，刚刚登山之时，大炼本命物，不是多多益善，不用刻意追求数目之多。

世间大炼之本命物，大致分三种：攻伐、防御、辅佐。例如一只承露碗，在世间亲水之地，就能够帮助练气士更快汲取灵气，一枝春露圃栽种裁剪下来的杨柳，在草木郁郁之地，也能额外增长灵气。

而大炼、中炼两物，是要与练气士讨要"粮饷"吃的，所以拥有一两件攻伐防御之外的辅佐本命物，帮忙练气士开源，至关重要。故而一位练气士，结丹之前，积蓄灵气数量，得看开府窍穴之多寡，以及每一处开府规模之大小，小门小户与那庭院深深的豪门宅邸，自然天壤之别。

所谓的修道天才，便是两者兼备，开府多，且府邸大。所谓的花架子谱牒仙师，往往便是空有府邸山头，但是处处小巷陋室，不成气候，一时风光，最终成就有限，这辈子只能在半山腰逛荡。

许多山泽野修，哪怕本命物不多，苦心经营一两处本命窍穴和大炼物，再能够围绕着这份大道根本，琢磨出相适应的术法，一样可以战力出众。一路缝补，哪怕走了条盘山小道，依旧跌跌撞撞，可以去往山顶，一览众山小。

陈平安三处曾经盘桓过三缕"极小剑气"的窍穴，分别搁放大炼的初一、十五，以及松针、咳雷，因为后两者只是剑仙仿剑，而气府又出奇之大，两把恨剑山仿剑共处于一室，竟是完全不成问题，而且陈平安看架势，好像再多一把仿剑，都不成问题。

只是峥嵘宗妖族剑修的那把本命飞剑天籁，以及霜降作为交换，送给他的那把短剑，就只能与飞剑天籁一样，温养在养剑葫当中。实在是没有多余的气府来安置它们，而且陈平安也不觉得它们适宜大炼。

霜降开门见山道："练气士开府门，如开洞天，自行接纳天地灵气，是谓洞府境。人体三百六十五个窍穴，就是三百六十五座先天而生的洞天福地，日月更迭，昼夜轮转，阴阳交融，这些人一生下来就有的财富，不知羡煞多少精怪鬼魅。跻身洞府境，开九窍，便能跻身观海境，女子练气士，需要十五窍。你如今身具五行之属本命物，已经坐拥五窍洞府，成为剑修之后，笼中雀和井底月又新开辟出两座，初一、十五各有一座，松针、咳雷共聚一座，所以这就是十窍已开。

“跻身中五境的洞府境，一着不慎，就是‘水灾祸殃’的下场，一旦人身小天地与大天地勾连，灵气如洪水浸漫其中，就会肆意倒灌，但你大道亲水，并且因为纯粹武夫的关系，体魄坚韧，且那火龙拓展魂魄道路极多，又有一枚水字印坐镇水府，半点不怕此事。

“所以你跻身洞府境，轻而易举。一般练气士，还要小心拿捏个火候分寸，你就要反其道而行之，尽可能多地吸纳灵气，务必要以牛饮鲸吞之势，一气呵成，寻觅出更多的水府、山祠等洞府的相亲之地，就像人间五岳，也该寻一处储君之山，作为辅佐。只是你们浩然天下不太讲究此事，在青冥天下，不但是山君，还有那水仙，都会将储君之地的选址，视为头等大事。试想一下，你五行之属，各自有一处辅佐洞府，结丹之前的灵气积蓄，便十分可观了。既不用搁放本命物坐镇其中，免得厮杀惨烈，随随便便就给人伤及大道根本，又能让你在修行路上汲取、储藏灵气，事半功倍。只是到底哪些气府适宜担任山水‘储君’，就藏着关键诀窍了，开洞府，何等大事，宛如天地初开，灵气倒灌，所过之地，会有许多显化，护道之人，若是细心观察，就可以找到些蛛丝马迹，微妙迹象，稍纵即逝，所以护道人的境界，得够高，不然白搭，即便知道了此中诀窍，亦是枉然。最少是仙人境起步，换成玉璞境看出了端倪，他敢出手吗？自然是不敢的。人身天地初开之大格局，随便闯入其中，是护道，还是害人害已？”

陈平安一直在竖耳聆听，不愿错过任何一个字，只是嘴上却说道：“你说得太粗浅了。”

这是陈平安生平第一次如此郑重其事对待自家修行事。

化外天魔所说的洞府储君之地，以及跻身洞府境之初始，就等于是“天地初开”，确实是陈平安首次听闻。

两人缓缓登高，霜降笑道：“在我看来，你唯独炼化那剑仙幡子，是妙手。可是炼化那仿造白玉京，一同搁在山祠之巅，就极不妥当了，如果不是捻芯帮你更换洞天，将悬在木宅门口的五雷法印赶紧挪到了掌心处，就会更是一记大昏招了。一旦被上五境修士抓到根脚，随便一道精妙术法砸下去，五雷法印非但半点护不住木门，只会变成破门之锤。修道之人，最忌花哨啊，隐官老祖不可不察……”

陈平安毫无征兆地一巴掌拍在霜降脑袋上，打得霜降原地消逝，瞬间在别处现身。他跑上台阶，仰起头泪眼汪汪：“隐官老祖，不教而诛，为啥嘛？”

陈平安斜眼道：“你先前关于我那些炼化之物，是这么讲的？”

霜降想了想，自个儿胡说八道的言语太多，记不太清了，得好好捋一捋，结果发现真是自己错了，可这隐官老祖也委实是太会记账了，他只好给自己找了个台阶下，谄媚道：“那会儿是隐官爷爷，如今才是老祖宗，不一样的。那老聋儿不也喊我爷爷，就不安好心，半点不心诚，对吧？如今我与隐官老祖，既是祖谱上的亲戚，还是精诚合作的买卖伙伴，亲上加亲，咱俩这样的关系，瓷实！”

陈平安看似还算神色轻松，实则心中大为后怕。

炼物之后，一旦与人厮杀，身体魂魄受到重创，打烂了窍穴，毁坏了大炼、中炼之物，就是典型的城门失火殃及池鱼，依照本命物的品秩，会不同程度折损一位练气士的大道根本。世间事总是福祸相依，先前陈平安炼化五雷法印、青砖道意和仿白玉京宝塔，虽是中炼，用来各自辅佐五行本命物，自然裨益不小，可一旦所在本命窍穴受损，与本命物一起崩碎，雪上加霜，就会灾殃更大，极有可能连累相邻气府一起崩塌稀烂。

陈平安每次祭出炼化之物，就如霜降所说，一旦与本命物牵连，很容易被上五境练气士循着收放之间的痕迹，找到本命气府所在，而陈平安的五行之属，本身就存在着牵引，找到其中一个，很容易就找到全部五座！想到这里，陈平安又是一拳砸下。

中炼之物，无论品秩多高，裨益道行多大，不是不可以搁放在本命窍穴，但显然必须慎之又慎。

这次霜降早有准备，主动踮起脚尖，在陈平安身后凝聚身形，屁颠屁颠跟上隐官老祖，不忘称赞道："好拳好拳。以后咱们祖孙俩，结伴游历青冥天下，隐官老祖第一件事，就是一拳打烂那架敲天鼓，好让整座白玉京和青冥天下，都晓得隐官老祖大驾光临了！"

陈平安自言自语道："某些山泽野修的心态，如今得改改了。"

许多微妙心态，在人生道路上，会是不可或缺的助力，但是到了某个阶段，就会悄无声息变成一种阻滞。

不是全盘否定过往，而是念念相生，法无定法。最终这条根本脉络一成，就有希望时时在法中，处处法无碍。

例如山泽野修，可能是有一件炼化一件，只恨太少，只要开府足够，管你三七二十一，三七二十四都没问题。可大山头的谱牒仙师，却不会如此，只会精挑细选，在师门长辈的传道护道之下，拣选数件炼化为本命物，其余至多中炼，或攻伐或护身，锦上添花。每高一境，灵气"涨水"一层，再多炼一件本命物，气府窍穴的拣选，又是学问，还要早早拣选一处，作为未来结丹之室，早早经营打造，开辟出一座仙家府邸，虚位以待，只等"有仙则灵"。

纯粹武夫当中，还有一种被称为"尖把式"的稀罕武夫，堪称修道之人的死敌，每一拳都能够直指练气士丹室，面对金丹境修士，拳拳指向金丹所在，面对金丹境之下的练气士，拳破那些已有丹室雏形的气府，一拳下去，人身小天地的那些关键窍穴，被拳罡搅得翻江倒海，碎得山崩地裂。

霜降一边为陈平安清点家底物件，一边说出他的详细建议，以及耐心解释为何要如此那般。

例如他那把交给陈平安的"昔年刻舟"短剑，铭刻一个"渎"字，肯定不适宜大炼，但却最最适合中炼，可以搁放水府池塘当中，先前以那水丹水运显化而成的小小蛟龙，既假又弱，简直就是玷污隐官老祖的宅邸风水，根本不该凝为蛟龙之姿态，反而应该转去凝为一颗宝珠，水运浓郁一分，宝珠就趋于实质一分，再加上他另外那把铭刻有“湖”字的短剑，就能够造就出双龙夺珠之格局，那才是最佳选择。

还有那杆剑仙幡子，应当如何矗立于山祠之巅，又有一番大讲究，绝非陈平安当下这般随便一丢就算完事了。

陈平安听得聚精会神。

这头化外天魔，只要愿意正儿八经“传道”，无愧飞升境身份，修为上则通天摘日月，言语赴下则建瓴高屋。陈平安受益匪浅，一枚小暑钱，买卖很划算。

半路上，一个元婴境妖族剑修来到剑光栅栏附近，好奇问道：“你这年轻人，到底是如何修行的？为何能够如此神速，每天变样？”

陈平安停下脚步，反问道：“听说你身为剑修，却精通望气术，能够勘验龙脉，擅长寻觅洞府秘境？”

那妖族笑道：“想学？你喊声爹，我就考虑考虑。”

陈平安取出自己珍藏的最后一张金色符纸，递给霜降：“这是那枚小暑钱的买卖添头，不算钱。”

“谨遵法旨。”霜降低头弯腰，双手接过符纸，然后一闪而逝，去往牢笼之内。

片刻之后，霜降从那个元婴境妖族剑修身躯当中“走出”，抖了抖手中符纸，上边“悬挂”着密密麻麻的文字，如一粒粒水珠在那荷叶上，微微晃动不已。

霜降朝着金色符纸呵出一口气，所有文字牢固嵌入符纸，他将符纸交给陈平安。

那个妖族骂骂咧咧退回雾障。

陈平安问道：“元婴境地仙的心境，你也能穿梭自如？”

霜降摇头道：“因为当了多年的邻居，走门串户的次数多了，我才能够如此闲庭信步，不然元婴境道心，哪个不坚若磐石，不花个几年的水磨功夫，很难得逞。”

此后霜降又说了观海境的几处内幕，比如道出了水府“点睛”一事的捷径，之所以说是捷径，并非什么旁门左道，缘于陈平安的底子打得不错，天时地利人和皆有，可以多拜访那些水神府邸，寻找投缘的神灵、水仙，相互切磋道法，以光明正大的路数，获得对方的一丝水法真意，就能够在墙壁上那幅水仙朝拜图上多添一次“点睛之笔”。此事在观海境做了，收益最大，结丹之后，也行，只是收益反而不如观海境时，大道玄妙，就在于此。所以修行路上，往往某个环节，就能让练气士心甘情愿，拿出数年甚至是数十年光阴去缓缓消磨。

台阶登顶，陈平安在牢狱入口处坐下休歇。霜降坐在一旁，一枚小暑钱到手，十分得意。

陈平安说道：“接下来就要锤炼武运了。”

先前陈平安都没有接纳武运馈赠，只是这一次在剑气长城，他只觉得武运还不够多。

剑气长城的剑道气运、武运，都已积攒万年，武运底蕴当然没法子与剑道气运媲美，可此处剑修如云，剑修与剑运的关系是僧多粥少，所以剑道气运再多，也不够分。就像陈平安养出两把本命飞剑，就谈不上多大的天地异象，纯粹武夫与武运，则是碗中粥虽不多，但剑气长城武夫更少，端起过粥碗的人没几个，武运盈余，自然十分可观。陈平安这一次破境又不算低，是从金身境跻身远游境，所以攫取极多，甚至还从蛮荒天下抢来一份武运，这让他心中大为快意。

霜降侧过身，使劲揉着眼睛，可怜兮兮道："隐官老祖忙忙碌碌，身心片刻不得闲，瞧得我又仰慕，又心酸，百感交集，泪水直流。"

陈平安伸手放在霜降脑袋上："虽然是虚情假意，听着还是挺宽慰人心的。"

结果陈平安这话说得晚了，霜降已经自己炸碎身躯，在别地幻化人形，所以极为尴尬，一时间都不好意思跑去原地坐下。

陈平安转头望去，神色玩味，霜降悻悻然笑道："拳未出，意先到，直接吓死我了。真不是我溜须拍马，以后等到隐官老祖游历别处天下，甭管是蛮荒天下，还是浩然、青冥天下，一个眼神，哪怕是地仙妖族，都要吓得肝胆破裂，跪地不起，乖乖引颈就戮！"

陈平安收回视线，笑道："那就借你吉言。"

按照李二前辈的说法，人身肌肉六百三十九块，皆可视为山脉、大岳和小山头，淬炼武运，就像"开山"，能够夯实一个纯粹武夫的处处山根，武运的多寡，决定了开山的数量，若无武运馈赠，那也无妨，武夫厮杀分生死，技击切磋分胜负，都可以淬炼座座山岳。一位武夫练拳的立身之本，只在拳法本身，不可刻意贪恋武运，没了武运，天塌不下来，就算天真塌下来了，更要练拳再出拳。

陈平安问道："关于武运，你知道哪些内幕？"

霜降摇头道："我只修道，对于武学，所知不多……"

陈平安突然说道："一枚小暑钱。"

霜降立即神采焕发："有说头，有说头。"

不承想陈平安说道："还是算了。"

霜降一个后仰倒地，手脚乱踹，翻来滚去。

陈平安问道："除了缝衣帮着锤炼武运，有没有其他立竿见影的法子？"

一个武夫如果能够以最强破境，当然是一种莫大殊荣，等同于被一座天下的武道认可。不过这种破境，只是与同时代的同境武夫对比，曹慈的境境破境皆最强，分量极重，武运就多，郁狷夫便要逊色许多，陈平安当年在北俱芦洲鬼蜮谷宝镜山遇到的那位怪人，自称杨崇玄，后来陈平安才知晓对方身份，其实是云霄宫杨氏子弟，是那读书人的哥哥，也曾以最强六境跻身金身境。如此想来，陈平安觉得颇有意思，曹慈，郁狷夫，还有杨崇玄，自己遇到过的三位纯粹武夫，都曾当过一段时间的世间最强六境。

霜降坐起身，病恹恹说道："没有的。捻芯的缝衣，十分精准，我倒是有些锤炼手段，可惜只会过犹不及。我做买卖，十分公道，绝不会信口开河，被钱迷了心窍。"

陈平安点头道："骂人不用拐弯抹角。"

霜降一个蹦跳起身，伸出一只手掌悬在头顶："天可怜见，隐官老祖你要是这么冤枉我，信不信我一巴掌拍死自己，以证清白?!"

陈平安举起一只手掌，示意自便。

霜降正要说话，瞧见了个小崽子，大袖一挥，随手抓来身边，瞪眼怒道："小王八蛋，胆敢觊觎我家隐官老祖的伟岸背影，你又不是个水灵小娘们!"

原来是那少年幽郁，因为老聋儿肯定还要返回牢狱，所以此次老聋儿去往城头厮杀，就没有带走这位顶着个主人头衔的少年。

陈平安转头笑道："幽郁，如果不忙着修行，坐着聊几句。"

霜降立即帮着幽郁拍了拍衣袖，笑道："幽郁，愣着做什么，赶紧去隐官老祖身边坐着啊，多大的荣幸，换成是老聋儿，这会儿就该声泪俱下跪在地上，磕头谢恩了。"

幽郁坐在陈平安附近，有些拘谨，他又不善言辞，干脆就不说话。何况陈平安身边还跟着一个霜降。聋儿前辈说这家伙是个飞升境的化外天魔，见了面就随便吧，打打杀杀都没关系，反正也防不住什么。聋儿前辈都这么说了，幽郁这还怎么随便?

陈平安问了些幽郁的事情，幽郁有问必答。家住何方，传道人是谁，本命飞剑如何，先前大战没能杀妖，只是在城头上，帮着衣坊、剑坊做点小事，都没什么好藏掖的，加上对方是隐官大人，幽郁也没想着遮掩。何况这位具有传奇色彩的外乡隐官，故事实在太多。越是年纪小的，越喜欢相互念叨，幽郁有个朋友，朋友又有个青梅竹马的心爱姑娘，姑娘便总喜欢问那朋友："我要是在那浩然天下，你会历经千辛万苦，去找我吗?"那个朋友第一次被问，便回了句："你也不在浩然天下啊。"结果姑娘好几天没理他朋友。后来他朋友学聪明了，只是每次答案，总不能让姑娘满意，最后他朋友私底下跟幽郁埋怨不已："我又不是那隐官，怎么比嘛。"

聊得多了，幽郁就发现隐官大人其实挺平易近人的，双方言语的时候，无论是谁在说话，年轻隐官都很认真，从不会视线游移，不会心不在焉、敷衍了事。

霜降觉得自己略显多余了，就默默起身，坐到了隐官老祖另外一侧。

没了霜降坐中间，幽郁越发轻松，就将朋友的糗事与年轻隐官一并说了。

陈平安忍不住笑了起来："幽郁，你下次见了你朋友，可以让他告诉心爱姑娘，他只需要说一句话：别分开在两座天下啊，哪里舍得嘛，只是想一想，也要伤心的。可万一真要分开了，就让她等他，一定要等他。"

幽郁轻声问道："能成?"

陈平安双手笼袖，满脸笑意，轻轻点头。

幽郁使劲点头，觉得可行。

霜降身体前倾，双指不断乱戳，示意幽郁赶紧滚蛋，不要耽误隐官老祖修行。结果陈平安头也不转，一拳打在他面门上。

幽郁憋着笑，起身告辞离去。陈平安站起身，跟幽郁道别。

陈平安走下台阶，重返牢狱底下，霜降又开始走在前边，一路念叨着"隐官老祖小心台阶"。

陈平安问道："你觉得是在这里跻身洞府境，还是去了外边，再破境不迟?"

霜降说道："此事还真就随意了。"

陈平安的长生桥已经重建妥当，跻身中五境，随时随地。

如果说陈平安身为纯粹武夫，锤炼在身的武运，是开山之举，那么跨过一道修行大门槛，跻身洞府境，就是开府。是在牢狱天地成为一位中五境神仙，还是离开牢狱再行此举，皆可。

一个洞府境的开府，远远没法子跟跻身远游境相提并论，尤其是在剑气长城，估摸着就像是往湖水里砸下一颗小石子，根本无人在意。

可如果陈平安不曾成为剑修，根本不敢擅自开府跻身洞府境，理由很简单，剑气长城剑气太重！对于剑修之外的练气士，大道压制，无处不在，只会让练气士备感不堪重负。

所以不是剑修的外乡下五境练气士，登城游历闹出来的笑话，数不胜数，一着不慎，还有那性命之忧。需要身边扈从、供奉时刻护道，在本土剑修眼中，都是些没断奶的小崽子。所以浩然天下对剑气长城的观感不佳，也绝非纯粹是浩然天下练气士的一方偏见使然。

那拨仙家豪阀出身的天之骄子，越是年轻的，在家乡越是习惯了身边的吹捧，结果一到剑气长城，不说什么言语冲突，光是剑仙剑修的那些或冷漠或鄙夷的眼神，就够他们吃上一壶的了，肯定毕生难忘。

剑气长城的排外，不光体现在天地剑气、远古剑仙意志凝聚而成的剑道气运，都对浩然天下极不友好，剑修对浩然天下的观感更是糟糕至极。

从隐官萧愻，洛衫、竹庵两位隐官一脉的掌权剑仙，到看守大门的抱剑汉子张禄，再到庞元济、齐狩这些年轻天才，哪个不对浩然天下心怀敌意，都已经不是有无好感那么简单了。孙巨源这样的剑仙，终究是少之又少。结果临了，遇上苦夏剑仙领衔的中土邵元王朝那拨年轻剑仙坯子，很快就又变得印象大恶。

陈平安的弟子学生当中，裴钱那是不可以讲道理的，到了剑气长城，如鱼得水，浑然不觉。崔东山境界高，是不在意。其实最不适应的，是已经成为练气士的曹晴朗。但是在剑气长城那段岁月，曹晴朗在跨过大门之后，就没有让旁人觉得他有一丝不自在。

所以陈平安一直觉得自己有三件事，罕逢敌手，比当包袱斋更有天赋神通！

找媳妇。取名字。收弟子。

陈平安突然又问道："跻身洞府境，会不会让我的两把本命飞剑，杀力更大？尤其是笼中雀的小天地，能否跨上一个大台阶？"

霜降再次神色尴尬。实在是在一位飞升境眼中，这点境界提升，完全可以忽略不计。至于那把笼中雀的小天地，跟陈平安实打实的境界高低有关系，却极小。再者陈平安的敌人，除了云卿、清秋在内的五头上五境大妖，其余全部是元婴境妖族剑修，成不成为中五境，一样意义不大。

不过既然隐官老祖都这么在意那点"提升"了，霜降就立即心思急转，绞尽脑汁，争取说些感天动地的好听言语，为自己亡羊补牢："当然更大！五境与洞府境的一境之差，到底不比寻常，更何况隐官老祖的那两把本命飞剑，前无古人后无来者，相互辅佐，攻守兼备……"

陈平安思量片刻，说道："那就在这里破境好了。你帮我留心痕迹，找出十座气府的储君之地。找出五座以下，包括五座，半枚小暑钱，五座以上，都算一枚小暑钱。你要是找出了十座，却只与我说六座，也没问题。可如果一座都找不到，那就别怪我做买卖二掌柜了。"

霜降胸脯拍得震天响："一座都找不出的话，无颜面见隐官老祖，到时候我自己提头来见！"

霜降突然提醒道："隐官老祖惊才绝艳，所以记得别破境太快，一下子连破两境，直接跻身了观海境！不然我就要白跑一趟了！"

陈平安有所决断之后，就立即停下脚步，开始闭目养神。

心神沉浸，心念微动，长生桥起，走上拱桥，缓缓而行，过桥之后，人身小天地，三百多座洞天福地齐齐打开，灵气倒灌，如洪水倾泻其中。不但如此，陈平安心神返回长生桥之上，抬头望去，越发凝神，留心霜降所谓的天地初开气象。

果然，如果不是霜降提醒在先，陈平安本身无论如何谨小慎微，都根本无法发现那条线索。恍惚之间，依稀可见，天开一线，从此天地有别，日月星辰，大地山河，开始高下对峙。

只是陈平安有些疑惑，照理而言，日月悬空，应该远离大地，但是自己的人身小天地当中，天地间距似乎不大。还是说所有的练气士，都是如此情形？

不但如此，天幕上的星斗流转，如一块块破碎镜片，种种人与事，一闪而逝。似乎陈平安稍稍抬手，就触手可及，可追往事故人。

但是陈平安压下心中念头，只是站在原地，死死拘着自己，绝不伸出手去。

陈平安竭力保持一点灵光，默默告诉自己，过往之事，远去之人，不管自己再怎么想念，终究是不可追回的。

任劳任怨的霜降，涉及挣钱大业，不敢怠慢，铆足劲御风远游，在那灵气洪流之上，珥青蛇、穿法袍的他，眯起眼眸，仔细盯住洪水撞击众多气府大门的细微动静。

异象消散。陈平安退出心神。结果看到霜降站在眼前，怀里捧着颗脑袋。

陈平安无可奈何，开始行走。

霜降将脑袋放回脖子上，哈哈笑道："隐官老祖，六座六座，一枚小暑钱！"

霜降以心声道出了六处气府的名称。

陈平安知道肯定不止六座，只是毫不在意，储君之地的选址开府，无非是跻身洞府境后为观海境打底子，没有也问题不大，有当然是最好，所以这枚小暑钱，依旧得给霜降。

接下来才是真正的隐官职责所在——杀尽牢狱妖族。无论使用什么手段，斩杀上五境大妖，以及最好是问剑五位元婴境妖族剑修，然后才能缝衣大成，承载既定的全部大妖真名。

刑官之去留，陈平安不感兴趣，反正老大剑仙自会安排。何况陈平安这个隐官，也没资格对官职相当的刑官指手画脚。

唯一稍稍感兴趣的，是那谷雨钱化身的浣纱小鬟，是怎么个生财有道，与暂时留在自己身边的长命道友，会不会有不同的本命神通。

路过一座元婴境妖族剑修的囚牢，那个被霜降以神通窃取独门秘术的家伙再次露面，问道："你烦不烦？你怎么不直接跻身上五境？在老子面前晃荡来晃荡去，臭显摆什么？有本事现在撤掉栅栏，信不信老子一剑砍死你？"

陈平安笑道："赌点什么？比如你的本命飞剑？咱们这就立个誓？你是赚的，我是拿整条命跟你赌半条命。我要是你，但凡有点英雄气概，肯定就赌了。"

刚刚跻身了洞府境，气象未稳，灵气激荡，往返于两座天地，所以被元婴境一眼看穿很正常。

那元婴境剑修瞥了眼一旁的霜降，骂了句"你大爷"，退回雾障。

陈平安说道："他不会出手。"

那元婴境剑修立即返回："当真？"

陈平安点头道："咱们可以磨一磨誓言细节，双方都认可了，再来赌。"

那个元婴境剑修还真有兴致，反正横竖是个死，早死晚死都要死在这个年轻人手上，不如找点乐子，占点便宜。

霜降使劲绷着脸，只是眼珠子左移右转，坚决一言不发。

陈平安开始就“一剑砍死自己与否”，与这个元婴境剑修前辈开始敲定一个个细节，免得赌桌不稳不公道。结果就在那元婴境妖族觉得可以赌一场的时候，瞥了眼那个从头到尾很安静的霜降，突然反悔，再次退回雾障。

这让陈平安有些措手不及。

练气士立誓一事，一旦违约，确实要伤及魂魄根本，后果极重，只是落魄山祖师堂的开山老祖是谁，对方妖族又不知自己文脉一事。所以陈平安只要有霜降坐镇自己心湖，手段极多。要说让陈平安以蛮荒天下的山约立誓，简直就是求之不得。陈平安自认自己这边，言辞的语气变化，眼神脸色的微妙起伏，誓言内容的争锋，没有一丝一毫纰漏，所以问题只是出在了霜降身上。他以前太蹦跶，今天太老实，你好歹施展点真真假假的障眼法啊，怎么当的化外天魔。

霜降双手抱头，哀号道：“隐官老祖，真怨不得我啊！”

陈平安讥笑道：“老子要同样是化外天魔，能随随便便踩死你。”

霜降委屈道：“化外天魔的手段，也看修道之人生前道心深浅，我生前就是太淳朴憨厚了啊。”

陈平安叹了口气，没计较一把本命飞剑的得失，自己养剑葫还是太少。本就是小赌怡情，成与不成，问题都不大。况且问剑成功，受益最大。

捻芯还坐在原地拆解那件法袍，不知疲倦，尤其专注。

若是不去看头颅之下的光景，其实捻芯前辈，与寻常女子一模一样。

陈平安没有打搅，去往行亭，盘腿而坐，双手叠放腹部，缓缓吐纳，安稳人身小天地内的气象，慢慢稳固境界。他同时分心想事，如今的避暑行宫，大的决策不会有了，所有既定部署，大纲细节皆有，隐官一脉剑修无非是按部就班行事，即便有些突发状况，愁苗剑仙也会应对无误。愁苗是一个值得陈平安完全信任的存在。

那些个年幼孩子、少年少女剑修的退路，也早有安排。需要外乡剑仙自己愿意收取弟子，也需要考虑师徒双方的性情，以及剑仙所在大洲风土人情、宗门山头的敌友势力，还要弄清楚那些剑仙坯子的家风以及个人性情，对那浩然天下是否怀有天然敌意。这其中，自然会让人顾虑重重。

重返浩然天下的那拨外乡剑仙，暂且撇开野修出身的前辈不去说，一座宗字头仙家，无论是宗主、老祖，还是供奉、客卿，只要是剑仙，那就如何都得保住两三位嫡传弟子。宗门是一张护身符，可当宗门内部之人与那些孩子起了冲突的时候，师父剑仙就又会是一张护身符。并且只有剑仙，才有足够底气，与任何宗门之主叫板，不惜为自己的弟子争个公道。

但假若是邓凉这样的元婴境剑修，哪怕在浩然天下九洲，都已是一等一的神仙中人,陈平安依旧不敢放心,原因很多,比如邓凉自己就需要破境,过一道天堑。而且邓凉年轻,本身需要勤勉修行,又被宗门倚重。再者,年轻就意味着资历浅,山上人脉不会太多。这里还有个不易察觉的隐患,在宗门内部,邓凉这样的存在,必然招人嫉恨。种种算计,都会旁敲侧击,邓凉那个剑气长城的弟子就是绝佳对象,邓凉得势之时不显,稍有挫折,不会对邓凉如何,却极容易拿弟子开刀。

做件事,想要结善缘,又结善果,其实没那么轻松的。

避暑行宫任何一个思虑不够的想当然,就会使得一对剑修师徒的大道被殃及。

每个去往浩然天下修行练剑的孩子,家乡"剑气长城"这四个字,都会是两座关隘,一座在外乡人眼中,一座在剑修自己心湖之上。

除此之外,就是老大剑仙谋划已久的那件事情——"举城飞升"。这也是隐官一脉剑修当下的头等大事,去往各关键处盯着,以防意外。

陈平安睁开眼,轻轻吐出一口浊气。

能做的,力所能及,好像都做了。不能做的,想再多也没用,只是很难不去想就是了。所以习惯了用六步走桩、剑炉站桩来静心的陈平安,在行亭之中,开始重新练习烧瓷拉坯。

霜降坐在台阶上,陈平安很忙,越发显得他懒散了。

他现在其实有个疑惑,陈平安难道已经知道自己的真实根脚了?

米裕动身去往剑气长城,避暑行宫那边飞剑传信春幡斋,要他去海市蜃楼坐镇一段时日。米裕心情沉重,密信上没有隐官大人的钤印,很正常,隐官大人已经消失许久,避暑行宫已经交给愁苗掌管,可为何不是愁苗,而是董不得和徐凝在发号施令?

韦文龙惴惴不安地跟在米剑仙身边。

因为韦文龙从未去过剑气长城,米裕便拉上了这个一辈子都待在倒悬山的金丹境修士。韦文龙一开始数次婉拒,主要的顾虑,还是如今剑气长城戒备森严,稍有逾越雷池者,下场都不太好,他终究不是真正的隐官一脉剑修,担心最后伤了米裕剑仙的颜面。让一个外人进入如今的海市蜃楼,不合规矩,很容易捅娄子。

过了大门,韦文龙略感窒息不适,呼吸极为不畅,运转本命物肯定要比在倒悬山至少凝滞两三分。

韦文龙心中微微惊骇,自己要是与一位金丹境剑修对峙,岂不是最多一剑就肯定没命?

米裕说道:"以前不至于让一位金丹境修士如此压胜。"

自然是因为大战惨烈,天地气机紊乱,剑气剑意越发细碎,如同市井处,满城柳絮纷飞,让行人苦不堪言。

那座城池，早已开启了山水阵法，被磅礴剑气笼罩其中。除此之外，衣坊、剑坊、丹坊三处，也是差不多的光景。

因为经常有大妖拔山搬峰，从高处砸向剑气长城，一些“漏网之鱼”就会越过城头，砸向城池的山水大阵，虽多被剑仙以剑摧破，但碎石滚落，城外那些不受阵法庇护的剑仙私宅便处处断壁残垣，支离破碎。

整座剑气长城开始“封山”，这是历史上的第三次。出去很容易，进来登天难。

从倒悬山渡口运入剑气长城的物资，步步关隘，皆有一拨拨剑修驻守把关。

韦文龙直到进入剑气长城，才知道“隐官”二字的威势。

米裕只说韦文龙是隐官大人的客人，本是口说无凭的事情，两人竟是一路畅通无阻。

以前在春幡斋账房内，陈平安才是那个最让韦文龙感到轻松的人，不承想换了个地方，陈平安还不在身边，韦文龙反而开始将陈平安与隐官大人真正对应起来了。

海市蜃楼是一座层层叠叠的建筑，占地不小，并且极为高耸，楼阁攒簇，大小屋舍三千余间，曾经都是在此开设铺子掌柜们的店面、私宅。

海市蜃楼之上，有少年少女凭栏而望。韦文龙抬头望去，刚好与少女对视一眼。

韦文龙只觉得古怪，怎的瞧见了那个高处的少女，便如翻账簿，十分可亲？

杜山阴轻声笑道：“汲清姑娘，米剑仙身边那人，是个有财运的？”

明眸皓齿的浣纱小鬟，神采动人，这会儿点头道：“回公子的话，此人确实身负财运。”

“汲清姑娘，你们望气的神通，可以传授旁人吗？”

“这是我与长命姐姐的本命神通，不用学，故而不可教。请公子赎罪。”

杜山阴有些遗憾，钱能通神，能使鬼推磨，这些个道理，太浅显不过了。不过一想到以后自己的修行之路，天高地阔，再不用局限在剑气长城，便也随之心境开阔。

米裕让韦文龙随便逛，自己则独自御剑而起，到了海市蜃楼最高处，瞧见了一个御剑悬停、举杯饮酒的白衣剑仙，全身云雾缭绕，不可见真容。

避暑行宫那边飞剑传信，有提及这位剑仙的刑官身份。

剑气长城历史上有过三个古老官职，其中隐官类似世袭，只不过并非一家一姓的流转，而是师徒之间的传承有序。直到萧愻背叛，陈平安继位，才打破了这个规矩。不然的话，等到萧愻卸去官职，就数她的弟子庞元济希望最大。

此外还有刑官、祭官，祭官早已传承断绝，历代刑官担任者，必是大剑仙。现任刑官则退居幕后已久，位置还在，但是死活不见人，久而久之，在剑气长城就失去了话语权。对于刑官的下落，众说纷纭，有说去往了蛮荒天下蛰伏，也有说悄然离开了剑气长城。

米裕行礼道:“剑修米裕,见过刑官。”

刑官点头算是还礼,并不言语,只是持杯饮酒。

米裕问道:“刑官可曾遇到隐官大人?”

刑官说道:“见过。”

米裕问道:“隐官大人已经跻身远游境?”

刑官点头:“是。”

米裕再问:“隐官大人为何迟迟未归,不去坐镇避暑行宫?”

刑官说道:“不知。”

米裕心中大为忧虑:“隐官大人不愿错过这场战事。可既然近在咫尺,为何一次都未现身城头?”

刑官不胜其烦,停下饮酒,说道:“你问题有点多。”

米裕问了最后一个问题:“刑官为何置身事外?”

刑官淡然说道:“与我言语者,又是哪位战功彪炳的大剑仙?”

米裕无言以对,十分怀念隐官大人。

有一块被城头剑仙击碎山头的巨石砸向城池大阵。

米裕微微皱眉,一掠而去,在那山水大阵天幕顶部蜻蜓点水,弯腰拔剑,继续前掠,将巨石一剑斩碎,然后收剑归鞘,掠回海市蜃楼,行云流水,自然而然。

韦文龙凑巧看到这一幕,不太明白米裕这样的剑仙风采,为何在剑气长城还要被人瞧不起?然后韦文龙就看到城头之外,蓦然出现一头大妖真身法相,双手重捶城头,声势惊天动地,远在海市蜃楼的韦文龙都觉得呼吸困难起来,结果大妖被一位女子剑仙一斩为二。

牢狱行亭之中,陈平安横刀在膝,洞府境已经境界稳固,一身武运也锤炼完毕,可以试试看问剑一场了。

陈平安缓缓起身,霜降在台阶那边恭候已久。

两人一起拾级而上,霜降随口笑问道:“隐官老祖,既然修道不为长生不朽,不求与天地同寿,那么辛苦修行,到底为何?”

随口一问而已,其实化外天魔不奢望陈平安会给出答案。

陈平安答道:“我们要成为强者。我们要为这个世界做点什么。”

霜降愕然:“我们?”

陈平安点头道:“所有人。”

一艘来自中土神洲的渡船在夜幕中靠岸倒悬山,只是并不卸货,从船上走下百余位练气士，人人呼吸绵长，都是修道有成之人，均恪守规矩。

春幡斋那边，纳兰彩焕与邵云岩亲自迎接，一路送到大门口，这些修道之人皆是阴阳家和墨家机关师，不过却不会登城厮杀。

他们分成数拨，各自去往海市蜃楼、避暑行宫和躲寒行宫，还有几处剑仙私宅，其中就有那座种榆仙馆，地基正是那剑仙炼化的明月飞仙诗文牌，相邻处是住着几个女子装束剑修的宅邸。三位金丹境剑修在某位临时担任"督造官"的隐官一脉剑修授意下，得以离开师父设置的禁地。他们这么多年被师父画地为牢，拘在宅邸当中，除了练剑还是练剑，以至于顾不得身上的女子衣裙装束，都忘了讨要一身衣坊法袍，就要御剑去往城头那边，砍死几头妖族是几头，不料被那个腰系一方抄手砚、背竹箱的郭竹酒拦阻，说他们三人只能去往海市蜃楼，不然就乖乖退回宅邸，继续练剑。

五位阴阳家修士、墨家机关师，在得了一份避暑行宫赠送的堪舆图以及一份详细注解之后，开始一一破解这座私宅禁制，开门顺利，很快剑仙私宅就浮现出一把光流素月铭镜。铭镜悬在宅邸上空，古镜内有四头瑞兽围绕镜钮飞奔。阵法开启之后，私宅四周景象被映照得莹然生辉，纤毫毕现。

这拨负责搬动种榆仙馆和此处宅邸的外乡修士，忙里偷闲，看着郭竹酒与三位金丹境剑修对峙。郭竹酒说话极快，竹筒倒豆子似的，外乡修士虽然在赶赴倒悬山途中，临时学了些剑气长城的方言，依旧只能听个大概，反正郭竹酒一个人的气势，竟是完全压倒了三位地仙。

三位金丹境剑修怎么晓之以理动之以情，在郭竹酒那边都不管用。一位实在急眼了的金丹境剑修喊道："郭竹酒！别以为隐官大人是你师父，就跟我们老三老四的啊，咱仨师兄弟，好歹都是金丹境，都是你修行路上的前辈……"

郭竹酒经常来这边翻墙逛荡，所以双方很熟。

郭竹酒双臂环胸，铁面无私："反正你们只要敢去城头，我们隐官一脉飞剑就会更快赶到，然后你们就会被某位剑仙丢回此地，连地盘更大的海市蜃楼都去不得了。"

一位性情相对稳重的金丹境剑修苦笑道："真没得商量了？"

郭竹酒点头，却说道："可以！"

三位金丹境剑修，连同看戏的外乡练气士，都很措手不及。

郭竹酒说道："只要你们不去城头，就可以截杀所有越过城头的流窜妖族，但是不许你们战死，死了一个，其余两人就会被某位剑仙亲自禁足百年。"

郭竹酒指了指海市蜃楼那边："刑官和我们隐官一脉的扛把子米剑仙，有他们在，轮不到你们这些小小金丹。"

三位剑修相视而笑，总好过在那海市蜃楼作壁上观。

郭竹酒突然说道："别死啊。"

三道剑光一闪而逝。

那些境界不低的外乡练气士，心情沉重且疑惑。怎的剑气长城剑修，都这么不把性命和大道当回事吗？势不得已，虽死无悔，浩然天下也不罕见，可哪有这么可以不死却上杆子找死的修道之人。

郭竹酒转过头，望着那三道剑光瞬间远去，久久不肯收回视线。生怕他们一个冲动，就直接去了城头。还想着他们若是去了城头，自己也跟去算了。

郭竹酒始终望向城头那边，悄悄寻觅自己父母的身影，只是未能找到。

恩师，父母，子女，眷侣，祖师，晚辈，好友。剑气长城哪个剑修，没有杀妖的十足理由。也有许多剑仙之下的剑修，愿意杀妖，却不愿死，老大剑仙和避暑行宫，如今都不强求，登城驻守即可，见机不妙就自行撤离城头，若是觉得安稳了些，再重返城头。如今剑气长城，儒家君子贤人都已经卸去督战官一职，避暑行宫的隐官一脉也极少飞剑传信城头。

郭竹酒转过头，笑道："前辈们辛苦了。"

来到此地，剑气过重，压胜极多，原先还有些怨言怨气的外乡练气士，此刻面对一个背竹箱小姑娘的诚挚道谢，一时间有些无言以对。毕竟他们来此，是可以挣些辛苦钱的。这还不是最重要的，关键是在学宫、书院那边，他们此举，会被记录在册，还是一桩不小的功德。

躲寒行宫那边，来了拨外乡人。

已经没了教拳之人，十来个孩子如今全凭自觉练拳，按照姜匀的说法，走桩站桩之外，再来一场捉对演武，相互往死里打就是了。

当练气士路过演武场的时候，所有孩子都停下练拳，多是眼神漠然，望向那些浩然天下的修道神仙。

担任此处临时督造官的剑修顾见龙，也没跟这帮孩子解释什么，懒，不乐意，何况他真要说几句公道话，说不定年龄悬殊的两拨人，都能直接打起来。顾见龙一直认为浩然天下，即便有隐官大人，有林君璧、玄参这些朋友，还有那些外乡剑修，但是浩然天下还是浩然天下。

剑坊那边，罗真意坐在一处台阶上，闭目凝神，温养飞剑。

有一个年轻的外乡金丹境修士，跟随师门长辈劳碌之余，壮起胆子去与罗真意言语，只是不等他开口，罗真意便说了声"辛苦"，然后再加一个"滚"字。两种说法，分别对事和对人。

衣坊那里王忻水举目眺望城头那边，一位外乡老修士笑问道："小兄弟，可问岁数、境界吗？老朽实在好奇。"

王忻水以礼相待，转头微笑道："在剑气长城，不值一提。"

见那老人不相信，王忻水补充道：“不是什么自谦之词。”

老人笑道：“能与小兄弟和气言语一番，已经是这趟远游的意外之喜了。”

韦文龙已经从海市蜃楼返回春幡斋，说了些王座大妖的凌厉手段，比如那个叫黄鸾的，仿佛失心疯了，将十之五六的亭台楼阁，都一股脑砸向了城头，那些被黄鸾精心炼化的小天地中还隐匿有极多的地仙妖族，其中有那嚷嚷着“先过城头者，某某某”的妖族剑修，在一座道观破碎之后，凭借剑光飞掠，在硬挨了剑仙一剑后，侥幸越过城头，流窜到了城池大阵之上，结果被米裕一剑当头斩下，连金丹、元婴一并劈成两截。米裕轻轻挥袖，云消雾散，好一个剑仙风流。

纳兰彩焕瞅着韦文龙的仰慕神色，没好气道：“米裕再绣花枕头，仍是玉璞境。对付个重伤元婴境，绰绰有余。”

邵云岩笑问道：“那个某某某是谁？”

自己这个剑仙与米裕同境，其实真实战力还稍逊一筹，邵云岩的面子在倒悬山不算小，可怜米裕在剑气长城，就只能这么被纳兰彩焕一个元婴境剑修随便调侃。

韦文龙摇头道：“蛮荒天下的雅言官话，我听不懂，事后米剑仙没报对方名字，只说了‘先过城头者’五字。”

邵云岩感慨道：“水精宫云签祖师，应该快要登门拜访了。”

纳兰彩焕讥讽道：“隐官大人也是好眼光好手段，还真就只有云签这种练气士不把自己的玉璞境当上五境。换成是其他宗门的上五境老祖师，何至于如此束手束脚。”

邵云岩是个几无锋芒显露在外的温和男子，今天难得与纳兰彩焕针锋相对，说道：“云签道心，比我都高。”言下之意，我邵云岩是剑仙，你纳兰彩焕只是元婴，自然比你更高。

纳兰彩焕一挑眉头：“境界高道心高，又如何，与我分生死，她云签能不死？！”

邵云岩笑着还以颜色，缓缓道：“又又如何，不耽误人家道心比你高嘛。”

韦文龙在心中为自己师父喝了一声彩，这个“又又如何”，真是绝妙。

纳兰彩焕讥笑道：“邵剑仙与隐官大人相处时日不多，说话的本事，倒是学了七八分精髓。”

邵云岩笑呵呵道：“不敢当。”

只是言语闲谈之外，当韦文龙面对桌上账本时，不知不觉变得怔怔无言。

倒悬山四大私宅之一的水精宫，作为唯一尚未被剑气长城“染指”的存在，好像还在争吵不休，没个定论。

先是雨龙宗宗主亲临水精宫，依旧没能说服师妹云签放弃北迁的想法，至于云签自然更无法说动师姐，等到云签将北迁一事小范围公开，山头林立的水精宫内部矛盾重重，而且显然大多数人都收到了祖师堂密信，让云签祖师碰了一枚软钉子。作为玉璞境神仙的云签，回了趟雨龙宗自家山头，不料嫡传弟子和诸多再传弟子当中，也有不少异议，不太愿意跟随云签一同北迁，尤其是那位与傅恪结为道侣的嫡传弟子，心意已决，说她不会离开雨龙宗，只能有负师恩。这令云签越发心神憔悴。云签只得隐藏踪迹，悄然拜访春幡斋，在议事堂落座，见着了剑仙邵云岩以及剑气长城元婴境剑修纳兰彩焕。

云签确实不擅长与人打交道，来时忧心忡忡，等到落了座，又不知如何开口。

邵云岩不愿这位雨龙宗祖师太过难堪，主动说道："雨龙宗祖师堂，是不是觉得即便剑气长城守不住，到时候再谈撤退搬迁一事，也不会太过仓促？因为雨龙宗祖庭所在，离着倒悬山还有一大段距离。真要形势险峻了，大不了学那江湖人，收拾些紧要物件和包裹细软，总归是能走的。何况归拢归拢方寸物、咫尺物，外加你们宗主的袖里乾坤，真有万一，也足够保住宗门元气。"

云签默然，轻轻点头。

邵云岩继续道："可如果现在搬迁，动了山根水运，拆除山水大阵，再想要复原就难了。总之，困难多，不划算，不宜迁，静观其变，是雨龙宗祖师堂深思熟虑后的决定。"

纳兰彩焕突然说道："邵剑仙小觑了雨龙宗的生意经，他们如今都开始暗中大肆收购倒悬山店面商铺了。好嘛，如此一来，许多原本想要舍弃祖业的店铺，都不愿出手了。雨龙宗真是功德一桩！"

邵云岩看了眼纳兰彩焕，纳兰彩焕微微后仰，背靠椅子，示意邵剑仙，她接下来当个哑巴便是。

其实这算什么难听言语，真正戳心窝的话，她都没说。例如雨龙宗之中，肯定有位高权重者，还不止一两位，会想着在天翻地覆、山河变幻之际，做笔更大的买卖，别说是一座你云签没脸皮强取豪夺的芦花岛，在那桐叶洲割裂出一大块地盘作为下宗地址，都是有机会的。

邵云岩说道："目前看来，雨龙宗祖庭显然是不会北迁了，之所以跟随云签道友的宗门修士没几个，其实怨不得他们目光短浅，反而是算盘打得精明了，才会如此。首先，跟随道友北迁的修士，人人身负分裂雨龙宗的嫌疑，一旦祖师堂震怒，你师姐直接颁下一道法旨，他们就要从宗字头谱牒仙师，沦为一伙山泽野修。这是近在咫尺的实在忧患。

"其次，就算涉险北迁，那么北迁去往何处？上哪里去找雨龙宗祖庭这般灵气充沛的仙家岛屿？难不成与人租借地盘？雨龙宗修士何时需要寄人篱下了？若是随便寻一处灵气稀薄的修道之地，以后百年千年，要耽搁多少北迁修士的大道前程？

"再退一步，就算寻见了一处勉强适宜修行的海外仙岛，打造府邸，构建山水大阵，修行所需天材地宝的开销，这么一大笔神仙钱，从哪里来？云签祖师是出了名的不善经营、家底浅薄，况且云签祖师清心寡欲，素来不喜交游，人脉平平，跟随这样一位空有境界而无生财之道的大修士流落他乡，怎么看都不是个好决定。”

云签哑口无言，连点头都省了。

纳兰彩焕终于出声：“怎么办呢？”

邵云岩伸手揉了揉眉心，也亏得是云签，换成一般上五境修士，此刻就该愤懑离去了。

纳兰彩焕瞥了眼优柔寡断的上五境女修云签，问道：“云签，你能够带走几人？”

云签说道：“六十二人，其中地仙三人。”

纳兰彩焕说道：“这么多？”

云签赧颜，误以为纳兰彩焕又在冷嘲热讽。

纳兰彩焕冷不丁说道：“我可以将自己积攒下来的一笔神仙钱，悉数借给你。”

邵云岩大为讶异，纳兰彩焕借钱给云签，此事不在计划中。

云签疑惑道：“这是为何？”

纳兰彩焕说道：“世道一乱，山下钱不值钱，山上钱却更值钱。我只有一个要求。”

云签点头道：“请说。”

纳兰彩焕说道：“如果你云签有朝一日，脱离了雨龙宗，自立门户，我来当宗主。放心，到时候我肯定是位剑仙了。如果没有，你依旧死守着雨龙宗谱牒修士的身份不放，一百年后，你就按照山上规矩还钱。”

云签略微思量，点头道：“如此说定！”

总算有了点上五境修士该有的魄力。

邵云岩知道云签这种修士，是天生坐二把交椅的人，当不了宗主。

纳兰彩焕转头笑道：“邵剑仙，若有机会，来当个首席供奉如何？”

邵云岩毫不犹豫道：“可以。”

与纳兰彩焕在春幡斋结下的这份香火情，不同寻常。邵云岩本就是一位交友广泛的剑仙，纳兰彩焕虽然做生意过于精明，失之厚道，但是将来在浩然天下开宗立派，还真就需要她这种人来主持大局。

云签心中大定。

邵云岩在倒悬山的口碑，极好，不可以简单视为一位玉璞境剑仙。更何况生死关头，更见品性，春幡斋愿意如此亲近剑气长城，邵剑仙本性如何，一览无余。相较于生财有道的纳兰彩焕，云签其实内心更信任邵云岩。

纳兰彩焕说道：“我买卖做完了，云岩兄你继续说正事。”

邵云岩无所谓纳兰彩焕的称呼更换，与云签说道：“隐官大人最后一次来到春幡斋，说如果云签道友北迁受阻，还有一个折中的法子。云签道友可以再走一趟雨龙宗祖师堂，就说愿意亲自带领一拨宗门子弟，出门游历一趟，大概需要五年时间，再与师姐讨要一笔神仙钱，作为带队历练所需，当然数目不用太大，除了探访蛟龙沟，还有诸多仙家秘境，比如就会拜访芦花岛，游历一趟造化窟，寻觅其中上古仙缘，地仙之下的练气士有意者都可以跟随。此外，还会游览歇龙石等地。”

邵云岩说到这里，笑道：“隐官大人本以为云签道友只能带走三十人，不承想翻了一番，反而有点小麻烦。若是六十二人一起离开雨龙宗和水精宫，云签道友的师姐以及整个雨龙宗祖师堂，想必脸上都会挂不住。”

云签又陷入两难境地。

纳兰彩焕实在见不得云签的不谙世情，有些修士，真的就只适合潜心问道。她忍不住开口说道：“这有何难，你在祖师堂那边好好反省自责一番，就说放弃了北迁的荒谬念头，愿意将功补过，为宗门弟子们尽一尽祖师本分。然后让早先就愿意追随你北迁的修士，找些漂亮些的由头，乘坐婆娑洲、宝瓶洲的那些跨洲渡船，例如对外可以说去游历会友。切记，一定要他们分批次离开。而且这些人必须先行，隔三岔五走几个，不显山不露水，不然就你师姐的脾气，等你带队远游之后，直接将他们偷偷关押软禁起来这种事情，她做得出来。”

云签轻轻点头。

将那桩百年之约的买卖说定之后，纳兰彩焕再看云签这副柔柔弱弱的懵懂模样，突然就见之可爱了。这样与世无争的大修士，才不容易给宗主惹麻烦。浩然天下的仙家山头，毁在自己人手上的，可不少，比如有修士境界升为山头第一人后，野心勃勃，权欲熏心，就会是一场门户之争。

邵云岩说道：“兴师动众，拆房搬府，北迁一事，其实治标不治本，先前我所说三事，隐官大人其实早有顾虑，只是当时我们双方，还不曾开诚布公，担心云签道友误会我们的用心，所以不宜明言，当时所求结果，无非是帮着云签道友，为雨龙宗留下些修道种子。只是隐官大人也坦言，迁徙一事，没什么上策可言，只能争取不行下策。接下来我所说之事，有请云签道友好好考虑，所谓游历，当然是假，放弃北迁，反而是真，如此一来，才能够让雨龙宗安心放行。”

邵云岩说到这里，叹了口气。

云签神情专注：“恳请邵剑仙为我解惑。”

邵云岩笑道：“你们一路游历过芦花岛造化窟后，会一直东去，最终从桐叶洲登岸。先前隐官在信上写有‘柴在青山’一语，既有留得青山在不愁没柴烧的意思，也有柴在青山不在水的深意。然后云签道友你和师门弟子，会有三个选择：第一，去找太平山老天君，就说你与‘陈平安’是朋友。第二，一路北上，跨洲在老龙城登岸，先去找宝瓶洲南岳山君范峻茂，大骊宋氏如今正在开凿一条大渎，雨龙宗修士精通水法，既能砥砺道行，又可以积攒一笔香火情。第三，做成了此事，此后继续北游宝瓶洲，从牛角山渡口乘坐披麻宗渡船，去往骸骨滩，继而乘坐春露圃渡船，此行目的地，是北俱芦洲中部的那座龙宫小洞天，为水龙宗、浮萍剑湖和云霄宫杨氏三方共有，其中大渎水正李源、南薰水殿娘娘沈霖，皆是隐官大人的好友，你们可以在其中一座凫水岛落脚修行，哪怕借住百年，也无不可。至于这三处，云签道友你最终愿意在何处落脚，是依附太平山，还是在宝瓶洲大渎之畔建立府邸，或是留在水运浓郁的龙宫洞天，皆看道缘了。"

邵云岩停顿片刻，沉声说道："隐官大人曾说，这一路终究是在颠沛流离，肯定不会一帆风顺，难免需要处处看人脸色行事，还需云签前辈多多留心师门弟子的心境变化，多加开解。"

云签瞥了眼议事堂主位上的那把椅子，问道："我只有最后一个问题，恳请邵剑仙和纳兰道友告知，那位隐官大人，为何愿意如此行事？"

邵云岩会心笑道："实不相瞒，我也奇怪，隐官大人对雨龙宗的观感……很一般。"

纳兰彩焕却直言不讳道："我敢断言，那家伙既是帮人，更在帮己。一个没有仇家死敌的年轻人，是绝不能有今天如此成就、这般道心的！"

邵云岩玩笑道："幸好文龙不是个喜欢告状的，米裕又是个被你欺负惯了的，不然就隐官大人那小心眼，呵呵。"

纳兰彩焕突然死死盯住云签，云签一头雾水。

纳兰彩焕蓦然而笑："你们雨龙宗多女修。"

云签不知为何她有此说法。

纳兰彩焕自顾自笑道："还好还好，咱们隐官大人别的不说，对待女子，从来敬而远之，越是貌美，越是忌讳。"

邵云岩不愿纳兰彩焕继续信口开河，起身抱拳道："预祝云签道友，远游顺利。"

云签站起身，还礼道："邵剑仙谋划之恩，纳兰道友借钱之恩，云签铭记在心。"

云签离去之后，纳兰彩焕和邵云岩一起走向账房。纳兰彩焕问道："陈平安在家乡那边的情况，你清不清楚？"

邵云岩摇摇头。他在思虑一事，按照陈平安的预测，云签和雨龙宗修士，最终选址桐叶洲的可能性看似最小，实则最大。

道理很简单，桐叶洲一洲之地，多半要支离破碎，众多仙家势力，十不存一。只不过其余两洲，云签都会先走过一趟。

纳兰彩焕气笑道："我与陈平安非友亦非敌，你说了又不会死。别忘了，以后我们可能就是一座山头的人了。"

邵云岩笑道："与陈平安当不当朋友，各凭喜好，至于当敌人，我看就免了吧。"

邵云岩还真知道不少陈平安的事情。因为邵云岩会跟随陆芝、酡颜夫人去往南婆娑洲,陈平安希望邵云岩到了南婆娑洲之后,见一次刘羡阳。而嫡传弟子韦文龙,又是板上钉钉的落魄山供奉,所以双方十分坦诚,陈平安最后一次出现在春幡斋,就多聊了些家乡内幕。

陈平安身在占据一洲的大骊王朝,问剑正阳山一事,牵一发而动全身,一旦与大骊王朝撕破脸皮,落魄山就会处处皆敌,躲无可躲,霁色峰祖师堂则搬无可搬。可一旦将棋盘放大,宝瓶洲位于北俱芦洲和桐叶洲之间,北俱芦洲有骸骨滩披麻宗、太徽剑宗、浮萍剑湖、春露圃等等,桐叶洲有姜尚真坐镇的玉圭宗和相逢投缘的太平山。大骊宋氏既然浸染事功学问百余年,自然会好好算这笔账,具体得失如何,到底值不值得为一座正阳山担任护身符。

刘羡阳的那种问剑法子,当然可取。但是陈平安内心深处却希望,那头搬山猿老畜生,有朝一日,会被正阳山亲手围杀。

他到时候甚至只需要在正阳山祖师堂落座,被一群所谓的剑修捏着鼻子奉为座上宾,他饮茶喝酒皆随心意,然后亲眼看着那头搬山猿沦落得众叛亲离。

问剑在心。

当然与刘羡阳直接登山,问剑正阳山,摘下搬山猿的头颅丢入祖师堂,也是一件快意事。我不亏,你随意。

到了账房门口,纳兰彩焕突然说道:“只看云签的退路安排,邵云岩,你怕不怕?”

邵云岩笑道:“怕? 怕什么?”

纳兰彩焕摇头道:“没什么。”

城头之上,陆芝俯瞰着妖族攒簇如蚁窝的脚下战场,这位女子大剑仙正在养伤,半张脸血肉模糊,但战事胶着,她根本顾不上。何况她也从不在意容貌一事。

先前出城太远,挨了大妖重光的一道本命术法,外加剑仙绶臣的一道飞剑。

但是当下,在这天底下最大的蚁窝当中,又有一线潮,向南方汹涌推进。

飞剑在前,数千剑修在后。

一线之上,飞剑与妖族率先对撞在一起。无数妖族瞬间倒飞出去,迸溅出残肢断骸。

这是纳兰烧苇、岳青与米祜三位大剑仙领衔的出城剑阵,愿意出城厮杀者,只管放开手脚出剑。

在更远处,是阿良、陈熙和齐廷济三位在城头上刻字的剑仙,各自占据战场一处,互成掎角之势。其中齐廷济倾力出手之后,每一次剑气震荡四散之后,方圆百余丈内便荡然一空,之后不计其数的妖族又会蜂拥而上。

除了负责扰乱城头的大妖黄鸾,仰止、白莹、金甲神将,每隔一段时间,就会分别与阿良三人厮杀一场,偶尔还有其他王座大妖参与其中。

天高处,董三更与那头炼化了一半月魄的王座大妖,以一轮大月作为战场,厮杀已久。

仰头望去,巨大圆月之上,有一条清晰可见的纤细黑线。

如此远眺,尚且可见痕迹,若是置身大月之中,肯定需要御剑远游才能看尽剑痕两端。那是董三更先前一剑使然。

老聋儿虽是妖族,但是杀起妖来,比许多剑仙更加直截了当,将庞大真身与巍峨法相以独门秘法叠加,专门撕裂那些庞然大物妖族的头颅、四肢,再当作飞剑随便砸向南方战场。

三教圣人,老道人身上那件道袍,绘有一幅古老的大岳真形图,远远不止五岳而已。在云海之上,老道人手持一面本命物仙人多宝镜,镜面大如巨湖,镜光映照所及之处皆焦土。

儒家圣人从袖中取出一轴《黄流巨津图》,双指并拢,轻轻一抹,长卷铺开,从城头坠落,悬挂天地间,黄河之水天上来,将那些蚁附攻城的妖族撞回大地,妖族淹没在洪水当中,瞬间白骨累累。

浑身浴血的佛门圣人,一身金色血液,凝聚成十条金龙。这位僧人自断手指,作为一条条金龙脊柱,再以断指处的鲜血为龙点睛。最后十指皆断的僧人,轻轻合掌,微微低头,佛唱一声。

战场之上,郦采孑然一身,仗剑孤军深入,四面八方,皆是妖族,皆是术法。

杀之不尽,如何是好。再杀!

老娘今天要是死在此地,姜尚真你这个没良心的王八蛋,到时候记得挤出点泪花,做做样子!

数千位剑修离开城头后,以一线潮开阵,随着战场不断推进,原本那条笔直一线,逐渐稀疏扭曲起来。

一位少年剑修,名叫陈李,跟随那条剑气一线潮,在战场上穿梭自如,并不恋战,将那些伤而不死的妖族一剑戳死,一剑不成,绝不纠缠。

陈李佩剑晦暝,本命飞剑寤寐,佩剑晦暝是剑仙遗物,与飞剑寤寐一旦神通叠加,可以造就出一座小天地的雏形。虽然才是观海境,但他战场厮杀,却极其精明,攻于算计,对于战场形势的把控趋利避害,近乎本能。他还喜欢在战场上疯狂捡漏,不见钱财宝物之前,四处流窜,只要见了钱,就属于要钱不要命的那种,所以赢得了一个小隐官的绰号。

陈李也曾在那座酒铺一块无事牌上留下"百岁剑仙,唾手可得"的豪言壮语。

陈李一剑剁死一头魁梧妖族,一边持剑奔跑,一边随手抹去脸上血迹,一个翻滚,躲过一个隐匿妖族剑修的飞剑，同时驾驭飞剑寤寐直直而去，对方亦是躲过飞剑，双方就此别过，皆无追杀意图。

一位剑气长城的金丹境年迈剑修，身陷包围圈，差点被妖族以斧劈掉持剑的胳膊，不承想被一位神色木讷的青衫剑客出剑挡下，青衫剑客随手削掉那头妖族修士的头颅，金丹境老剑修道了声谢。即便自己挨了一斧，也不致死，可在战场上断去一臂，就只能暂时撤退了。不承想那青衫剑客撕掉面皮，微微一笑，金丹境老剑修愣了一下，哈哈大笑，狗日的二掌柜，随后心口一阵绞痛，被那“年轻隐官”一剑戳中心脏，金丹亦被剑气震碎。青衫剑客重新覆盖面皮，一闪而逝，远去别处战场。

一边调养生息一边盯着战场的风雪庙魏晋立即起身，御剑而去。

此人必杀，不然后患无穷。

此人与陈平安、绶臣是一个路数，并且十分极致。能够自保，又杀力足够，两事兼备，所谓的城府和手段，才有意义。不然还不如干脆利落出剑，直来直往。

战场腹地，有身材魁梧的披甲之士，骑乘一匹骏马，手持一杆长槊，长槊之上洞穿了三位剑修的尸体。

这头大妖单手勒缰绳，战马原地打转，以面甲遮掩容貌的魁梧甲士，似乎在耐着性子等待剑仙。

一位年轻剑修被一头人首猿身的兵家妖族以双拳捶穿胸膛，颓然坠落之后，犹然被一脚踩烂头颅，妖族刚一抬头，就被一道远远而来的剑光炸烂整颗头颅。

一位本命飞剑已经毁弃的少女剑修，踉跄撤退之时，被侧面横冲而至的妖族抓住胳膊，再一拳砸在她脖颈之上，少女整条手臂被一扯而落，妖族放入嘴中大口咀嚼。这头妖物朝远处两位少女的同伴剑修晃动着下巴，示意两位剑修只管救人。倒在血泊中的少女满脸血污，视线模糊，竭力看了眼远处青梅竹马的少年，摸起附近一把残破兵刃，刺入自己心口。

那妖族皱了皱眉头，丢掉手中才嚼掉小半的胳膊，刚要对那两位少年剑修动手，就被突兀一拳当场打得身躯粉碎，到死都没能看见那位女子武夫的面容，只知道是个不起眼的瘦弱老妪。

甲子帐门口，灰衣老者神色淡然，望向战场。

大髯汉子刘叉站在老者身边，问道：“就这么任由剑气长城拖延下去？既然对方没有选择退到浩然天下，陈清都分明是要舍了剑气长城不要，也要留下一大拨剑道种子。”

灰衣老者笑道：“退去浩然天下？我倒是很乐意，只要留给我这整座剑气长城，随便这些剑修去哪里，只要他们撤出此地，去往倒悬山，就浩然天下那些练气士的德行，在南婆娑洲、扶摇洲、桐叶洲三洲之地，说不定根本不用我们出手，他们双方就先打起来了。可惜陈清都不傻。不然今天剑气长城剑修一退，明天南婆娑洲一退，后天桐叶洲、扶摇洲跟着再退，干脆八洲修士，都退到中土神洲去好了，我不拦着。”

刘叉说道：“根据越过城头的死士传信，剑气长城动用了一大拨阴阳家和墨家机关师，打算举城飞升。”

灰衣老者点头道：“如此一来，有点小麻烦，单凭剑气长城的阵法底蕴，就算有那海市蜃楼，作为开天之剑尖，加上那些个剑仙宅邸，帮着开路，还是拖不起整座城池。”

老者笑道：“陈清都这等行径，算不算狗急跳墙？”

刘叉不言语。

倒悬山鹳雀客栈的年轻掌柜，坐在门口晒着日头，年复一年，也没个新意，不过总好过风吹雨打的光景。

旧门那边，小道童依旧在翻书，捧剑汉子张禄蹲在一旁，在埋怨翻书太快。

大天君出关之时，领了一道师尊法旨。

敬剑阁早已关门，麋鹿崖那边还开着的铺子，也都冷冷清清，灵芝斋几乎已经人去楼空，捉放亭再无熙熙攘攘的人流。

雨龙宗的大多数修士，依旧觉得天塌不下来。

芦花岛的孩子们，还在纠缠着老人问些陆地上的奇人怪事。

第五座天下，一个老秀才在催促那位人间最得意的读书人，出剑爽利些，再霸道些，更剑仙风采些。

青冥天下白玉京最高处，一位远游归来的年轻道士，在栏杆上缓缓散步，怀里捧着一堆卷轴，皆是从各处搜刮而来的神仙画卷，一旦摊开，会有那游园春梦，置身其中，姹紫嫣红，有女子纨扇半掩面容；有那消暑图，一只小黄猫蜷缩石上纳凉；有那留白极多的独钓寒江雪，一只小孤舟，可以与那蓑笠翁一同垂钓。还有的画卷之上，青衫文士在太平山观伐木者。

宝瓶洲落魄山霁色峰祖师堂，涟漪微动，凭空出现了一位身材高大的白衣女子。披云山之巅的大山君魏檗睁眼又闭眼，假装不知。

小镇药铺后院的杨老头在吞云吐雾。

剑气长城牢狱之中，收起笼中雀的本命神通，陈平安拎着一颗鲜血淋漓的妖族剑修头颅，被一剑洞穿的心口处，出现了一道金色旋涡，却无半点伤痕血迹。

捻芯开始准备缝衣，让陈平安这次一定要小心，此次缝补真名，不同以往，分量极重。

霜降蹲在一旁，询问盘腿而坐、裸露背脊的陈平安，既然隐官老祖你是读书人，有无本命字。

第十章
何处不问剑

风雪庙剑仙魏晋找出了那个青衫剑客的踪迹，一位腰系养剑葫的俊美公子哥却倏忽而至，挡在了青衫剑客身前，俊美公子哥伸出一掌，拦住了魏晋那一剑的全部剑光，俊美公子哥抖了抖手腕，手心原本已经变作焦炭，只是瞬间就已恢复如常。

这头在古井当中位置不高不低的王座大妖化名青花。那张很能蛊惑女子的精致面容，若是细细端详，皆是以他人面皮拼凑而成。养剑葫内还装着不计其数的剑仙残余魂魄和破损飞剑。

大妖青花和身后那个位居蛮荒天下百剑仙第一的年轻剑客笑道："小师弟，玩够了没？"

青衫剑客点头道："你自己小心。"

青花又挡住魏晋遥遥一剑，被两剑冲荡而过，青花早已悬空在一座大坑之上，他嗓音细柔，微笑道："师兄小心什么？足够小心了，这不还没去找陈清都嘛。"

陆芝御剑而至，对魏晋说道："你继续追杀，这个娘娘腔交给我。"

青花笑望向毁了半张脸的陆芝："这就是剑气长城那位倾国倾城的陆大剑仙？"

陆芝不言不语，以一剑答之。

城头一端，那个浑身浴血的僧人，就像一座以剑气长城作为莲花座的金身佛陀。

中年面容的佛门圣人，身上所披袈裟自行脱落，已无手指的手掌，轻轻将袈裟往空中一托，袈裟蓦然大如云海，一时间风卷云涌，袈裟越来越巨大，佛光普照人间。最终那件遮天蔽日、霞光万丈的云海袈裟一个下坠，覆盖在了城头之外的战场上，化作无数粒金光，纷纷依附在剑气长城的剑修身上。

僧人盘腿而坐，身前出现了一盏莲花灯，中有一炷香。战场之上的众多剑修，一炷香内，大小伤势，皆转嫁到了僧人身上。

《皕剑仙印谱》之上，曾见一枚印章的篆文，是陈平安从浩然天下那边照抄而来："定光佛再世落尘娑婆世界凡夫。"

一炷香即将燃尽之时，僧人双手合十，仰头远望，面带笑意，溘然而逝。只是身前灯火犹在，不但如此，更加大放光明。

僧人在内的三教圣人，从头到尾，其实都在厮杀。比如这位佛门圣人，消耗本命更换天地，帮助剑气长城压胜蛮荒天下，与其余两位圣人，联手三次造就出金色长河，抖搂一身狮子虫，断十指化金龙，脱了袈裟，庇护剑修……又如在攻城战的惨绝厮杀中，血流成河，有儒家圣人那幅《黄流巨津图》助力，关键更是有佛门神通笼罩战场。

养剑已久，以至于让吴承霈觉得实在太久太久了，终于第一次全力祭出了本命飞剑甘霖。

这把甘霖，在避暑行宫的飞剑神通评点当中居于三甲。

城头之外的战场上，成千上万的妖族，被一场从大地升起的鲜血雨幕笼罩其中，瞬间剥削骨肉，被蕴含甘露剑意的每一颗雨珠绞杀魂魄。

大妖白莹的王座位置最为靠前，只是离着阿良、陈熙和齐廷济三处战场，还是有些距离。以数十万副白骨累积而成的枯骨王座之上，这头大妖身无半点血肉，白骨莹白如玉，脚下依旧踩着那颗头颅。

当看到城头吴承霈祭出本命飞剑之后，白莹一脚将脚下所踩头颅踢远，站起身，饶有兴致地盯着那道缓缓升空的雨幕。

白莹稍稍收起视线，战场之上，有个可怜兮兮的小小玉璞境剑修，断了一臂，单手持剑不说，一脚踝处还被平整剁掉，仍是不知为何，绕过了齐廷济他们开辟出来的三座剑阵，然后直直朝他的王座而来。

那汉子停下身形，与枯骨王座对峙，提起长剑，却不是看大妖白莹，而是死死盯住那颗头颅，说道："龙君一脉，剑修高魁，最后一剑，要问祖师。"

白莹瞥了眼地上那颗头颅，哈哈大笑："我看还是算了吧，一巴掌随便拍死你，好让你们徒子徒孙做个伴。"

一件内里无人的空荡荡灰色长袍飘荡而至，缓缓落在枯骨王座之上。

当长袍出现之后，白莹便立即坐回原位，再不敢多说一个字。

灰色长袍站在王座边缘，远处就是那个想要问此生最后一剑的高魁。

一个沙哑嗓音响起："龙君领剑。"

两个大妖王座毗邻悬空，她们皆是女子形容。

大妖仰止以真身现世，人首蛟身，头戴帝王冠冕，身披墨色龙袍，高坐龙椅之上，巨大蛟尾拖曳在地。

一旁化名绯妃的王座大妖并未现出真身，年轻容貌，一双猩红眼眸，身上法袍的数千条经纬丝线，都是一条条被她炼化的江河溪涧。她手腕上系有一串以蛟龙之属本命宝珠炼化而成的手镯，脚上一双绣鞋，鞋尖处翘缀有两颗硕大的骊珠。

仰止刚刚从战场撤回，硬生生挨了齐廷济一剑，此刻不得不现出真身疗伤。

妖族修行一事，幻化人形，登山更快，但是养伤一事，仍是恢复真身痊愈更快。

仰止眼神阴沉，死死盯住远处那一人一剑，即占据一处广袤战场的齐廷济，这位在剑气长城刻字的老剑仙，却是年轻男子的俊美皮囊。按照托月山最早的推衍，齐廷济此人心比天高，绝不愿意身死道消，会跟随隐官萧愻一同叛出剑气长城，在关键时刻，对某位大剑仙给出倒戈一击，就像萧愻一拳捶在左右后背处。

不承想齐廷济竟然改了主意。照理说不该如此，只要齐廷济愿意离开剑气长城，能杀他之人，唯有陈清都，可一旦陈清都选择出剑，在甲子帐那里一直袖手旁观的托月山蛮荒大祖就一样会出手。唯一的解释，就是陈清都给了齐廷济一份更好的大道前程。

绯妃悬停在龙椅一旁，相较于人首蛟身的大妖仰止，绯妃显得极为渺小，她瞥了眼龙椅把手上站着的两个年轻人，与其中一人微微一笑，然后她以心声与仰止言语道："你督战不力，是戴罪之身，不表示表示？你看黄鸾就很识趣。"

仰止脸色越发难看，拖曳在地面的那条蛟尾轻轻砸地，方圆百丈之内大地悉数震动碎裂。

她与黄鸾的处境，如今最为不堪。

仰止曾是曳落河共主，自然与这位绯妃存在大道之争，只是在托月山的见证之下，仰止将整个曳落河水域赠给了绯妃。

作为交换，绯妃需要在浩然天下大肆攫取水运的时候，帮助仰止成为浩然天下九洲的山下共主。仰止要成为天下大小王朝、所有人间君王的女主人，五岳敕封、人间香火、神灵生死、武运流转，皆要由她仰止一言决之。而仰止也需要帮助绯妃完成一个最大心愿，那就是让绯妃吞食掉最后一条真龙雏形，补足大道，将来蛮荒天下和浩然天下的一切水运，都在绯妃掌控之中。于是双方从蛮荒天下不死不休的大道之争，变成未来相互辅佐、结盟的格局。

巨大的龙椅把手之上，站着甲申帐的两个剑仙坯子——雨四和少年涒滩。

雨四是那场围杀之后，才知道涒滩竟然是仰止的嫡传弟子。而涒滩更是才知道雨四竟然会被王座大妖绯妃称呼一声"公子"。

在那之后，甲申帐的气氛就有些诡谲。

除了木屐，其余同僚，再难心平气和与他们相处，所有人望向他们的眼神，多出了几分不可抑制、极难隐藏的畏惧。所以今天两位剑修，相约来此散心。

涒滩说道："好像一直没有陈平安的踪迹。"

雨四点头道："那就很难有机会帮流白报仇了。"

雨四身穿一袭黑色法袍，却以一条白缎系绾头发，黑白分明，十分玉树临风。

涒滩神色黯然："流白姐姐，换了一副肉身体魄，只是剑心有些不稳。"

雨四单膝跪地，眺望远处战场："如果换成是我，一样难以保持先前的澄澈剑心。"

涒滩咬牙切齿道："我必杀陈平安！"

雨四微笑道："算我一个。"

雨四转头望向大妖绯妃。

绯妃笑道："等到打烂了那座烂篱笆，我会为公子找出那个年轻隐官。"

仰止犹豫许久，看了眼城头那边，儒家圣人祭出了那幅《黄流巨津图》，使得城头之上有源源不断的大水倾泻到战场上，以此阻挡妖族的蚁附攻城。

仰止从袖中取出一卷画轴，恋恋不舍。

作为曾经的曳落河共主，交出曳落河水域之前，率先炼化了三条万里长河，其中一条无定河，白骨鬼魅攒簇其中。

仰止将卷轴丢向剑气长城，卷轴躲过剑修十数把飞剑，滚落在地，一条滚滚流逝的无定河水与黄流巨津对撞，顿时激起千层浪。

在先前战事中，始终没有出手一次的王座大妖曜甲，仰头望向那位来自青冥天下的老道人，据说还是位白玉京五楼十二城的一城之主？

大妖曜甲脚下山岳倒悬，高台平整如镜，熠熠生辉，光彩夺目。这座山体破碎不堪的倒悬之山，大小不输道老二那颗留在浩然天下的山字印，被誉为蛮荒天下的金精宝座。倒悬之山以蛮荒天下历史上无数山水神祇碎片炼化而成，故而需要用大妖尸骨打造而成的条条铁链，串联起那些大小不一的金色碎石，高台镜面，宛如天底下最大的一枚金精铜钱。

身穿一袭金色长袍的王座大妖曜甲，身处其中，并非刻意施展障眼法，依旧如被大日笼罩其中，光明照耀，不见真容。

大妖曜甲位于镜面圆心处，驾驭脚下山岳一闪而逝，赶赴战场上空，直接以整座金精王座去遮挡那位老道人手持多宝镜映照出来的大日焦灼之威势。

老道人先前以多宝镜神通勾连蛮荒天下的大日，对准一位玉璞境妖族兵家修士，既烧杀其坚韧体魄，同时又施展定身术，最终妖族被十大巅峰剑仙候补的岳青以佩剑雄镇五嶽砍掉头颅，搅烂身躯，再以两把本命飞剑百丈泉和云雀在天，将想要逃遁的妖族元神一起镇杀当场。

岳青赢得些许喘息机会，环顾四周，战场四周并无妖族掺和这场厮杀，他一脚踩在那颗妖族头颅之上，轻轻抖腕，震散遗留在剑身上的血迹。

痛快！

背对剑气长城的岳青，举起手臂，重重一晃，随后仗剑往南而去。

这位杀力极高的大剑仙，也曾对文圣一脉的香火公然嗤之以鼻，也曾主动找到陈平安，当面道谢也致歉。光明磊落。

老道人微微点头，岳大剑仙客气了。

然后老道人皱眉，手中多宝镜几次移转角度，宝光依旧被拽向那座金精王座。老道人心中叹息一声，一身道法境界修为皆已不是巅峰，无可奈何。

大妖曜甲脚下的金色王座被多宝镜照到，岩浆滚滚，不断有金液溢出镜面，疯狂溅射出去，快若飞剑，无论剑修还是妖族，沾之即形销骨立，当场毙命。

曜甲笑问道："你这老道，明明阳寿还多，却要命丧于此，好玩吗？"

这位在青冥天下德高望重的老道人，两件最重要的本命物中，手中多宝镜镜面已经出现极多裂纹，如蛛网密布，每多出一条细微缝隙，老道人原本已经可谓琉璃无垢之身的金仙体魄便会多出一条黑色丝线，消磨道行，生命流逝，肉眼可见，至于那把拂尘，更是毁了大半，只余手柄而已。

老道人一手持镜高举，一手抚须笑道："好玩你老母。"

用最老神仙风范的仪态，说着最粗鄙不堪的言语。

很难想象，这是一位说过"桃花开时，若是花上还有黄鹂，尤为动人，眼不敢动，心魄动也"的风雅老神仙。更无法想象，老道人在白玉京自家城中说法传道之时，许多从别城他楼而来的高真仙人，坐在一张张蒲团之上，多有会心处。

曜甲不以为意，不再言语。

两人就这么耗着便是，自己不过耗费些山水神祇的金身碎片，这牛鼻子老道却是在急剧消耗自己的大道性命。

这桩斩杀剑气长城三教圣人之一的不小功劳，我曜甲就笑纳了。

按照契约，托月山允诺拿出浩然天下一洲之地，版图之上，所有浩然天下儒家学宫书院、王朝敕封的正统山水神祇，以及大小淫祠神像金身，皆要被这座山岳熔铸一炉，无一存活。

尤其听闻多有古老神灵转世于浩然天下，更是曜甲证得大道的关键所在，一并炼化，他就可以大日悬空，以至高神灵之姿俯瞰众生，真正获得大不朽。任你大道流转，即便天网恢恢疏而不漏，加上光阴长河的流逝，也要为他绕路而行！

曜甲伸出一手，缓缓抬起，镜面最外沿浮现出一连串金色铭文，字极大，每一个金色文字都显化为一尊身高十数丈的金身神灵。其中“日月金木水火土”七字，好似阵眼，显化之神灵，尤其巍峨，高达百丈，尤其是那诞生于“日”“月”二字的神灵，背后分别悬有日晕、月华凝聚而成的宝相光圈，一条条金色熔浆，飘荡不已，仿佛水陆壁画上的天人衣袂彩带。

老道人突然站起身，朗声大笑道：“将来若有剑修游历青冥天下，记得去贫道城中做客！风景那是极好的，仙子更是极美的！与诸君相伴多年，贫道快哉快哉！”

此番言语过后，老道人身躯消融于魂魄之中，最终化作一道璀璨虹光，先去往悬空的那把多宝镜之中，最终激荡而出，直直撞向那座金精王座。竟是连大妖曜甲都无法驾驭王座避开那道虹光，只能眼睁睁看着老道人的魂魄神意，如雪水消融于金精王座当中。然后整座镜面之上，出现了一条老道人硬生生以魂魄扯出的裂缝，最后的真正遗言，唯有三字：请落剑。

大剑仙米祜倾力一剑，沿着那条裂缝，将整座金精王座一斩为二。

此役过后，本命物受损的大妖曜甲，只得退出战场，竭力修缮那座损失惨重的金精山岳。

甲子帐门口。

大髯汉子刘叉与灰衣老者并肩而立。

刘叉说道：“陈熙、纳兰烧苇，都有些不对劲。”

不该这么拼命，不至于如此舍生忘死。

灰衣老者点头。

反观齐廷济、老聋儿，就很正常，看着出手凌厉罢了，战场上还是留有退路的，至多跌一境。而陈熙与纳兰烧苇两位太象街豪阀家主，却是奔着死路去的。

至于董三更，老者抬头看了眼离天很远、距地不近的那轮悬空圆月，看架势，董三更是不打算返回城头了，不光如此，此人彻底陨落之时，相信必有大风景。

虽分敌我，灰衣老者对那董三更还是惋惜不已。这等豪杰。

至于那位荷花庵主的生死，灰衣老者并不在意，背着托月山擅自炼化半轮月魄，本就是该死的僭越之举，如今对阵董三更，得了天时地利，却也是一座牢笼。

刘叉问道：“依循甲子帐最新的推衍结果，文庙这是要将那座天下的一半，送给剑气长城的剑修？”

灰衣老者点点头：“大手笔了。”

那个年轻隐官以一种功利至极的排兵布阵，帮着剑气长城提了一口气，同时束手束脚断杀数年，却也让剑修们憋了口气。那个从天而降的家伙，去了趟青冥天下又跑回来，又消去些剑修心胸间的郁气。

礼圣一脉，有坐镇此地的圣人；亚圣一脉，有阿良、醇儒陈淳安；文圣一脉，更有大剑仙左右、隐官陈平安。这些远游而来的读书人，都在用自己的方式讲道理，去让浩然天下文庙答应此事。

战场之上，郦采停下脚步。

百丈之外，出现了一个浑身仙气缥缈的王座大妖黄鸾。

黄鸾穿过妖族大军，直接找到了独自一人凿阵极深的郦采。

黄鸾微笑道："你叫郦采？听说你买下了那座停云馆，巧了，它是我的囊中物。收剑跪地，做我奴婢，饶你不死。"

黄鸾沉默片刻，眯眼道："嗯，奴婢这个说法，对于一位女子剑仙而言，太不好听，就算是剑侍好了。"

连同郦采那座通体碧玉雕琢而成的停云馆，每逢月夜便有松涛阵阵的万壑居，以及种榆仙馆、甲仗库等等，一切剑仙遗留私宅，本就该是他的战利品。

郦采此刻身上伤痕密布，只是多被所穿法袍遮掩，只说她的脸庞之上，先前就被一个兵家妖族修士捶烂了颧骨，肌肤稀烂，白骨裸露。

郦采吐出一口血水，扯了扯嘴角，咧嘴笑道："连我买下停云馆，你都知道？"

黄鸾点头道："怕死惜命的剑修，还是有一些的。"

郦采收剑归鞘，动作迅猛，剑意激荡，一圈与她等人高的涟漪四散而开，刹那之间，从她和大妖黄鸾两侧向前涌去的妖族大军头颅滚落无数。

黄鸾双指并拢，伸手在前，轻轻摇晃了一下，打散那股无形的精粹剑意："既然已经是强弩之末，就不要抖搂花架子了。"

郦采问道："那你知不知道，就算你这头畜生去了桐叶洲，也会被人一剑戳死？"

黄鸾哑然失笑，提醒道："我这会儿心情其实不太好。"

黄鸾原本作为主持蛮荒天下剑修大阵的王座大妖，显然是被托月山灰衣老者寄予厚望的一个存在。一来大妖黄鸾在蛮荒天下地位超然，与其他大妖一向争执不多；再者此次去往浩然天下，黄鸾所求之物，是那些其余王座大妖眼中的无用之物，价值不大；再者黄鸾自己也无太大野心，用某头大妖的说法，这黄鸾到了浩然天下，就是个收破烂的货色，所以托月山才将那场大出风头的战役，交与黄鸾主持大局。

只是那场极有可能属于前无古人后无来者的相互问剑，原本应该是一场惊天动地的厮杀，两拨以万计算的剑修，浩浩荡荡以飞剑对飞剑，以剑气洪流对剑气瀑布，蛮荒天下不但未能压过剑气长城一头，反而折损比预期还要大。这使得黄鸾最终与大妖仰止只能去战场后方的蛮荒天下，截杀那些试图驰援剑气长城的剑仙，将功补过。

不但如此，黄鸾先前还不得不将半数辛苦炼化、收藏的琼楼玉宇、亭台殿阁，砸向剑气长城。

显而易见，甲子帐那位灰衣老者对黄鸾的表现不太满意。

郦采回望一眼，不知不觉，离剑气长城有些远了。由此可见，老娘的剑术很可以嘛！

黄鸾说道："最后给你一次可以活下来的机会。"

郦采一剑递出。

黄鸾伸手抓住那道剑光，硬生生将其折断，手心处剑光迸溅，不伤自己分毫。

郦采一弯腰，一掠上前，瞬间拔剑出鞘。

黄鸾一身法袍铺展而开，小天地内皆雪白。

郦采精气神皆强行提至巅峰的拼命一剑，只是破开了黄鸾的那座小天地。

黄鸾说她强弩之末，千真万确。实在无法递出第二剑的郦采向后退去，呕血不已。

黄鸾不看郦采的惨状，抬起一只碎去不少的袖子，看了几眼，有些惋惜，抬头笑道："剑意真是不错，不愧是北俱芦洲那边走出来的剑修。你这女子剑侍，我是要定了，拿下你后，让白莹帮我将你魂魄炼旧为新，以后到了桐叶洲，你就可以看看，到底有没有人能够一剑戳死我……"

言语之间，黄鸾一手往下按。电光石火之间，天空之上出现一个巨大旋涡，一座山峰大小的阁楼朝郦采当头砸下。

郦采正要出剑，却发现一位老者已经来到身边，说了句"得罪了"，将郦采扯向后方，与此同时，老人抛出手中长剑，迎向那座阁楼。长剑与剑光笔直向上，抵住那座阁楼，仿佛独木支撑危楼。

姚冲道，字连云，兴许是这位姚家老家主太过喜欢连云二字，以至于佩剑与本命飞剑皆命名为连云，仙人境。

来此之前，姚冲道与绶臣互换一剑，绶臣已经撤离战场。

黄鸾无奈道："我对于战功什么的，真不感兴趣，重伤在身，何必来我跟前送死？不过白送给我的人头，总不能不收。"

那座阁楼之上，又有庞然建筑压下，两两叠加，剑光冲天的佩剑连云瞬间被压出一个细微弧度。

黄鸾是以中炼之物的损耗，换取姚冲道大炼之物的消磨，不用犹豫。

黄鸾心意微动，一座座仙家洞府轰然砸下，佩剑连云剑尖处已经崩裂。只不过姚冲道的那把本命飞剑，尚未现身。

黄鸾倒想要看看，这个受伤不轻的姚冲道，是否能够使出让自己眼前一亮的撒手锏。

郦采刚要重返战场，姚冲道怒喝道："郦采！不是我看不起娘们，是看不起你这玉璞境，退回去！"

郦采只得骂了一句娘，果断放弃前冲的念头。

黄鸾仰头看着那条已经洞穿整座阁楼的绚烂剑光，笑道："本来还以为是舍了一把长剑，以便救人救己的障眼法。行吧，既然你打定主意，真要跟我消磨性命，便让你遂愿。杀个剑气长城的仙人境，怎么都可以补上过失。"

姚冲道身穿一袭剑气长城的衣坊法袍，大袖飘摇，突然问道："认得我外孙女婿？"

郦采不愿画蛇添足，累姚冲道分心，却也不愿就此撤退，而是拉开一段距离，在原地温养飞剑。她闻言后点头道："认识，还挺熟。"

姚冲道犹豫片刻，说道："那就劳烦郦剑仙转告那小子一声，无须登门求亲了。虚头巴脑的，我不在乎。"

郦采无语。这位姚大剑仙，肯定不是不在乎，而是总不能扯着那家伙的衣领子去姚家求亲罢了。

郦采本想说自己有个嫡传弟子，鬼迷心窍了，十分爱慕那个家伙，只是话到嘴边，还是作罢。

郦采说道："姚前辈，我可以与你互换位置，有机会一起撤离。"

姚冲道都懒得揭穿这个北俱芦洲女子的真正心思，年纪轻轻的，死在这边作甚？

姚冲道嘴上却是笑道："千万不要小觑一头王座大妖的压箱底手段。你一个小姑娘，万一与个糟老头子死在一起，好似殉情，算哪门子事。"

姚冲道轻轻跃起，盘腿坐下，足下生云。他双手叠放在腹部，手心处，云雾升腾，缓缓升起一把通体雪白的袖珍飞剑。

黄鸾神色自若，姚冲道的那把本命飞剑，适宜大范围战场，与吴承霈的甘霖、岳青的云雀在天，十分类似，强不在捉对厮杀。

黄鸾轻轻呵出一口五彩雾气，一闪而逝，没有什么太大气象，但是却让距离两人战场颇远的郦采感到悚然。

任何一头王座大妖，都是岁月悠悠之怪物。黄鸾就在漫长岁月里，陆陆续续炼化了上百件五行本命物，不断刨除，不断替换，最终拥有了两件仙兵、三件半仙兵。至于那些瞧着气象万千的琼楼玉宇，除了其中三座，其余皆是中炼的身外物，收藏数量众多的古老遗址、神仙洞府，无非是个排忧解闷的爱好。

姚冲道自言自语道："宁丫头，从今往后，就交给你去保护了。不要因为宁丫头够强，就不保护她啊。天底下的好男人，哪有不护着自己心爱女子的道理。你小子能拦着宁丫头，替她出城与离真厮杀，很好。赢了离真，还能活，更好。所以没什么不放心的，我很放心。"

一瞬间，姚冲道眉心、太阳穴、脖颈、心口、腹部，好似被五把彩色飞剑瞬间洞穿。洞穿之后，老人的筋骨血肉、魂魄、剑意，都被那五个不起眼的窟窿，疯狂汲取。

黄鸾显然不太乐意被姚冲道那道剑光毁去太多建筑。

除了那个郦采分明决意她下一剑递出，不惜一死。再就是远处有一位年轻女子已经御剑赶来，气势如虹。是那个宁姚。

姚冲道毫无征兆地自碎本命飞剑，闭眼轻笑道："虽未出剑，死得其所。"

云山雾隐。

姚冲道以一身魂魄剑意外加一把本命飞剑，打造出一座天地。下一刻，黄鸾发现自己置身于白雾茫茫之中。

一位仙人境的剑仙，飞剑又非什么营造小天地的本命神通，竟有手段将一头王座大妖拘押起来。意义何在？

那姚冲道其实已经死得不能再死了。

谁能杀我？郦采？还是那个终究只是元婴境的宁姚？

极远处，正在一人围殴两头王座大妖的某个狗日的阿良凭空消失，而且直接破开了两座气象森严的小天地。

一个三头六臂的魁梧巨人，脚下所站位置，永远会有一张金色蒲团跟随。他曾经率先登上过剑气长城的城头，被陈清都一剑劈落，在那之后，就故意将那道深如沟壑的剑痕留下。

还有一个御剑的矮小老者，眉发皆白，肩扛长棍，来到巨人肩头，疑惑道："如此古怪？"

片刻之后，一处战场，云雾散去，水落石出。有一名男子以姚冲道那把连云佩剑，戳中一头大妖的头颅，将其高高挑在空中，淡然道："杀黄鸾者，姚冲道、阿良。"

战场的那轮大月已经处于崩碎边缘，一位身材高大的老剑仙站在一具巨大妖族尸骸之上，大笑道："阿良，如何？！"

剑斩荷花庵主，董三更一人而已。

本命飞剑毁弃，却依旧大可以就此返回剑气长城的董三更，将一身剑意炸碎，笼罩整个大月，然后幻化出一尊巨大法相，拖曳大月，去往大地，砸向蛮荒天下妖族大军厚重集结之地。

一轮明月开始崩碎，董三更身形逐渐消散。

大月坠地，声势过大，以至于仰止、绯妃在内的六头大妖，不得不一起迎向那轮明月、那个姓董的老剑仙。

阿良高高举起手臂，竖起大拇指。

捻芯大怒："陈平安，你怎么回事？！"

蹲在一旁的霜降轻轻叹息。也不能埋怨捻芯脾气暴躁，委实是她习惯了隐官老祖的心性坚韧，先前次次缝衣，都熬过去了，所以她已习惯了大大小小的意外，不管过程如何凶险，好像总能成功，所以这次意外，十分意外。

这座牢笼内，再次斩杀一个元婴境妖族剑修后，捻芯今天缝衣，需要铭刻一头远古凶悍大妖的真名，遂以本命物绣花针在陈平安后背心处钉透，还需要勾连脊柱，只剩下最后两笔而已，仍是功亏一篑，如果不是捻芯收刀及时，陈平安的整条脊柱就要断折两截，激荡不已的大妖真名余韵，更要如海水倒灌，煞气疯狂流窜入陈平安的心脏。如果不是陈平安心室处犹有几个遗留的金篆、玉册文字，捻芯十分熟悉，赶紧用来压胜真名煞气，堪堪抵消，否则陈平安的身躯魂魄，可能就要沦为一个接连炸裂的爆竹，下场就像地仙自毁金丹、元婴，神仙难救。

陈平安倒地不起，后背被剥皮极多，脊柱裸露，他身体蜷缩在地，抽搐不已，满地鲜血淋漓，鲜血之中，犹有大妖真名的残余煞气萦绕不止，最后隐约间，丝丝缕缕的煞气浓郁聚拢为一粒芥子"金丹"，竟是要以鲜血作为"结茅修道之地"，希冀着成为一头降世阴灵。若是在浩然天下，就这么不去管束，说不定转瞬之间就会诞生一头名副其实的金丹境鬼物了，再被他寻了一处煞气足够的古战场遗址，就可以聚阴兵、建冥宅、树王幡，成为一头祸乱千里的鬼王。

捻芯同样下场凄惨，呕出几大口漆黑如墨的鲜血，这次她没有强行咽回肚子，而是转头吐在地上。

珥青蛇的霜降随手一挥法袍袖子，将那粒迅速成就芥子雏形的真名阴灵从地面鲜血中剥离出来，悬在身前，霜降伸出双指，将其轻轻捻碎，那些足够让一位下五境修士直接沦为阴灵傀儡的污秽煞气，彻底烟消云散。

片刻之后，陈平安坐起身，魂魄战栗，体内筋骨血肉微微震动，如同地底下有轻微的鳌鱼翻背，体内血液沸腾不已，如同处处洪水泛滥成灾，亏得五行本命物开始自行运转，帮忙安抚异象，使得他还能保持肉身皮囊的岿然不动。他歉意道："真扛不住了。"

霜降给捻芯使劲丢了个眼色，让她就不要在伤口上撒盐了。

捻芯虽然不再骂人，但脸色依旧不悦，沉声道："马上就要朝云卿、清秋几个动手了，如果还是这么不济事，我劝你干脆到此为止，反正如今这件真名'衣裳'，已经勉强能用。"

陈平安点点头。

捻芯帮着陈平安粗略缝补皮肤后，一闪而逝。

她那几个"一不小心"画蛇添足的细微动作，捻芯假装不小心，陈平安假装不存在，霜降假装没看见，三者都很有默契。

等到捻芯离去，霜降小心翼翼劝说道："隐官老祖，每次用以命换命的手段，体魄摇摇欲坠，已不容易，还要宰了妖族就立即缝衣，此举不妥当啊。"

一旦不缝衣，陈平安体魄、神意恢复极快，就好像一个病秧子，大病初愈，也像一个目盲已久之人终于眼见光明，整个人都沉浸在轻松、惬意的"小天地"当中，陈平安这会儿就已经可以踉跄起身，身形佝偻，缓缓散步。地上那一大摊血迹，被霜降清理干净真名妖祟之后，早已被捻芯收入绣袋当中。霜降暗赞一声，好一个勤俭持家缝衣人、好话反说小姑娘。

陈平安说道："如今缝衣一事，实在太疼，每次杀妖之后，一想起就心颤，就想着一鼓作气做成。况且捻芯说过，越是吃疼，记忆深刻，效果越好。"

霜降缓缓道："凭借笼中雀的天地压制，每次你在决定换命的关键时刻，悄悄打造出一处无法之地，手段尽出，才一次次险之又险地斩杀元婴境剑修，就像那头蜚蠊之属的剑修，被你压了大半境界又如何，还不是一剑搅烂了你的心口？如果换成别人，挨了他那'淋漓'一剑，就要死透透了。

"其余上五境，又该怎么杀？梦婆和清秋还稍微好点，梦婆本命神通是精通幻术，对你反而影响不大，卖个破绽给她就是了。清秋则被斩勘天然压胜几分。在你的笼中雀小天地里边，竹节的神通很难全力施展开来，他铺展那幅本命画卷，你就折叠山河，针锋相对，机会总归是有的。可是那云卿，悬。这四个，只是在谈你有无一丝机会。至于仙人境侯长君，你更是毫无胜算，一开牢门，就是送死。"

霜降最后说道："除非……除非你跻身武夫山巅境，同时练气士连破观海、龙门两境，得以跻身金丹境。前提当然还是不去触霉头，找那个侯长君拼命，境界悬殊太多，机关算尽也无用。"

陈平安走出牢狱，道："山巅境，结金丹？你说得轻巧。我如今怎么个情形和打算，你不清楚？"

霜降屁颠屁颠跟在一旁，一次次握拳，手臂起落高过头顶，一次次振臂高呼道："老祖做事，不分大小，举重若轻。千钧事，飘鹅毛，万古愁，毛毛雨，老祖翻云覆雨一掌间……"

结果挨了心情不佳的陈平安当头一拳，霜降身躯砰然而碎，在原地重新凝聚后，臊眉耷眼病恹恹，不再聒噪烦人。

当个死谏的骨鲠忠臣，不被信任；当个奸险谄媚的佞臣，又要挨打。真是天心难测，伴君如伴虎。

陈平安一路走向牢狱下方的那座行亭。

问剑黄褐在内的五个元婴境妖族剑修，路数就是被霜降梳理、道破的大致路数，唯一的宗旨，就是争取以我之天时地利胜过元婴境剑修之人和。如此一来，当然算不得剑修之间的纯粹问剑，却也谈不上什么胜之不武。黄褐他们，身为剑修，也一样有自己的傍身秘术、压箱底的旁门左道神通，陈平安的最大倚仗，还是飞剑笼中雀的本命神通小天地，双方练气士境界此消彼长各半境，然后外加远游境武夫的神人擂鼓式。

按照霜降的说法，只要陈平安将来跻身了玉璞境，那把笼中雀温养得当，到时候的“此消彼长”，就是各自一境，你跌一境我升境，那才算名副其实的剑仙大气象，破境杀敌，如探囊取物，地上捡钱。不过都是些遥不可及的事，暂时只能念想一番，偷个乐儿。

到了行亭，陈平安盘腿而坐，将斩勘狭刀横放在膝上，开始呼吸吐纳，锤炼残余武运，同时思考着和霜降的那桩买卖，一心三用，修行两事并行。

跻身洞府境之后，别管霜降这位飞升境如何不当回事，对于陈平安自身而言，当惯了境界起起落落的下五境修士，头次以中五境神仙的身份来修行，天壤之别。

悠悠然呼吸之时，陈平安面目窍穴处白雾茫茫，灵气精粹，犹如条条纤细却瞩目的雪白蛟蛇倒挂峭壁上。尤其是陈平安眉心处，一粒本性灵光，一明一暗。而那眼帘处，金色依稀流转，一双眼眸宛如两座洞室，有两盏莹澈灯火映彻门口竹帘。这是地仙之下练气士梦寐以求的“陆地神仙，得道之相”。

与五个元婴境剑修厮杀五场，无论是砥砺武道，强行将武运打熬成筋骨之山根，还是通过伤势去查漏补缺，在细微处淬炼本命物瑕疵，都可谓收获极大。

霜降恪守规矩，不涉足行亭半步，像一头孤魂野鬼，飘荡在外边。

陈平安跟他的一枚谷雨钱之约，也差不多临近尾声。

一枚谷雨钱，分为十枚小暑钱，皆是霜降的买命钱。

赠送上古斩龙台行刑之物狭刀斩勘，霜降得到第一枚小暑钱，开门大吉。

“莹此心灵”在内的那串铭文，能够帮助陈平安在静坐吐纳导引之时，更快坐忘形骸，心神沉浸更深，功效类似修道之人的端坐仙家蒲团、洞府点燃山水香，虽然属于滴水穿石的路数，亦是不容小觑。下五境修士，汲取天地灵气，如双手掬水，十分辛苦，跻身中五境之后，如有水桶汲水古井中，当然更快。陈平安既得到了一把压胜蛟龙之属的斩勘宝刀，同时还能长久裨益以后的大道修行，很赚。

第二枚小暑钱，陈平安让霜降详细解说洞府境、观海境、龙门境三境的修行诀窍，所有大炼、中炼本命物的配搭之法。

陈平安决定在牢狱之内跻身洞府境，当时灵气倒灌小天地，霜降言之凿凿，此事属于过了这村就没这店，借此机会巡游其中，帮忙找出十座已经开府本命窍穴的六座储君之山，成功得到第三枚小暑钱。

霜降传道授业解惑和挣钱之余，又凭他的本事做成了额外一份买卖。霜降只说了那杆被中炼的剑仙幡子，需要以秘法屹立于山祠之巅，当时未说细节，所以陈平安就乖乖上钩了。霜降挣钱，陈平安这位洞府境练气士则多出一门修行术，锦上添花。

加上那座仿造白玉京宝塔，如何在观海境开辟出新窍穴之后，大炼为本命物，可以作为一件重要的辅佐本命物。五行之属本命物，能够汲取天地灵气，而人身小天地之中自然孕育的五行之气，可以来此“白玉京”炼化，事半功倍，可以温养五件本命物。这是霜降的雪中送炭。再加上如何为水府壁画添加点睛之笔，三种被霜降口传心授给他的仙家秘术，总计只花去陈平安一枚小暑钱。

霜降到这里，就已经得手四枚小暑钱。

至于两把看似随意、只说了“昔年刻舟”的短剑，霜降故意说得含糊不清，不愿道破真正根脚。这两把分别篆刻“渎”“湖”二字的短剑，前者“渎”字短剑，早已在陈平安的养剑葫内，不算买卖范畴，但是那把隐官老祖不如好事凑成双的“湖”字短剑，霜降开价一枚小暑钱，陈平安也答应了。

霜降在不知不觉之间，就已经挣着了五枚小暑钱。

陈平安跻身龙门境后，就可以着手将两把上古遗剑炼化成两条水府“龙湫”水塘的蛟龙，至于原本水丹凝化的水运蛟龙，则转去炼为一颗水运骊珠，以后修行路上，水运越为浓厚，那颗骊珠的品秩就越高。

先白送一把“渎”字短剑，再说那“湖”字短剑的炼化益处，与那剑仙幡子、仿白玉京，其实都是霜降在钓鱼，鱼饵给一半，留一半。

陈平安不介意霜降这类生意手段，终究是公平买卖，算不得强买强卖。

此外，霜降陆陆续续用身上那件法相亦真亦假的天仙洞衣，耳边所珥两条青蛇，以及与“长命道友”六四分账而来的全部金沙、金身碎片，又跟陈平安做成了四枚小暑钱的买卖。

只剩下最后一枚小暑钱。

凑成了一枚谷雨钱，按照约定，化外天魔霜降就可以立即离开牢狱，得到一份天高地阔无拘束的自由身。而且他一旦离开牢狱，陈平安也好，陈清都也罢，就都不可以再针对他半点，只要他不跟随妖族杀入浩然天下，不祸害剑气长城的任何剑修，届时是去蛮荒天下当一方霸主，还是去浩然天下藏匿踪迹，扶植傀儡，开宗立派，都随他意。

在这期间，霜降曾经愿意赊欠一枚雪花钱，跟陈平安买了个结契的小故事。结果陈平安很快就用一枚雪花钱，跟霜降换来了那枚五雷法印的真实材质。

霜降突然说道：“我本以为那枚不起眼的雪花钱，会成为你我买卖的胜负手。没有想到你那么快就主动消除了我的心中疑虑。”

一旦霜降得手九枚小暑钱，再加上些乱七八糟的零散雪花钱，可哪怕距离一枚谷雨钱，只缺一枚雪花钱，一桩买卖就依旧未能达成。

双方这笔买卖，霜降这头化外天魔的尴尬之处，就在于只差一枚小暑钱是死，哪怕只差一枚雪花钱，也还是个死。

陈平安依旧闭眼，坦诚说道："一开始有想过在这枚雪花钱上动手脚，不过我后来改变主意了。"

霜降停下身形，忧心忡忡问道："最后一枚小暑钱，该不会打定主意不给我了吧？隐官老祖可别如此做买卖啊，太伤人品。"

陈平安睁开眼睛，摇头道："当然不会，我与你做第一枚小暑钱买卖的时候，你就可以活了。"

霜降轻轻点头，疑惑道："我知道此事，只是一直不敢相信此事。"

陈平安说道："你就那么想要再见霜降一面吗？对于一头得到了纯粹自由的化外天魔而言，还需要如此执念吗？"

两两沉默，陈平安继续说道："你们已经不算是什么神仙眷侣了。再者以你的道行和心境，何时何地，不是与那大修士霜降朝夕相处，形影不离？"

因为霜降之心魔，是他心爱的女子。

应该是霜降跻身上五境之后的一份道缘，一直到霜降跻身飞升境，甚至有可能是在试图跻身失传之境的时候，这头化外天魔才真正显化而生，只是霜降始终未能彻底斩除此心魔，最终天各一方。估计是霜降使用了玄之又玄的某种道门仙法，只是驱逐心魔，未能真正降服、炼化打杀这头心魔。只是这些都是一些无根浮萍的揣测，真相如何，天晓得，除非陈平安将来去往青冥天下，能够见到那位真正的"霜降"。

化外天魔霜降眯眼问道："你到底是怎么猜出来的？是那方女子闺阁物的绣帕，泄露了我的根脚，还是你摸我头颅之时，我的本能躲避？"

陈平安反问道："猜什么猜，不是你故意要我知道真相的吗？"

那头白发童子模样的化外天魔嫣然而笑，悬在空中，轻轻拍掌，由衷赞叹道："好一个隐官老祖，真是从来不让人失望的陈平安。"

陈平安说道："最后一枚小暑钱，我们来做一个百年之约，你我重逢之前，你帮我暗中保护一个人。"

霜降轻弹耳畔青蛇，说道："第五座天下，只准上五境之下的练气士进入其中，我可不敢违逆儒家规矩。有心无力，这笔买卖难为我了。陈平安，这就是你不厚道了，存心故意刁难？"

陈平安摇头道："我家先生就在那边，相信把守关隘的儒家圣人，最后还是会对你睁一只眼闭一只眼。但是你只有一次出手机会，在那之后，你至多被儒家圣人驱逐出境，到时候你就听从我家先生的退路安排，无论是返回浩然天下，在落魄山落脚，还是被关押在功德林，我都会去找你，不管付出什么样的代价，我都会信守约定，恢复你的自由身。如果你没有出手，你我自会在第五座天下碰头。"

霜降问道："万一？"

陈平安沉声道："万一我无法守约去找你，百年之后，不管如何，你还是可以得到自由。"

霜降开始围绕着行亭游荡起来，似乎在权衡利弊。

他开始与陈平安推敲细节："读书人最要面子，我就这么大摇大摆隐匿在某位剑修的神魂之中，那也算不得什么隐匿了，就算你那先生帮忙缓颊，一样不妥吧？若是捻芯可以去往第五座天下……魂魄足够深厚，可她是玉璞境，去不得啊。这可怨不得我。那头捉放亭大妖，一来是术业有专攻，再者他能够藏在金丹境剑修边境心神深处，成功瞒过诸位剑仙，显然不是一朝一夕就能够做成的，你要是给我三年五载的水磨光阴，我也有把握找个金丹境修士，去鸠占鹊巢。"

陈平安说道："我自会帮你寻一处隐匿场所。"

霜降感慨道："隐官老祖，算无遗策，任我心中万千言语，竟是到了嘴边就无言。"

陈平安站起身，重新将斩勘悬佩在腰侧："如果答应了此事，烦请前辈以后在那座崭新天下，别做任何多此一举的事情，别再'试试看'。不然你就要每天烧高香，一心求我死在这剑气长城了。"

陈平安笑了起来，眯眼道："以往每次打架之前，我从来不喜欢与人撂狠话，今天为前辈破例，请珍惜。"

霜降再无嬉皮笑脸的神色，毕恭毕敬打了个稽首："谨遵老祖法旨，即刻起，一枚谷雨钱的买卖，就算成了。"

陈平安一个后仰倒地，双手枕在后脑勺下，说道："我回头先试试看梦婆和清秋的道行深浅，如果连面对他们都束手无策，之后就有劳你以鸠仙手段，代为出手了。"

陈平安闭上眼睛，说道："可能你故意让我知晓女子身份，误以为你是霜降心仪女子生成的心魔，其实皆是障眼法使然。没关系，你赢了，反正我也没输什么。"

霜降神色凄恻道："运去英雄不自由，老祖这般英雄末路的模样，瞧着真是让人心疼。"

陈平安随手抽刀出鞘，看也不看霜降一眼，一刀迅猛劈斩而去，霜降很快凝聚身形，蹦跳着朝行亭那边伸出大拇指，一次次双手互换："不是可挽天倾的英雄豪杰，也是能教那山河陆沉的枭雄，老祖……哎哟喂，好刀法！"

捻芯坐在远处台阶上，看着那头化外天魔霜降和行亭青衫客陈平安，离别在即，极有可能是各去一方了，她突然有些不舍。

她这缝衣人，此生修行路上，从未如此热闹，却又安稳，不用担心那些防不胜防的山上算计，也从无看她如看鬼的眼神。

一行三人，走在一条寂寥大街上，郦采一袭雪白长袍，腰间系挂一把剑鞘纤细雪白的佩剑霜蛟,在鞘长剑,已经断为两截。

除了这位浮萍剑湖的女子宗主,还有少年陈李、少女高幼清,都会跟随郦采去往北俱芦洲,成为郦采的嫡传。

郦采自认不比陆芝豪杰气概,容貌已经恢复如初,脸颊处的伤痕并不明显,只是脸色惨白,显然大伤未愈。真正的隐患,在于郦采的那把本命飞剑雪花,受损极多,估计这辈子是甭指望仙人境了。郦采倒也无所谓,女子境界高了,容易嫁不出去,脾气再好都没用。

这位女子剑仙,到了剑气长城之后,一直厮杀不断,次次身先士卒,前几年避暑行宫规矩多,隐官一脉的传信飞剑最烦人,对剑仙约束更重,众多剑修当中,骂年轻隐官最多、骂得最起劲的,肯定要算她郦采一个,远胜本土剑修。

郦采重伤撤出城头之后,舍了所有战功不要,只跟剑气长城讨要了一把剑坊长剑和一件衣坊法袍。

有位挚友,太霞元君李妤,她们曾经相约一起赶赴剑气长城杀妖。

到了酒铺那边,郦采看遍无事牌,最终从墙壁上只扯下一块无事牌攥在手中。

不着急返回北俱芦洲,去南婆娑洲游历一番,例如要去剑仙元青蜀的山头瞧一瞧。

郦采身上带着一枚破碎不堪的养剑葫,是元青蜀的遗物,也该交还给他所在宗门。

昔年城头之上,元青蜀曾与本土剑仙高魁笑言,以养剑葫装酒,再以大妖名讳佐酒,滋味无穷。结果两个都死了。

郦采转头望向铺子门口那边的两颗小脑袋,笑道:“与二掌柜说一声,这块无事牌被郦采取走。”

冯康乐说道:“有啥关系,只管拿走,长得这么好看的女子,二掌柜见着了,屁都不敢放一个。”

去别家铺子花钱喝酒也就罢了,还闹得沸沸扬扬,丢尽了自家铺子的脸。

桃板记性好,记得所有来酒铺买酒、喝酒的客人,问道:“郦姐姐,我们二掌柜咋还不露头?是不是又覆了女子面皮,把自己折腾得花里胡哨的,在偷偷杀妖?”

郦采大笑:“郦姐姐?二掌柜教你的?”

桃板点头。

冯康乐埋怨道:“你傻乎乎点什么头,一下子就没诚意了。”

郦采收敛笑意,说道:“给我每种酒水各来一壶,我要带去南婆娑洲。”

高幼清在以飞剑铭刻文字于无事牌上,陈李白眼道:“那个庞元济有什么好喜欢的。”

高幼清转过身,藏好无事牌,恼羞成怒道:“你管不着。”

郦采站在铺子门口的门槛上眺望城头。

她来此是为痛痛快快出剑的，不承想自己剑术远远不够，最后欠了那姚剑仙一份天大的恩情。关键是以后她该怎么还？又能怎么还？

陈李神色落寞："师父，以后我就是浮萍剑湖弟子了？"

郦采说道："那就学学这位二掌柜。浩然天下，隐官陈平安。剑气长城，浮萍剑湖陈李。互不耽误。家乡始终在前，修行身份在后，不算忘本。"

陈李点头，是个办法。

郦采最后带着陈李、高幼清离开剑气长城。

倒悬山暂时没有北俱芦洲的跨洲渡船停靠，就随便找了家仙家客栈住下。

郦采独自饮酒。

李退密，陶文，周澄，纳兰夜行，高魁，姚冲道，董三更……

皑皑洲张稍、李定，南婆娑洲元青蜀，太徽剑宗韩槐子，扶摇洲谢稚……

还有那么多的年轻剑修，其中不少都是陈李、高幼清这样的年龄。接下来，只会越来越多。

郦采醉眼蒙眬，斜靠窗户，醉死老娘这个狗屁玉璞境算了。

高幼清就住在隔壁，少女还在适应倒悬山与剑气长城差异极大的环境，灵气与剑气都有着云泥之别。

陈李是个心大的，练剑之余，在客栈内一座专门贩卖山上宝物的店铺那边，掂量着自己的钱袋子。因为整座灵芝斋已经搬迁离去，先前清理库存，与倒悬山各方相熟势力，贱卖了许多品秩不高的杂乱灵器，这座客栈就是其中买主之一，虽然法宝不多，但乍一看，却也琳琅满目乱人眼。

一直留心远处陈李一身剑意的郦采，皱了皱眉头，她一身杀气暴涨，一掠而去。

郦采伸手抓住陈李的那把本命飞剑，手心处鲜血流淌，滴落在地，浑然不觉，对陈李说道："死了那么多剑修，不是让你来浩然天下送死的。真要死，可以，等你成为剑仙再说。死个观海境剑修，谁记得住你是谁？你要是再这么沉不住气，就干脆去当个山泽野修，肯定死得快。不然以后修行，你先被人砍死，我再被你气个半死，都不知道怎么帮你报仇。"

被陈李飞剑针对之人，是个神色慌张的店铺掌柜，见到了郦采，与她弯腰致歉了一通，反正道理很多，有眼无珠、罪不至死那一套，当然也确实不至于打打杀杀，说到底还是陈李这会儿剑心不稳，杀心过重，人已经离开战场，但是剑心还在那边回荡。这是好事，但是如果郦采一直不管，那么陈李就算到了北俱芦洲，只要下山游历，就要死。

郦采摊开手，陈李立即收起飞剑，

陈李愧疚道："我对师父没有半点怨言，对北俱芦洲也没有。"

郦采笑道："师父不管这些，只管你有无好好练剑，浮萍剑湖能否有人真的成为甲子剑仙。”

陈李实诚道：“甲子之内跻身剑仙，还是有点难度的。”

郦采一拍陈李肩头，擦掉自己手心血迹：“一个大老爷们，拿出点气魄来！我郦采的嫡传，就算只是个中五境剑修，与人言语，尤其是喊打喊杀，也得有那上五境剑仙的口气！”

听到“百岁剑仙”和“甲子剑仙”两个说法，客栈分管店铺的男掌柜听得眼皮子直大颤，悔青了肠子，赶紧想着补救之法。

郦采与陈李心声言语，陈李便不情不愿“高价买下”了那件极有眼缘的灵器。

返回住处的时候，郦采心声问道：“记住那家伙没？以后自己找回场子。”

陈李笑逐颜开，使劲点头。

郦采敲响高幼清的房门，一把扯住高幼清的脸颊，使劲拧起来：“陈李需要收着点性子，高幼清，你怎么回事？是不是太胆小怕事了？陈李出剑，师父会拦阻，但是心里高兴。你倒好，远远看热闹呢，半点出剑的心思都没有？师父就很不开心了啊！”

被扯着脸颊的高幼清怯生生道：“师父，我哥要我到了浩然天下就一忍再忍，绝对不能惹是生非。”

郦采呸了一声：“难怪高野侯如今还是个稀烂元婴。”

高幼清立即红了眼睛。不光光是想念从小相依为命的哥哥，也担心双方不只是生离那么简单，担心其实是一场悄无声息的死别。

郦采立即松开手，柔声道：“行了行了，忍着就忍着，不过师父可以教你俩一个取巧的小法子，自己被欺负就忍着，但是如果同门被人欺负，你就往死里砍，该杀的就杀，不该杀的，也别乱砍啊，砍个半死就行了，咱们浮萍剑湖还是有点钱的，药费出得起！如此一来，你和陈李，该忍的也忍了，该出的气也出了，真要打不过，回了家，再喊师父出手嘛……”

一开始陈李、高幼清听着还挺乐和，听到“回了家”一语，便俱是沉默黯然起来。

郦采轻轻叹息，大手一挥，自己喝酒去，与弟子们撂下一句“都练剑去”。

老聋儿终于返回牢狱，幽郁和长命一起跟随老人，首次去往那座行亭。

梦婆所在牢狱，已经空了。

老聋儿来到台阶处，瞥了眼行亭当中，陈平安身穿一袭陌生法袍，法袍极大，大袖拖地。

陈平安如同入定，对于老聋儿的到来，竟然浑然不觉。

老聋儿伸手一抓，将陈平安别在发髻间的碧玉簪子驾驭到了自己身前，沉声道：“老大剑仙要借此物一用，很快归还隐官。”

陈平安依旧无动于衷。

老聋儿瞥了眼台阶下边坐着的捻芯，将那碧玉簪子小心翼翼收入袖中。老聋儿信不过霜降，但是这个一根筋的小姑娘，还是比较牢靠的。

捻芯察觉到老聋儿的审视视线，开口说道："没事，他自找的，跟吴霜降关系不大。"

金精铜钱显化而出的长命，微微皱眉。

霜降笑嘻嘻道："长命道友，世间生意，哪有便宜占尽的道理，得九还一，才是正理。你啊，就多与我家老祖学着点吧。"

长命轻轻点头。

幽郁不知为何，看着此刻陈平安的身影，有些犯怵。

老聋儿匆匆赶来，然后直接一闪而逝，离开牢狱。

幽郁和长命一起拾级而上。

霜降尾随其后："长命道友，咱俩继续搜刮地皮去？"

长命笑道："等候已久。"

高魁临终一剑，问剑祖师龙君。龙君领剑之后，亲手斩杀本脉最后一位剑仙。

那一袭灰色长袍不远处，枯骨白莹坐在王座那边，看着这一幕，只觉得这些剑修的脑子，真是一个比一个莫名其妙。所幸以后到了浩然天下，就再无这般存在了。除了南婆娑洲有个陈淳安比较棘手，其余扶摇洲和桐叶洲的修士，尤其是所谓术法有成的那撮山巅得道之人，以及绝大多数的仙家山头，具体是怎么个德行，所有王座大妖都心知肚明，谱牒之上有谁，怎么个传承有序，千百年来那些个祖师爷和地仙修士，到底做了哪些比较有名的举止勾当，各自性情如何，门中弟子所求为何，一清二楚。

那个剑气长城最风雅的剑仙，曾以酒泉杯饮酒，喜好在廊中斜倚熏笼，看美人舞剑，自制香囊十数种，皆风靡剑气长城大小闺阁。

孙巨源，披头散发，赤足。以他为圆心的战场四周，皆是妖族大军的残肢断骸。

他手持一把折断长剑，一袭法袍布满血垢。视线模糊的他，环顾四周，梦耶醉耶？人生大醉一场。

一位天生苦相的中土剑仙，在战场上，终得两全法。

也有那年轻妖族修士，割下一颗剑气长城老剑修的头颅，热泪盈眶，高高举起，嘶吼道："弟子已报师仇！"

然后扔了手中头颅，前冲赴死。既然身在战场，不得不死，那就只能竭力为师门、部族多赢得一份战功。

蛮荒天下，那些大妖和地仙都是为了去往浩然天下争抢地盘。上五境大妖，各有大道要走，地仙可能是为了跻身上五境，或者是攫取更多的风水宝地、天材地宝，但是数量最多蝼蚁一般的妖族,就只是被驱策至此,整座蛮荒天下被托月山一分为二十,二十条赶赴剑气长城战场并且不断聚拢的路线之上,皆是未到战场便死的累累白骨。

大妖重光拧掉了一颗剑仙头颅,剑仙好像姓赵,但他并不在意,反正自有军帐记录这笔战功。

这头身披鲜红法袍的飞升境大妖,之所以愿意主动重返战场,与那下场可怜的黄鸾需要将功补过还不太一样,重光是看准了战场上形势的彻底扭转。在最后一位三教圣人的那个读书人不惜震散本命字,陨落之后,山河气运一事,已经变成了蛮荒天下完全压胜剑气长城,剑气长城的出城剑修不得不陆续回撤城头,就像军帐预测那样,随着战事不断推移,剑修死得越来越多,越来越快。

阿良被三头王座大妖联手围困在一座天地当中,消失在城头视野中,不知所终久矣。

刘叉将齐廷济打退。

战场腹地,只剩下陈熙和纳兰烧苇两位剑仙。

之后是陆芝、岳青和米祜、郭稼、晏溟,以及隐官一脉的剑仙愁苗,死死守住一线,为身后剑修赢得退往城头的生还机会。

在剑仙之外,还有一个身材矮小的老妪身影,已经单凭双拳,打穿无数妖族修士的头颅、身躯。

此刻与老妪对峙之敌,是一头身披金甲的魁梧兵家妖族修士,宝甲熠熠生辉,一身金光飘荡拖曳,他双手持刀,腰间还佩刀,始终未曾出鞘。

妖族显然盯上这位女子武夫许久,在战场远处使用了缩地山河的神通,突兀一刀劈砍过后,老妪整个后背都被划出一条血槽。

身材矮小的老妪横移数步,硬生生拳架再起。

若是昔年巅峰,还在十境,一个小小元婴境的兵家修士,我白炼霜可以一拳粉碎之。

一道辛苦寻觅老妪身影的白虹剑光激荡而至,一剑连身躯带甲胄将那兵家修士劈开,年轻女子后掠到白炼霜身边,说道:“一起回去。”

远处有数位大妖开始显出身形。

“小姐,就这样吧。以后就当让我偷个懒了。”白炼霜轻声说道,“请小姐速回。小姐若是不答应,我如何能够安心出拳。在姚家,在宁府,我从无懈怠,今天小姐就让我私心一回。”

白炼霜挪步挡在宁姚身前,面朝南方战场,背对家乡,笑道:“小姐,以后照顾好自己,也照顾好姑爷,姑爷这样的好男人,遇到了就莫要错过,别白白便宜了其他女子。别说老爷夫人,便是我和纳兰老狗,也不答应。”

白炼霜怒道:“宁丫头！莫要等我,去等陈平安！一百年,一千年,都值得!”

九境武夫白炼霜,以拳开路,就此前行,人与拳皆远去。

白炼霜此行,也有愧疚,也有不舍,也有释怀。

位于战场最前方的陈熙,一剑劈开某位王座大妖的小天地,掉转剑尖,直接找到那头身在战场的飞升境大妖。

那场十三之争,之前的攻城战,蛮荒天下妖族的坐镇之主,便是这头飞升境大妖。

飞升境大妖顿时瞠目结舌,不知道陈熙发了什么疯,竟是舍了性命、道行不要,递出那一剑。

若是陈熙只是追杀,飞升境大妖还真不怕,自有无数手段可以避其锋芒,至多损耗些辛苦积攒的百年道行外加一两件防御重宝罢了。

那个先前与陈熙厮杀的王座大妖丢出手中雷矛,直刺老剑仙陈熙后背。

别处纳兰烧苇亦是不惜代价,替老友陈熙挡下这一矛,任由自己身陷两头王座大妖的围杀之局,目送陈熙一剑远去。

在剑气长城城墙上刻下一个“陈”字的老人,大道性命,毕生剑意皆在此剑中。大妖任你是飞升境,如何能够不死。

纳兰烧苇放声大笑:“不如再来一头王座畜生?!”

浩然天下那拨阴阳家修士和墨家机关师都已经离开。

陈三秋、叠嶂两人结伴而行。

两人都是第一次来到倒悬山,会乘坐中土神洲一条名为珊瑚玦的跨洲渡船。

跨过大门后,陈三秋回望一眼。

以前不得离开家乡之时,对一门之隔的倒悬山心心念念,如今真跨过了那道门,又如何？很不如何。

叠嶂说道:“到了中土神洲,可以等待百年一次的开门。”

两人找到那座鹳雀客栈。位于狭窄小巷的客栈,年轻掌柜坐在门口晒太阳,见着了白衣公子陈三秋和独臂女子叠嶂,起身笑脸相迎:“两位贵客,里边进里边进。”

跨过门槛,陈三秋说道:“陈平安曾经说过,如果见着了掌柜还在倒悬山,就让我问一问掌柜,是不是修行中人。”

陈三秋笑道:“陈平安还说,并无别意,纯粹好奇。”

年轻掌柜趴在柜台那边,笑呵呵道:“我一个做小本买卖的,只能勉强守住一亩三分地的祖业,算哪门子的修道人。”

陈三秋点点头,不再多问。

年轻掌柜抬头瞥了眼大堂里边的一桌子惫懒货,气不打一处来,开门做生意,却一个个架子比他这个掌柜还大。

鹳雀客栈生意寡淡，所以客栈杂役们都没什么事情可做。

一个负责关门开门以及值夜的老翁，一个厨艺不精的中年厨子，一个打扫庭院、屋舍的健壮妇人，一个待人接物从无好脸色的少女。四人都姓年，年红、年斗方、年春条、年窗花。

四人聚在一张桌上，汉子年斗方与妇人年春条坐在一条长凳上，老翁年红和少女年窗花相对而坐，少女趴在桌上，打着哈欠。

有个酒糟鼻子的年红一脚踩在长凳上，在喝酒，每次哧溜一小口，就要眯起眼，打个哆嗦。一壶酒，能喝半天。

年斗方看似在神游万里，桌子底下的手却往年春条腿上摸去，被妇人拍掉爪子，片刻之后，就再来，毅力可嘉。

年春条正侧着身，忙着跟年窗花嚼舌头，跟年窗花说那倒悬山各处的传言，都带点荤味，不然没啥说头。什么水精宫的云签仙师，之所以要离开倒悬山，是她在水精宫的一个晚辈俊哥儿，不忌辈分，爱慕得痴心了，云签仙师实在是打骂不得更答应不得，便只好羞恼远游了。还有麋鹿崖那边，哪位游客女修又给人狠狠拧了臀瓣儿，真是奇了怪哉，怎的她每次去那边来回逛荡好几遍，都从没遭此毒手。年春条还问年窗花，听说没，前不久搬走的灵芝斋，他们家那客栈，别看神仙往来多，其实乱得很哪，啧啧，好些个狐媚子，那叫一个臭不要脸，回头客怎么来的，还不是仙师筵席之上个个露出白花花胸脯，再在床笫里边，哥哥妹妹喊出来的。

年轻掌柜端了两碟佐酒小菜，绕过柜台，坐在那条唯一空闲的长凳上。

将那两碟酱黄豆和老醋花生放在桌上，然后对那个碎嘴的年春条笑骂道："你就给我消停点吧，早先也不知道谁假扮狐仙夜敲门，还给人嫌丑来着。"

年窗花脸颊贴在桌面上，轻声问道："掌柜的，是那陈三秋和叠嶂？"

年轻掌柜点点头，拈起一颗花生放入嘴中："都是很厉害的年轻人，就是心中杀意重了点。"

年红又抿了口酒，杯中酒水都没浅丝毫就喝得整个人缩了起来："陈三秋，瞧着剑运和文运都挺多，人才！

"至于那个小姑娘，缺条胳膊不打紧，一看她就是个有旺夫相的。

"哟，掌柜，咱这酒水搭酱黄豆，真是绝了。"

年斗方嘀咕道："能把一股子马尿味的酒水，喝出顶好仙家酒酿的滋味，也就你了。"

年轻掌柜无奈道："好歹是自家铺子酿造的酒水，劳烦说点好话，积点口德。"

年窗花从袖中掏出一把小巧玲珑的拨浪鼓，鼓面彩绘，龙皮缝制，桃木柄，坠有一粒红线系挂的琉璃珠。

年红皱眉道:“窗花,收起来。”

年轻掌柜笑道:“无所谓了。”

看着眼前四人,年轻掌柜说道:“这么多年,辛苦你们了。”

年春条哀怨叹息,从袖中取出一根翠竹样式的发簪,搁在桌上,轻轻拨弄。

年斗方趁着年春条出神的机会,一巴掌拍在她臀上,清脆悦耳,关键是那份颤颤巍巍,赏心悦目:“不辛苦不辛苦。在这边没半点规矩,很舒坦,我都不想回去了。”

年春条一巴掌狠狠甩在年斗方脸上,打得年斗方转了一圈才摔在地上。年斗方捂着脸坐回长凳,被年春条抬起一脚,使劲踹到长凳最远处。

年窗花小声问道:“掌柜的,那桂夫人怎么反悔了?跟着去了我们那边,她不就真正清静了吗?到时候我们帮她引荐给白玉京……”

年轻掌柜摆摆手,示意年窗花不要继续说下去了。

年轻掌柜望向门外,唏嘘道:“逆旅孤灯独不眠,客心何事转凄然。秉烛点检鬓丝边,白雪渐多又一年。”

年斗方一拍桌子,大声叫好,年红赶忙抿了一口酒:“绝了绝了,醉了醉了。”

脸贴桌面的年窗花大怒,双手抓住桌沿,只露出一颗脑袋在桌面上,使劲用脚踢年斗方。

年轻掌柜笑容灿烂,抬手抱拳致谢。

年春条望向对面的掌柜,会心一笑。

眼前这般的掌柜,是要比家乡的副宫主可爱可亲许多。

年轻掌柜拈起一粒老醋花生,又轻轻丢回碟子,缓缓道:“灯前小草写桃符。”

桌旁其余四人都不再嬉戏打闹,端正坐好。

年轻掌柜说道:“实在不行,我就只能走一趟剑气长城了,哪怕有乘人之危的嫌疑。至于你们,不用跟着我了,我想要返回家乡,又不难的。”

四人皆无异议。

青冥天下,与玄都观齐名的岁除宫。宫主说话最管用,但是已经闭关太多年。所以最能打的,就是年轻掌柜这位守岁人了。

年红,道号洞中龙,本名张元伯。

年斗方,道号山上君,虞俦。

化名年春条的妇人,与那虞俦其实是道侣。名叫年窗花的少女,道号灯烛,是岁除宫宫主的嫡女,岁除宫每年除夕夜遍燃灯烛照虚耗的习俗,以及祖祖辈辈传下来的击鼓驱逐疠疫之鬼,皆由少女去做,靠的当然不是身份,而是她实打实的道行修为。

只说辈分和境界,不说人数,那么等于半座岁除宫,都在这座小小鹳雀客栈了。

只不过除了年轻掌柜，其余四人远游至此，并非完整魂魄，并且真身、阳神，犹在岁除宫。他们这场阴神远游，真可谓极远了。

渡船靠岸倒悬山，陈三秋和叠嶂离开鹳雀客栈。登船之后，珊瑚玦这渡船名字，尤其是那个“玦”字，就已让陈三秋伸手死死抓住栏杆。

陈三秋读杂书太多，境界太低，剑术太差。

驿骑既到，宝玦初至，捧匣跪发，五内震骇，绳穿匣开，灿然满目。

陈三秋惨然而笑，下意识要去腰间拿酒壶，才记得自己已经戒酒了，离开家乡，也不曾带酒。

叠嶂不知道如何安慰陈三秋。

以前，一个人无亲无故，也就无牵无挂的叠嶂，其实偶尔也会羡慕那座太象街陈氏府邸的热热闹闹，可是如今，都不知道谁该羡慕了。

身边的陈三秋，再想起宁姐姐、晏胖子、董黑炭，还有那个小姑娘郭竹酒，以及一个个在自己酒铺墙壁上挂上一枚枚无事牌的客人……

连被砍掉一条手臂也未落泪的叠嶂，一下子就抬起仅剩的手臂，使劲遮挡眼眸。

元婴境剑修程荃背着一只棉布裹缠起来的剑匣，老人带着十数个年轻人来到倒悬山。其中就有皆是金丹境瓶颈的晏琢、董画符。

遇到了那位手持龙须炼化拂尘的老真人，程荃交给老真人一封道家圣人的亲笔密信，还有一封禁制极多的“家书”，希望大天君将来带回青冥天下。

老真人瞥见一个少年剑修，少年拿出一把麈尾的木柄，老真人喟叹一声：“自己留着吧，该是你的一桩仙缘。”

他们在老真人的带领下登上那座位于倒悬山中央的孤山，他们被老真人亲自安置在一座半山腰府邸中。程荃找到晏琢，将一件被道家圣人设置了障眼法的咫尺物给了晏琢，说这是年轻隐官先让阿良交给道家圣人，再让道家圣人转交给你的，以后到了青冥天下，可以携带此物，游历那座大玄都观。

程荃说道：“陈平安之所以如此麻烦行事，肯定有他的理由。”

晏琢点头，收起那件咫尺物。

晏琢神色木讷，董画符也只是安安静静坐在一旁。

程荃看着两个年轻人，只能说一句：“日子再难熬，可总是要过的。”

小院外，山中古松如雪。

魏晋、米裕两位玉璞境瓶颈剑仙，加上一个很容易自惭形秽的金丹境修士韦文龙，一同乘坐老龙城跨洲渡船桂花岛离开倒悬山。

整座春幡斋在一夜之间消逝不见。

如今的倒悬山四大私宅，猿蹂府被拆成了空架子，梅花园子和春幡斋都已不在，就只剩下了孤零零的水精宫，而且原本坐镇这座仙家府邸的云签祖师，也已经带着一大拨年轻子弟远游访仙去了。

韦文龙的师兄弟们，都会跟随剑仙邵云岩去往南婆娑洲。

先前跟随米裕，韦文龙第一次去往剑气长城，这一次还是跟随米裕，离开倒悬山。

晏溟去了战场，纳兰彩焕乘坐山水窟那条南箕渡船去往扶摇洲，未必会在那边扎根，有可能去往更北边的金甲洲，甚至是流霞洲。

那枚濠梁养剑葫，仍是被陈平安偷偷交给了邵云岩，转交米裕。

米裕打算以陈平安的名义，送给那个叫裴钱的黑炭丫头。其实兄长的这枚养剑葫，本就属于陈平安。

三人住在那座归属陈平安的圭脉小院。

渡船路过雨龙宗的时候，远远望去几眼，米裕扯了扯嘴角。

桂花岛上，无论是寥寥无几的返乡乘客，还是众多渡船成员，除了那位气态雍容的桂夫人，全部人心惶惶。

魏晋与两人商量，此次返回他的家乡宝瓶洲，从老龙城登岸，先去一趟风雪庙神仙台，他需要去师父坟头祭酒，然后就直奔落魄山，在那之后，韦文龙留在落魄山，米裕去往北俱芦洲太徽剑宗。韦文龙没有异议，米裕却说太徽剑宗愿意收取自己当个记名供奉，是最好，当是给自己面子了，不愿意，就算了，他反正已经决定，要在落魄山混吃混喝。

桂花岛之巅，适宜观景，晚霞灿若锦。本命飞剑霞满天的玉璞境剑仙米裕，这会儿独自一人，坐在栏杆上，腰间系挂那枚濠梁养剑葫，手持一壶桂花小酿，酒香扑鼻。

不知为何，郭竹酒没能跟他一起去往宝瓶洲。

同样是隐官一脉的剑修，郭竹酒还是隐官大人的正式弟子，况且米裕也无比希望有个同乡人一起去往他乡，能够以方言闲聊。

听年轻隐官提及过，这艘桂花岛渡船管事金丹境老剑修马致，是位值得结交的前辈。至于桂夫人的唯一弟子桂花小娘金粟，米裕听说过。只是如今米裕就只想喝酒，什么都懒得想。

由于这些年跨洲渡船的买卖越来越纯粹，游历倒悬山的客人年年清减，使得桂花岛画师的生意也江河日下，久而久之，桂花树下的画摊只剩下一个了。许多范家画师都已经离开了桂花岛，在老龙城那边另谋出路。

留下的是个中年画师，修行资质不行，下五境练气士，若是在宝瓶洲的藩属小国，当个宫廷画师是不难的。只是寄人篱下，挣钱又不多，一幅画便是卖个几百几千两银子，虽在世俗王朝的画坛也算天价，可是比起神仙钱，算不得什么油水。

见米裕坐在栏杆那边发呆，这位画师便拿起桌上一壶老龙城的市井好酒——喝不起桂花小酿——走向那个不知身份的家伙。

以酒会友，说不定还能多出一笔额外生意，画摊不开张好些日子了，难熬。

米裕转头，望向那个站在身旁半天也不知如何开口的范家画师，问道："听说这边作画，一幅画三十枚雪花钱，若是要三幅，可以便宜些，只收二十五枚？"

画师点头道："以前生意好的时候，二十五枚雪花钱，我们可以抽成五枚。如今生意难做，范家厚道，便都给画师了。"

这位客人的宝瓶洲雅言，说得并不流利。不过听说这位容貌极佳的年轻男子，是那风雪庙剑仙魏晋的朋友。那怎么也该是地仙起步了？

米裕笑道："你该不会是叫苏玉亭吧。"

画师讶异道："客人如何知晓我的名字？"

苏玉亭有自知之明，自己那点绘画功底，在山上仙师眼中，哪怕不至于不堪入目，也绝非什么丹青妙手。

米裕微笑道："一律九折的说法，还作不作数，作数的话，我就请苏师为我画三幅。"

苏师。姓氏加个"师"，如那姓加个"子"字后缀，山上山下，都是很大的褒义说法了。

苏玉亭先是愕然，然后恍然，伸出一根手指，轻轻摇晃，绞尽脑汁，好像确实记得谁，又偏偏没能想清楚。

米裕提醒道："是位背剑匣穿草鞋的少年郎。"

苏玉亭以拳击掌，大笑道："记得了，记得了，那位公子起先还有些拘束，等喝过了酒，便很有神气了。"

苏玉亭随即有些汗颜："不承想那位公子，还记得苏某。"

米裕点头道："他与我说起过你，很是夸赞了一通。说苏先生作画，气韵生动，随类赋彩，精微谨细，恰到好处。所以让我以后只要有机会登上桂花岛，一定要找你作画，绝对不亏。"

苏玉亭越发赧颜，低声道："愧不敢当，愧不敢当。"

米裕跳下栏杆，去往祖宗桂树下。

黄昏渐去，暮色渐来，米裕抬头望去。在树下等月上，可以等来阴晴圆缺，可人呢？

陆芝身边跟着头戴幂篱遮掩面容的酡颜夫人，从那道新门走出剑气长城，剑仙邵云岩身边则跟随着数位春幡斋嫡传弟子，一起就此离开倒悬山。

旧门那边，小道童瞥了眼孤山那边，收起书本和蒲团，说道："走了。"

捧剑汉子张禄蹲在原地，点头笑道："去吧去吧。"

小道童问道："真不跟我一起去青冥天下？"

张禄摇头道："我要瞪大眼睛，好好看着那座浩然天下，以后还能不能将剑气长城当个笑话看。"

小道童一闪而逝，来到那座水精宫山根处，施展神通，一个弯腰再挺直腰杆，将整座水精宫从倒悬山掀翻，水精宫坠入大海。

这一天，大天君在山巅丢出那道师尊法旨，化作一道虹光直去天幕处，然后开启阵法，这枚天下最大的山字印，破开天幕，再有数位白玉京道家仙人在两座天下的接壤处，从天幕旋涡处接引倒悬山，拽向青冥天下。

倒悬山原址，空中只留下蛮荒天下和浩然天下的那道旧门，以及那位叛出剑气长城的大剑仙张禄。

陈清都现出法相，一剑开天，举城飞升。

妖族大军，已经浩浩荡荡涌上无人驻守的剑气长城城头。

所有蛮荒天下的妖族剑修，无论是剑仙，还是剑修，皆出剑，去拦截那座城池。

蛮荒天下的大部分王座大妖，外加数目众多的上五境，更多选择对老大剑仙陈清都的那尊法相出手。

托月山大祖、那位灰衣老者嗤笑一声："可怜，这就是你的最后一剑了。此次大战，论杀我妖族，你陈清都连个下五境剑修都不如啊。"

灰衣老者一步跨出，法相巍峨，身形比剑气长城更高，双手握拳，借助整座蛮荒天下的大道威势，朝着剑气长城的中间重重砸下。直接将陈清都无法出剑拦截便再无法全力庇护的剑气长城打出一个巨大缺口。

灰衣老者的法相站在缺口之间，双拳砸在两边墙头之上，每一拳落下，哪怕被王座大妖以本命神通轰砸在身依旧无坚不摧的陈清都法相便越发模糊一分。

老大剑仙的法相只是站在城池原地，一剑破开天幕之后，顶天立地，以双手扯开旋涡，不让其并拢。

剑气长城自建成起，第一次出现如此巨大的破损，并且城墙直接被打断为两段。

牢狱处，走出一个低头弯腰、摇晃行走的……人？

依稀可见是那人之身形轮廓，唯有一双金色眼眸流光溢彩，其余只剩下视线模糊的浓重黑影，好像整个人的体魄，是由千万条细密黑线攒簇而成。

那道身形，拔地而起，重重落在了城头之上，震起无数妖族。一些个境界足够的妖族，也纷纷凭借本能，选择尽量避开那个古怪存在。

落在城头的黑影，仰头望去，高高举起手臂，与她道别。好似心上人，是那天上月，从此天地有别。

这个黑影转过身，背对那座缓缓飞升的城池，背对老大剑仙陈清都。

陈清都法相朗声道："小子，记住约定。我可以违约，你不行！"

死死守住一半的剑气长城，如果蛮荒天下在浩然天下肆虐十年百年，就守住十年百年，若是一万年，那你陈平安就在这里枯坐一万年！

陈清都的残余魂魄来到那道身影旁边，说道："辛苦了。"

黑影轻轻摇头，又点了点头。

老大剑仙陈清都笑着拍了拍陈平安的肩膀。

黑影后退一步，作揖拜别老大剑仙。

言语之间，老大剑仙就已经魂飞魄散，真正融入双方脚下那半段剑气长城，世间再无陈清都。

那个身形缥缈的黑影依旧一言不发，一步跨到南边城头之上，双指并拢，猛然一抹。城头之上，出现了一位位从敬剑阁画卷中走出的剑仙真灵。画卷剑仙皆无灵智，只知道除了那个黑影之外，登上城头者皆斩。

只要只剩一半的剑气长城还在，这些剑仙就没有陨落一说。

做完这件事情，黑影瞬间来到城头缺口处，有那妖族试图半路拦截，不管是修士真身还是攻伐法宝，皆瞬间化作齑粉。

黑影如屹立于悬崖，与站在另一侧城头上的灰衣老者遥遥对峙。

黑影那双金色眼眸，死死盯住对方。

灰衣老者摇头道："何苦来哉。"

双方脚下，两段城墙之间的缺口处，如同一条宽阔道路，不计其数的妖族大军蜂拥而过。

黑影凭空消失，在远处现身之后，将一头御风越过城头的玉璞境妖族从云海拽下，他一手抓住妖族的头颅，妖族额头瞬间血肉模糊，就那么被黑影提在空中。

给我记住了，世间犹有陈平安在守城头。

图书在版编目(CIP)数据

剑来23：人生梦复梦 / 烽火戏诸侯著. —杭州：浙江文艺出版社，2021.10（2025.1重印）
ISBN 978-7-5339-6620-1

Ⅰ. ①剑…　Ⅱ. ①烽…　Ⅲ. ①长篇小说—中国—当代
Ⅳ. ①I247.5

中国版本图书馆CIP数据核字（2021）第184838号

选题策划　柳明晔
责任编辑　关俊红
营销编辑　宋佳音
封面绘图　温十澈
责任印制　吴春娟

剑来23：人生梦复梦
烽火戏诸侯 著

出版　浙江文艺出版社
地址　杭州市环城北路177号
邮编　310003
电话　0571-85176953(总编办)
　　　0571-85152727(市场部)
制版　浙江新华图文制作有限公司
印刷　杭州杭新印务有限公司
开本　710毫米×1000毫米　1/16
字数　342千字
印张　17
插页　2
版次　2021年10月第1版
印次　2025年1月第9次印刷
书号　ISBN 978-7-5339-6620-1
定价　48.00元